# AutoCAD 2009 中文版

## 2009 中文版 高手成长手册

敖广武　于永芳　编著

中国铁道出版社
CHINA RAILWAY PUBLISHING HOUSE

# 内 容 简 介

本书详细介绍了 AutoCAD 2009 在建筑和机械制图方面的应用，主要内容包括：初步学习 AutoCAD 2009、绘图前的准备工作、绘制点和线型对象、绘制弧形和多边形对象、简单编辑图形对象、编辑复杂图形对象、创建文字说明和表格、尺寸标注、打印输出图形对象、使用图层、图块与外部参照、填充图案、绘制基本三维图形、创建与编辑三维实体、绘制机械零件图、绘制机械装配图、绘制建筑部件图以及绘制建筑图形等知识。

本书内容实用，实例丰富，图文并茂，由"基础知识篇"、"软件技能篇"以及"行业应用篇"3 部分组成，从 AutoCAD 2009 的基础知识开始，层层深入介绍读者在各个阶段需要掌握的知识，从而将新手培养为行家里手。本书基础章以"项目观察+知识讲解+综合实例+大显身手+电脑急救箱"的结构进行讲解，配以醒目的步骤提示和丰富的小栏目，使读者快速掌握相关知识。

本书定位于从零开始学 AutoCAD 的用户，也可作为广大 AutoCAD 用户进阶的学习指导用书。

**图书在版编目（CIP）数据**

AutoCAD 2009 中文版高手成长手册/敖广武，于永芳
编著. —北京：中国铁道出版社，2009.11
ISBN 978-7-113-10708-6

Ⅰ.A… Ⅱ.①敖…②于… Ⅲ.计算机辅助设计－应用
软件，AutoCAD 2009－手册 Ⅳ.TP391.72-62

中国版本图书馆 CIP 数据核字（2009）第 202820 号

书　　名：AutoCAD 2009 中文版高手成长手册
作　　者：敖广武　于永芳　编著

责任编辑：苏　茜　　　　　　　　　　　编辑部电话：（010）63583215
编辑助理：李　倩
封面设计：王加宝　　　　　　　　　　　封面制作：白　雪
责任印制：李　佳

出版发行：中国铁道出版社（北京市宣武区右安门西街 8 号　邮政编码：100054）
印　　刷：北京市昌平开拓印刷厂
版　　本：2010 年 3 月第 1 版　　　2010 年 3 月第 1 次印刷
开　　本：787mm×1092mm　1/16　印张：25　　字数：585 千
印　　数：3 500 册
书　　号：ISBN 978-7-113-10708-6/TP・3620
定　　价：49.00 元（附赠光盘）

 **本书内容**

随着计算机应用的普及，计算机辅助设计也逐渐变得火热，因为它有着快、准、精等手工绘图不能比拟的优点。AutoCAD 2009 是美国 Autodesk 公司推出的 AutoCAD 计算机辅助绘图和设计软件。该软件已广泛应用于各个领域，如机械、土木建筑、电子等，使设计员能更精准地完成任务。

本书详细讲解了 AutoCAD 2009 的相关知识及使用方法，从最基础的启动与退出软件开始，一步步引导读者学习，使读者最终能够达到独立绘制自己需要的项目图样的目的。

本书在内容上力求简明清晰，重点突出 AutoCAD 2009 在建筑、机械方面的应用，叙述上通俗易懂，举例上贴近人们的日常工作、生活。

全书共 18 章，可以分为以下三个部分：

◆ 第 1～9 章（基础知识篇）：介绍了 AutoCAD 2009 的基础知识，包括初步学习 AutoCAD 2009、绘图前的准备工作、绘制点和线型对象、绘制弧形和多边形对象、简单编辑图形对象、编辑复杂图形对象、创建文字说明和表格、尺寸标注、打印输出图形对象。

◆ 第 10～14 章（软件技能篇）：介绍了 AutoCAD 2009 在软件应用方面的知识，包括使用图层、图块与外部参照、填充图案、绘制基本三维图形、创建与编辑三维实体。

◆ 第 15～18 章（行业应用篇）：介绍了 AutoCAD 2009 在建筑和机械行业的应用知识，包括绘制机械零件图、机械装配图、建筑部件图和建筑图形等。

 **读者对象**

本书适用于广大用户作为学习 AutoCAD 2009 的自学参考书，也适用于 AutoCAD 中级学习者，还适用于想掌握 AutoCAD 在机械及建筑等设计领域中应用的设计人员，也可供对 AutoCAD 非常有兴趣的设计爱好者及大中专院校、电脑培训学校作为参考资料或教材使用。

 **本书作者**

本书由敖广武、于永芳编著，参与编写的人员还有熊伟、廖秀茜、李天文、陈静、易心琳、郭小钢、袁浪、梁发敏、陈旭、刘建国、饶超、金俊、朱龙、邓虎勇、罗凯旋、赵承平等。由于作者水平有限，书中疏漏和不足之处在所难免，恳请广大读者及专家不吝赐教。

编　者
2009 年 11 月

# 目录
## CONTENTS

# 第 1 章
# 初步学习 AutoCAD 2009

## 本章要点

- AutoCAD 2009 应用领域
- 认识工作界面
- 命令的基本调用方法
- 管理图形文件

在学习使用 AutoCAD 2009 绘制图形之前，我们必须掌握关于 AutoCAD 2009 的基本操作，如启动 AutoCAD 2009、退出 AutoCAD 2009、认识工作界面、命令的调用方法以及图形文件的管理方法等。

# 1.1 项目观察——绘制直线

初步了解启动软件、绘制直线并保存图形文件的操作方法

启动 AutoCAD 软件，使用"直线"命令绘制一条长 1000mm 的水平直线，如图 1-1 所示，然后保存为"直线.dwg"，最后退出 AutoCAD 软件。

图 1-1　在 AutoCAD 中绘制的直线

其具体操作步骤如下：

**Step 1** 单击 开始 按钮，选择【所有程序】/【Autodesk】/【AutoCAD 2009-Simplified Chinese】/【AutoCAD 2009】命令，如图 1-2 所示。启动 AutoCAD 2009，界面如图 1-3 所示。

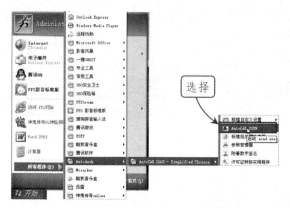

图 1-2　从"开始"菜单启动软件

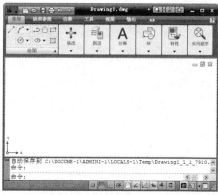

图 1-3　启动 AutoCAD 2009

**Step 2** 单击状态栏中的"正交模式"按钮，在命令行中输入"L"命令，其命令行操作如下：

|  |  |
|---|---|
| 命令：L | //执行 LINE 命令 |
| 指定第一点： | //指定直线起点，这里在绘图区中任意单击一点 |
| 指定下一点或 [放弃(U)]：1000 | //将鼠标向右移并输入"1000"，按【空格】键确认 |
| 指定下一点或 [放弃(U)]： | //按【空格】键确认，效果如图 1-4 所示 |

**Step 3** 单击快速访问区的"保存"按钮，如图 1-5 所示。打开"图形另存为"对话框，在"保存于"下拉列表框中选择"桌面"选项，在"文件名"下拉列表框中输入"直线"，然后单击 保存(S) 按钮，如图 1-6 所示【源文件\第 1 章\直线.dwg】。

图 1-4 绘制直线

图 1-5 单击"保存"按钮

**Step 4** 保存后的图形对象标题栏由"Drawing1.dwg"变成"直线.dwg"，然后单击标题栏右侧的"关闭"按钮，如图 1-7 所示，退出 AutoCAD 2009。

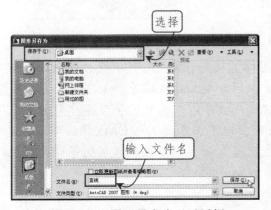

图 1-6 "图形另存为"对话框

图 1-7 单击"关闭"按钮

通过上述项目案例的制作不难发现命令行在 AutoCAD 2009 中的作用，从而也发现其实在 AutoCAD 2009 中绘图并不难，初学者不必有顾虑。

## 1.2 AutoCAD 2009 应用领域

了解 AutoCAD 2009 应用领域

AutoCAD 是美国 Autodesk 公司研制开发的计算机辅助设计绘图软件，其全称为 Auto Computer Aided Deign，计算机辅助设计。AutoCAD 2009 是继 AutoCAD 2008 后发布的新版本。

AutoCAD 2009 的应用领域很广，不仅在机械、建筑等行业得到了大规模的应用，同时也用于服装设计、电子、石油、化工、冶金、地理、气象、航海等领域。本书将着重讲解 AutoCAD 在机械和建筑方面的应用。

● AutoCAD 在机械设计中应用相当普遍，使用它既可以绘制机械图样中的剖视图、剖面图、零件图、装配图等二维零件图，还可以绘制轴测图、三维线框图、及三维实体图形等，如图 1-8 所示。CAD 技术与传统的人工设计及绘图相比有很大的优势，使用它可更方便地进行绘制、编辑和修改图形，而且打印出的图纸版面非常整洁。CAD 技术与 CAM（计算机辅助制造）技术相结合，无须借助图纸等媒介即可直接将设计结果传送至生产单位，避免了许多人为因素造成的错误。除此之外，AutoCAD 还可以方便地与 Photoshop、3ds Max、Lights cape 等软件相结合，从而制作出极具真实感的三维透视和动画效果。

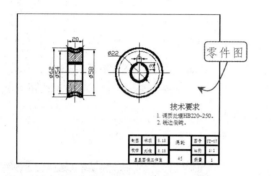
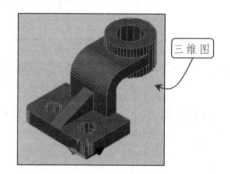

图 1-8　机械图形

● AutoCAD 在建筑方面的应用也是非常广泛的。使用它可以更方便地绘制所需的平面图、立面图、剖面图、细部表现图和竣工验收图等，如图 1-9 所示。并且通过该软件还可以快速地创建、轻松地共享以及高效地管理各种类型的建筑方案图、建筑施工图等。目前，市面上出现了许多以 AutoCAD 作为平台的建筑专业设计软件，如天正、ABD、建筑之星、圆方、华远和容创达等。要熟练运用这些专业软件，首先必须熟悉和掌握 AutoCAD。

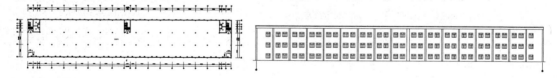

图 1-9　建筑图形

## 1.3　AutoCAD 2009 新增功能

了解 AutoCAD 2009 的新增加或增强的功能

　　AutoCAD 2009 与以前版本相比，最大的区别就是工作界面发生了很大的变化，如图 1-10 所示。另外，AutoCAD 2009 在以往版本的基础上增加了很多新功能，下面分别对其进行讲解。

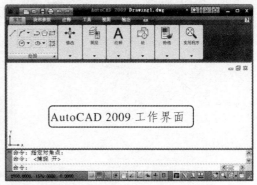

图 1-10 工作界面的区别

### 1.3.1 快捷特性

选择图形对象后，单击状态栏中的"快捷特性"按钮，打开"快捷特性"面板，在其中进行相关设置即可。图 1-11 所示为选择矩形后打开的"快捷特性"面板。在状态栏中的"捕捉模式"按钮上右击，在弹出的快捷菜单中选择"设置"命令，打开"草图设置"对话框，单击"快捷特性"选项卡，在其中可以对快捷特性进行设置，如图 1-12 所示。

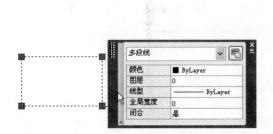

图 1-11 "快捷特性"面板

图 1-12 "快捷特性"选项卡

### 1.3.2 动作记录器

AutoCAD 2009 的动作记录器与 Office 2007 宏的作用类似，它可以快速而简单地录制绘图步骤以备重复使用，甚至可以包含诸如暂停以让用户输入、选择对象等。

打开动作记录器的方法是：选择【工具】/【动作记录器】组，单击"录制"按钮，即可开始录制操作步骤，当开始录制时"录制"按钮变为"停止"按钮。单击"停止"按钮，将打开"动作宏"对话框，在其中可以对宏的命令名称等进行设置，如图 1-13 所示。

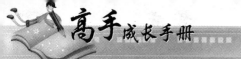

图 1-13　"动作宏"对话框

### 1.3.3　3D 导航立方体

　　现在在三维视图中查看图形对象比以往更加容易。在命令行中输入"CUBE"命令，可以进行 3D 导航立方体的显示、关闭以及设置。当在立方体上移到鼠标的时候，它会变成活动的。当沿着立方体移动鼠标时，热点会亮显，单击一个热点可以恢复相关的视图（3D 模型空间必须被激活），如图 1-14 所示。

图 1-14　3D 导航立方体

### 1.3.4　菜单浏览器

　　AutoCAD 2009 用户界面包含一个位于左上角的菜单浏览器。使用菜单浏览器可以方便地访问不同的项目，包括命令和文档。菜单浏览器显示一个垂直的菜单项列表，它用来代替以往水平显示在 AutoCAD 窗口顶部的菜单。用户可以选择一个菜单选项来调用相应的命令，如图 1-15 所示。

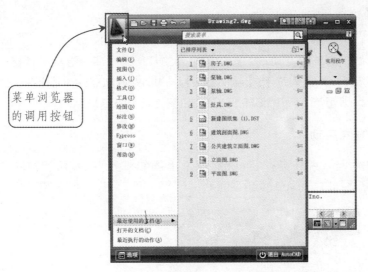

图 1-15　菜单浏览器

### 1.3.5 快速查看布局与图形

AutoCAD 2009 中一个方便的新功能是可以看到图形化的布局与打开的图形的预览。这两个功能可以通过状态栏中"快速查看布局"按钮和"快速查看图形"按钮或"QVDRAWING"和"QVLAYOUT"命令来实现。当单击"快速查看布局"按钮时，可以看到布局的缩略图，如图 1-16 所示。按住【Ctrl】键，然后使用鼠标滚轮可以动态改变图像的尺寸。

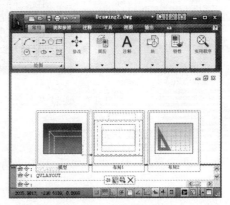

图 1-16　布局缩略图

## 1.4　AutoCAD 2009 启动与退出

掌握 AutoCAD 2009 启动和退出的方法

启动与退出软件是操作软件的基础操作，这是学习任何软件使用前都必须学会的，下面分别对其进行讲解。

### 1.4.1 启动 AutoCAD 2009

启动 AutoCAD 2009 的方法主要有 4 种，下面分别对其进行讲解。

**1.** 通过"开始"菜单启动

安装 AutoCAD 2009 后，系统会自动在"开始"菜单的"所有程序"选项中创建一个名为"Autodesk"的程序组，选择【所有程序】/【Autodesk】/【AutoCAD 2009-Simplified Chinese】/【AutoCAD 2009】命令，即可启动 AutoCAD 2009，如图 1-17 所示。

**2.** 通过桌面快捷方式启动

安装 AutoCAD 2009 后，系统还会在 Windows 桌面上添加如图 1-18 所示的快捷方式图标。双击该快捷方式图标即可启动 AutoCAD 2009。

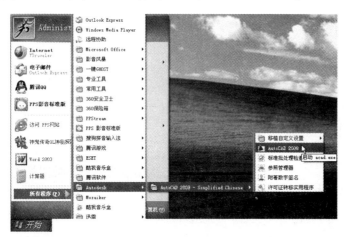

图 1-17　通过"开始"菜单启动　　　　图 1-18　通过桌面快捷方式启动

**3.** 通过快速启动区启动

在安装的过程中，如果用户为 AutoCAD 2009 创建了快速启动方式，即任务栏的快速启动区中有"AutoCAD 2009"图标，也可通过单击该图标来启动 AutoCAD 2009。

**4.** 通过打开 AutoCAD 文件的方式启动

如计算机中已经存在有 AutoCAD 图形文件，则可双击扩展名为.dwg 的文件，也可启动 AutoCAD 2009 同时也打开该图形文件。

## 1.4.2　退出 AutoCAD 2009

使用完 AutoCAD 2009 后，可以退出该软件。退出的方法有如下几种：
- 单击 AutoCAD 窗口右上角的"关闭"按钮。
- 单击"菜单浏览器"按钮，在弹出的菜单中单击 退出 AutoCAD 按钮。
- 在 AutoCAD 工作界面的标题栏上右击，在弹出的快捷菜单中选择"关闭"命令。
- 直接按【Alt+F4】组合键或【Ctrl+Q】组合键。

若操作界面中进行了操作而未对其进行保存，在退出该软件时，会打开如图 1-19 所

示的提示对话框，询问如何对其操作，若单击 是(Y) 按钮，可以先保存该文件后再退出软件；单击 否(N) 按钮，将不对之前的操作进行保存，直接退出该软件。单击 取消 按钮，将返回到操作界面中，不执行退出操作界面的命令。

图 1-19 提示对话框

# 1.5 AutoCAD 2009 工作界面

了解 AutoCAD 2009 工作界面中的元素

启动 AutoCAD 2009 直接进入其工作界面，可以发现 AutoCAD 2009 的工作界面与以往版本的工作界面相比有很大的变化，如图 1-20 所示。

图 1-20 AutoCAD 2009 工作界面

## 1.5.1 标题栏

标题栏的位置未发生变化，仍然位于工作界面的最上方，只是在其中增加了很多选项，如图 1-21 所示。

图 1-21 标题栏

下面分别介绍其组成部分作用：

● "菜单浏览器"按钮■：可以打开相应的操作菜单，是以前版本所有菜单的集合。

● 快速访问区：默认情况下显示有 6 个按钮，包括"新建"按钮、"打开"按钮、"保存"按钮、"打印"按钮、"放弃"按钮、"重做"按钮。

● AutoCAD 2009 Drawing1.dwg：前面代表软件的名称和版本，后面代表文件名称。

● 键入关键字或短语 搜索栏：在"键入关键字或短语"的文本上，输入要查找的内容后单击 按钮即可进行搜索。

- "通讯中心"按钮：用于更新 AutoCAD、接收产品支持通告和其他服务，单击"通讯中心"按钮，将弹出"通讯中心"菜单，选择相应的命令即可进行相应的操作。
- "收藏夹"按钮：收藏夹中收藏了需要的网址，与通讯中心的操作类似，单击"收藏夹"按钮★，在弹出的菜单中选择需要的网址即可打开相应的网站。
- 控制按钮：依次的名称分别是"最小化"按钮、"最大化"按钮、"关闭"按钮，用于对 AutoCAD 窗口执行相应操作。

## 1.5.2 选项卡

选项卡陈列了各菜单命令，方便了用户的使用，默认情况下有"常用"、"块和参照"、"注释"、"工具"、"视图"和"输出"选项卡，单击某个选项卡将打开其相应的编辑按钮组，可以绘制和编辑图形，如图 1-22 所示。单击右侧的"帮助"按钮，可打开帮助文件。

图 1-22　选项卡

**指点迷津**

选项卡的右侧"最小化为面板标题"按钮，可收缩选项卡中的编辑按钮只显示各组名称，此时单击按钮可将其收缩为只有选项卡标题的样式，再次单击按钮可将选项卡还原。

## 1.5.3 绘图区

为了方便绘图，软件开发者同样把绘图区设置为工作界面中最大的一个区域，里面包括了十字光标和坐标系图标，其右上角还有图形文件控制按钮，与标题栏上的控制按钮作用类似，如图 1-23 所示。

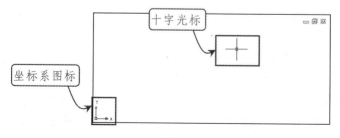

图 1-23　绘图区

### 1.5.4 命令行

命令行是 AutoCAD 与用户交流的平台，如图 1-24 所示，它反馈着各种信息，在绘制图形对象时，用户应密切关注命令行中出现的信息，按信息提示进行相应的操作即可。

在绘图的过程中，如果需查看多行命令，可按【F2】键将 AutoCAD 文本窗口打开，该窗口中显示了对文件执行过的所有命令，如图 1-25 所示。在该窗口中也可输入命令，命令行是跟随命令执行过程变化的。

图 1-24 命令行 　　　　　　　　　　　　图 1-25 文本窗口

### 1.5.5 状态栏

状态栏位于屏幕最下方，其左边显示的是十字光标在绘图区中位置的 $X$、$Y$、$Z$ 坐标值，右边有功能开关按钮，如图 1-26 所示。

图 1-26 状态栏

功能开关按钮用于设置 AutoCAD 的辅助绘图功能，单击某个按钮，使其呈蓝底显示时表示启用该功能，再次单击该按钮使其呈灰底显示时则表示关闭该功能。其中各按钮的作用如下：

- "捕捉模式"按钮 ▦：用于捕捉设定的间距的倍数点和栅格点。
- "栅格显示"按钮 ▦：用于在绘图区内显示栅格点。启动该功能后绘图区内自动显示栅格点。
- "正交模式"按钮 ⌐：用于绘制二维平面图形的水平和垂直线段以及正等轴测图中的线段。启动该功能后，光标只能在水平或垂直方向上确定位置，从而可快速绘制水平线和垂直线。
- "极轴追踪"按钮 ⌀：用于捕捉和绘制与起点水平线成一定角度的线段。
- "对象捕捉"按钮 ▢：用于捕捉对象中的特殊点，如圆心、中点等。

- "对象捕捉追踪"按钮◢：该功能和对象捕捉功能一起使用，用于追踪捕捉点线性方向上与其他对象特殊点的交点。
- "允许/禁止动态"按钮◣：用于使用或禁止动态 UCS。
- "动态输入"按钮↳：用于使用动态输入。当开启此功能并输入命令时，十字光标附近将显示线段的长度及角度，按【Tab】键可在长度及角度值间切换，并可输入新的长度及角度值。
- "显示/隐藏线宽"按钮＋：用于在绘图区显示绘图对象的线宽度。
- "快捷特性"按钮▦：用于禁止和开启快捷特性面板。可以显示对象的快捷特性面板，能帮助用户快捷地编辑对象的一般特性。
- "模型"按钮▥：用于转换到模型空间。
- "布局 1"按钮▥：用于转换到布局 1 空间。
- "快速查看布局"按钮▥：用于快速转换和查看布局空间。
- "快速查看图形"按钮▥：用于快速查看图形和在不同空间下查看图形。
- "平移"按钮✋：用于随意拖动并查看图形。
- "缩放"按钮🔍：用于放大或缩小查看图形。
- "SteeringWheel"按钮◎：单击该按钮，可以打开控制盘来追踪光标在绘图窗口中的移动，并且提供了控制二维和三维图形显示的工具，一般称其为"操纵轮"。
- "ShowMotion"按钮▦：用于访问当前图形中已存储的并按类别组织起来的一系列活动的命名视图。
- "注释比例"按钮△1:1▾：用于更改可注释对象的注释比例。
- "注释可见性"按钮△：用于显示所有比例的注释性对象。
- △按钮：注释比例更改时自动将比例添加至注释性对象。
- "切换工作空间"按钮⚙：可以快速切换和设置绘图空间。
- "锁定"按钮🔓：用于锁定或开启浮动或固定的工具栏、浮动或固定的窗口进行锁定，使其不会被用户不小心移到别的地方。当有工具栏或窗口被锁定后，该图标变为🔒。
- "应用程序状态栏菜单"按钮▾：在弹出的下拉菜单中可改变状态栏的相应组成部分。
- "全屏显示"按钮▢：用于隐藏 AutoCAD 窗口中"功能区"选项板等界面元素，使 AutoCAD 的绘图窗口全屏显示。

## 1.6　AutoCAD 命令的基本调用方法

了解输入命令、退出命令以及重复执行命令的使用方法

　　AutoCAD 主要的绘图方法是在命令行中输入命令进行绘制，所以学习在 AutoCAD 中命令的基本调用方法是很必要的，下面分别对其进行讲解。

### 1.6.1 输入命令

在命令行输入命令可以有效地提高绘图速度，但前提是必须牢记各种操作的命令。其输入方法非常简单，在命令行中单击，看到闪烁的鼠标光标后输入命令快捷键，按【Enter】或者【空格】键确认命令输入，然后跟着提示信息一步一步地操作即可。

在执行命令过程中，系统经常会提示用户进行下一步的操作，其命令行提示的各种特殊符号的含义如下：

● 在命令提示行 [ ] 符号中有以 "/" 符号隔开的内容：它表示该命令下可执行的各个选项，若要选择某个选项，只需输入圆括号中的字母即可，该字母既可以是大写形式也可以是小写形式。在图 1-27 中，若要选择 "两点" 选项可直接输入 "2P"。

```
命令: c
CIRCLE 指定圆的圆心或 [三点(3P)/两点(2P)/切点、切点、半径(T)]:
指定圆的半径或 [直径(D)] <229.6504>:
```

图 1-27　命令行中的特殊符号

● 某些命令提示的后面有一个尖括号 "< >"：其中的值是当前系统的默认值或是上次操作时使用的值，若在这类提示下，直接按【Enter】或【空格】键则采用系统默认值或上次操作时使用的值并执行命令（见图 1-27）。

### 1.6.2 退出命令

在绘图过程中，如果需要退出正在执行的某命令，直接在键盘上按【Esc】键即可。

### 1.6.3 重复执行命令

快速重复执行命令的方法如下：
● 在命令行为 "命令:" 提示状态时直接按【Enter】键或【空格】键，这时系统将自动执行前一次操作的命令。
● 如果用户需执行以前执行过的相同命令，可按小键盘上的【↑】键，这时将在 "命令:" 提示状态中依次显示前面输入的命令或参数，当出现需要执行的命令后，按【Enter】键或【空格】键即可执行。

## 1.7 管理图形文件

掌握新建、打开、保存以及关闭图形文件的方法

在图形图像软件中对图形文件进行必要的管理是非常必要的，管理图形文件操作包括新建、打开、保存以及关闭，下面分别讲解其操作方法。

### 1.7.1 新建图形文件

新建文件主要有以下几种方法：

● 单击快速访问区的"新建"按钮□。
● 单击"菜单浏览器"按钮█，在弹出的菜单中选择【文件】/【新建】命令。
● 在命令行中执行"NEW"命令。
● 按【Ctrl+N】组合键。

执行以上任意命令后，都将打开如图 1-28 所示的"选择样板"对话框，在其中可选择新图形文件的样板文件。选择一个文件后，在右侧的预览区域中会显示所选样板的效果，单击 [打开⑩] 按钮即可打开，并可在该样板基础上新建图形文件。

图 1-28　"选择样板"对话框

### 1.7.2 打开图形文件

若计算机中已经保存了 AutoCAD 文件，可以将其打开进行查看和编辑，打开图形文件的命令主要有如下几种方法：

● 单击快速访问区的"打开"按钮□。
● 单击"菜单浏览器"按钮█，在弹出的快捷菜单中选择【文件】/【打开】命令。
● 在命令行中输入"OPEN"命令。
● 按【Ctrl+O】组合键。

执行以上任意命令后，都将打开如图 1-29 所示的"选择文件"对话框，在"查找范围"下拉列表框中选择要打开文件的路径，在中间的列表框中选择要打开的文件，然后单击 [打开⑩] 按钮即可打开所选图形文件。

单击 [打开⑩] 按钮右侧的█按钮，系统将打开如图 1-30 所示的下拉菜单，在该菜单中可以选择图形文件的打开方式。对其分别介绍如下：

● 打开：选择该选项将直接打开图形文件。
● 以只读方式打开：选择该选项文件将以只读方式打开，以此方式打开的文件可以进行编辑操作，但保存时不能覆盖原文件。
● 局部打开：选择该选项，系统将打开"局部打开"对话框。如果图形中图层较多，可采用"局部打开"方式，只打开其中某些图层。

● 以只读方式局部打开：以只读方式打开图形的部分图层。

图 1-29 "选择文件"对话框

图 1-30 选择打开方式

## 1.7.3 保存图形文件

绘图完成以后应保存已绘制完成的图形，在绘图工作中也应随时保存图形，以免因死机、停电等意外使图形丢失。下面介绍在不同情况下保存图形文件的方法。

### 1. 保存新文件

保存新文件就是保存从未进行过保存操作的文件，其命令的调用方法如下：

● 单击快速访问区的"保存"按钮 。
● 单击"菜单浏览器"按钮 ，在弹出的快捷菜单中选择【文件】/【保存】命令。
● 在命令行中输入"SAVE"命令。
● 按【Ctrl+S】组合键。

执行上述任意命令后，都将打开如图 1-31 所示的"图形另存为"对话框，在"保存于"下拉列表框中指定文件的保存路径，在"文件名"下拉列表框中输入要保存的文件名称。在"文件类型"下拉列表框中选择要保存的文件类型，然后单击 保存(S) 按钮即可将其保存到指定的文件夹中。

图 1-31 "图形另存为"对话框

在"图形另存为"对话框的"文件类型"下拉列表框中部分选项的含义如下：

- *dwg：AutoCAD 默认的图形文件类型。
- *dxf：包含图形信息的文本文件或二进制文件，可供其他 CAD 程序读取该图形文件的信息。
- *dws：二维矢量文件，使用这种格式可以在网络上发布 AutoCAD 图形。
- *dwt：AutoCAD 样板文件，新建图形文件时，可以基于样板文件创建图形文件。

### 2. 保存编辑后的文件

对已经保存过的文件进行编辑后，又不想覆盖以前的图形文件效果，可以对图形进行另外保存，其命令的调用方法如下：

- 单击"菜单浏览器"按钮，在弹出的菜单中选择【文件】/【另存为】命令。
- 在命令行中输入"SAVEAS"命令。

执行上述任意命令后，同样打开 "图形另存为"对话框，然后再对其设置保存位置和名称，其方法与保存新文件相同。

### 3. 自动保存正在编辑中的文件

设置自动保存可以有效地将在计算机出现意外关机或死机时造成的损失降到最低，免去重复执行保存操作的麻烦,从而提高绘图速度。其方法是：在绘图区中右击，在弹出的快捷菜单中选择"选项"命令，打开"选项"对话框，单击"打开和保存"选项卡。选中"文件安全措施"栏的☑自动保存(U)复选框，再在下面的文本框中输入想设定的自动保存的间隔时间（一般设置为 5~10min 为宜），然后单击 确定 按钮即可，如图 1-32 所示。

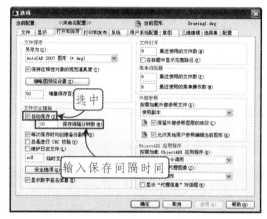

图 1-32　设置自动保存间隔时间

## 1.7.4　关闭图形文件

在 AutoCAD 2009 中，关闭文件的命令有以下几种调用方法：

- 单击绘图区右上角的"关闭"按钮。
- 单击标题栏的"关闭"按钮。

## 1.8 综合实例——绘制矩形并保存

掌握启动和退出 AutoCAD 2009，调用命令，保存、关闭以及打开文件等操作的方法

通过本章前面各小节的学习，我们掌握了 AutoCAD 2009 基础操作知识，下面就在绘图区绘制如图 1-33 所示的矩形。

图 1-33 最终效果

**制作思路**

绘制矩形并保存

①从开始菜单启动 AutoCAD 2009。

②通过选项卡输入命令绘制图形。

③保存图形文件并关闭，然后打开查看效果。

其具体操作步骤如下：

**Step 1** 单击 开始 按钮，选择【所有程序】/【Autodesk】/【AutoCAD 2009-Simplified Chinese】/【AutoCAD 2009】命令，启动 AutoCAD 2009。

**Step 2** 选择【常用】/【绘图】组，单击"矩形"按钮 □，在绘图区中任意单击一点，向对角方向拖动鼠标并单击（矩形大小用户可自行确定），绘制后的效果如图 1-34 所示。

**Step 3** 单击快速访问区的"保存"按钮 💾，打开"图形另存为"对话框，在"保存于"下拉列表中选择"桌面"选项，在"文件名"下拉列表框中输入文本"矩形"，然后单击 保存(S) 按钮【源文件\第 1 章\直线.dwg】，如图 1-35 所示。

图 1-34 绘制矩形

图 1-35 "图形另存为"对话框

**Step 4** 单击绘图区右上角的"关闭"按钮 ✕，关闭图形文件，如图 1-36 所示，单击快速访问区的"打开"按钮 📂，打开"选择文件"对话框。

**Step 5** 在对话框中的"查找范围"下拉列表框中选择"桌面"选项，在中间列表框中选择"矩形"图形文件，然后单击 打开(O) 按钮，如图 1-37 所示。查看效果后单击标题栏右侧的"关闭"按钮 ✕，关闭并退出该软件。

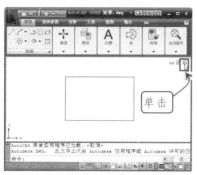

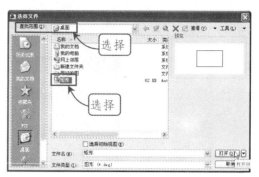

图 1-36　关闭图形文件　　　　图 1-37　"选择文件"对话框

## 1.9 大显身手

巩固练习命令的基本调用方法和保存图形文件的方法

使用本章学习的命令的基本调用方法，绘制如图 1-38 所示的斜线，然后保存并命名为"斜线.dwg"【源文件\第 1 章\斜线.dwg】。在绘制图形时，应先关闭正交模式的显示。

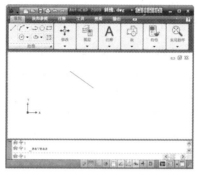

图 1-38　斜线

## 电脑急救箱

运用本章知识时若遇到文本窗口和坐标值操作等问题，别急，打开急救箱看看吧

**Q** AutoCAD 文本窗口可以显示多少个执行过的命令步骤？

**A** AutoCAD 文本窗口可以显示最近操作过的 211 个步骤。

**Q** 为何在绘图区中移动十字光标时，状态栏左侧不显示坐标值的变动了？

**A** 单击状态栏左侧的坐标值即可在显示或隐藏坐标值之间进行切换。在坐标值上右击，在弹出的快捷菜单中可以选择显示相对或绝对坐标值。

# 第2章
# 绘图前的准备工作

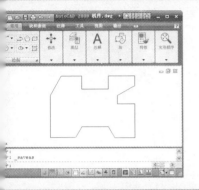
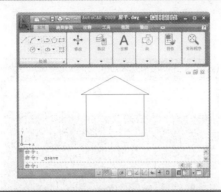
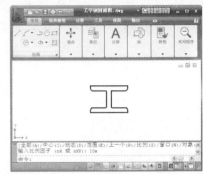

## 本章要点

- 设置绘图环境
- AutoCAD 坐标系与坐标点
- 视图操作以及辅助定位
- 使用对象捕捉类型

　　掌握 AutoCAD 2009 的基本操作后，我们不建议马上就盲目地进行绘图。为了以后绘图更加精准、快速，本章将讲解设置适合自己的绘图环境、视图操作、使用辅助定位以及使用对象捕捉类型，为用户以后的绘图做下铺垫。当然，在 AutoCAD 中绘图还需要掌握坐标系和坐标点的相关知识，本章都将逐一讲解。

## 2.1 项目观察——设置绘图环境

了解设置绘图环境和在命令行输入命令的方法

通过前面的学习我们可以快速启动或退出 AutoCAD 2009，以及命令的基本调用方法和图形文件的操作方法，通过对本章相关知识的学习后可以设置如图 2-1 所示的绘图环境，让后面绘制图形更加方便。

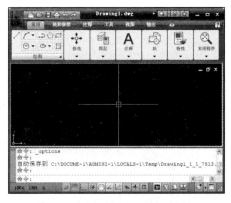

图 2-1    设置绘图环境后的效果

其具体操作步骤如下：

**Step 1** 启动 AutoCAD 2009，在命令行中执行"LIMITS"命令，其操作如下：

| | |
|---|---|
| 命令：LIMITS | //执行"LIMITS"命令 |
| 重新设置模型空间界限： | //系统提示 |
| 指定左下角点或[ 开( ON )/关( OFF ) ]<0.0000, 0.0000>: | //按【空格】键确定左下角坐标，保持默认设置 |
| 指定右上角点<420.0000, 297.0000>: | //按【空格】键确定右下角坐标，保持默认设置 |

**Step 2** 在命令行中执行"UNITS"命令，打开"图形单位"对话框，在"长度"栏的"精度"下拉列表框中选择"0"选项，然后单击 确定 按钮，如图 2-2 所示。

**Step 3** 单击"菜单浏览器"按钮███，选择【工具】/【选项】命令，打开"选项"对话框，单击"显示"选项卡，再单击 颜色(C)... 按钮，如图 2-3 所示。

图 2-2    "图形单位"对话框

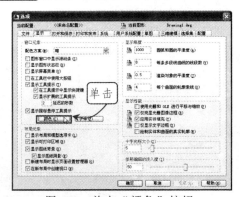

图 2-3    单击"颜色"按钮

**Step 4** 打开"图形窗口颜色"对话框,在"颜色"下拉列表框中选择需要的颜色,这里选择"黑色"选项,单击 应用并关闭(A) 按钮,如图2-4所示,返回"选项"对话框,在"十字光标大小"栏中的文本框中输入"20",如图2-5所示。

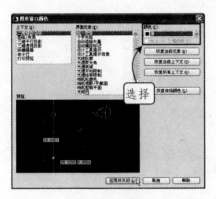

图2-4 "图形窗口颜色"对话框

图2-5 设置十字光标大小

**Step 5** 单击"选择集"选项卡,在"拾取框大小"栏,向右拖动滑块到如图2-6所示的位置处,然后单击 确定 按钮。

**Step 6** 将鼠标光标移动到命令行上方,待鼠标光标变成 时,向上移动鼠标,让命令行显示出5行,如图2-7所示,然后关闭图形文件。

图2-6 设置拾取框大小

图2-7 设置命令行

通过上述项目案例的制作可以看出 AutoCAD 2009 绘图环境是可以进行设置的,设置后可以使以后绘图更加方便。当然在设置时,最好按照自己的绘图习惯。下面将具体讲解绘图前的准备工作。

## 2.2 设置绘图环境

掌握设置绘图环境的方法

绘图环境设置主要包括图形界限、绘图单位、绘图区颜色、命令行的显示、十字光标、工具栏的移动、保存工作空间和选择工作空间等操作,下面分别讲解其操作方法。

### 2.2.1 设置图形界限

图形界限也就是图纸大小，设置图形界限时应根据图纸的大小设置对应的绘图范围。其命令的调用方法如下：

- 单击"菜单浏览器"按钮，选择【格式】/【图形界限】命令。
- 在命令行中执行"LIMITS"命令。

执行上述任意命令后，其命令行操作如下：

```
命令：LIMITS                              //执行"LIMITS"命令
重新设置模型空间界限：                     //系统提示
指定左下角点或[ 开( ON )/关( OFF ) ]<0.0000,
0.0000>：                                 //按【空格】键确定左下角坐标，保持默认设置
指定右上角点<420.0000，297.0000>：        //确定绘图区右上角端点
```

在执行命令过程中，各选项含义如下：

- **开**：选择该选项可以打开图形界限。在图形界限打开的状态下，只能在设置的绘图范围内进行绘图。
- **关**：选择该选项可以关闭图形界限。在图形界限关闭的状态下，并不受图形界限的限制。

### 2.2.2 设置绘图单位

在绘图时，绘图单位的设置是非常重要的，其命令的调用方法如下：

- 单击"菜单浏览器"按钮，选择【格式】/【单位】命令。
- 在命令行中执行"UNITS"、"DDUNITS"或"UN"命令。

执行上述任意命令的具体操作步骤如下：

**Step 1** 启动 AutoCAD 2009，在命令行中执行"UNITS"命令，打开"图形单位"对话框，在"长度"栏的"类型"下拉列表框中选择长度单位的类型，一般保持默认不变，在"精度"下拉列表框中选择"0"选项。

**Step 2** 在"角度"栏的"类型"下拉列表框中选择角度单位的类型，一般保持默认不变，在"精度"下拉列表框中选择"0"选项，然后单击 确定 按钮，如图 2-8 所示。

图 2-8 "图形单位"对话框

"图形单位"对话框中其他选项含义如下：

● 选中 ☑顺时针© 复选框，则以顺时针方向为正方向，默认以逆时针为正方向。

● "插入时的缩放单位"栏的"用于缩放插入内容的单位"下拉列表框中可选择以拖放方式插入图块时的单位。如果创建图块时为该选项指定的单位与此处设置的单位不同，则以现在设置的单位缩小或放大图块。

● 单击 方向①... 按钮，将打开如图 2-9 所示的"方向控制"对话框，在该对话框中可设置基准角度的方向，默认以东方为 0°。

图 2-9 "方向控制"对话框

### 2.2.3 设置绘图区颜色

AutoCAD 默认的绘图区颜色为"254，252，240"，用户可以根据自己的绘图习惯进行设置，其具体操作步骤如下：

**Step 1** 启动 AutoCAD 2009，单击"菜单浏览器"按钮，选择【工具】/【选项】命令，打开"选项"对话框。

**Step 2** 单击"显示"选项卡，再单击 颜色©... 按钮，如图 2-10 所示，打开"图形窗口颜色"对话框，在"颜色"下拉列表框中选择自己喜欢的颜色，这里选择"白色"选项，单击 应用并关闭(A) 按钮，如图 2-11 所示。

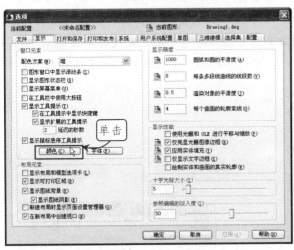

图 2-10 "显示"选项卡

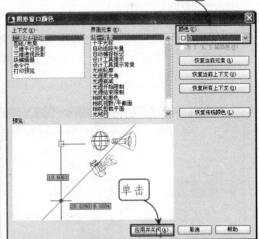

图 2-11 设置颜色

**Step 3** 返回"选项"对话框，单击 确定 按钮，如图 2-12 所示，即可发现绘图区颜色由原来的"254，252，240"变成了白色，如图 2-13 所示。

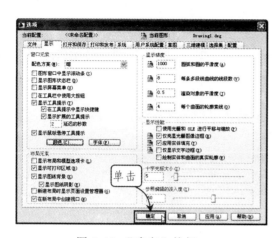

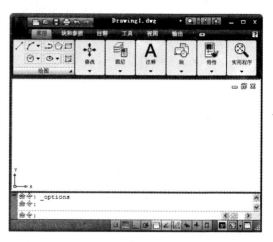

图 2-12 "确定"按钮　　　　　　　　图 2-13　设置绘图区颜色后的效果

## 2.2.4　设置命令行的显示

命令行又称命令提示行，它提示用户在绘制图形时要进行的操作，其显示的行数和字体都可以进行设置，其具体操作步骤如下：

**Step 1** 将鼠标光标移动到命令行的上方，当鼠标光标呈 ⇕ 时，按住鼠标左键不放，并向上或向下移动鼠标，可扩大或缩小命令行的显示行数。

**Step 2** 单击"菜单浏览器"按钮 ■，选择【工具】/【选项】命令，打开"选项"对话框，单击"显示"选项卡，单击"窗口元素"栏中的 字体(F) 按钮，如图 2-14 所示。

**Step 3** 打开"命令行窗口字体"对话框，在"字体"列表框中选择需设置的字体，然后在"字形"和"字号"列表框中选择需要的字形和字号，设置完成后单击 应用并关闭 按钮。返回"选项"对话框，再单击 确定 按钮即可完成命令行字体的设置，如图 2-15 所示。

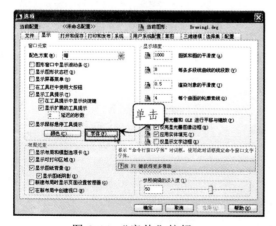

图 2-14　"字体"按钮

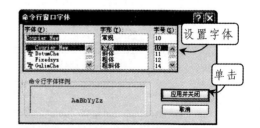

图 2-15　"命令行窗口字体"对话框

## 2.2.5　设置十字光标

在绘图区中，可移动的鼠标光标称为十字光标，十字光标的交点显示了当前点在坐标系中的位置。

### 1.　设置十字光标大小

系统默认的十字光标的大小为屏幕大小的 5%，根据绘图需要可以设置十字光标大小，其具体操作步骤如下：

**Step1**　单击"菜单浏览器"按钮█，选择【工具】/【选项】命令，打开"选项"对话框，单击"显示"选项卡。

**Step2**　在"十字光标大小"栏的文本框中，输入需要的十字光标大小或拖动其右侧的滑块，向左拖动滑块可以将十字光标缩小，向右拖动滑块可以将十字光标扩大，然后单击████ 确定 ██ 按钮，如图 2-16 所示。

**Step3**　返回绘图区即可查看到十字光标由原来的 5% 扩大到了 20%，效果如图 2-17 所示。

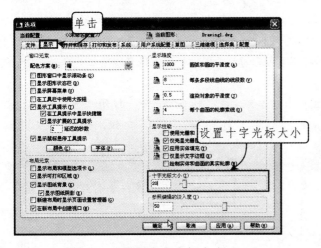

图 2-16　设置十字光标大小

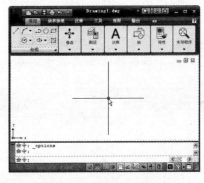

图 2-17　设置后的效果

### 2.　设置拾取框的大小

十字光标中间的方框就是拾取框，在选择图形对象时比较重要，可以根据需要调整大小，其具体操作步骤如下：

**Step1**　单击"菜单浏览器"按钮█，选择【工具】/【选项】命令，打开"选项"对话框，单击"选择集"选项卡。

**Step2**　拖动"拾取框大小"栏的滑块，向左拖动滑块可以将拾取框缩小，向右拖动滑块可以将拾取框扩大，设置完成后单击████ 确定 ██ 按钮，如图 2-18 所示。返回绘图区即可查看到拾取框变成了设置后的效果，如图 2-19 所示。

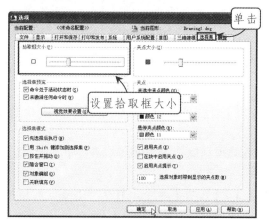

图 2-18　设置拾取框大小

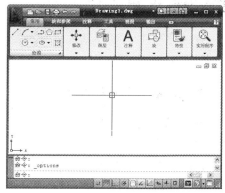

图 2-19　设置后的效果

## 2.2.6　工具栏的移动

将经常使用的工具栏添加到工作界面需要的位置处，可以提高绘图效率，其具体操作步骤如下：

**Step 1** 在快速访问区右击，在弹出的快捷菜单中选择【工具栏】/【AutoCAD】/【标注】命令，在弹出的快捷菜单中选择需要添加的工具栏，如选择"绘图"选项，如图 2-20 所示。

**Step 2** 返回绘图区，单击"绘图"工具栏前的 ▌图标并按住鼠标左键不放，拖动鼠标到工作界面中需要的位置后释放鼠标，如图 2-21 所示。

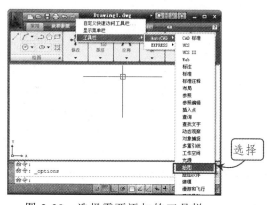

图 2-20　选择需要添加的工具栏

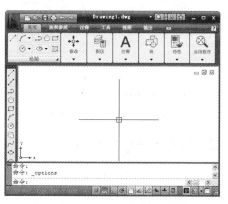

图 2-21　移动工具栏的位置

## 2.2.7　保存工作空间

设置了工作空间后，可以将其保存，以便日后随时调用，其具体操作步骤如下：

**Step 1** 单击状态栏的"切换工作空间"按钮 ⚙，在弹出的菜单中选择"将当前工作空间另存为"命令，如图 2-22 所示。

**Step 2** 打开"保存工作空间"对话框，在"名称"文本框中输入空间名称"空间1"，然后单击 **保存** 按钮，保存设置的工作空间，如图 2-33 所示。

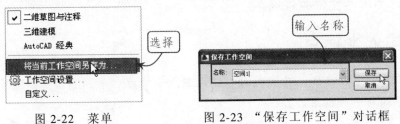

图 2-22　菜单　　　　　　　　　图 2-23　"保存工作空间"对话框

## 2.2.8 选择工作空间

工作空间保存后，在需要的时候可以进行选择使用，其方法是：单击状态栏的"切换工作空间"按钮 ⚙ 后，在弹出的菜单中选择需要的工作空间。

## 2.3 AutoCAD 坐标系与坐标点

了解使用坐标系和输入坐标的方法

在 AutoCAD 中任何物体在空间中的位置都是通过坐标系来表达的，因此掌握使用坐标系和输入坐标点是非常重要的。进入 AutoCAD 后左下角显示的图标就是坐标系图标，下面分别讲解坐标系和坐标点的相关知识。

### 2.3.1 使用坐标系

AutoCAD 中的坐标系分为世界坐标系和用户坐标系两种，下面分别讲解两种坐标系。

**1.** 世界坐标系

进入 AutoCAD 后的默认坐标系就是世界坐标系，简称"WCS"，它是固定不变的坐标系。它规定沿 $X$ 轴正方向向右为水平距离的增加方向，沿 $Y$ 轴正方向向上为垂直距离的增加方向，$Z$ 轴垂直于 $XY$ 平面，沿 $Z$ 轴垂直屏幕向外为距离的增加方向。原点是 $X$、$Y$ 和 $Z$ 轴的交点（0，0，0），世界坐标系总是存在于一个设计图形之中。

**2.** 用户坐标系

用户坐标系与世界坐标系相对，它是可以改变的坐标，简称"UCS"。它包括绝对坐标、相对坐标、绝对极坐标和相对极坐标，分别介绍如下：

● **绝对坐标：** 绝对坐标用于表示在二维或三维平面中距离两个或三个点彼此相交的垂直坐标轴的距离，与数学中表示点的方法相同。

● **相对坐标：** 相对坐标是以某一特定点为参考点，然后输入相对于该点的位移坐标来确定另一点。

- **绝对极坐标**：绝对极坐标用于表示距原点之间的距离和角度。
- **相对极坐标**：相对极坐标是以某一特定点为参考极点，输入相对于极点的距离和角度来定义一个点的位置。

## 2.3.2 输入坐标点

为了使绘制的图形准确，在绘图时需精确输入坐标点。不同的坐标系有不同的输入方法，下面分别对其进行讲解。

### 1. 绝对坐标输入

绝对坐标是以坐标原点（0,0,0）为基点来定位其他所有的点，用户可以通过输入（X,Y,Z）坐标来确定点在坐标系中的位置。其中（X,Y,Z）分别表示输入点在 X、Y、Z 轴方向到原点间的距离，若 Z 值为 0，则可省略。绝对坐标的使用格式为：第一个点,第二个点。

### 2. 绝对极坐标输入

绝对极坐标的使用格式为：距离<角度。如要指定距离原点距离为 40，角度为 45° 的点，输入"40<45"即可。

### 3. 相对坐标输入

相对坐标的使用格式为：@ΔX,ΔY,ΔZ。"@"字符表示当前为相对坐标输入，它表示输入点距上一点的 X 值、Y 值和 Z 值。

### 4. 相对极坐标输入

相对极坐标的使用格式为：@距离<角度。在输入极坐标时，AutoCAD 默认角度按逆时针方向增大，按顺时针方向减小。

## 2.4 视图操作

掌握视图操作的各种方法

在绘图的过程中，为了使绘制的图形更加精准，可以从多面观察图形对象，也就是对视图进行操作，包括平移、缩放以及重画与重生成等，下面分别进行讲解。

### 2.4.1 平移视图

平移视图操作一般用于图形较大、绘图区无法显示完全时。平移操作不会改变图纸上图形的实际位置和尺寸大小，也不会改变图形界限。其命令调用方法如下：

- 选择【常用】/【实用程序】组，单击"平移"按钮。
- 在状态栏中，单击"平移"按钮。

- 单击"菜单浏览器"按钮█，选择【视图】/【平移】命令，再在弹出的级联菜单中选择需要的命令。
- 在命令行中输入"PAN"或"P"命令。

执行上述任意命令后，绘图区中的十字光标呈 形状时，在绘图区按下鼠标左键不放，移动鼠标位置可以自由移动当前图形。

## 2.4.2 缩放视图

缩放视图不会改变图形对象实际尺寸的大小、形状。它包括显示全部对象、比例缩放、范围缩放等，其命令调用方法如下：

- 选择【常用】/【实用程序】组，单击"范围"按钮 右侧 按钮，在弹出的下拉菜单中选择需要的缩放方式即可。
- 在状态栏中，单击"缩放"按钮 。
- 滚动三键鼠标滚轮，可自由缩放图形。
- 在命令行中输入"ZOOM"命令。

### 1. 显示全部对象

显示全部对象命令可以将图形中的所有对象都显示出来，其命令行操作如下：

| | |
|---|---|
| 命令:ZOOM | //执行"ZOOM"命令 |
| 指定窗口的角点，输入比例因子 (nX 或 nXP)，或者[全部(A)/中心(C)/动态(D)/范围(E)/上一个(P)/比例(S)/窗口(W)/对象(O)] <实时 >:A | //选择"全部"选项，并按【空格】键 |
| 正在重生成模型。 | //系统自动显示结果 |

### 2. 比例缩放视图

比例缩放视图命令可以按照一定的比例将视图放大或缩小指定的倍数，并不会影响图形的实际大小。其命令行操作如下：

| | |
|---|---|
| 命令:ZOOM | //执行"ZOOM"命令 |
| 指定窗口的角点，输入比例因子 (nX 或 nXP)，或者[全部(A)/中心(C)/动态(D)/范围(E)/上一个(P)/比例(S)/窗口(W)/对象(O)] <实时 >:S | //选择"比例"选项，并按【空格】键 |
| 输入比例因子 (nX 或 nXP): | //输入缩放比例倍数，并按【空格】键确认 |

在执行命令过程中，在命令行中提示输入比例因子时有如下几种方法：

- **在输入的比例值后面跟 x：**表示相对于当前视图大小进行比例缩放。
- **在输入的比例值后面跟 xp：**表示相对于图纸空间单位进行比例缩放。
- **直接输入数值：**表示相对于图形界限的比例缩放。

**3.** 范围缩放视图

范围缩放视图命令可以将所有对象最大化显示覆盖整个绘图区域。其命令行操作如下：

| | |
|---|---|
| 命令:ZOOM | //执行 "ZOOM" 命令 |
| 指定窗口的角点，输入比例因子 (nX 或 nXP)，或者[全部(A)/中心(C)/动态(D)/范围(E)/上一个(P)/比例(S)/窗口(W)/对象(O)] <实时>:E | //选择 "范围" 选项，并按【空格】键 |
| 正在重生成模型。 | //系统刷新显示 |

**4.** 其他方法缩放显示视图

在执行 "ZOOM" 过程中还有许多视图缩放方式，分别介绍如下：

● 中心点：指定缩放的中心点，然后再相对于中心点指定比例来缩放视图。
● 动态：动态缩放视图是指使用视图框显示图形的部分对象，在图形中可以移动视图框和调整其大小来增大或缩小视图显示区域。
● 上一个：返回前一个视图。
● 窗口：使用鼠标拖动一个矩形区域，释放鼠标后该矩形区域充满整个视图。
● 实时：选择该选项后可以通过拖动鼠标随意缩放视图。

## 2.4.3 重画与重生成

重画或重生成命令可以刷新当前视窗中的图形，消除残留的标记点痕迹，使图形变得清晰有序。其命令调用方法如下：

● 单击 "菜单浏览器" 按钮，在弹出的快捷菜单中选择【视图】/【重画】/【重生成】命令。
● 在命令行中输入 "REDRAWALL"、 "REGEN" 或 "REGENALL" 命令。
其命令行操作非常简单，这里不再赘述。

# 2.5 使用辅助定位

掌握使用辅助定位的操作方法

在绘制图形对象时，使用辅助定位不但准确而且快速，可以有效提高绘图效率，下面分别对其进行讲解。

## 2.5.1 设置捕捉模式

设置捕捉模式也就是设置捕捉条件，在绘图时系统自动捕捉设置的特征点，其具体操作步骤如下：

**Step 1** 移动鼠标到状态栏"捕捉模式"按钮███上并右击，在弹出的快捷菜单中选择"设置"命令，打开"草图设置"对话框。

**Step 2** 单击"对象捕捉"选项卡，选中☑启用对象捕捉 (F3)(0)复选框和☑启用对象捕捉追踪 (F11)(K)复选框，在"对象捕捉模式"列表中选中需要的捕捉模式复选框，然后单击██确定██按钮，如图2-24所示。

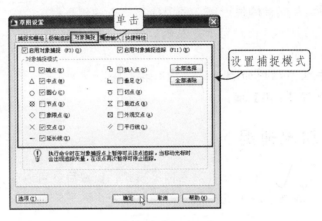

图 2-24 "草图设置"对话框

## 2.5.2 栅格显示

栅格是由许多可见但不能打印的小点构成的网格，如图2-25所示，是一种可见位置的参考图标，其命令调用方法如下：

- 单击状态栏中的██栅格██按钮。
- 直接按【F7】键。
- 在命令行中输入"GRID"命令。

命令行操作如下：

图 2-25 开启栅格功能后的效果

命令: GRID                                    //执行 GRID 命令
指定栅格间距(X) 或 [开(ON)/关(OFF)/捕捉(S)/主(M)/自适
应(D)/界限(L)/跟随(F)/纵横向间距(A)] <10.0000>:    //指定栅格间距或选择其他选项

在执行命令过程中各选项含义如下：

- 开：将按当前间距显示栅格。
- 关：关闭栅格显示。
- 捕捉：将栅格间距定义为与SNAP命令设置的当前光标移动间距相同。
- 纵横向间距：设置栅格的X向间距和Y向间距。在输入值后输入"x"将栅格间距定义为捕捉间距的指定倍数（默认为10倍）。
- <10.0000>：表示默认栅格间距为10，可在提示后输入一个新的栅格间距。栅格过于密集时，屏幕上不显示出栅格，对图形进行局部放大观察才能查看到。

### 2.5.3 极轴追踪

开启极轴追踪功能后可以使用指定的角度来绘制对象。用户在极轴追踪模式下确定目标点时，系统会在光标接近指定角度时显示临时的对齐路径，并自动在对齐路径上捕捉距离光标的最近点，同时给出该点的信息提示，如图 2-26 所示，用户可据此准确地确定目标点。其命令调用方法如下：

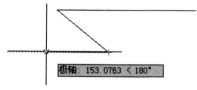

图 2-26　开启极轴追踪后的效果

- 单击状态栏中的"极轴追踪"按钮 。
- 直接按【F10】键。

### 2.5.4 对象捕捉

前面 2.5.1 节讲解了设置对象捕捉模式，设置后就可以使用对象捕捉模式绘制和编辑图形对象，在设置了对象捕捉模式的特征点处，即显示节点，如图 2-27 所示。其命令调用方法如下：

- 单击状态栏中的"对象捕捉"按钮 。
- 直接按【F3】键。

### 2.5.5 对象捕捉追踪

对象捕捉追踪功能既包括对象捕捉又包括对象追踪功能，对象捕捉追踪功能使用方法是：先根据对象捕捉功能确定对象的某一特征点，然后以该点为基准点进行追踪，以得到准确的目标点。其命令调用方法如下：

图 2-27　开启对象捕捉后的效果

- 单击状态栏中的"对象捕捉追踪"按钮 。
- 直接按【F11】键。

### 2.5.6 动态输入

动态输入包括指针输入和标注输入，其区别是指针输入用于输入坐标值；标注输入用于输入距离和角度。其命令的调用方法如下：

- 单击状态栏中的"动态输入"按钮 。
- 直接按【F12】键。

#### 1. 指针输入

指针输入的具体操作步骤如下：

Step1 将鼠标光标移动到状态栏的"动态输入"按钮 上并右击，在弹出的快捷菜单中选择"设置"命令，打开"草图设置"对话框，选中 ☑启用指针输入(P)复选框。

**Step 2** 在 "指针输入" 栏单击 设置(S)... 按钮，如图 2-28 所示，打开 "指针输入设置" 对话框，在其中进行设置后单击 确定 按钮，如图 2-29 所示。

**Step 3** 打开指针输入，此时在绘图区域中移动光标时，光标处将显示坐标值，首先在第一个工具栏中输入值，然后按【Tab】键，切换到下一个工具栏输入下一个坐标值即可，如图 2-30 所示。

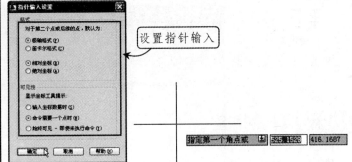

图 2-28　单击 "设置" 按钮　　图 2-29　设置指针输入　　图 2-30　开启指针输入后的效果

#### 2. 标注输入

打开 "草图设置" 对话框，在 "动态输入" 选项卡中，选中☑可能时启用标注输入(U)复选框。坐标输入字段会与正在创建或编辑的几何图形上的标注绑定，工具栏中的值将随着光标的移动而改变，如图 2-31 所示。单击 "标注输入" 栏中的 设置(S)... 按钮，打开 "标注输入的设置" 对话框，如图 2-32 所示，在该对话框中可以对标注输入进行设置。

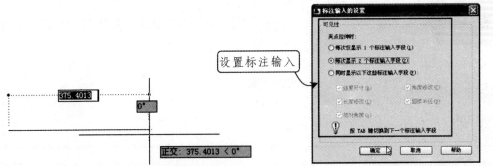

图 2-31　开启标注输入后的效果　　图 2-32　"标注输入的设置" 对话框

### 2.5.7　使用正交模式

使用正交功能可在绘图区中手动绘制水平和垂直的直线。其命令调用方法如下：

● 单击状态栏中的 "正交模式" 按钮 ┗。
● 直接按【F8】键。

# 2.6 综合实例——绘制机件

巩固练习保存工作空间以及辅助绘图的操作方法

通过前面的学习我们掌握了 AutoCAD 2009 基础操作知识，通过对本章相关知识的学习后，使用前面讲解的执行命令的方法以及辅助绘图的相关知识，绘制如图 2-33 所示的机件图形对象。

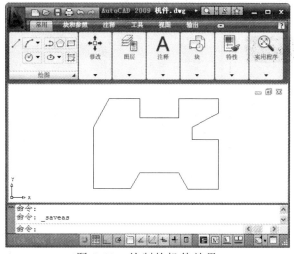

图 2-33 绘制的机件效果

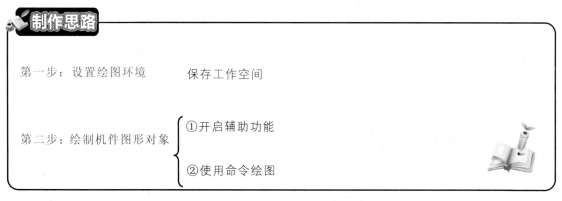

第一步：设置绘图环境    保存工作空间

第二步：绘制机件图形对象 { ①开启辅助功能  ②使用命令绘图

其具体操作步骤如下：

**Step 1** 打开"机件.dwg"图形文件【素材\第 2 章\机件.dwg】，单击状态栏的"切换工作空间"按钮 ⚙️，在弹出的菜单中选择"将当前工作空间另存为"命令。

**Step 2** 打开"保存工作空间"对话框，在"名称"文本框中输入文本"机件"，然后单击 保存 按钮，如图 2-34 所示。

**Step 3** 直接按【F8】键，开启正交模式，在命令行中输入"L"命令，其命令行操作如下：

| | |
|---|---|
| 命令：L | //执行 LINE 命令 |
| 指定第一点： | //在绘图区任意位置处单击 |
| 指定下一点或 [放弃(U)]：13 | //将鼠标向右移并输入"13"，按【空格】键 |

| 指定下一点或 [放弃(U)]: @0, -8 | //输入 "0,-8"，并按【空格】键 |
| 指定下一点或 [闭合(C)/放弃(U)]: 17 | //将鼠标向右移并输入 "17"，按【空格】键 |
| 指定下一点或 [闭合(C)/放弃(U)]: @0,8 | //输入 "0,8"，并按【空格】键 |
| 指定下一点或 [闭合(C)/放弃(U)]: 17 | //将鼠标向右移并输入 "17"，按【空格】键 |
| 指定下一点或 [闭合(C)/放弃(U)]: @0,-6 | //输入 "0,-6"，并按【空格】键 |
| 指定下一点或 [闭合(C)/放弃(U)]: | //按【空格】键，效果如图 2-35 所示 |

图 2-34 "保存工作空间"对话框

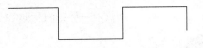

图 2-35 绘制直线后的效果

**Step 4** 再次按【F8】键，关闭正交模式，直接按【F3】键，开启对象捕捉模式，再按【F12】键，开启动态输入模式，在命令行中输入 "L" 命令，将鼠标光标移动到如图 2-36 所示的位置处。

**Step 5** 待出现□特征点时单击，作为直线起点，向左下方移动鼠标，待变成如图 2-37 所示的状态时输入 14，绘制后的效果如图 2-38 所示。

图 2-36 指定直线起点

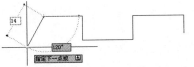

图 2-37 动态输入数据

图 2-38 绘制后的效果

**Step 6** 按照相同的方法，在命令行中输入 "L" 绘制剩下的部分，绘制后的效果如图 2-33 所示【源文件\第 2 章\机件.dwg】。

## 2.7 大显身手

巩固辅助绘图及比例缩放图形的方法

（1）使用 "L" 命令和辅助绘图方法绘制如图 2-39 所示的房子【源文件\第 2 章\房子.dwg】，尺寸如图 2-40 所示。

图 2-39 房子

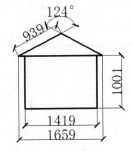

图 2-40 房子的尺寸

（3）打开 "工字剖面图.dwg" 图形文件【素材\第 2 章\工字剖面图.dwg】，使用比例缩放方式，将其放大 10 倍，使其最后效果如图 2-41 所示。

**提示**：比例缩放图形对象后，可能图形对象的位置会发生变化，此时使用平移视图的方法将其移动到绘图区的中央即可。

图 2-41　以窗口打印方式打印预览的效果

# 电脑急救箱

运用本章知识时若遇到工作空间以及视图操作等问题，别急，打开急救箱看看吧

**Q** 对象捕捉和栅格捕捉的区别？

**A** 对象捕捉功能和栅格捕捉功能的区别在于：前者是捕捉待定的目标，后者是捕捉栅格的点阵。

**Q** 工作空间是以文件形式保存在电脑中的吗？在其他电脑中可以调用吗？

**A** 当用户保存工作空间后，AutoCAD 自动将新的工作空间保存在系统中，用户可在任意一个 AutoCAD 窗口中调用，但工作空间不能在其他电脑中调用。

**Q** 在执行视图缩放过程中，如何正确地退出当前正在进行的视图缩放操作？

**A** 若用户不打算保存正在执行的视图缩放操作时，可直接按【Esc】键退出；在执行视图平移、实时缩放等操作时，可右击，在弹出的快捷菜单中选择"退出"命令退出当前的操作。

# 第 3 章
# 绘制点和线型对象

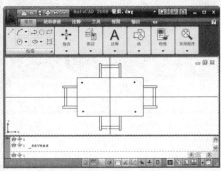
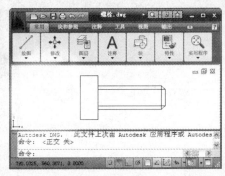

## 本章要点

- 设置点样式并绘制点
- 绘制直线和射线
- 绘制构造线和多段线
- 设置多线样式和绘制多线

　　学习了 AutoCAD 2009 的基本操作，本章将学习一些简单图形对象的绘制方法，为以后绘制复杂图形打下基础，包括点、直线、射线、构造线、多线以及多段线等，还会介绍一些点样式的设置方法。虽然这些图形的绘制方法比较简单，但它们都是绘制复杂图形的基础，需要读者掌握并熟练操作。

## 3.1 项目观察——用点等分直线

初步了解绘制直线、设置点样式以及绘制定距等分点的方法

通过前面的学习我们掌握了 AutoCAD 2009 的基本操作方法，下面我们开始学习在 AutoCAD 2009 中绘制图形，绘制后的效果如图 3-1 所示，通过本项目可以看出绘制点和线型对象是比较简单的。

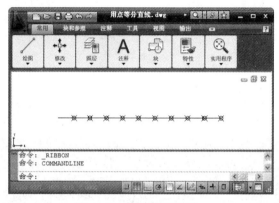

图 3-1　绘制图形效果

其具体操作步骤如下：

**Step 1** 启动 AutoCAD 2009，按【F8】键启动正交功能，然后在命令行中输入 "L" 命令，绘制长为 "1000" 的水平直线，其命令行操作如下：

| 命令:L | //执行 LINE 命令 |
| 指定第一点： | //在绘图区中任意位置处单击一点 |
| 指定下一点或 [放弃(U)]:　1000 | //向右移动鼠标并输入 "1000" |
| 指定下一点或 [放弃(U)]: | //按【空格】键退出命令，绘制完成后效果 |
|  | 如图 3-2 所示 |

**Step 2** 在命令行中输入 "DDPTYPE" 命令，打开 "点样式" 对话框，选择需要的点样式，如选择⊠点样式，然后单击 确定 按钮，如图 3-3 所示。

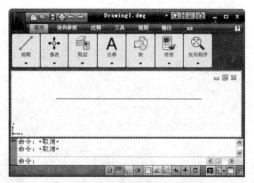

图 3-2　直线绘制后的效果

图 3-3　"点样式" 对话框

**Step 3** 在命令行中输入"MEASURE"命令，其命令行操作如下：

| | |
|---|---|
| 命令: MEASURE | //执行 MEASURE 命令 |
| 选择要定距等分的对象: | //在绘图区中选择刚绘制的直线 |
| 指定线段长度或 [块(B)]: 100 | //输入线段长度"100"，并按【空格】键 |

**Step 4** 绘制后的效果如图 3-1 所示【源文件\第 3 章\用点等分直线.dwg】，然后将其保存到需要的位置。

通过上述项目案例的制作可以看出在 AutoCAD 2009 中可以绘制标准的直线、点，还可以将点设置成非常漂亮的样式，使其更加利于查看，下面将具体讲解点对象和线型对象的绘制方法，本章知识点需要读者熟练掌握。

## 3.2　绘制点对象

学习 AutoCAD 2009 中设置点样式和各种绘制点的方法

默认状态下在绘图区中绘制的点是一个小黑点，不易被查看，所以在绘制点之前应对其样式进行设置。点样式设置好后就可以绘制点，包括单点、多点、定数等分点以及定距等分点等，下面对其进行详细讲解。

### 3.2.1　设置点样式

为了绘制的点更加美观而且更易查看，应对其进行设置，其命令调用方法如下：

● 单击"菜单浏览器"按钮■，在弹出的菜单中选择【格式】/【点样式】命令。

● 在命令行中输入"DDPTYPE"命令。

其具体操作步骤如下：

**Step 1** 启动 AutoCAD 2009，在命令行中输入"DDPTYPE"命令，按【空格】键，打开"点样式"对话框。

**Step 2** 选择需要的点样式，这里选择⊕点样式，单击 确定 按钮，如图 3-4 所示。

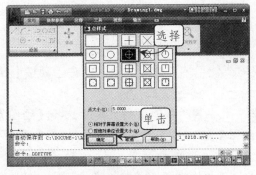

图 3-4　"点样式"对话框

"点样式"对话框中，各选项含义如下：

● **"点大小"文本框**：用于设置点的大小。

- <u>●相对于屏幕设置大小(R)</u>单选按钮：选中该单选按钮，表示按屏幕尺寸的百分比设置点的显示大小。当缩放视图时，点的显示大小并不改变。
- <u>●按绝对单位设置大小(A)</u>单选按钮：选中该单选按钮，表示按"点大小"下指定的实际单位设置点显示的大小，进行缩放时，显示的点大小也得随之改变。

### 3.2.2 绘制单点

如只需绘制一个点，就需要执行绘制单点的命令，其命令调用方法如下：

- 单击"菜单浏览器"按钮▨，在弹出的菜单中选择【绘图】/【点】/【单点】命令。
- 在命令行中输入"POINT"命令。

执行上述任意命令后，其命令行操作如下：

| | |
|---|---|
| 命令：POINT | //执行 POINT 命令 |
| 当前点模式：PDMODE=34   PDSIZE=0.0000 | //系统提示 |
| 指定点： | //在绘图区中单击，绘制后的效果如图 3-5 所示 |

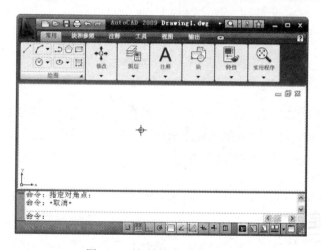

图 3-5　绘制单点后的效果

### 3.2.3 绘制多点

如果需绘制多个点就需要使用多点命令，直到用户手动按【Esc】键结束为止，其命令调用方法如下：

- 单击"菜单浏览器"按钮▨，在弹出的菜单中选择【绘图】/【点】/【多点】命令。
- 选择【常用】/【绘图】组，单击右下角的▟按钮，再单击"多点"按钮▫。
- 选择【常用】/【绘图】组，单击右下角的▟按钮，再单击"多点"按钮▫右侧的▾按钮，在弹出的下拉菜单中选择"多点"命令。
- 在命令行中输入"POINT"命令，然后按【Enter】键，在绘图区任意位置单击绘制点。

### 3.2.4 绘制定数等分点

若要以等分长度的方式，在直线、圆、圆弧和多段线等图形对象上绘制点，可以采用绘制定数等分点的方式绘制，其命令调用方法如下：

- 单击"菜单浏览器"按钮■，在弹出的菜单中选择【绘图】/【点】/【定数等分】命令。
- 选择【常用】/【绘图】组，单击右下角的■按钮，单击"多点"按钮■右侧的▼按钮，在弹出的下拉菜单中选择"定数等分点"命令。
- 在命令行中输入"DIVIDE"命令。

执行上述任意命令后，其命令行操作如下：

| | |
|---|---|
| 命令: DIVIDE | //执行 DIVIDE 命令 |
| 选择要定数等分的对象: | //选择要等分的线段，如这里选择"圆" |
| 输入线段数目或[块(B)]: 10 | //输入要等分的数量或指定需要插入的图块，如这里输入"10"，按【Enter】键，效果如图 3-6 所示 |

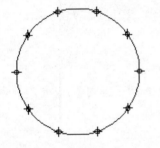

**指点迷津**

定数等分每次只能对一个对象进行操作，而不能对一组对象操作。输入的是等分线段数，而不是放置点的个数，如果将所选对象分成 M 份，则实际上只生成 M-1 个等分点。

图 3-6　绘制定数等分点后的效果

### 3.2.5 绘制定距等分点

定距等分指在指定的对象上按确定的长度进行等分，等分后的子线段的数量是原线段中长度除以等分距的数量，等分后的剩余线段将不再分割，其命令的调用方法如下：

- 单击"菜单浏览器"按钮■，在弹出的菜单中选择【绘图】/【点】/【定距等分】命令。
- 选择【常用】/【绘图】组，单击右下角的■按钮，单击"多点"按钮■右侧的▼按钮，在弹出的下拉菜单中选择"定距等分点"命令。
- 在命令行中输入"MEASURE"或"ME"命令

执行上述任意命令后，其命令行操作如下：

| | |
|---|---|
| 命令: MEASURE | //执行 MEASURE 命令 |
| 选择要定数等分的对象: | //拾取要等分的图形对象，如这里选择"圆" |
| 输入线段长度或 [块(B)]: 100 | //输入各点间的距离或指定需要插入的图块，如这里输入"100"，按【Enter】键，效果如图 3-7 所示 |

最后一段
等分线段

**指点迷津**

对圆等封闭的图形创建定数等分点时，将从选择要定距等分的图形的位置开始逆时针进行线段等分，最后不能等分的线段长于指定的线段。

图 3-7　绘制定数距等分点后的效果

## 3.3　绘制线型对象

掌握直线、射线、构造线、多线以及多段线等线型对象的绘制方法

线型对象是绘图时的基础对象，包括直线、射线、构造线、多线以及多段线等，下面分别进行讲解。

### 3.3.1　绘制直线

直线是 AutoCAD 中比较简单的对象，其命令调用方法如下：

● 单击"菜单浏览器"按钮█，在弹出的菜单中选择【绘图】/【直线】命令。
● 选择【常用】/【绘图】组，单击"直线"按钮╱。
● 在命令行中输入"LINE"或"L"命令。

执行上述任意命令后，其命令行操作如下：

| | |
|---|---|
| 命令：L | //执行 LINE 命令 |
| 指定第一点： | //在绘图区中单击指定直线起点，这里在绘图区中单击任意一点，如图 3-8 所示 |
| 指定下一点或 [放弃(U)]：1000 | //将鼠标向右并输入"1000" |
| 指定下一点或 [放弃(U)]：800 | //将鼠标向下并输入"800" |
| 指定下一点或 [闭合(C)/放弃(U)]：1000 | //将鼠标向左并输入"1000"，如图 3-9 所示 |
| 指定下一点或 [闭合(C)/放弃(U)]：c | //选择"闭合"选项，自动结束命令，效果如图 3-10 所示 |

正交：37.8181 ⟨0°

图 3-8　指定直线起点　　　图 3-9　指定直线终点　　　图 3-10　绘制后的效果

在执行"直线"命令的过程中，命令行提示信息中的选项含义如下：

● 闭合：在绘制了多条直线后，要让图形成为一个封闭的图形，选择该选项并按【空格】键，可将最后一条直线的终点与第一条直线的起点重合，以形成一个封闭的图形。

● 放弃：在绘制图形的过程中某条直线绘制错误，选择该选项将撤销刚才绘制的直线而不退出 LINE 命令。

## 3.3.2　绘制射线

射线为一端固定，而另一端无限延伸的直线，它没有终点只有起点和方向，一般是作为辅助线，执行射线命令后需按【Esc】键手动退出绘制射线。其命令调用方法如下：

● 单击"菜单浏览器"按钮■，在弹出的菜单中选择【绘图】/【射线】命令。

● 单击"常用"选项卡"绘图"组右下角的◢按钮，再单击"射线"按钮◢。

● 在命令行中输入"RAY"命令。

执行上述任意命令后，其命令行操作如下：

| | |
|---|---|
| 命令: RAY | //执行 RAY 命令 |
| 指定起点: | //指定起点坐标，如这里在绘图区中任意单击一点 |
| 指定通过点: | //指定通过点坐标确定射线方向，这里在刚绘制的射线右下方单击，然后按【空格】键结束命令，绘制后的效果如图 3-11 所示 |

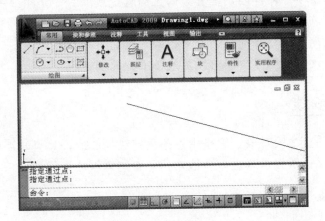

图 3-11　射线

## 3.3.3　绘制构造线

构造线只有方向，没有起点和终点，也常被作为辅助线使用，其命令调用方法如下：

● 单击"菜单浏览器"按钮■，在弹出的菜单中选择【绘图】/【构造线】命令。

● 单击"常用"选项卡"绘图"组右下角的◢按钮，再单击"构造线"按钮◢。

● 在命令行中执行"XLINE"命令。

执行上述任意命令后，命令行操作如下：

| | |
|---|---|
| 命令：XL | //执行 XLINE 命令 |
| 指定点或 [水平(H)/垂直(V)/角度(A)/二等分(B)/偏移(O)]： | //在绘图中任意选择一点，如这里在绘图区中任意单击一点 |
| 指定通过点： | //在绘图区中拾取一点作为通过点，如这里在其右下方单击 |
| 指定通过点： | //按【空格】键完成绘制，绘制后的效果如图 3-12 所示 |

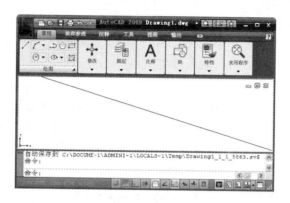

图 3-12　构造线

在执行"构造线"命令的过程中，命令行提示信息中的选项含义如下：

● 水平：选择该项，即可绘制水平方向上的构造线。
● 垂直：选择该项，即可绘制垂直方向上的构造线。
● 角度：选择该项，即可按指定的角度绘制一条构造线。
● 二等分：选择该项，即可绘制一条已知角度的角平分线。
● 偏移：选择该项，即可绘制与指定线段平行的构造线。

## 3.3.4　绘制多线

多线是最复杂的直线段对象，它是由多条平行线构成的，具有起点和终点，同时还具有构成多线的单条平行线元素属性，多线常用于绘制建筑墙线。

### 1. 多线的设置

在绘制多线之前，需要先设置其样式。其命令调用方法如下：

● 单击"菜单浏览器"按钮，在弹出的菜单中选择【格式】/【多线样式】命令。
● 在命令行中执行"MLSTYLE"命令。

设置多线样式的操作步骤如下：

**Step 1** 打开"多线样式"对话框，单击 新建(N) 按钮，如图 3-13 所示，打开"创建新的多线样式"对话框。

**Step 2** 在"新样式名"文本框中输入样式名称"外墙线"，然后单击 继续 按钮，如图 3-14 所示。

图 3-13 "多线样式"对话框　　　图 3-14 "创建新的多线样式"对话框

**Step 3** 打开"新建多线样式：外墙线"对话框，在"说明"文本框中可以输入需要的说明文本，这里输入文本"240 墙线"。

**Step 4** 在"图元"栏中选择第一个线型，在"偏移"文本框中输入"120"，再在"图元"栏选择第二个线型，在"偏移"文本框中输入"-120"，然后单击 确定 按钮，如图 3-15 所示。

**Step 5** 返回"多线样式"对话框。此时，在"多线样式"对话框的"样式"列表框中将会显示刚设置完成的多线样式，选择需要使用的多线样式，单击 置为当前(U) 按钮，将该多线样式设置为当前样式。单击 确定 按钮完成设置，如图 3-16 所示。

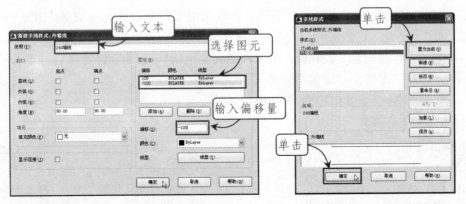

图 3-15 设置多线　　　　　　　图 3-16 设置当前样式

**2. 绘制多线**

设置好多线样式后，就可以绘制多线了，其命令调用方法如下：

● 单击"菜单浏览器"按钮 ，在弹出的菜单中选择【绘图】/【多线】命令。

● 在命令行中执行"MLINE"命令。

执行上述任意命令后，其命令行操作如下：

```
命令：MLINE                                    //执行 MLINE 命令
当前设置:对正=上，比例=20.00，样式=STANDARD      //系统提示当前的多线样式
```

| | |
|---|---|
| 指定起点或 [对正(J)/比例(S)/样式(ST)]: | //在绘图区适当位置单击作为多线的起点 |
| 指定下一点: 200 | //指定下一点或输入数值并确认, 这里将鼠标向右并输入"200" |
| 指定下一点或 [放弃(U)]: 150 | //指定下一点或输入数值并确认, 这里将鼠标向下并输入"150" |
| 指定下一点或 [闭合(C)/放弃(U)]: 200 | //指定下一点或输入数值并确认, 这里将鼠标向左并输入"200" |
| 指定下一点或 [闭合(C)/放弃(U)]: | //指定下一点或输入数值, 这里选择"闭合"选项, 绘制完成后效果如图 3-17 所示 |

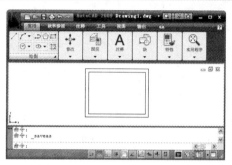

图 3-17 绘制多线后的效果

## 3.3.5 绘制多段线

多段线是由多条线段构造的一个图形, 这些线段包括是直线、圆弧等对象, 多段线所构成的图形是一个整体, 可对其进行整体编辑。其命令调用方法如下:

- 单击"菜单浏览器"按钮█, 在弹出的菜单中选择【绘图】/【多段线】命令。
- 在"常用"选项卡"绘图"组单击"多段线"按钮⏚。
- 在命令行中执行"PLINE"或"PL"命令。

执行该命令后, 其命令行操作如下:

| | |
|---|---|
| 命令: PLINE | //执行 PLINE 命令 |
| 指定起点: | //指定一点作为多段线的起点 |
| 当前线宽为 0.0000 | //显示当前多段线线宽为 0, 即没有线宽 |
| 指定下一个点或 [圆弧(A)/半宽(H)/长度(L)/放弃(U)/宽度(W)]: W | //指定多段线的下一点位置或选择一个选项绘制不同的线段, 这里选择"宽度"选项 |
| 指定起点宽度:10 | //输入"10" |
| 指定端点宽度 <10.0000>: | //按【Enter】键确认 |
| 指定下一点或 [圆弧(A)/闭合(C)/半宽(H)/长度(L)/放弃(U)/宽度(W)]:200 | //指定多段线的下一点位置, 这里将鼠标向右并输入"200" |
| 指定下一点或 [圆弧(A)/闭合(C)/半宽(H)/长度(L)/放弃(U)/宽度(W)]: a | //接着指定多段线的下一点位置, 这里选择"圆弧"选项 |
| 指定圆弧的端点或[角度(A)/圆心(CE)/闭合(CL)/方向(D)/半宽(H)/直线(L)/半径(R)/第二个点(S)/放弃(U)/宽度(W)]: a | //接着指定多段线的下一点位置, 这里选择"角度"选项 |

| | |
|---|---|
| 指定包含角: 180 | //指定包含角度 |
| 指定圆弧的端点或 [圆心(CE)/半径(R)]: r | |
| 指定圆弧的半径: 20 | //输入半径值为"20" |
| 指定圆弧的弦方向 <0>: 90 | //输入圆弧的弦方向为"90°" |
| 指定圆弧的端点或[角度(A)/圆心(CE)/闭合(CL)/方向(D)/半宽(H)/直线(L)/半径(R)/第二个点(S)/放弃(U)/宽度(W)]: L | //输入直线命令"L" |
| 指定下一点或 [圆弧(A)/闭合(C)/半宽(H)/长度(L)/放弃(U)/宽度(W)]: 200 | //指定多段线的下一点位置, 这里将鼠标向左并输入"200" |
| 指定下一点或 [圆弧(A)/闭合(C)/半宽(H)/长度(L)/放弃(U)/宽度(W)]: A | //输入圆弧命令"A" |
| 指定圆弧的端点或[角度(A)/圆心(CE)/闭合(CL)/方向(D)/半宽(H)/直线(L)/半径(R)/第二个点(S)/放弃(U)/宽度(W)]: A | //输入角度命令"A" |
| 指定包含角: 180 | //输入包含角度为"180°" |
| 指定圆弧的端点或 [圆心(CE)/半径(R)]: R | //输入半径命令"R" |
| 指定圆弧的半径: 20 | //输入半径值为"20" |
| 指定圆弧的弦方向 <180>: -90 | //输入圆弧的弦方向为"-90°" |
| 指定圆弧的端点或[角度(A)/圆心(CE)/闭合(CL)/方向(D)/半宽(H)/直线(L)/半径(R)/第二个点(S)/放弃(U)/宽度(W)]: | //按【Enter】键结束多段线命令, 绘制完成后效果 3-18 所示 |

图 3-18　绘制多段线后的效果

执行命令过程中, 各选项含义如下:

- **圆弧**: 选择该选项, 将以绘制圆弧的方式绘制多段线, 其下的"半宽"、"长度"、"放弃"与"宽度"选项与主提示中的各选项含义相同。
- **半宽**: 选择该选项, 将指定多段线的半宽值, AutoCAD 将提示用户输入多段线的起点半宽值与终点半宽值。
- **长度**: 选择该选项, 将定义下一条多段线的长度, AutoCAD 将按照上一条线段的方向绘制这一条多段线。若上一段是圆弧, 将绘制与此圆弧相切的线段。
- **放弃**: 选择该选项, 将取消上一次绘制的一段多段线。
- **宽度**: 选择该选项, 接下来可以设置多段线宽度值。

# 3.4 综合实例——绘制餐桌

练习直线、构造线、点样式设置以及多点的绘制方法

通过前面的学习，我们掌握了 AutoCAD 2009 软件的基础操作，接着本章又学习了一些在绘图区中绘制图形的方法。通过本章相关知识的学习后，使用相关的命令可以绘制效果如图 3-19 所示的餐桌。

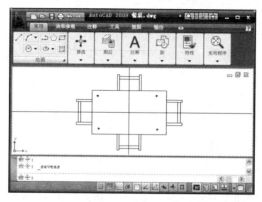

图 3-19　餐桌

**制作思路**

第一步：绘制桌面
① 使用直线命令绘制桌面
② 使用构造线命令绘制辅助线

第二步：绘制椅子和桌子的螺钉
③ 使用直线命令绘制椅子
④ 设置点样式并绘制多点

其具体操作步骤如下：

**Step 1** 启动 AutoCAD 2009，按【F8】键开启正交功能，在命令行中输入 "L" 命令，绘制长为 1400，宽为 800 的桌面，其命令行操作如下：

| | |
|---|---|
| 命令：L | //执行 LINE 命令 |
| 指定第一点： | //在绘图区中任意位置处单击 |
| 指定下一点或 [放弃(U)]:1400 | //向右移动鼠标并输入 "1400"，按【空格】键确认 |
| 指定下一点或 [放弃(U)]:800 | //向下移动鼠标并输入 "800"，按【空格】键确认 |
| 指定下一点或 [闭合(C)/放弃(U)]: 1400 | //向左移动鼠标并输入 "1400"，按【空格】键确认 |
| 指定下一点或 [闭合(C)/放弃(U)]:C | //选择 "闭合" 选项，绘制后的效果如图 3-20 所示 |

**Step 2** 按【F9】键，开启捕捉功能，再在命令行输入 "XL" 命令，在刚绘制的矩形上绘制两条构造线作为辅助线，其命令行操作如下：

| 命令：XL | //执行 XLINE 命令 |
|---|---|
| 指定点或 [水平(H)/垂直(V)/角度(A)/二等分(B)/偏移(O)]： | //将鼠标光标移动到如图 3-21 所示的中点 |
| 指定通过点： | //向右移动鼠标并单击 |
| 指定通过点： | //按【空格】键完成绘制，完成后效果如图 3-22 所示 |

**Step 3** 按照相同的方法在为矩形绘制一条垂直构造线，绘制后的效果如图 3-23 所示。

图 3-20　绘制桌面

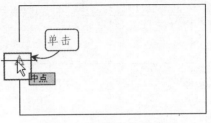

图 3-21　指定构造线的点

图 3-22　绘制第一条构造线

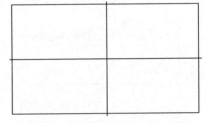

图 3-23　绘制第二条构造线

**Step 4** 在命令行输入 "L" 命令，绘制椅子，其命令行操作如下：

| 命令：L | //执行 LINE 命令 |
|---|---|
| 指定第一点： | //单击矩形桌面左上角 |
| 指定下一点或 [放弃(U)]：470 | //向右移动鼠标并输入 "470"，按【空格】键确认 |
| 指定下一点或 [放弃(U)]：300 | //向上移动鼠标并输入 "300"，按【空格】键确认 |
| 指定下一点或 [闭合(C)/放弃(U)]：40 | //向右移动鼠标并输入 "40"，按【空格】键确认 |
| 指定下一点或 [闭合(C)/放弃(U)]：35 | //向下移动鼠标并输入 "35"，按【空格】键确认 |
| 指定下一点或 [闭合(C)/放弃(U)]：380 | //向右移动鼠标并输入 "380"，按【空格】键确认 |
| 指定下一点或 [闭合(C)/放弃(U)]：35 | //向上移动鼠标并输入 "35"，按【空格】键确认 |
| 指定下一点或 [闭合(C)/放弃(U)]：40 | //向右移动鼠标并输入 "40"，按【空格】键确认 |
| 指定下一点或 [闭合(C)/放弃(U)]：300 | //向下移动鼠标并输入 "300"，按两次【空格】键确认，绘制完成后效果如图 3-24 所示 |

**Step 5** 在命令行输入 "L" 命令，其命令行操作如下：

| 命令：L | //执行 LINE 命令 |
|---|---|
| 指定第一点： | //单击如图 3-25 所示的 A 点 |
| 指定下一点或 [放弃(U)]：50 | //向下移动鼠标并输入 "50"，按【空格】键确认 |
| 指定下一点或 [放弃(U)]：380 | //向右移动鼠标并输入 "380"，按【空格】键确认 |
| 指定下一点或 [闭合(C)/放弃(U)]：50 | //向上移动鼠标并输入 "50"，按【空格】键确认 |

指定下一点或 [闭合(C)/放弃(U)]:265　　//向下移动鼠标并输入"265"，按【空格】键确认
指定下一点或 [闭合(C)/放弃(U)]:380　　//向左移动鼠标并输入"380"，按【空格】键确认
指定下一点或 [闭合(C)/放弃(U)]:215　　//向上移动鼠标并输入"215"，按两次【空格】键确认，
　　　　　　　　　　　　　　　　　　　　绘制完成后效果如图 3-26 所示

**Step 6** 按照相同的方法，绘制其他三方的椅子，绘制完成后效果如图 3-27 所示。

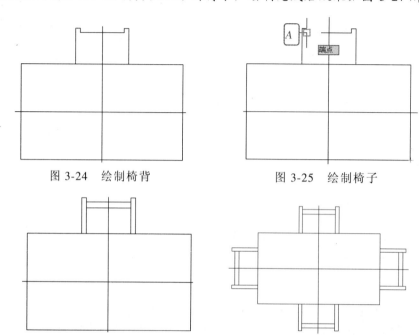

图 3-24　绘制椅背　　　　　　　图 3-25　绘制椅子

图 3-26　第一个椅子绘制后的效果　　图 3-27　所有椅子绘制后的效果

**Step 7** 在命令行中输入"DDPTYPE"命令，按【空格】键，打开"点样式"对话框。选择 ⊕ 点样式，在"点大小"文本框中输入"20"，然后选中 ⊙ 按绝对单位设置大小(A) 单选按钮并单击 确定 按钮，如图 3-28 所示。

**Step 8** 选择【常用】/【绘图】组，单击右下角的 ◢ 按钮，再单击"多点"按钮 □ 右侧的 ▾ 按钮，在弹出的下拉菜单中选择"多点"命令。

**Step 9** 在矩形桌面的四角处单击，绘制多点充当螺钉，绘制后的效果如图 3-29 所示【源文件\第 3 章\餐桌.dwg】。

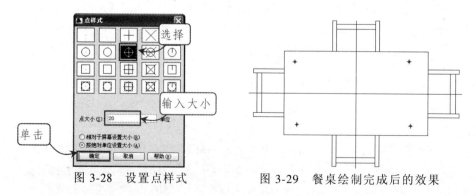

图 3-28　设置点样式　　　　　　图 3-29　餐桌绘制完成后的效果

# 3.5 大显身手

练习在 AutoCAD 2009 中绘制线型对象和点的操作

（1）运用本章介绍的绘制线型对象的方法，绘制如图 3-30 所示的螺栓【源文件\第 3 章\螺栓.dwg】，尺寸如图 3-31 所示。

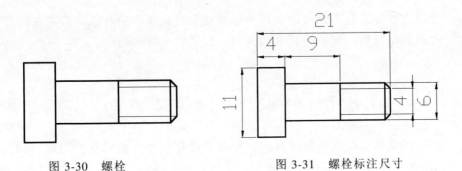

图 3-30　螺栓　　　　　　　　图 3-31　螺栓标注尺寸

（2）运用本章介绍的绘制线型对象和多点的方法，绘制如图 3-32 所示的垫片【源文件\第 3 章\垫片.dwg】，尺寸如图 3-33 所示。

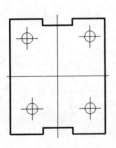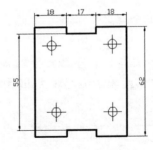

图 3-32　垫片　　　　　　　　图 3-33　垫片标注尺寸

（3）运用本章介绍的绘制线型对象和多点的方法，绘制如图 3-34 所示的冰箱【源文件\第 3 章\冰箱.dwg】，尺寸如图 3-35 所示。

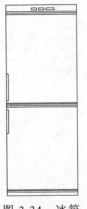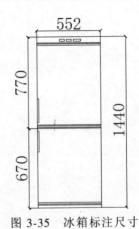

图 3-34　冰箱　　　　　　　　图 3-35　冰箱标注尺寸

## 电脑急救箱

运用本章知识时若遇到点、直线、多段线以及多线等问题，别急，打开急救箱看看吧

**Q** 定数或定距等分点命令是不是将对象分成独立的几段？

**A** 使用定数或定距等分点命令并不是将对象分成独立的几段，而是在相应的位置上放置点对象以辅助绘制其他图形，就是做个标志而已。

**Q** 直线与多段线命令有何不同？

**A** 使用 LINE 命令绘制的是单直线，每条直线都是独立的对象。使用 PLINE 命令绘制的多段线是一个整体，用户可对其进行整体编辑。而且，在绘制多段线的过程中，用户可对多段线进行宽度设置，也可使用 PLINE 命令绘制圆弧，而 LINE 命令则没有这些功能。

**Q** 在绘制建筑墙体时，多线元素的偏移量是根据什么确定的？

**A** 在绘制建筑墙体时，多线元素的偏移量是根据墙体的宽度来设定的，如墙体宽120，则多线元素的偏移量为 60 和-60。

**Q** 直线命令中的闭合功能是否能应用于当前图形中的所有直线？

**A** 闭合功能只能针对当前直线命令，即连接本次直线命令的末端到起始端的线段，并不会连接其他线段的起点。

# 第4章
# 绘制弧形和多边形对象

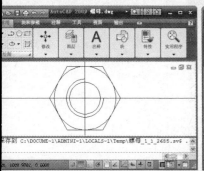

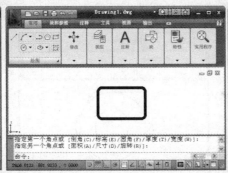

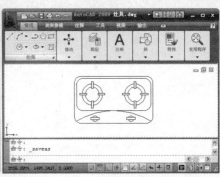

## 本章要点

- 绘制弧形对象
- 绘制曲线对象
- 绘制矩形
- 绘制正多边形

前面章节中我们学习了点和线型对象的绘制，都是比较基本的图形对象，本章将讲解比较复杂的图形对象，包括弧形对象、曲线对象、多边形对象，主要有圆、圆弧、椭圆、椭圆弧、圆环、样条曲线、修订云线、矩形以及正多边形等，下面逐个进行讲解。

# 4.1 项目观察——绘制螺母

## 了解圆、正多边形的绘制方法

通过前面的学习，我们可以绘制点和线型对象等比较简单的图形对象。通过本章的学习可以绘制比较复杂的图形对象，如图 4-1 所示。

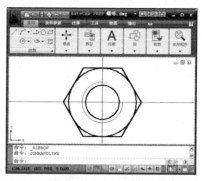

图 4-1 螺母

其具体操作步骤如下：

**Step 1** 启动 AutoCAD 2009，在命令行中输入"XL"命令，其命令行操作如下：

| | |
|---|---|
| 命令：XL | //执行 XLINE 命令 |
| 指定点或 [水平(H)/垂直(V)/角度(A)/二等分(B)/偏移(O)]：H | //输入水平命令"H"并按【空格】键 |
| 指定通过点： | //在绘图区内任意拾取一点 |
| 指定通过点： | //按【空格】键结束构造线命令 |
| 命令：xline | //按【空格】键继续执行构造线命令 |
| 指定点或 [水平(H)/垂直(V)/角度(A)/二等分(B)/偏移(O)]：V | //输入垂直命令"V"并按【空格】键 |
| 指定通过点： | //在刚绘制的水平中心线上拾取一点 |
| 指定通过点： | //按【空格】键结束构造线命令 |

**Step 2** 在命令行中输入"CIRCLE"命令，其命令行操作如下：

| | |
|---|---|
| 命令：CIRCLE | //执行 CIRCLE 命令 |
| 指定圆的圆心或 [三点(3P)/两点(2P)/相切、相切、半径(T)]： | //选择两条构造线的相交点 |
| 指定圆的半径或 [直径(D)]：10 | //输入半径值"10"并按【空格】键，绘制完成后的效果如图 4-2 所示 |

**Step 3** 在状态栏中单击"对象捕捉追踪"按钮，开启对象捕捉追踪模式，在命令行中输入"A"命令，其命令行操作如下：

| | |
|---|---|
| 命令：A | //执行 ARC 命令 |
| 指定圆弧的起点或 [圆心(C)]：C | //选择"圆心"选项，按【空格】键 |
| 指定圆弧的圆心： | //选择两条构造线的交点 |

| | |
|---|---|
| 指定圆弧的起点: 6 | //垂直向上移动鼠标并输入 "6"，按【空格】键 |
| 指定圆弧的端点或 [角度(A)/弦长(L)]: A | //输入角度命令 "A" 并按【空格】键 |
| 指定包含角: 270 | //输入 "270"，按【空格】键，如图 4-3 所示 |

**Step 4** 在命令行中输入 "CIRCLE" 命令，其命令行操作如下：

| | |
|---|---|
| 命令: CIRCLE | //执行 CIRCLE 命令 |
| 指定圆的圆心或 [三点(3P)/两点(2P)/相切、<br>　相切、半径(T)]: | //选择两条构造线的相交点 |
| 指定圆的半径或 [直径(D)]: D | //输入直径命令 "D" 并按【空格】键 |
| 指定圆的直径: 10 | //输入直径值为 "10" 并按【空格】键，绘制完成<br>　后效果如图 4-4 所示 |

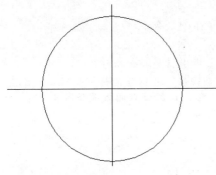
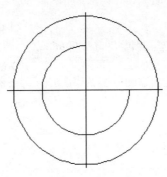
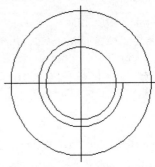

　　图 4-2　绘制半径为 10 的圆　　　　图 4-3　绘制圆弧　　　图 4-4　绘制直径为 10 的圆

**Step 5** 在命令行中输入 "polygon" 命令，其命令行操作如下：

| | |
|---|---|
| 命令: polygon | //执行 polygon 命令 |
| 输入边的数目 <4>: 6 | //输入边数值为 "6" 并按【空格】键 |
| 指定正多边形的中心点或 [边(E)]: | //单击刚绘制的圆的中心点 |
| 输入选项 [内接于圆(I)/外切于圆(C)] <I>: C | //输入外切于圆命令 "C" 并按【空格】键 |
| 指定圆的半径: 10 | //输入半径值 "10"，并按【空格】键，绘制后的<br>　效果如图 4-1 所示【源文件\第 4 章\螺母.dwg】 |

　　通过上述项目案例的制作可以看出，在 AutoCAD 2009 中灵活使用绘制图形的命令可以绘制出自己需要的图形对象，下面将具体讲解使用命令绘制图形需要掌握的知识。

## 4.2　绘制弧形对象

熟悉圆、圆弧、椭圆、椭圆弧以及圆环等弧形对象的方法

　　弧形对象看起来圆润、自然，实际绘图时很多东西都由这些元素构成，如机械零件的孔、轴及建筑图形的圆桌、圆角对象等。弧形对象包括圆、圆弧、椭圆、椭圆弧、圆环等，下面将分别进行讲解。

## 4.2.1 绘制圆

圆无论是在建筑还是机械方面的使用频率都是比较高的。其命令调用方法如下：

● 选择【常用】/【绘图】组，单击"圆"按钮 ⊙。
● 选择【常用】/【绘图】组，单击"圆"按钮 ⊙ 右侧的▼按钮，在弹出的下拉菜单中选择相应的命令绘制圆。
● 单击"菜单浏览器"按钮▓，在弹出的菜单中选择【绘图】/【圆】命令，在弹出的菜单中选择相应的命令绘制圆。
● 在命令行中输入"CIRCLE"或"C"命令。

执行上述任意命令后，其命令行操作如下：

| | |
|---|---|
| 命令：CIRCLE | //执行 CIRCLE 命令 |
| 指定圆的圆心或 [三点(3P)/两点(2P)/相切、相切、半径(T)]： | //在绘图区中指定一点作为圆心 |
| 指定圆的半径或 [直径(D)]：20 | //输入半径值，并按【空格】键确认，这里输入"20"，绘制后的效果如图 4-5 所示 |

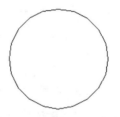

图 4-5　圆

执行命令过程中，各选项含义如下：

● 三点：通过 3 点绘制圆，系统会提示指定第一点、第二点和第三点。
● 两点：通过两个点绘制圆，系统会提示指定圆直径的第一端点和第二端点。
● 相切、相切、半径：通过两个其他对象的切点和输入半径值来绘制圆，系统会提示指定圆的第一切线和第二切线上的点以及圆的半径。

在【常用】/【绘图】组，单击"圆"按钮 ⊙ 右侧的▼按钮，在弹出的下拉菜单中各级联菜单命令的绘制效果如图 4-6 所示。

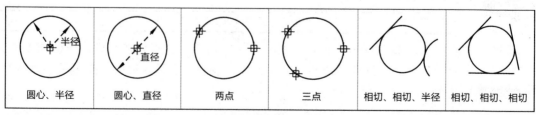

图 4-6　以不同方式绘制的圆

## 4.2.2　绘制圆弧

圆弧是圆的某个部分，它包含一定角度的圆周线。其命令调用方法如下：

- 选择【常用】/【绘图】组，单击"圆弧"按钮 。
- 选择【常用】/【绘图】组，单击"圆弧"按钮 右侧的 按钮，在弹出的下拉菜单中选择相应的命令也可绘制圆弧。
- 单击"菜单浏览器"按钮 ，在弹出的菜单中选择【绘图】/【圆弧】命令，在弹出的快捷菜单中选择相应的命令绘制圆弧。
- 在命令行中输入 "ARC" 或 "A" 命令。

执行上述任意命令后，其命令行操作如下：

| | |
|---|---|
| 命令：A | //执行 ARC 命令 |
| 指定圆弧的起点或 [圆心(C)]： | //在绘图区单击一点作为圆弧的起点 |
| 指定圆弧的第二个点或 [圆心(C)/端点(E)]：C | //输入圆心命令 "C" 并按【空格】键 |
| 指定圆弧的圆心： | //在绘图区中再单击一点作为圆弧的中心 |
| 指定圆弧的端点或 [角度(A)/弦长(L)]：A | //输入角度命令 "A" 并按【空格】键 |
| 指定包含角：90 | //输入角度值并按【空格】键，这里输入"90"，绘制完成后效果如图 4-7 所示 |

图 4-7　圆弧

在"常用"选项卡"绘图"组中，单击"圆弧"按钮 右侧的 按钮，在弹出的下拉菜单中各个绘制方式的效果如图 4-8 所示。

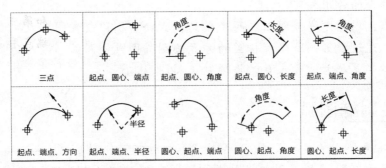

图 4-8　以不同方式绘制的圆弧

### 指点迷津

在默认的情况下，当设置的圆弧半径值为正时，系统将沿逆时针方向绘制圆，当半径的值为负时，系统将沿顺时针方向绘制圆弧。因此，在绘制圆弧时应特别注意指定圆弧起点与终点的顺序。

### 4.2.3 绘制椭圆

绘制椭圆时，系统默认需指定椭圆长轴与短轴的尺寸。其命令调用方法如下：

● 选择【常用】/【绘图】组，单击"椭圆"按钮⊕。
● 单击"菜单浏览器"按钮▉，在弹出的菜单中选择【绘图】/【椭圆】命令，在弹出的菜单中选择相应的命令绘制椭圆。
● 在命令行中输入"ELLIPSE"或"EL"命令。

执行上述命令后，其命令行及操作如下：

| | |
|---|---|
| 命令:ELLIPSE | //执行 ELLIPSE 命令 |
| 指定椭圆的轴端点或 [圆弧(A)/中心点(C)]: | //指定椭圆一条轴的一个端点或选择一个选项 |
| 指定轴的另一个端点: | //指定另一个端点或输入具体值 |
| 指定另一条半轴长度或 [旋转(R)]: | //指定另一半轴的长度或输入具体值，效果如图 4-9 所示 |

图 4-9　椭圆

执行命令过程中，各选项的含义如下：

● 圆弧：只绘制椭圆上的一段弧线，即椭圆弧，它与选择【绘图】/【椭圆】/【圆弧】命令的作用相同。
● 中心点：以指定椭圆圆心和两半轴的方式绘制椭圆或椭圆弧。
● 旋转：通过绕第一条轴旋转圆的方式绘制椭圆或椭圆弧。输入的值越大，椭圆的离心率就越大，输入 0 时将绘制正圆图形。

### 4.2.4 绘制椭圆弧

椭圆弧就是椭圆上的某条弧线，其命令调用方法如下：

● 选择【常用】/【绘图】组，单击"椭圆"按钮⊕右侧的▼按钮，在弹出的下拉菜单中选择"椭圆弧"命令。
● 单击"菜单浏览器"按钮▉，在弹出的菜单中选择【绘图】/【椭圆】命令，在弹出的级联菜单中选择"圆弧"命令。
● 在命令行中输入"ELLIPSE"或"EL"命令。

执行上述任意命令后，其命令行操作如下：

| 命令：ELLIPSE | //执行 ELLIPSE 命令 |
| --- | --- |
| 指定椭圆的轴端点或 [圆弧(A)/中心点(C)]：_a | //系统自动选择"圆弧"选项 |
| 指定椭圆弧的轴端点或 [中心点(C)]： | //在绘图区中任意拾取一点作为轴端点 |
| 指指定轴的另一个端点： | //指定轴的另一端点 |
| 指定另一条半轴长度或 [旋转(R)]： | //指定椭圆弧另一根轴的半长 |
| 指定起始角度或 [参数(P)]： | //指定椭圆弧的起始角度 |
| 指定终止角度或 [参数(P)/包含角度(I)]： | //指定终止角度并完成绘制如图 4-10 所示 |

图 4-10 椭圆弧

执行命令过程中，各选项的含义如下：

● 中心点：以指定椭圆弧中心的方式绘制椭圆弧。选择该选项后指定第一条轴的长度时也只需指定其半长即可绘制椭圆弧。

● 旋转：通过绕第一条轴旋转圆的方式绘制椭圆，然后指定起始角度与终止角度绘制出椭圆弧。

● 参数：选择该选项后依然需要用户输入椭圆弧的起始角度，但系统将通过矢量参数方程式"$p(u) = c + a * \cos(u) + b * \sin(u)$"来绘制椭圆弧。其中，$c$ 表示椭圆的中心点；$a$ 表示椭圆的长轴；$b$ 表示椭圆的短轴。

● 包含角度：定义从起始角度开始的包含角度。

## 4.2.5 绘制圆环

圆环由两个同心圆构成，它们是一个整体，并且系统默认在大圆和小圆之间填充颜色。其命令调用方法如下：

● 选择【常用】/【绘图】组，单击右下角的▲按钮，在弹出的下拉菜单中单击"圆环"按钮◎。

● 单击"菜单浏览器"按钮▇，在弹出的菜单中选择【绘图】/【圆环】命令。

● 在命令行中输入"DONUT"或"DO"命令。

执行上述任意命令后，其命令行操作如下：

| 命令：DONUT | //执行 DONUT 命令 |
| --- | --- |
| 指定圆环的内径 <0.5000>：10 | //指定圆环内径，如这里输入"10" |
| 指定圆环的外径 <1.0000>：20 | //指定圆环外径，如这里输入"20" |
| 指定圆环的中心点或 <退出>： | //指定圆环中心点 |
| 指定圆环的中心点或 <退出>： | //绘制第二个相同圆环或按【空格】键结束命令，绘制后的效果如图 4-11 所示 |

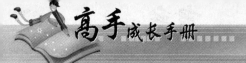

图 4-11　圆环

# 4.3 绘制曲线对象

掌握样条曲线、修订云线等曲线对象的绘制方法

曲线对象包括样条曲线和修订云线，其绘制方法较简单，常用于绘制比较自然的曲线对象，如工艺花瓶等。下面分别进行讲解。

## 4.3.1 绘制样条曲线

样条曲线是一种能够自由编辑的曲线，其命令的调用方法如下：

● 选择【常用】/【绘图】组，单击右下角的 ◢ 按钮，在弹出的下拉菜单中再单击"样条曲线"按钮 ～。
● 单击"菜单浏览器"按钮 ▉，在弹出的菜单中选择【绘图】/【样条曲线】命令。
● 在命令行中输入"SPLINE"命令。

执行上述任意命令后，其命令行操作如下：

| 命令：SPLINE | //执行 SPLINE 命令 |
| --- | --- |
| 指定第一个点或 [对象(O)]： | //在绘图区中指定一点作为样条曲线的起点 |
| 指定下一点： | //指定样条曲线的下一个顶点 |
| 指定下一点或 [闭合(C)/拟合公差(F)] <起点切向>： | //再次指定样条曲线的下一个顶点 |
| 指定下一点或 [闭合(C)/拟合公差(F)] <起点切向>： | //再次指定样条曲线的下一个顶点，按【空格】键结束顶点的指定 |
| 指定起点切向： | //指定样条曲线起点的切点方向或按【空格】键确认 |
| 指定端点切向： | //指定样条曲线起点的端点方向或按【空格】键确认，绘制完成后效果如图 4-12 所示 |

图 4-12　样条曲线

在绘制样条曲线的过程中，各选项含义如下：

- 对象：将样条曲线拟合多段线转换为等价的样条曲线。样条曲线拟合多段线是指使用"PEDIT"命令中的"样条曲线"选项，将普通多段线转换成样条曲线的对象。
- 闭合：将样条曲线的端点与起点闭合。
- 拟合公差：定义曲线的偏差值。值越大，离控制点越远；值越小，离控制点越近。
- 起点切向：定义样条曲线的起点和结束点的切线方向。

## 4.3.2 绘制修订云线

修订云线是一种类似云朵的曲线，常用于绘制自由图案，其命令调用方法如下：

- 在【常用】/【绘图】组，单击右下角的 ◢ 按钮，再单击"修订云线"按钮 🔲。
- 单击"菜单浏览器"按钮 🔳，在弹出的快捷菜单中选择【绘图】/【修订云线】命令。
- 在命令行中输入"REVCLOUD"命令。

执行上述任意命令后，其命令行操作如下：

| | |
|---|---|
| 命令: REVCLOUD | //执行 REVCLOUD 命令 |
| 最小弧长: 15　最大弧长: 15 | //确定最小和最大弧长 |
| 样式: 普通 | //指定样式 |
| 指定起点或 [弧长(A)/对象(O)/样式(S)] <对象>: | //指定起点 |
| 沿云线路径引导十字光标... | //指定经过路径 |
| 修订云线完成。 | //系统自动提示，绘制后的效果如图 4-13 所示 |

执行命令过程中，各选项含义如下：

- 弧长：指定修订云线中的弧长，选择该选项后需要指定最小弧长与最大弧长，其中最大弧长不能超过最小弧长的 3 倍。
- 对象：指定要转换为修订云线的单个闭合对象。
- 反转方向：选择要转换的对象后，命令行将出现提示信息"反转方向 [是(Y)/否(N)] <否>:"，默认为"否（N）"选项，即外凸形的云线，如果选择"是（Y）"选项则可反转圆弧的方向，如图 4-14 所示。
- 样式：选择修订云形的样式，选择该选项后，命令行将出现提示信息"选择圆弧样式 [普通(N)/手绘(C)] <普通>:"，默认为"普通"选项。

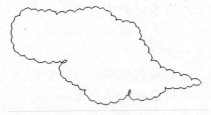

图 4-13　修订云线

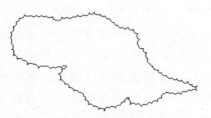

图 4-14　反转后的修订云线

## 4.4 绘制多边形

学习 AutoCAD 2009 中矩形和正多边形的绘制方法

多边形图形对象的绘制无论是在建筑还是在机械方面都是比较常用的，它包括矩形、正多边形等，下面详细讲解其绘制方法。

### 4.4.1 绘制矩形

矩形包括长方形和正方形，其命令调用方法如下：

- 选择【常用】/【绘图】组，单击"矩形"按钮□。
- 单击"菜单浏览器"按钮█，在弹出的菜单中选择【绘图】/【矩形】命令。
- 在命令行中输入"RECTANG"或"REC"命令。

执行上述任意命令后，命令行操作如下：

| | |
|---|---|
| 命令：REC | //执行 REC 命令 |
| 指定第一个角点或 [倒角(C)/标高(E)/圆角(F)/厚度(T)/宽度(W)]： F | //输入圆角命令"F"并按【空格】键 |
| 指定矩形的圆角半径 <0.0000>:30 | //输入第一个圆角半径为"30"，并按【空格】键 |
| 指定第一个角点或 [倒角(C)/标高(E)/圆角(F)/厚度(T)/宽度(W)]： W | //输入宽度命令"W"，并按空格键 |
| 指定矩形的线宽 <0.0000>: 20 | //输入线宽为"20"，并按【空格】键 |
| 指定第一个角点或 [倒角(C)/标高(E)/圆角(F)/厚度(T)/宽度(W)]： | //在绘图区内任意拾取一点为矩形的起点 |
| 指定另一个角点或 [面积(A)/尺寸(D)/旋转(R)]： | //呈对角拖动鼠标绘制或输入具体大小值，绘制完成后效果如图 4-15 所示 |

图 4-15　矩形

执行命令过程中，各选项含义如下：

- 倒角：设置矩形的倒角距离，以后执行矩形命令时此值将成为当前倒角距离。
- 圆角：需要绘制圆角矩形时选择该选项可以指定矩形的圆角半径。
- 宽度：该选项为要绘制的矩形指定多段线的宽度。
- 面积：该选项为通过确定矩形面积大小的方式绘制矩形。
- 尺寸：该选项为通过输入矩形的长和宽两个边长确定矩形大小。
- 旋转：选择该选项指定绘制矩形的旋转角度。

## 4.4.2　绘制正多边形

在 AutoCAD 中可以绘制边数为 3~1024 的正多边形，其命令调用方法如下：

- 在【常用】/【绘图】组，单击"正多边形"按钮⬡。
- 单击"菜单浏览器"按钮▓，在弹出的菜单中选择【绘图】/【正多边形】命令。
- 在命令行中输入"POLYGON"或"POL"命令。

执行上述任意命令后，其命令行操作如下：

| | |
|---|---|
| 命令:POL | //执行 POLYGON 命令 |
| POLYGON 输入边的数目 <6>: 6 | //输入需要的边数，按【空格】键确定 |
| 指定正多边形的中心点或 [边(E)]: | //在绘图区中任意单击一点作为中心点 |
| 输入选项 [内接于圆(I)/外切于圆(C)] <I>: | //按【空格】键确定 |
| 指定圆的半径:30 | //输入圆半径，如这里输入"15"，然后按【空格】键确定，绘制完成后效果如图 4-16 所示 |

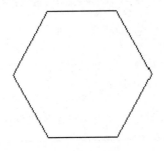

图 4-16　正多边形

执行命令过程中，各选项含义如下：

- 边：通过指定多边形边的方式来绘制正多边形。该方式将通过边的数量和长度确定正多边形。
- 内接于圆：以指定多边形内接圆半径的方式来绘制多边形。
- 外切于圆：以指定多边形外切圆半径的方式来绘制多边形。

## 4.5　综合实例——绘制灶具

练习矩形、圆、圆弧等的绘制方法

通过前面的学习，我们掌握了 AutoCAD 2009 绘制基础图形的操作方法，本章又学习了一些绘制复杂图形的方法。通过本章相关知识的学习后，使用相关的命令，绘制效果如图 4-17 所示的灶具。

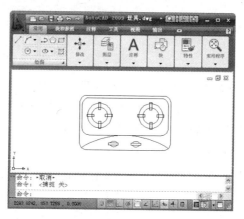

图 4-17　灶具

**制作思路**

第一步：外形和开关 ｛ ① 使用矩形命令绘制外形轮廓

② 使用矩形命令绘制开关

第二步：绘制灶眼 ｛ ③ 使用圆命令绘制灶眼

④ 使用矩形命令绘制灶眼上的垫架

其具体操作步骤如下：

**Step 1** 启动 AutoCAD 2009，在命令行中输入"REC"命令，绘制长为 760，宽为 440 的矩形，其命令行操作如下：

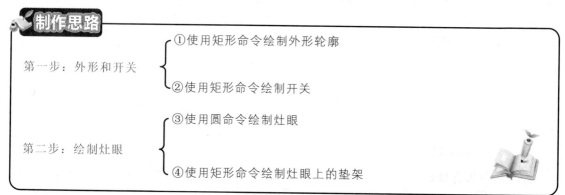

| | |
|---|---|
| 命令：REC | //执行 REC 命令 |
| 指定第一个角点或 [倒角(C)/标高(E)/圆角(F)/厚度(T)/宽度(W)]：F | //输入倒角命令"F"并按【空格】键 |
| 指定矩形的圆角半径 <0.0000>:60 | //输入第一个圆角半径为"60"，并按【空格】键 |
| 指定第一个角点或 [倒角(C)/标高(E)/圆角(F)/厚度(T)/宽度(W)]： | //在绘图区内任意拾取一点为矩形的起点 |
| 指定另一个角点或 [面积(A)/尺寸(D)/旋转(R)]：D | //选择"尺寸"选项，按【空格】键 |
| 指定矩形的长度 <10.0000>：760 | //输入长度值"760"，按【空格】键 |
| 指定矩形的宽度 <10.0000>：440 | //输入宽度值"440"，按【空格】键 |
| 指定另一个角点或 [面积(A)/尺寸(D)/旋转(R)]： | //在绘图区中单击一点，绘制后的效果如图 4-18 所示 |

**Step 2** 单击状态栏的"捕捉模式"按钮 、"对象捕捉"按钮 、"对象捕捉追踪"按钮 ，使其呈灰色显示，按照相同方法在刚绘制的矩形中绘制一长为 720，宽为 300，圆角半径为 60 的矩形，绘制完成后效果如图 4-19 所示。

图 4-18　外形轮廓

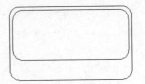

图 4-19　圆角矩形

**Step3** 单击状态栏的"捕捉模式"按钮▦、"对象捕捉"按钮▢、"对象捕捉追踪"按钮∠，使其呈蓝底显示，在命令行中输入"A"命令，其命令行操作如下：

| | |
|---|---|
| 命令：A | //执行 ARC 命令 |
| 指定圆弧的起点或 [圆心(C)]: | //单击图 4-20 所示的 A 点 |
| 指定圆弧的第二个点或 [圆心(C)/端点(E)]: | //单击图 4-20 所示的 B 点 |
| 指定圆弧的端点: | //单击图 4-20 所示的 C 点，绘制完成后效果如图 4-21 所示 |

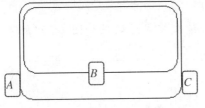

图 4-20　指定圆弧绘制点

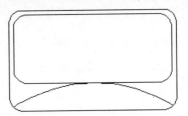

图 4-21　圆弧绘制后的效果

**Step4** 单击状态栏的"捕捉模式"按钮▦、"对象捕捉"按钮▢、"对象捕捉追踪"按钮∠，使其呈灰色显示，在命令行中输入"REC"命令，绘制开关，其命令行操作如下：

| | |
|---|---|
| 命令：REC | //执行 REC 命令 |
| 指定第一个角点或 [倒角(C)/标高(E)/圆角(F)/厚度(T)/宽度(W)]: | //单击如图 4-22 所示的 A 点 |
| 指定另一个角点或 [面积(A)/尺寸(D)/旋转(R)]: D | //选择"尺寸"选项，按【空格】键 |
| 指定矩形的长度 <720.0000>: 80 | //输入长度值"80"，按【空格】键 |
| 指定矩形的宽度 <300.0000>: 20 | //输入宽度值"20"，按【空格】键 |
| 指定另一个角点或 [面积(A)/尺寸(D)/旋转(R)]: | //在绘图区下方单击一点，绘制后的效果如图 4-23 所示 |

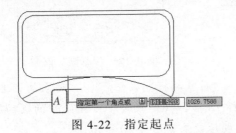

图 4-22　指定起点

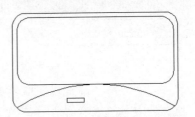

图 4-23　矩形绘制后的效果

**Step 5** 按照相同方法再绘制一个相同大小的矩形，绘制后的效果如图 4-24 所示。

**Step 6** 在命令行中执行"A"命令，其命令行操作如下：

| | |
|---|---|
| 命令：A | //执行 ARC 命令 |
| 指定圆弧的起点或 [圆心(C)]: | //单击如图 4-25 所示的 A 点 |
| 指定圆弧的第二个点或 [圆心(C)/端点(E)]: | //单击如图 4-25 所示的 B 点 |
| 指定圆弧的端点： | //单击如图 4-25 所示的 C 点，绘制完成后效果如图 4-26 所示 |

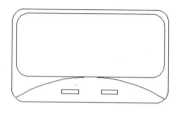

图 4-24　绘制开关

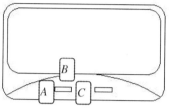

图 4-25　指定圆弧点

**Step 7** 按照相同方法在开关上绘制其他圆弧，绘制完成后效果如图 4-27 所示。

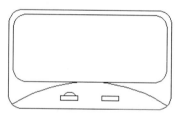

图 4-26　绘制圆弧后的效果

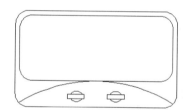

图 4-27　开关绘制完成后的效果

**Step 8** 在命令行中输入"CIRCLE"命令，其命令行操作如下：

| | |
|---|---|
| 命令：CIRCLE | //执行 CIRCLE 命令 |
| 指定圆的圆心或 [三点(3P)/两点(2P)/相切、相切、半径(T)]: | //单击如图 4-28 所示的 A 点 |
| 指定圆的半径或 [直径(D)]: 100 | //输入半径值，并按【空格】键确认，这里输入"100"，绘制后的效果如图 4-29 所示 |

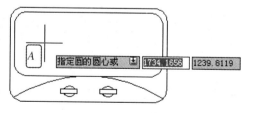

图 4-28　指定圆心

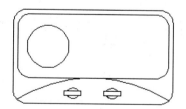

图 4-29　绘制圆后的效果

**Step 9** 单击状态栏的"捕捉模式"按钮、"对象捕捉"按钮、"对象捕捉追踪"按钮，使其呈蓝底显示，再在命令行中输入"C"命令，以刚绘制的圆的圆心为圆心，绘制半径为 65 的圆，绘制完成后效果如图 4-30 所示。

**Step 10** 按照相同的方法，再在命令行中输入"CIRCLE"命令，绘制另一个灶眼，其命令行操作如下：

| | |
|---|---|
| 命令：CIRCLE | //执行 CIRCLE 命令 |
| 指定圆的圆心或 [三点(3P)/两点(2P)/相切、相切、半径(T)]: | //单击如图 4-31 所示的 A 点 |
| 指定圆的半径或 [直径(D)]: 100 | //输入半径值，并按【空格】键确认，这里输入"100"，绘制后的效果如图 4-32 所示 |

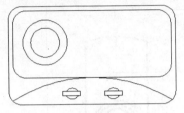
图 4-30　绘制同心圆

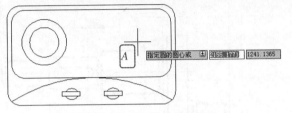
图 4-31　绘制右边灶眼

**Step 11** 按照相同的方法，以刚绘制的圆的圆心为圆心，绘制半径为 65 的圆，绘制完成后效果如图 4-33 所示。

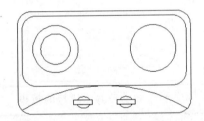
图 4-32　绘制右边灶眼外边轮廓

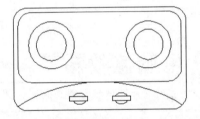
图 4-33　绘制同心圆

**Step 12** 按照相同的方法，在命令行中输入"REC"命令，在刚绘制的左边灶眼上绘制垫架，长为 20，宽为 60，绘制后的效果如图 4-34 所示。

**Step 13** 按照相同的方法，在命令行中输入"REC"命令，在刚绘制的右边灶眼上绘制垫架，绘制后的效果如图 4-35 所示【源文件\第 4 章\灶具.dwg】。

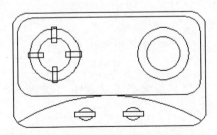
图 4-34　绘制左边灶眼垫架

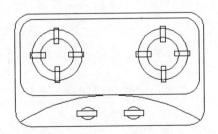
图 4-35　绘制右边灶眼的垫架

## 4.6 大显身手

练习在 AutoCAD 2009 中绘制矩形、圆、圆弧等的操作方法

运用本章介绍的绘制线型对象的方法，绘制如图 4-36 所示叉架类零件【源文件\第 4 章\叉架类零件.dwg】。

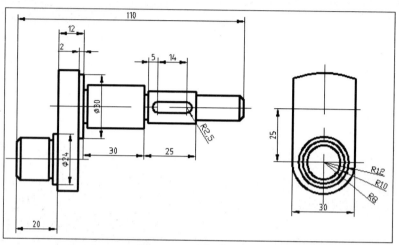

图 4-36　叉架类零件

## 电脑急救箱

运用本章知识时若遇到圆环、圆弧以及椭圆弧等问题，别急，打开急救箱看看吧

**Q** 如何使用圆环命令绘制实心的圆？

**A** 当用户在使用圆环命令绘图时，将圆环的内径设为 0，为外径设定相应值，即可绘制出外径大小的实心圆。

**Q** 在 AutoCAD 中，圆弧和椭圆弧的弧线是以什么方向来工作的？

**A** 在 AutoCAD 中，圆弧和椭圆弧的弧线都是以逆时针的方向来工作的。

**Q** 为什么使用"相切、相切、半径"方式绘制圆时，系统提示"圆不存在"呢？

**A** 使在使用"相切、相切、半径"方式绘制圆时，如果指定的半径无法满足前面的相切条件（如半径过小），则系统会提示"圆不存在"。

# 第5章
# 简单编辑图形对象

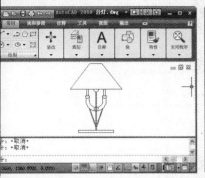

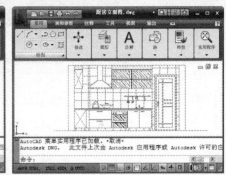

## 本章要点

- 选择对象方式
- 夹点编辑
- 改变图形对象的位置
- 其他修改方式

　　为使绘制的图形更加标准，我们除了应熟练掌握 AutoCAD 2009 绘制图形的方法外，还要掌握一些编辑图形对象的方法，如夹点编辑、移动、旋转、放弃、重做删除、修剪、复制、偏移等。当然，在编辑图形前能准确选择需编辑的对象是必备基础，通过本章的学习，希望用户能达到灵活应用各种编辑方法绘制图形的目的。

# 5.1 项目观察——编辑泵轴图形

了解倒角、夹点旋转、修剪以及圆角等编辑图形的方法

通过前面的学习，我们学会了在 AutoCAD 2009 中绘制图形对象，下面开始学习在 AutoCAD 2009 中编辑图形对象的方法，对如图 5-1 所示图形进行编辑，使其最后效果如图 5-2 所示。

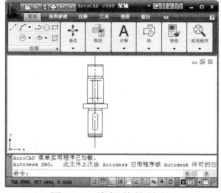

图 5-1　编辑前的效果

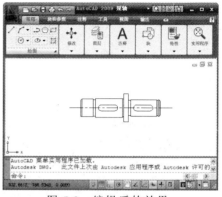

图 5-2　编辑后的效果

其具体操作步骤如下：

**Step1** 打开"泵轴.dwg"图形文件【素材\第 5 章\泵轴.dwg】，在命令行中输入"CHAMFER"命令，其命令行操作如下：

| | |
|---|---|
| 命令:CHAMFER | //执行 CHAMFER 命令 |
| （"修剪"模式）当前倒角距离 1 = 0.0000，距离 2 = 0.0000 | //系统提示当前倒角设置 |
| 选择第一条直线或 [放弃(U)/多段线(P)/距离(D)/角度(A)/修剪(T)/方式(E)/多个(M)]: D | //选择"距离"选项，并按【空格】键 |
| 指定第一个倒角距离 <0.0000>: 1 | //设定第一个倒角距离，这里输入"1"，并按【空格】键 |
| 指定第二个倒角距离 <1.0000>: | //设定第二个倒角距离，按【空格】键 |
| 选择第一条直线或 [放弃(U)/多段线(P)/距离(D)/角度(A)/修剪(T)/方式(E)/多个(M)]: | //选择如图 5-3 所示的 A 线 |
| 选择第二条直线，或按住 Shift 键选择要应用角点的直线: | //选择如图 5-3 所示的 B 线，完成倒角，效果如图 5-4 所示 |

**Step2** 按照相同方法，将泵轴端另一边进行倒角，倒角距离同样为"1"，倒角后的效果如图 5-5 所示。

**Step3** 使用夹点旋转的方法，将泵轴图形对象进行旋转，首先选择绘图区中所有图形对象，其命令行操作如下：

| | |
|---|---|
| 命令: 指定对角点: | //框选图形对象 |
| 命令: RO | //执行 RO 命令 |

UCS 当前的正角方向:ANGDIR=逆时针　ANGBASE=0 　　//系统自动显示

58 个

指定基点:　　　　　　　　　　　　　　　　　　//单击如图 5-6 所示的 A 点

指定旋转角度，或 [复制(C)/参照(R)] <270>:　90　　//输入旋转角度"90"，按【空格】键，
　　　　　　　　　　　　　　　　　　　　　　　　旋转后的效果如图 5-7 所示

**Step 4** 使用修剪命令，修剪图形中的多余线段，其命令行操作如下:

命令: TR　　　　　　　　　　　　　　　　　　//执行 TRIM 命令

当前设置:投影=UCS，边=无　　　　　　　　　　//系统提示当前设置

选择剪切边...　　　　　　　　　　　　　　　　//系统提示当前设置

选择对象或 <全部选择>:　　　　　　　　　　　//选择绘图区中的所有图形对象

选择对象:　　　　　　　　　　　　　　　　　　//按【空格】键结束选择对象

选择要修剪的对象，或按住 Shift 键选择要延伸的对象，　//选择需要修剪的对象或选择其他选
　　或 [栏选(F)/窗交(C)/投影(P)/边(E)/删除(R)/放弃(U)]:　项，这里选择如图 5-8 所示的 AB 线段

选择要修剪的对象，或按住 Shift 键选择要延伸的对象，
　　或[栏选(F)/窗交(C)/投影(P)/边(E)/删除(R)/放弃(U)]:　//按照相同的方法，修剪其他线段

选择要修剪的对象，或按住 Shift 键选择要延伸的对象，　//按【空格】键结束命令，修剪后的效
　　或[栏选(F)/窗交(C)/投影(P)/边(E)/删除(R)/放弃(U)]:　果如图 5-9 所示

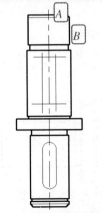
图 5-3　指定倒角线段

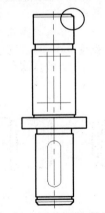
图 5-4　倒角后的效果

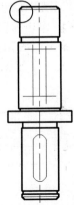
图 5-5　另一个角倒角后的效果

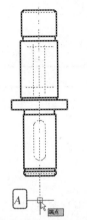
图 5-6　指定旋转基点

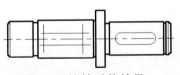
图 5-7　旋转后的效果

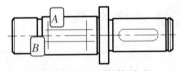
图 5-8　选择修剪线段

**Step 5** 按照相同的方法，修剪其他图形对象，修剪后的效果如图 5-10 所示。

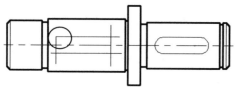

图 5-9　修剪线段

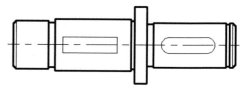

图 5-10　全部线段修剪后的效果

**Step 6** 在命令行中输入"F"命令，对刚修剪的线段进行圆角，其命令行操作如下：

| | |
|---|---|
| 命令: F | //执行 FILLET 命令 |
| 当前设置: 模式 = 修剪，半径 = 0.0000 | //系统提示当前圆角设置 |
| 选择第一个对象或 [放弃(U)/多段线(P)/半径(R)/修剪(T)/多个(M)]: r | //选择"半径"选项 |
| 指定圆角半径 <0.0000>:2.5 | //输入圆角半径，这里输入"2.5" |
| 选择第一个对象或 [放弃(U)/多段线(P)/半径(R)/修剪(T)/多个(M)]: M | //选择"多个"选项，并按【空格】键 |
| 选择第一个对象或 [放弃(U)/多段线(P)/半径(R)/修剪(T)/多个(M)]: | //选择如图 5-11 所示的 A 线 |
| 选择第二个对象，或按住 Shift 键选择要应用角点的对象: | //选择如图 5-11 所示的 B 线 |
| 选择第一个对象或 [放弃(U)/多段线(P)/半径(R)/修剪(T)/多个(M)]: | //按照相同的方法对其他三个角进行圆角，然后按【空格】键结束该命令，效果如图 5-12 所示【源文件\第 5 章\泵轴.dwg】 |

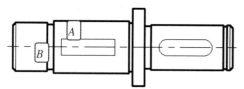

图 5-11　选择被圆角的线段

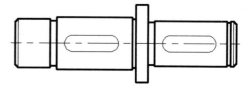

图 5-12　全部线段圆角后的效果

　　通过上述项目案例的制作可以看出，在 AutoCAD 2009 中，通过对图形的倒角、夹点旋转、修剪以及圆角可以使图形进一步达到设计规范。

# 5.2 选择对象方式

掌握点选、框选、快速选择以及其他选择图形对象的方法

　　编辑图形对象时，首先需要选择对象，包括点选对象、框选对象、快速选择对象以及其他选择方式，下面分别进行讲解。

## 5.2.1 点选对象

　　选择具体某个图形对象时，点选图形对象是首选的方法。其操作方法也比较简单，直接用十字光标在绘图区中单击需要选择的对象即可，如图 5-13 所示。

若连续单击不同的对象则可同时选择多个对象。在未执行任何命令的情况下，被单击选择的对象将以虚线显示，同时显示对象的夹点，如图5-14所示。

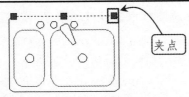

图 5-13　点选单个对象

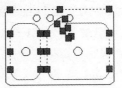

图 5-14　连续点选对象

## 5.2.2　框选对象

框选对象就是在需要选择的图形对象上通过选框选择图形对象。框选对象有两种方式：一是矩形框选对象；二是交叉框选对象，下面分别进行讲解。

### 1. 矩形框选对象

矩形框选对象就是在需选择对象的左侧按住鼠标左键不放，向图形对象的右下方或右上方拖动鼠标，如图5-15所示，释放鼠标后，被方框完全包围的对象将被选择，如图5-16所示。

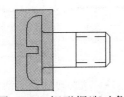

图 5-15　矩形框选对象

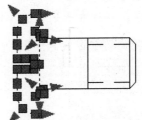

图 5-16　矩形框选后的效果

### 2. 交叉框选对象

交叉框选方向与矩形框选相反，即在图形对象的右上方或右下方按下鼠标左键不放，向左下方或左上方拖动鼠标，当绘图区中出现一个虚线矩形框时释放鼠标，如图5-17所示，这时与方框相交和被方框完全包围的对象都将被选择，如图5-18所示。

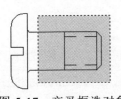

图 5-17　交叉框选对象

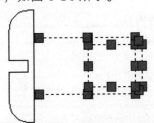

图 5-18　交叉框选后的效果

### 5.2.3 快速选择对象

快速选择功能可以快速选择具有特定属性值的对象，并能在选择集中添加或删除对象，以创建一个符合指定对象类型和对象特性的选择集。其命令调用方法如下：

- 单击"菜单浏览器"按钮，在弹出的菜单中选择【工具】/【快速选择】命令。
- 在命令行中输入"QSELECT"命令。

下面举例讲解快速选择对象的方法，其具体操作步骤如下：

**Step 1** 打开"床.dwg"图形文件【素材\第 5 章\床.dwg】，在命令行中输入"QSELECT"命令，打开"快速选择"对话框。

**Step 2** 在"应用到"下拉列表框中选择一个范围，系统默认选择"整个图形"选项，这里保持默认不变。

**Step 3** 在"对象类型"下拉列表中选择需要选择的对象类型。这里选择"所有图元"选项，在"特性"列表框中选择对象特性，如这里选择"颜色"选项。

**Step 4** 在"运算符"下拉列表中选择需要的选项，实际就是设置选择条件。这里选择"=等于"选项，在"值"下拉列表框中选择需要的选项，该下拉列表框的内容随"特性"列表框中的选项不同而不同，这里选择"绿"选项。

**Step 5** 在"如何应用"栏中指定是将符合指定过滤条件的对象包括在新选择集内还是排除在新选择集之外，直接选择需要的单选按钮即可，这里保持默认不变，单击 确定 按钮，如图 5-19 所示。

**Step 6** 返回绘图区即可查看到被选择的图形对象呈虚线显示，如图 5-20 所示。

图 5-19 "快速选择"对话框

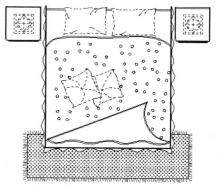

图 5-20 快速选择后的效果

**指点迷津**

使用快速选择功能选择图形对象后，还可以再次利用该功能选择其他类型与特性的对象。当再次使用该功能时，可以指定创建的选择集是替换当前选择集还是添加到当前选择集，若要添加到当前选择集，则选择"快速选择"对话框中的☑附加到当前选择集(A)复选框，否则将替换当前选择集。

## 5.2.4　其他选择方式

除了上述讲解的几种选择方式外，还有许多其他选择方式，有些选择方式实际上是上述部分选择方式的组合。其他选择方式介绍如下：

- 上一个：当命令行提示"选择对象："时，输入"l"（即 Last）并按【Enter】键，可以选中最近一次绘制的对象。
- 全选：当命令行提示"选择对象："时，输入"all"并按【空格】键即可选择绘图区中的所有对象。按【Ctrl+A】组合键效果与此相同。
- 多个：当命令行中显示"选择对象："提示信息时，输入"m"（即 Mutiple）并按【空格】键，然后依次用变成□形状的光标在要选择的对象上单击，再按【空格】键即可选中被单击的多个对象。
- 自动：该选择方式相当于多个选择和框选方式的综合。当命令行中显示"选择对象："提示信息时，输入"au"（即 Auto）并按【空格】键，便可采用"自动"选择方式。在未执行任何命令（即当命令行中显示为"命令："），或当命令行中提示"选择对象："时，在不输入任何选择方式的默认状态下即使用"自动"选择方式。
- 单选：单一对象选择方式，在该方式下，只能选择一个对象，常与其他选择方式联合使用。当命令行提示选择对象时，输入"si"（即 Single）并按【空格】键，然后单击要选择的单个对象即可。在选择单个对象后，系统将自动进入下一步操作，而不会像使用其他选择方式后还可以进行其他选择操作。

# 5.3　改变图形对象的位置

熟悉移动、旋转等改变图形对象位置的操作方法

在绘图过程中，在需要对图形对象的位置进行改变时，可通过移动和旋转等方法对其进行操作。

## 5.3.1　移动图形对象

移动图形对象对其本身形状等特性没有任何影响，只有其位置发生变化。其命令调用方法如下：

- 在【常用】/【修改】组，单击"移动"按钮✛。
- 单击"菜单浏览器"按钮▉，在弹出的菜单中选择【修改】/【移动】命令。
- 在命令行中输入"MOVE"或"M"命令。

下面举例讲解移动图形对象的方法，其具体操作步骤如下：

**Step1** 打开"涡轮零件图.dwg"图形文件【素材\第 5 章\涡轮零件图.dwg】，在命令行中输入"M"命令，其命令行操作如下：

| 命令:M | //执行 MOVE 命令 |
|---|---|
| 选择对象:指定对角点:找到 5 个 | //框选如图 5-21 所示的图形 |
| 选择对象: | //按【空格】键结束选择对象 |
| 指定基点或[位移(D)] <位移>: | //捕捉被移动对象的基点,这里选择圆的圆心 |
| 指定第二个点或 <使用第一个点作为位移>: | //按住鼠标不放拖动鼠标到左上方大圆中,捕捉并单击其圆心 |

**Step 2** 图形对象移动后,其效果如图 5-22 所示【源文件\第 5 章\涡轮零件图.dwg】。

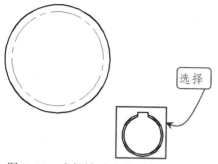

图 5-21 选择被移动的对象

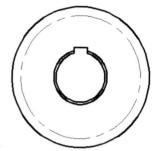

图 5-22 移动对象后的效果

## 5.3.2 旋转对象

旋转命令是指将图形对象参照某个基点进行旋转,该命令不会改变对象的整体尺寸大小,其命令调用方法如下:

● 选择【常用】/【修改】组,单击"旋转"按钮 ○。

● 单击"菜单浏览器"按钮 ,在弹出的菜单中选择【修改】/【旋转】命令。

● 在命令行中执行"ROTATE"或"RO"命令。

下面举例讲解旋转图形对象的方法,其具体操作步骤如下:

**Step 1** 打开"饮水机.dwg"图形文件【素材\第 5 章\饮水机.dwg】,在命令行中输入"RO"命令,其命令行操作如下:

| 命令: RO | //执行 ROTATE 命令 |
|---|---|
| UCS 当前的正角方向: ANGDIR= 逆时针 ANGBASE=0 | //系统显示当前 UCS 方向 |
| 选择对象:指定对角点:找到 1934 个 | //选择整个饮水机图形 |
| 选择对象: | //按【空格】键确认对象的选择 |
| 指定基点: | //指定基点,这里单击图 5-23 所示的 A 点 |
| 指定旋转角度,或 [复制(C)/参照(R)] <0>: -90 | //指定图形对象的旋转角度并进行旋转,这里输入 "-90",并按【空格】键 |

**Step 2** 图形对象旋转后,其效果如图 5-24 所示【源文件\第 5 章\饮水机.dwg】。

执行命令过程中,各选项含义如下:

● **复制**:指定以复制的方式旋转图形对象,即进行旋转操作后原图形对象将保留在原来的位置,而在新的指定位置处复制了原图形对象并进行旋转操作。

● 参照：选择该选项，可将图形对象与用户坐标系的 X 轴和 Y 轴对齐，或者与图形中的几何特征对齐，系统会提示用户指定参照角和新旋转角度。

图 5-23 指定基点      图 5-24 旋转图形后的效果

**指点迷津**

　　由于系统默认的角度为逆时方向旋转，当指定的旋转角度为正时，图形逆时针旋转，但当输入的角度为负时，图形顺时针旋转。

## 5.4 放弃和重做操作

掌握放弃和重做操作的方法

　　在绘制和编辑图形时，放弃和重做操作都是比较常用的。遇到误操作时，用户可以对其错误操作进行取消。

### 5.4.1 放弃命令

　　放弃命令可以逐步取消本次进入工作界面后进行的全部操作，其命令调用方法如下：
● 在快速访问区中，单击"放弃"按钮，即可执行该命令。
● 单击"菜单浏览器"按钮，在弹出的菜单中选择【视图】/【放弃】命令，该命令只撤销上一个动作。
● 按【Ctrl+Z】组合键。
● 在命令行中输入"UNDO"命令。

　　执行以上任意命令后，命令行操作如下：

| | |
|---|---|
| 命令：UNDO | //执行 UNDO 命令 |
| 当前设置：自动 = 开，控制 = 全部，合并 = 是 | //系统提示 |
| 输入要放弃的操作数目或 [自动(A)/控制(C)/开始(BE)/结束(E)/标记(M)/后退(B)] <1>： | //按【空格】键，确认执行取消上一步操作命令 |
| LINE | //系统提示取消上一步操作绘制"LINE" |

在执行命令过程中，各选项含义如下：

● 自动：选择该选项后，系统提示："输入 UNDO 自动模式 [开(ON)/关(OFF)] < 开>："，设为 ON，则可以将同一菜单项后的几条命令用一个 UNDO 命令返回。
● 控制：该选项用于允许用户设置保留多少恢复信息。
● 开始、结束：这两个选项联合使用，用户可以通过"开始"选项将一系列命令定义为一个小组，通过"结束"选项定义组的结束部位。
● 标记、后退：这两个选项联合使用，用户可以在编辑过程中设置标记，以后可以用 UNDO 命令返回标记位置。

## 5.4.2 重做命令

重做命令可以重复执行上一步操作。与放弃命令的操作结果相反，其命令调用方法如下：

● 在快速访问区中，单击"重做"按钮⟳，即可执行该命令。
● 单击"菜单浏览器"按钮▣，在弹出的菜单中选择【视图】/【重做】命令，该命令只恢复上一个用"UNDO"或"U"命令放弃的操作。
● 按【Ctrl+Y】组合键。
● 在命令行中输入"REDO"命令，按【空格】键，系统将自动执行重做命令。

执行"REDO"命令，其命令行操作如下：

| 命令：REDO | //执行"REDO"命令 |
| LINE | //系统提示重做上一步操作命令"LINE" |

## 5.5 常用绘图修改命令

掌握删除、修剪等常用绘图的修改命令

在绘图过程中，可能会生成大量的辅助图形对象，其实这些图形对象在最终的图纸中是不需要的，此时就需要使用删除或修剪命令对其进行修改。

## 5.5.1 删除命令

对多余的不需要的图形可以将其删除，其命令调用方法如下：

● 选择【常用】/【修改】组，单击"删除"按钮✎。
● 单击"菜单浏览器"按钮▣，在弹出的菜单中选择【修改】/【删除】命令。
● 选择需要删除的图形对象，按【Delete】键。
● 在命令行中输入"ERASE"或"E"命令。

执行"ERASE"和"E"命令后，其命令行操作如下：

| 命令：ERASE | //执行 ERASE 命令 |
| 选择对象：找到 1 个 | //选择绘图区中要删除的对象 |
| 选择对象： | //按【空格】键删除所选对象，并结束该命令 |

### 5.5.2　修剪命令

　　对只有部分需要的图形可以使用修剪命令将不需要的部分进行修剪，其命令调用方法如下：

- 选择【常用】/【修改】组，单击"修剪"按钮。
- 单击"菜单浏览器"按钮，在弹出的菜单中选择【修改】/【修剪】命令。
- 在命令行中输入"TRIM"或"TR"命令。

　　下面举例讲解修剪图形对象的方法，其具体操作步骤如下：

**Step 1** 打开"抽油烟机.dwg"图形文件【素材\第 5 章\抽油烟机.dwg】，在命令行中输入"TR"命令，其命令行操作如下：

| | |
|---|---|
| 命令：TR | //执行 TR 命令 |
| 当前设置：投影=UCS，边=无 | //系统提示当前设置 |
| 选择剪切边… | //系统提示当前设置 |
| 选择对象或 <全部选择>： | //选择需要修剪的对象，这里选择整个抽油烟机图形对象 |
| 选择对象： | //按【空格】键结束选择对象 |
| 选择要修剪的对象，或按住 Shift 键选择要延伸的对象，或 [栏选(F)/窗交(C)/投影(P)/边(E)/删除(R)/放弃(U)]： | //选择如图 5-25 所示的 A 线段 |
| 选择要修剪的对象，或按住 Shift 键选择要延伸的对象，或 [栏选(F)/窗交(C)/投影(P)/边(E)/删除(R)/放弃(U)]： | //选择如图 5-25 所示的 B 线段 |
| 选择要修剪的对象，或按住 Shift 键选择要延伸的对象，或 [栏选(F)/窗交(C)/投影(P)/边(E)/删除(R)/放弃(U)]： | //选择如图 5-25 所示的 C 线段 |
| 选择要修剪的对象，或按住 Shift 键选择要延伸的对象，或 [栏选(F)/窗交(C)/投影(P)/边(E)/删除(R)/放弃(U)]： | //选择如图 5-25 所示的 D 线段 |
| 选择要修剪的对象，或按住 Shift 键选择要延伸的对象，或 [栏选(F)/窗交(C)/投影(P)/边(E)/删除(R)/放弃(U)]： | //按【空格】键结束命令 |

**Step 2** 图形修剪完成后的效果如图 5-26 所示【源文件\第 5 章\抽油烟机.dwg】。

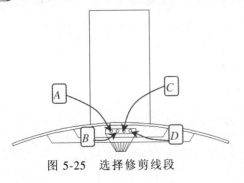

图 5-25　选择修剪线段

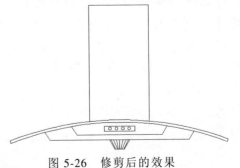

图 5-26　修剪后的效果

在执行命令过程中，各选项的含义如下：

● 栏选：选择该选项，可以栏选多个要修剪的对象。
● 窗交：选择该选项，可以框选多个要修剪的对象。
● 投影：选择该选项，则指定修剪对象时将使用投影模式，这在三维绘图中十分常用。
● 边：确定是在另一对象的隐含边处修剪对象，还是仅修剪对象到与它在三维空间中相交的对象处。
● 删除：直接删除选择的对象。

# 5.6 复制类修改命令

掌握复制、偏移、阵列以及镜像等复制类修改命令的使用方法

适当运用好复制类修改命令，可以轻松、快捷地绘制相同图形并将其插入到图形文件中，包括复制、偏移、阵列以及镜像，下面分别进行讲解。

## 5.6.1 复制命令

复制操作可以连续绘制出多个与原图形完全相同的新图形，其命令调用方法如下：

● 选择【常用】/【修改】组，单击"复制"按钮。
● 单击"菜单浏览器"按钮，在弹出的菜单中选择【修改】/【复制】命令。
● 在命令行中输入"COPY"或"CO"命令。

下面举例讲解复制图形对象的方法，其具体操作步骤如下：

**Step 1** 打开"椅子.dwg"图形文件【素材\第 5 章\椅子.dwg】，在命令行中输入"CO"命令，其命令行操作如下：

| 命令：CO | //执行 COPY 命令 |
| 选择对象：指定对角点：找到 6 个 | //选择要复制的对象即左边的椅子 |
| 选择对象： | //按【空格】键，结束对象的选择 |
| 当前设置：复制模式 = 多个 | //系统自动显示 |
| 指定基点或 [位移(D)] <位移>： | //选择复制基点，这里选择图 5-27 中的 A 点 |
| 指定第二个点或 <使用第一个点作为位移>： | //指定对象复制的新位置，选择图 5-28 中的 B 点 |
| 指定第二个点或 [退出(E)/放弃(U)] <退出>： | //按【空格】键结束命令 |

**Step 2** 图形复制完成后的效果如图 5-29 所示【源文件\第 5 章\椅子.dwg】。

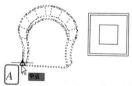
图 5-27 指定基点

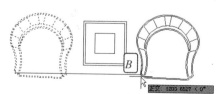
图 5-28 指定复制到的点

图 5-29 复制后的效果

**指点迷津**

使用 COPY 命令只能在当前绘图区中复制图形，而使用 COPYCLIP 命令或单击"标准"工具栏中的"复制"按钮□，可将图形复制到 Windows 剪贴板上，然后再应用到其他文件或软件中。

## 5.6.2 偏移命令

偏移命令可以复制一个与所选对象平行的图形对象，但是必须指定其偏移距离或通过点，被偏移的对象可以是直线、圆、圆弧和样条曲线等对象，其命令调用方法如下：

- 选择【常用】/【修改】组，单击"偏移"按钮△。
- 单击"菜单浏览器"按钮▲，在弹出的菜单中选择【修改】/【偏移】命令。
- 在命令行中输入"OFFSET"或"O"命令。

下面举例讲解偏移图形对象的方法，其具体操作步骤如下：

**Step 1** 打开"偏移.dwg"图形文件【素材\第 5 章\偏移.dwg】，如图 5-30 所示，在命令行中输入"O"命令，其命令行操作如下：

| | |
|---|---|
| 命令: O | //执行 OFFSET 命令 |
| 当前设置:删除源=否 图层=源 | //系统自动显示 |
| OFFSETGAPTYPE=0 | |
| 指定偏移距离或 [通过(T)/删除(E)/图层(L)] <20.0000>:100 | //指定偏移距离输入"100"，并按【空格】键确认 |
| 选择要偏移的对象，或[退出(E)/放弃(U)]<退出>: | //选择要偏移的对象，这里选择绘图区中的直线 |
| 指定要偏移的那一侧上的点，或 [退出(E)/多个(M)/放弃(U)] <退出>: | //向右移动并单击鼠标 |
| 选择要偏移的对象，或 [退出(E)/放弃(U)] <退出>: | //按【空格】键确认并结束命令 |

**Step 2** 偏移操作完成后效果如图 5-31 所示【源文件\第 5 章\偏移.dwg】。

图 5-30 需被偏移的图形对象      图 5-31 偏移后的效果

**指点迷津**

如果偏移的图形对象是直线，偏移后的直线对象大小不变；如果偏移的图形对象是圆或矩形等，偏移后的图形对象将被放大或缩小。

### 5.6.3 阵列命令

使用阵列命令可以一次将选择的对象复制多个并按一定规律进行排列，阵列的方式包括矩形阵列和环形阵列，不论是哪种阵列方式都将在"阵列"对话框中进行，打开该对话框的命令调用方法如下：

- 选择【常用】/【修改】组，单击右下角的◢按钮，在弹出的下拉菜单中单击"阵列"按钮 ▦。
- 单击"菜单浏览器"按钮▦，在弹出的快捷菜单中选择【修改】/【阵列】命令。
- 在命令行中输入"ARRAY"或"AR"命令。

**1. 矩形阵列**

矩形阵列就是阵列后的效果外轮廓呈矩形，其具体操作步骤如下：

**Step 1** 打开"沙发.dwg"图形文件【素材\第 5 章\沙发.dwg】，在命令行中输入"AR"命令，打开"阵列"对话框，选中 ⊙ 矩形阵列(R) 单选按钮。

**Step 2** 单击对话框中的"选择对象"按钮 ▦，返回到绘图区中选择椅子，如图 5-32 所示。

**Step 3** 按【空格】键，返回到"阵列"对话框，在"行"和"列"文本框中输入阵列后组成的新的图形对象的行、列数目，这里分别输入"5"和"8"。

**Step 4** 在"距离和方向"栏的"行偏移"文本框中输入"-1000"，在"列偏移"文本框中输入"1000"，完成设置后，单击 [ 确定 ] 按钮，如图 5-33 所示。

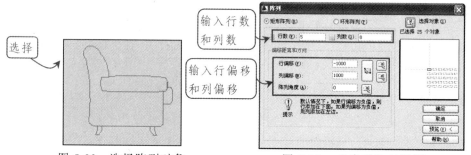

图 5-32 选择阵列对象      图 5-33 "阵列"对话框

**Step 5** 矩形阵列图形对象后最终效果如图 5-34 所示【源文件\第 5 章\沙发.dwg】。

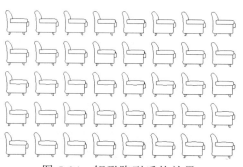

图 5-34 矩形阵列后的效果

**指点迷津**

单击 预览(V)< 按钮可返回绘图区中预览阵列效果，同时将打开提示对话框，询问用户是否接受阵列结果，单击 接受 按钮可完成矩形阵列，单击 修改 按钮可返回"阵列"对话框中重新修改阵列参数。

**2. 环形阵列**

环形阵列就是将图形阵列后其外轮廓呈环形状，其具体操作步骤如下：

**Step 1** 打开"盘盖.dwg"图形文件【素材\第 5 章\盘盖.dwg】，在命令行中输入"AR"命令，打开"阵列"对话框，选择 ⊙环形阵列(P)单选按钮。

**Step 2** 单击"选择对象"按钮，返回绘图区选择左上角的轴孔，如图 5-35 所示，按【空格】键，返回"阵列"对话框。

**Step 3** 单击"中心点"文本框后的 按钮，返回绘图区，单击水平和垂直辅助线的交点，在"项目总数"文本框中输入需要阵列的个数，这里输入"5"，在"填充角度"文本框中输入"360"，单击 确定 按钮，如图 5-36 所示。

**Step 4** 返回绘图区即可查看到环形阵列后的效果，如图 5-37 所示【源文件\第 5 章\盘盖.dwg】。

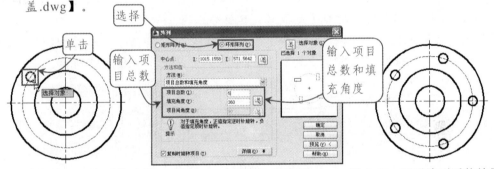

图 5-35　选择被环形阵列的对象　　图 5-36　"阵列"对话框　　图 5-37　环形阵列后的效果

## 5.6.4　镜像命令

使用镜像命令可以生成与镜像原对象成对称关系的对象，其命令调用方法如下：

● 选择【常用】/【修改】组，单击"镜像"按钮。
● 单击"菜单浏览器"按钮，在弹出的菜单中选择【修改】/【镜像】命令。
● 在命令行中输入"MIRROR"或"MI"命令。

下面举例讲解镜像图形对象的方法，其具体操作步骤如下：

**Step 1** 打开"组合沙发.dwg"图形文件【素材\第 5 章\组合沙发.dwg】，在命令行中输入"MI"命令，其命令行操作如下：

| 命令:MI | //执行 MIRROR 命令 |
|---|---|
| 选择对象:指定对角点:找到 7 个 | //选择需要镜像的对象，如图 5-38 所示选择左边沙发 |
| 选择对象: | //按【空格】键确认选择 |

| 指定镜像线的第一点： | //拾取 A 点确定镜像第一点，如图 5-39 所示 |
| --- | --- |
| 指定镜像线的第二点： | //拾取 B 点确定镜像第二点，如图 5-40 所示 |
| 要删除源对象吗？[是(Y)/否(N)] <N>： | //按【空格】键选择默认选项，不删除源对象 |

**Step 2** 组合沙发镜像操作完毕后效果如图 5-40 所示【源文件\第 5 章\组合沙发.dwg】。

图 5-38　选择要被镜像的对象

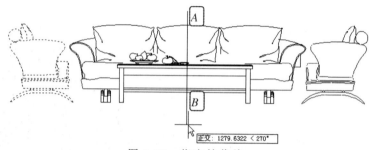

图 5-39　指定镜像线

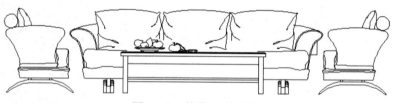

图 5-40　镜像后的效果

**指点迷津**

　　当命令行上提示："要删除源对象吗？[是(Y)/否(N)] <N>：" 时，选择默认选项 "N"
表示不删除原对象，结束镜像命令。如果选择 "是（Y）" 选项，则镜像后原图形将被删除。

# 5.7　改变图形大小命令

熟悉拉伸和拉长等改变图形大小命令的方法

　　有时因绘制的图形不适合整个图形的大小，因此需对图形的大小进行改变，包括拉
伸、拉长等，下面分别进行讲解。

## 5.7.1　拉伸命令

　　使用拉伸命令可对图形对象进行单向放大或缩小，其命令调用方法如下：

● 选择【常用】/【修改】组，单击"拉伸"按钮。

● 单击"菜单浏览器"按钮，在弹出的菜单中选择【修改】/【拉伸】命令。

● 在命令行中输入"S"或"STRETCH"命令。

下面举例讲解拉伸图形对象的方法，其具体操作步骤如下：

**Step 1** 打开"轴类零件.dwg"图形文件【素材\第 5 章\轴类零件.dwg】，在命令行中输入
"STRETCH"命令，其命令行操作如下：

| | |
|---|---|
| 命令：STRETCH | //执行 STRETCH 命令 |
| 以交叉窗口或交叉多边形选择要拉伸的对象... | //系统提示 |
| 选择对象：指定对角点：找到 2 个 | //交叉框选要进行拉伸操作的图形对象，这里选择如图 5-41 所示的图形对象 |
| 选择对象： | //按【空格】键，结束对象的选择 |
| 指定基点或 [位移(D)] <位移>： | //指定一个拉伸的基点或直接指定拉伸位移，这里选择如图 5-42 所示的 A 点 |
| 指定第二个点或 <使用第一个点作为位移>：20 | //指定或输入第二个点以确定拉伸位移值，这里向左移动鼠标并输入"20"，按【空格】键确认 |

**Step 2** 拉伸后的轴类零件效果如图 5-43 所示【源文件\第 5 章\轴类零件.dwg】。

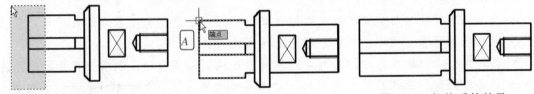

图 5-41　选择需拉伸的图形对象　　图 5-42　指定基点　　图 5-43　拉伸后的效果

**指点迷津**

　　点、圆、文本和图块等对象不能被拉伸，而直线、圆弧、椭圆弧、多段线和样条曲线等对象则可以被拉伸。

## 5.7.2　拉长命令

拉长命令可以拉长或缩短线段以及改变圆弧的圆心角，该命令适用于直线、圆弧、多段线、椭圆弧和样条曲线，其命令调用方法如下：

● 选择【常用】/【修改】组，单击"拉长"按钮。

● 单击"菜单浏览器"按钮，在弹出的菜单中选择【修改】/【拉长】命令。

● 在命令行中输入"LENGTHEN"命令。

下面举例讲解拉长图形对象的方法，其具体操作步骤如下：

**Step 1** 打开"喇叭.dwg"图形文件【素材\第 5 章\喇叭.dwg】，在命令行中输入"LENGTHEN"命令，其命令行操作如下：

```
命令：LENGTHEN                                    //执行 LENGTHEN 命令
选择对象或 [增量(DE)/百分数(P)/全部(T)/
    动态(DY)：DE                                 //输入增量命令"DE"，并按【空格】键
输入长度增量或 [角度(A)] <0.0000>：              //选择如图 5-44 所示的 A 点
指定第二点：                                     //选择如图 5-44 所示的 B 点
选择要修改的对象或 [放弃(U)]：                     //选择如图 5-44 所示的 C 点
选择要修改的对象或 [放弃(U)]：                     //按【空格】键退出拉长命令
```

**Step 2** 拉长命令操作完毕后效果如图 5-45 所示【源文件\第 5 章\喇叭.dwg】。

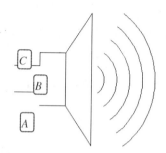

图 5-44　选择要拉长的线段

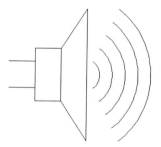

图 5-45　拉长后的效果

执行命令过程中，各选项的含义如下：

● 增量：通过输入增量来延长或缩短对象，输入的增量值为正表示增长对象，负值表示缩短对象，该增量可以表示为长度或角度。

● 百分数：通过输入百分比来改变对象的长度或圆心角大小。利用"百分数"方法对实体进行拉长操作，所输入的百分比不允许为负值，大于 100 表示拉长对象，小于 100 表示缩短对象。

● 全部：通过输入对象的总长度来改变对象的长度。

● 动态：选择该选项将以动态方法拖动对象的一个端点来改变对象的长度或角度。

# 5.8　其他修改方式

掌握其他修改命令的使用方法

在 AutoCAD 中，除了前面讲解的几类修改图形的方法外，还提供了多种修改命令，包括打断、延伸、圆角、倒角、比例缩放等，下面分别进行讲解。

## 5.8.1　打断与延伸

若线段中只有一部分是多余的，可以将其打断；若图形中的直线、圆弧和多段线等对象的端点距要求的边界有一定的距离，可以对其进行延伸。

### 1. 打断命令

打断命令可以将已有的线条分离为两段，被分离的线段只能是单独的线条，不能是任何组合形体。打断命令分为两种：一是打断于一点；二是以两点方式打断对象。

### 【1】打断于一点

打断于一点是指将整条线段分离成两条独立的线段，但中间没有空隙。其命令调用方法如下：

- 选择【常用】/【修改】组，单击右下角的 ▲ 按钮，在弹出的下拉菜单中单击"打断于点"按钮 ▢。
- 在命令行中输入"BREAK"或"BR"命令。

执行上述任意命令后，其命令行操作如下：

| | |
|---|---|
| 命令: BREAK | //执行 BREAK 命令 |
| 选择对象: | //选择要打断的对象 |
| 指定第二个打断点 或 [第一点(F)]: _f | //系统自动选择"第一点"选项，表示重新指定打断点 |
| 指定第一个打断点: | //拾取打断点 |
| 指定第二个打断点: @ | //系统自动输入@表示两点重合 |

### 【2】以两点方式打断对象

以两点方式打断对象是指在对象上创建两个打断点，使对象以一定的距离断开，其命令调用方法如下：

- 选择【常用】/【修改】组，单击"打断"按钮 ▢。
- 单击"菜单浏览器"按钮 ▓，在弹出的菜单中选择【修改】/【打断】命令。
- 在命令行中输入"BREAK"或"BR"命令。

执行上述任意命令后，其命令行操作如下：

| | |
|---|---|
| 命令:BR | //执行 BREAK 命令 |
| 选择对象: | //选择要打断的对象 |
| 指定第二个打断点 或 [第一点(F)]: f | //选择"第一点"选项 |
| 指定第一个打断点 | //在对象上要打断的第一个位置单击 |
| 指定第二个打断点: | //在对象上要打断的第二个位置单击 |

### 2. 延伸命令

延伸命令的调用方法如下：

- 选择【常用】/【修改】组，单击"延伸"按钮 ┉。
- 单击"菜单浏览器"按钮 ▓，在弹出的菜单中选择【修改】/【延伸】命令。
- 在命令行中输入"EXTEND"或"EX"命令。

下面举例讲解延伸图形对象的方法，其具体操作步骤如下：

**Step 1** 打开"延伸.dwg"图形文件【素材\第 5 章\延伸.dwg】，在命令行中输入"EXTEND"命令，其命令行操作如下：

| | |
|---|---|
| 命令: EXTEND | //执行 EXTEND 命令 |
| 当前设置:投影=UCS，边=无 选择边界的边… | //系统提示 |
| 选择对象或 <全部选择>: 找到 1 个 | //选择如图 5-46 所示的 A 线 |
| 选择对象: 找到 1 个，总计 2 个 | //选择如图 5-46 所示的 B 线 |
| 选择对象: | //按【空格】键结束对象的选择 |

| | |
|---|---|
| 选择要延伸的对象，或按住 Shift 键选择要修剪的对象，或[栏<br>选(F)/窗交(C)/投影(P)/边(E)/放弃(U)]：  E | //选择"边"选项 |
| 输入隐含边延伸模式 [延伸(E)/不延伸(N)] <不延伸>: E | //选择"延伸"选项 |
| 选择要延伸的对象，或按住 Shift 键选择要修剪的对象，或[栏<br>选(F)/窗交(C)/投影(P)/边(E)/放弃(U)]： | //选择如图 5-46 所示的 B 线 |
| 选择要延伸的对象，或按住 Shift 键选择要修剪的对象，或[栏<br>选(F)/窗交(C)/投影(P)/边(E)/放弃(U)]： | //按【空格】键结束命令 |

**Step 2** 延伸命令操作完毕后效果如图 5-47 所示【源文件\第 5 章\延伸.dwg】。

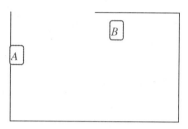

图 5-46　选择要延伸的线段

图 5-47　延伸后的效果

## 5.8.2　圆角与倒角

圆角与倒角的区别在于连接线，圆角的连接线是圆弧，倒角的连接线是直线，下面分别讲解其操作方法。

### 1. 圆角命令

执行圆角命令过程中圆弧半径可以自由指定，其命令调用方法如下：

● 选择【常用】/【修改】组，单击"圆角"按钮 。
● 单击"菜单浏览器"按钮 ，在弹出的菜单中选择【修改】/【圆角】命令。
● 在命令行中输入"FILLET"或"F"命令。

下面举例讲解对图形对象进行圆角操作的方法，其具体操作步骤如下：

**Step 1** 打开"茶桌.dwg"图形文件【素材\第 5 章\茶桌.dwg】，在命令行中输入"F"命令，其命令行操作如下：

| | |
|---|---|
| 命令: F | //执行 FILLET 命令 |
| 当前设置: 模式 = 修剪，半径 = 0.0000 | //系统提示当前圆角设置 |
| 选择第一个对象或 [放弃(U)/多段线(P)/半径(R)/修剪<br>(T)/多个(M)]: r | //选择"半径"选项 |
| 指定圆角半径 <0.0000>:60 | //输入圆角半径"60"，并按【空格】键 |
| 选择第一个对象或 [放弃(U)/多段线(P)/半径(R)/修剪<br>(T)/多个(M)]: M | //选择"多个"选项 |
| 选择第一个对象或 [放弃(U)/多段线(P)/半径(R)/修剪<br>(T)/多个(M)]: | //选择如图 5-48 所示的 A、B 线 |
| 选择第二个对象，或按住 Shift 键选择要应用角点的<br>对象: | //选择如图 5-48 所示的 B、C 线 |

| | |
|---|---|
| 选择第一个对象或 [放弃(U)/多段线(P)/半径(R)/修剪(T)/多个(M)]: | //选择如图 5-48 所示的 C、D 线 |
| 选择第二个对象，或按住 Shift 键选择要应用角点的对象: | //选择如图 5-48 所示的 D、A 线 |
| 选择第一个对象或 [放弃(U)/多段线(P)/半径(R)/修剪(T)/多个(M)]: | //按【空格】键结束命令 |

(Step 2) 圆角命令操作完毕后效果如图 5-49 所示【源文件\第 5 章\茶桌.dwg】。

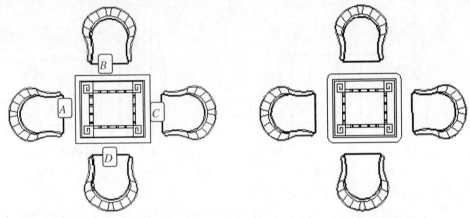

图 5-48　指定圆角线段　　　　　　　　图 5-49　圆角后的效果

### 2. 倒角命令

倒角命令不能对弧、椭圆弧等弧线对象进行倒角，而只能对直线、多段线等对象进行倒角。其命令调用方法如下：

- 选择【常用】/【修改】组，单击"圆角"按钮□右侧的▾按钮，在弹出的下拉菜单中选择"倒角"命令。
- 单击"菜单浏览器"按钮▇，在弹出的菜单中选择【修改】/【倒角】命令。
- 在命令行中执行 "CHAMFER" 或 "CHA" 命令。

下面举例讲解对图形对象进行倒角操作的方法，其具体操作步骤如下：

(Step 1) 打开"半圆头螺钉.dwg"图形文件【素材\第 5 章\半圆头螺钉.dwg】，在命令行中输入 "CHA" 命令，其命令行操作如下：

| | |
|---|---|
| 命令: CHA | //执行 CHAMFER 命令 |
| ("修剪"模式) 当前倒角距离 1 = 0.0000，距离 2 = 0.0000 | //系统提示当前倒角设置 |
| 选择第一条直线或 [放弃(U)/多段线(P)/距离(D)/角度(A)/修剪(T)/方式(E)/多个(M)]: D | //选择"距离"选项，并按【空格】键 |
| 指定第一个倒角距离 <0.0000>: 1.5 | //设置第一个倒角距离，这里输入"1.5" |
| 指定第二个倒角距离 <1.50000>: | //设置第二个倒角距离，并按【空格】键 |
| 选择第一条直线或 [放弃(U)/多段线(P)/距离(D)/角度(A)/修剪(T)/方式(E)/多个(M)]: | //选择第一条倒角对象，这里选择如图 5-50 所示的 A 段 |
| 选择第二条直线，或按住 Shift 键选择要应用角点的 | //选择第二条倒角对象，这里选择如图 5-50 |

| 直线: | 所示的 B 线段 |
|---|---|
| 选择第一条直线或 [放弃(U)/多段线(P)/距离(D)/角度(A)/修剪(T)/方式(E)/多个(M)]: | //选择第一条倒角对象,这里选择如图 5-50 所示的 B 线段 |
| 选择第二条直线,或按住 Shift 键选择要应用角点的直线: | //选择第二条倒角对象,这里选择如图 5-50 所示的 C 线段 |
| 选择第一条直线或 [放弃(U)/多段线(P)/距离(D)/角度(A)/修剪(T)/方式(E)/多个(M)]: | //按【空格】键确认 |

**Step 2** 倒角命令操作完毕后效果如图 5-51 所示【源文件\第 5 章\半圆头螺钉.dwg】。

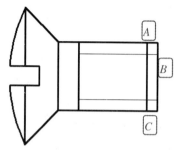

图 5-50 指定倒角线段

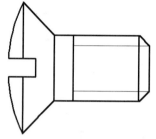

图 5-51 倒角后的效果

在命令执行过程中,部分选项的含义如下:

- 多段线:选择该选项,则可对由多段线组成的图形的所有角同时进行倒角。
- 角度:以指定一个角度和一段距离的方法来设置倒角的距离。
- 修剪:设定修剪模式,控制倒角处理后是否删除原角的组成对象,默认为删除。
- 多个:选择该选项,可连续对多组对象进行倒角处理,直至结束命令为止。

## 5.8.3 比例缩放

比例缩放对象可以按照一定的比例或者参照对象改变对象的大小。该命令可以把图形对象沿一定的方向使用相同的比例因子放大或缩小,而对象的总体形状不会发生改变。比例缩放命令分为两种:一是指定比例缩放;二是根据参照对象缩放,其命令调用方法如下:

- 选择【常用】/【修改】组,单击"缩放"按钮 ◻。
- 单击"菜单浏览器"按钮 ◥,在弹出的菜单中选择【修改】/【缩放】命令。
- 在命令行中输入"SCALE"或"SC"命令。

### 1. 指定比例缩放

指定比例方法缩放对象是指通过输入比例因子来控制图形的缩放程度。下面举例讲解指定比例缩放图形对象的方法,其具体操作步骤如下:

**Step 1** 打开"餐桌.dwg"图形文件【素材\第 5 章\餐桌.dwg】,在命令行中输入"SC"命令,其命令行操作如下:

| 命令:SC | //执行 SCALE 命令 |
|---|---|
| 选择对象:找到 1 个 | //选择如图 5-52 所示图形中的餐桌 |

| 选择对象: | //按【空格】键结束选择对象 |
|---|---|
| 指定基点: | //单击餐桌中间的任意一点 |
| 指定比例因子或 [参照(R)]: 7 | //指定缩放的比例因子，这里输入 "7" |

**Step 2** 指定比例方法缩放方式后，效果如图 5-53 所示【源文件\第 5 章\餐桌.dwg】。

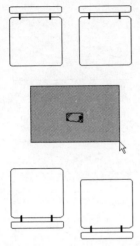

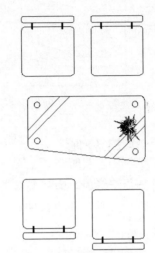

图 5-52　选择要缩放的图形对象　　　图 5-53　指定比例方法缩放后的效果

**指点迷津**

　　指定比例因子时，若比例因子大于 1，则放大对象；若比例因子小于 1 且大于 0，则缩小对象。

### 2. 根据参照对象缩放

　　根据参照对象缩放对象是将用户当前的测量值作为新长度的基础。以该方法缩放对象，需指定参照长度及对象的新长度，如果新长度大于参照长度，则将对象放大；如果新长度小于参照长度，则将对象缩小。下面举例讲解根据参照缩放图形对象的方法，其具体操作步骤如下：

**Step 1** 打开 "双人床.dwg" 图形文件【素材\第 5 章\双人床.dwg】，在命令行中输入 "SC" 命令，其命令行操作如下：

| 命令:SC | //执行 SCALE 命令 |
|---|---|
| 选择对象: 找到 1 个 | //选择如图 5-54 所示左边床头柜 |
| 选择对象: | //按【空格】键结束选择对象 |
| 指定基点: | //单击左边床头柜的中心点 |
| 指定比例因子或 [参照(R)]: r | //选择 "参照" 选项，并按【空格】键 |
| 指定参照长度 <1>: 5 | //指定参照尺寸，这里输入 "5"，并按【空格】键 |
| 指定新长度:2 | //指定新的长度，这里输入 "2"，并按【空格】键 |

**Step 2** 根据参照对象缩放方式后，效果如图 5-55 所示【源文件\第 5 章\双人床.dwg】。

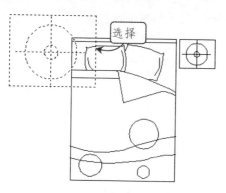

图 5-54　选择要缩放的图形对象

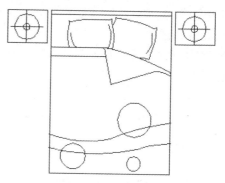

图 5-55　根据参照对象缩放后的效果

## 5.8.4　合并与分解

在编辑复杂图形时，有时需要将多个相似的图形对象结合成一个图形对象，方便选择和操作，这种方法叫合并。合并后的图形也可以被分解，下面分别进行讲解。

### 1. 合并对象

进行合并操作的对象必须位于相同的平面上。另外，合并两条或多条圆弧（或椭圆弧）时，将从源对象开始沿逆时针方向合并圆弧（或椭圆弧）。合并的对象包括圆弧、椭圆弧、直线、多段线和样条曲线等。其命令调用方法如下：

● 选择【常用】/【修改】组，单击右下角的 ▲ 按钮，在弹出的下拉菜单中单击"合并"按钮 ⊬。
● 单击"菜单浏览器"按钮 █，在弹出的菜单中选择【修改】/【合并】命令。
● 在命令行中输入"JOIN"或"J"命令。

执行上述任意命令后，其命令行操作如下：

| 命令: JOIN | //执行 JOIN 命令 |
| 选择源对象: | //选择一条直线、多段线、圆弧、椭圆弧或样条曲线 |
| 选择要合并到源的直线: | //选择一条直线后系统提示选择要合并的直线 |
| 选择要合并到源的直线: | //按【空格】键，结束对象的选择 |
| 已将 1 条直线合并到源 | //系统提示操作结果 |

### 指点迷津

根据选择源对象的不同，系统的提示也有所不同，如选择一条弧线后，系统将提示"选择圆弧，以合并到源或进行 [闭合(L)]:"，用户只要根据系统的提示就可以完成操作。

### 2. 分解对象

分解命令主要用于将复合对象，如多段线、图案填充、块等对象，还原为一般对象。

任何被分解对象的颜色、线型和线宽都可能会改变。其他结果取决于所分解的合成对象的类型。其命令调用方法如下：

- 选择【常用】/【修改】组，单击 "分解" 按钮 。
- 单击 "菜单浏览器" 按钮 ，在弹出的菜单中选择【修改】/【分解】命令。
- 在命令行中输入 "EXPLODE" 命令。

执行上述任意命令后，其命令行操作如下：

| | |
|---|---|
| 命令：EXPLODE | //执行 EXPLODE 命令 |
| 选择对象：找到 1 个 | //选择需要分解的对象 |
| 选择对象： | //按【空格】键结束对象的选择 |

## 5.9 夹点编辑

掌握关于使用夹点拉伸、移动、旋转、缩放以及镜像对象的方法

使用夹点编辑图形对象是最常用、最方便的方式，因此本节将介绍使用夹点来编辑图形对象。

### 5.9.1 拉伸对象

夹点拉伸实际就是将选择的夹点移动到另一个位置来拉伸图形对象。下面举例讲解通过夹点拉伸对象的方法，其具体操作步骤如下：

**Step 1** 打开 "直线.dwg" 图形文件【素材\第 5 章\直线.dwg】，如图 5-56 所示，选择直线并单击需要拉伸的夹点，这里单击其右侧的夹点。其命令行操作如下：

| | |
|---|---|
| ** 拉伸 ** | //系统默认的夹点编辑方式 |
| 指定拉伸点或 [基点](B)/复制(C)/放弃 | //移动鼠标并在需要的位置处单击，这里向右移动鼠 |
| (U)/退出(X)]：500 | 标，直接输入 "500"，按【空格】键确认 |

**Step 2** 按【Esc】键，取消夹点的选择状态，绘制完成后的效果如图 5-57 所示【源文件\第 5 章\直线.dwg】。

图 5-56　被拉伸的图形对象　　　　　　图 5-57　拉伸后的效果

执行命令过程中，各选项含义如下：

- 指定拉伸点：提示用户输入拉伸的目标点。
- 基点：提示用户输入一点作为拉伸的基点。
- 复制：在拉伸实体的时候，同时复制实体。
- 放弃：取消刚才所作的编辑。
- 退出：退出夹点编辑方式。

### 指点迷津

对于圆环、椭圆、弧线等实体，若启动的夹点位于圆周上时，则拉伸功能等效于对半径（对于椭圆，则是长轴或短轴）进行 "缩放" 夹点编辑方式；而对于圆环实体，若启动的夹点位于 0°、180° 方向的象限点或位于 90°、270° 方向的象限点时，拉伸结果不同。

## 5.9.2 移动对象

夹点移动功能用于将所选对象从当前位置移动到新的位置。下面举例讲解通过夹点移动对象的方法，其具体操作步骤如下：

**Step 1** 打开 "螺钉.dwg" 图形文件【素材\第 5 章\螺钉.dwg】，选择右侧圆并单击圆心处的夹点，如图 5-58 所示。其命令行操作如下：

| | |
|---|---|
| ** 拉伸 ** | //系统默认的夹点编辑方式 |
| 指定拉伸点或 [基点(B)/复制(C)/放弃(U)/退出(X)]:<br>MO | //输入移动命令 "MO"，并按【空格】键确认 |
| ** 移动 ** | //系统提示 |
| 指定移动点或[基点(B)/复制(C)/放弃(U)/退出(X)]: | //移动鼠标到目标位置处单击，这里将圆移动到正六边形内后单击 |

**Step 2** 按【Esc】键，取消夹点的选择状态，绘制完成后的效果如图 5-59 所示【源文件\第 5 章\螺钉.dwg】。

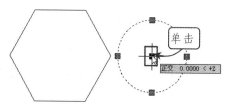

图 5-58　单击被移动的夹点

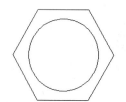

图 5-59　夹点移动后的效果

## 5.9.3 旋转对象

夹点旋转是指将所选择的图形对象围绕选择的夹点按一定的角度进行旋转操作，下面举例讲解通过夹点旋转对象的方法，其具体操作步骤如下：

**Step 1** 打开 "台灯.dwg" 图形文件【素材\第 5 章\台灯.dwg】，单击如图 5-60 所示的夹点，其命令行操作如下：

| | |
|---|---|
| ** 拉伸 ** | //系统默认的夹点编辑方式 |
| 指定拉伸点或 [基点(B)/复制(C)/放弃(U)/退出(X)]:<br>RO | //输入移动命令 "RO"，并按【空格】键确认 |
| ** 旋转 ** | //系统提示 |
| 指定旋转角度或 [基点(B)/复制(C)/放弃(U)/参照(R)/退出(X)]: -180 | //输入旋转角度为 "-180°"，并按【空格】键确认 |

**Step 2** 按【Esc】键，取消夹点的选择状态，旋转完成后的效果如图 5-61 所示【源文件\第 5 章\台灯.dwg】。

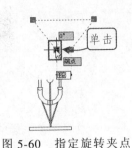

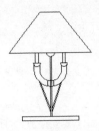

图 5-60 指定旋转夹点 　　　　　　　图 5-61 夹点旋转后的效果

## 5.9.4 缩放对象

夹点缩放方式可以在 X、Y 轴方向按等比例缩放物体的尺寸，下面举例讲解通过夹点缩放对象的方法，其具体操作步骤如下：

**Step 1** 打开"机械零件.dwg"图形文件【素材\第 5 章\机械零件.dwg】，单击如图 5-62 所示的夹点，其命令行操作如下：

| | |
|---|---|
| ** 拉伸 ** | //系统默认的夹点编辑方式 |
| 指定拉伸点或 [基点(B)/复制(C)/放弃(U)/退出(X)]: SC | //输入移动命令"SC"，并按【空格】键确认 |
| **比例缩放** | //系统提示 |
| 指定比例因子或 [基点(B)/复制(C)/放弃(U)/参照(R)/退出(X)]: 2 | //输入比例因子为"2°"，并按【Esc】键退出夹点编辑命令 |

**Step 2** 按【Esc】键，取消夹点的选择状态，旋转完成后的效果如图 5-63 所示【源文件\第 5 章\机械零件.dwg】。

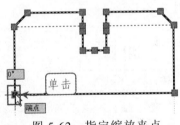

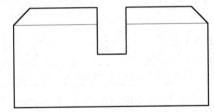

图 5-62 指定缩放夹点 　　　　　　　图 5-63 夹点缩放后的效果

## 5.9.5 镜像对象

夹点镜像是将对象按指定的镜像线进行镜像复制。下面举例讲解通过夹点镜像对象的方法，其具体操作步骤如下：

**Step 1** 打开"马桶.dwg"图形文件【素材\第 5 章\马桶.dwg】，单击如图 5-64 所示的夹点，其命令行操作如下：

| | |
|---|---|
| ** 拉伸 ** | //系统默认的夹点编辑方式 |
| 指定拉伸点或 [基点(B)/复制(C)/放弃(U)/退出(X)]: MI | //输入移动命令"MI"，并按【空格】键确认 |

| | |
|---|---|
| **镜像** | //系统提示 |
| 指定第二点或[基点(B)/复制(C)/放弃(U)/退出(X)]:C | //选择"复制"选项 |
| ** 镜像 (多重) ** | //系统提示 |
| 指定第二点或 [基点(B)/复制(C)/放弃(U)/退出(X)]: | //单击如图 5-65 所示的 A 点并按【空格】键 |
| ** 镜像 (多重) ** | //系统提示 |
| 指定第二点或 [基点(B)/复制(C)/放弃(U)/退出(X)]: | //按【空格】键退出该命令 |

**Step 2** 按【Esc】键，取消夹点的选择状态，镜像完成后的效果如图 5-66 所示【源文件\第 5 章\马桶.dwg】。

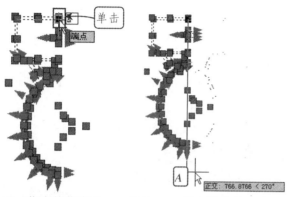
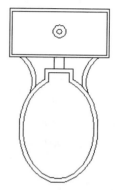

图 5-64  指定镜像夹点　　图 5-65  指定镜像第二点　　图 5-66  夹点镜像后的效果

执行命令过程中，部分选项含义如下：

- 基点：在进行夹点镜像时，系统默认选择的夹点为镜像线上的第一点，选择该选项可以重新指定第一点。
- 复制：选择该选项，可连续进行夹点镜像对象操作。

## 5.10  综合实例——编辑厨房立面图

巩固夹点旋转、移动、复制以及矩形阵列等的绘制方法

通过前面的学习，我们掌握了在 AutoCAD 2009 中绘制图形对象的方法，本章又学习了一些编辑图形的方法。通过本章相关知识的学习后，使用相关的命令可以绘制效果如图 5-67 所示的厨房立面图。

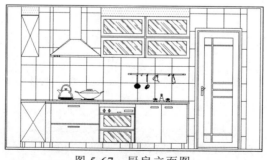

图 5-67  厨房立面图

**制作思路**

第一步：编辑餐具挂架
- ①使用夹点旋转命令旋转餐具挂架
- ②使用移动命令将其移动到图形中

第二步：编辑消毒柜和橱柜
- ③使用复制命令绘制消毒柜
- ④使用矩形阵列命令绘制厨柜

其具体操作步骤如下：

**Step 1** 打开"厨房立面图.dwg"图形文件【素材\第5章\厨房立面图.dwg】，选择左边的厨具挂架，并单击如图5-68所示的A夹点，其命令行操作如下：

| | |
|---|---|
| ** 拉伸 ** | //系统默认的夹点编辑方式 |
| 指定拉伸点或 [基点(B)/复制(C)/放弃(U)/退出(X)]: RO | //输入移动命令"RO"，并按【空格】键确认 |
| ** 旋转 ** | //系统提示 |
| 指定旋转角度或 [基点(B)/复制(C)/放弃(U)/参照(R)/退出(X)]: 45 | //输入旋转角度为"45°"，并按【空格】键确认，夹点旋转后的效果如图5-69所示 |

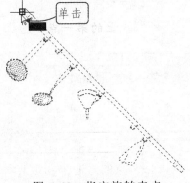

图5-68 指定旋转夹点　　　　　图5-69 夹点旋转后的效果

**Step 2** 在命令行中输入"MOVE"命令，将厨具挂架移动到厨房立面图中合适的位置，其命令行操作如下：

| | |
|---|---|
| 命令:MOVE | //执行MOVE命令 |
| 选择对象: 指定对角点: 找到 1 个 | //框选餐具挂架图形 |
| 选择对象: | //按【空格】键结束选择对象 |
| 指定基点或[位移(D)] <位移>: | //单击如图5-70所示的A点 |
| 指定第二个点或 <使用第一个点作为位移>: | //按住鼠标不放拖动鼠标到如图5-71所示的位置单击，绘制完成后效果如图5-72所示 |

**Step 3** 在命令行中输入"CO"命令，复制消毒柜的上方观察窗，其命令行操作如下：

命令: CO        //执行 COPY 命令

选择对象: 指定对角点: 找到 6 个        //选择要复制的对象, 这里选择如图 5-73 所示的

         图形

选择对象:        //按【空格】键, 结束对象的选择

当前设置: 复制模式 = 多个        //系统自动显示

指定基点或 [位移(D)] <位移>:        //选择复制基点, 这里选择如图 5-74 所示的 A 点

指定第二个点或 <使用第一个点作为位移>:        //指定对象复制的新位置, 如图 5-75 所示的 A 点

指定第二个点或 [退出(E)/放弃(U)] <退出>:        //按【空格】键结束命令, 绘制完成后效果如图 5-76

         所示

图 5-70   指定位移基点

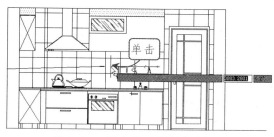

图 5-71   指定移动到的位置

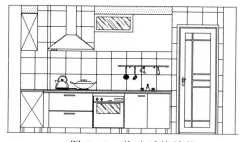

图 5-72   移动后的效果

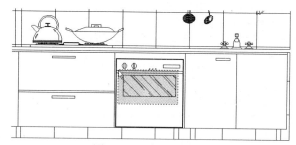

图 5-73   选择复制对象

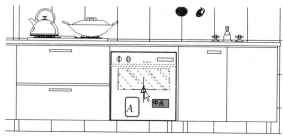

图 5-74   指定复制基点

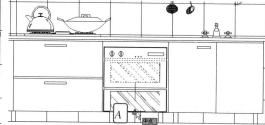

图 5-75   指定复制到的位置

**Step 4** 按照相同的方法复制橱柜的拉手, 然后在命令行中输入 "AR" 命令, 打开 "阵列" 对话框, 选中 ⊙ 矩形阵列(R) 单选按钮。单击 "选择对象" 按钮 🔲, 返回到绘图区中上方橱柜, 如图 5-77 所示。

**Step 5** 按【空格】键, 返回到 "阵列" 对话框, 在 "行" 和 "列" 文本框中输入阵列后组成新的图形对象的行、列数目, 这里分别输入 "2" 和 "2"。

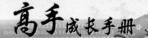
**Step 6** 在"距离和方向"栏的"行偏移"文本框中输入"-360",在"列偏移"文本框中输入"780",完成设置后,单击 确定 按钮,如图 5-78 所示。矩形阵列图形对象后最终效果如图 5-79 所示【源文件\第 5 章\厨房立面图.dwg】。

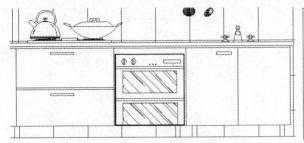

图 5-76 复制后的效果

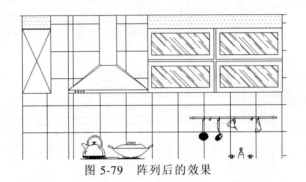

图 5-77 选择阵列对象

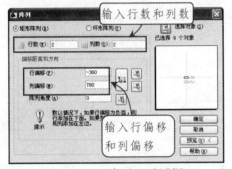

图 5-78 "阵列"对话框

图 5-79 阵列后的效果

## 5.11 大显身手

练习在 AutoCAD 2009 中编辑图形对象的操作

（1）运用本章介绍的编辑图形的方法,绘制如图 5-80 所示螺旋杆零件图【源文件\第 5 章\螺旋杆零件图.dwg】。

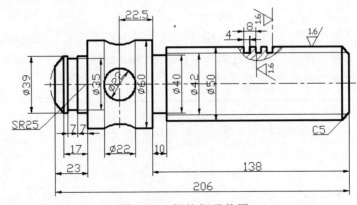

图 5-80 螺旋杆零件图

（2）运用本章介绍的编辑图形的方法,将如图 5-81 所示电视墙立面图【素材\第 5 章

\电视墙立面图.dwg】进行编辑，编辑后的效果如图 5-82 所示【源文件\第 5 章\电视墙立面图.dwg】。

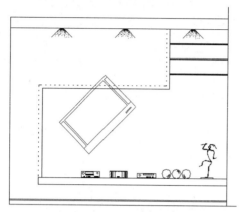

图 5-81　需编辑的图形对象

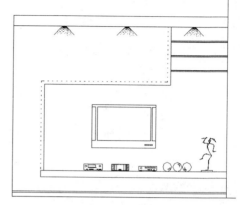

图 5-82　编辑后的效果

## 电脑急救箱

运用本章知识时若遇到圆角、镜像以及阵列等问题，别急，打开急救箱看看吧

**Q** 为何在对两条相交的直线进行圆角操作后，图形没有任何变化？

**A** 这是因为在执行圆角命令时，用户未设定圆角半径值，系统默认圆角半径值为 0，当用户设定好圆角半径后，进行圆角操作才会有相应的圆角出现。

**Q** 在使用阵列命令进行环形阵列时，阵列后的图形与第一个图形一样，为什么没有随阵列的角度变化而变化？

**A** 在进行环形阵列时，其阵列的图形可以与原图形平行，也可围绕中心点旋转，其方法是在"阵列"对话框中选中☑复制时旋转项目(T)复选框，即可使阵列后的图形随阵列的角度变化而变化。

# 第6章
# 编辑复杂图形对象

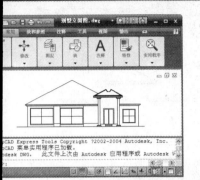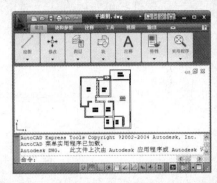

## 本章要点

- 编辑多线、多段线、样条曲线
- 创建与编辑面域
- 使用特性面板编辑对象
- 查询图形属性

　　通过前面章节的学习，我们可以对简单图形对象进行编辑，本章将讲解对复杂图形进行编辑的方法，如多线、多段线、样条曲线、面域等，另外还将讲解查询图形属性的方法，下面就逐个进行讲解。

# 6.1 项目观察——绘制别墅立面图

初步了解编辑多线绘制图形的方法

通过前面的学习，我们学会了如何对简单的图形对象进行编辑。本章将讲解对复杂图形进行编辑的方法，使用本章所讲解的知识，可以将如图 6-1 所示的图形进行编辑，效果如图 6-2 所示。

图 6-1　原始图形　　　　　　　　　　　图 6-2　编辑后的效果

使用图形编辑命令，绘制别墅立面图，其具体操作步骤如下：

**Step 1** 打开"别墅立面图.dwg"图形文件【素材\第 6 章\别墅立面图.dwg】，在命令行中输入"MLEDIT"命令，其命令行操作如下：

| | |
|---|---|
| 命令：MLEDIT | //执行 MLEDIT 命令，打开如图 6-3 所示的"多线编辑工具"对话框，选择"角点结合"编辑工具 |
| 选择第一条多线： | //选择要编辑的多线，这里单击如图 6-4 所示的 A 线 |
| 选择第二条多线： | //选择要编辑的多线，这里单击如图 6-4 所示的 B 线 |
| 选择第一条多线 或 [放弃(U)]： | //按【空格】键退出命令 |

图 6-3　"多线编辑工具"对话框

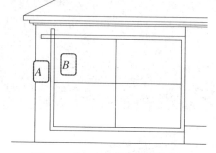

图 6-4　选择要编辑的多线

**Step 2** 按照相同的方法，编辑完图形中剩下的窗户，使其效果如图 6-5 所示。

**Step 3** 在命令行中输入"MLEDIT"命令，其命令行操作如下：

| | |
|---|---|
| 命令：MLEDIT | //执行 MLEDIT 命令，打开"多线编辑工具"对话框，选择"T 形闭合"编辑工具 |
| 选择第一条多线： | //选择要编辑的多线，这里单击如图 6-6 所示的 A 线 |
| 选择第二条多线： | //选择要编辑的多线，这里单击如图 6-6 所示的 B 线 |
| 选择第一条多线 或 [放弃(U)]： | //按【空格】键退出命令，编辑后的效果如图 6-2 所示【源文件\第 6 章\别墅立面图.dwg】 |

图 6-5　编辑完窗户后的效果

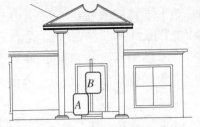

图 6-6　选择要编辑的多线

通过上述项目案例的制作，可以了解在 AutoCAD 2009 中使用编辑多线命令编辑多线的方法，下面将具体讲解使用编辑命令编辑各种复杂图形对象的方法。

# 6.2 编辑多线

学习并掌握 AutoCAD 2009 中编辑多线的方法

多线是 AutoCAD 中设置项目最多、应用最复杂的线型对象，通常在建筑制图中使用，如绘制墙线等。用户还可以根据绘图的需要，对多线进行相关的编辑，其命令调用方法如下：

● 单击"菜单浏览器"按钮█，在弹出的菜单中选择【修改】/【对象】/【多线】命令。

● 在命令行中输入"MLEDIT"命令。

执行上述任意命令后，都将打开如图 6-7 所示的"多线编辑工具"对话框，在该对话框中选择相应的编辑工具后自动切换到绘图区进行编辑，其中各个选项的含义如下：

图 6-7　"多线编辑工具"对话框

● "十字闭合"按钮▦：指在两组多线之间创建闭合的十字交点，在此交叉口中，第一条多线保持原状，第二条多线被修剪成与第一条多线分离的形状。

● "T 形闭合"按钮▤：指在两条多线之间创建闭合的 T 形交点。将第一条多线修剪或延伸到与第二条多线的交点处。

● "角点结合"按钮└：是指在多线之间创建角点连接。

● "单个剪切"按钮▥：分割多线，通过两个拾取点引入多线中的一条线的可见间断。

- "十字打开"按钮 ⊹：是在两条多线之间创建开放的十字交点。
- "T形打开"按钮 ⊤：是在两条多线之间创建开放的 T 形交点。
- "添加顶点"按钮 ‖‖：指在多线上添加多个顶点。
- "全部剪切"按钮 ‖‖：全部分割，通过两个拾取点引入多线的所有线上的可见间断。
- "十字合并"按钮 ⊹：指在两条多线之间创建合并的十字交点，在此交叉口中，第一条多线和第二条多线的所有直线都修剪到交叉的部分。
- "T形合并"按钮 ⊤：指在两条多线之间创建合并的 T 形交点，即将多线修剪或延伸到与另一条多线的交点处。
- "删除顶点"按钮 ‖‖：从多线上删除当前顶点。
- "全部接合"按钮 ‖‖：将被修剪的多线重新合并起来，但不能用来把两个单独的多线接成一体。

**指点迷津**

在"多线编辑工具"对话框的"多线编辑工具"栏中，列出了各种编辑工具，其中上面是选择该多线编辑样式后的效果，下面是其操作的名称。

## 6.3 编辑多段线

掌握使用编辑多段线命令绘制图形的方法

由于绘图的需要，可以对多段线进行闭合、合并、线宽、编辑顶点及拟合等相关的编辑，其命令调用方法如下：

- 单击"菜单浏览器"按钮 ▮，在弹出的菜单中选择【修改】/【对象】/【多段线】命令。
- 选择【常用】/【修改】组，单击右下角的 ◢ 按钮，在弹出的下拉菜单中再单击"编辑多段线"按钮 ◠。
- 在命令行中输入"PEDIT"或"PE"命令。

下面将不同粗细的多线编辑为箭头形状，其具体操作步骤如下：

**Step 1** 打开"编辑多段线.dwg"图形文件【素材\第 6 章\编辑多段线.dwg】，在命令行中输入"PE"命令，其命令行操作如下：

| | |
|---|---|
| 命令: PE | //执行 PEDIT 命令 |
| 选择多段线或[多条(M)]: | //选择如图 6-8 所示的 A 线 |
| 输入选项 [闭合(C)/合并(J)/宽度(W)/编辑顶点(E)/拟合(F)/样条曲线(S)/非曲线化(D)/线型生成(L)/放弃(U)]: E | //选择"编辑顶点"选项，并按【空格】键 |
| 输入顶点编辑选项[下一个(N)/上一个(P)/打断(B)/插入(I)/移动(M)/重生成(R)/拉直(S)/切向(T)/宽度(W)/退出(X)] <N>: W | //选择"宽度"选项，并按【空格】键 |

指定下一线段的起点宽度 <0.0000>: 10        //输入下一线段的起点宽度值"10"，并按【空格】键

指定下一线段的端点宽度 <10.0000>: 0        //输入下一线段的端点宽度值"0"，并按【Esc】键结束该命令

**Step 2** 编辑多段线后的效果如图6-9所示【源文件\第6章\编辑多段线.dwg】。

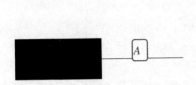

图6-8 选择要编辑的多段线       图6-9 编辑后的多段线

执行命令过程中，各选项含义如下：

- 多条：选择该选项后可同时对多条多段线进行编辑操作。
- 打开：打开多段线。当所选择的多段线是打开的，该选项为"闭合"。
- 合并：把与多段线相连接的非多段线对象（如直线或圆弧）与多段线连接成一条完整的多段线。
- 宽度：修改多段线的宽度。选择该选项后，可输入多线段的新宽度。
- 编辑顶点：修改多段线的相邻顶点。选择该选项后，命令提示行出现"［下一个(N)/上一个(P)/打断(B)/插入(I)/移动(M)/重生成(R)/拉直(S)/切向(T)/宽度(W)/退出(X)］<N>："提示信息，输入顶点编辑选项即可执行相应的选项。
- 拟合：创建圆弧平滑曲线拟合多段线。
- 样条曲线：用样条曲线拟合多段线。
- 非曲线化：拉直多段线，保留多段线顶点和切线不改变。
- 线型生成：通过多段线的顶点生成连续线型。关闭此选项，将在每个顶点处以点画线开始和结束生成线型。
- 放弃：取消上一次操作。

**指点迷津**

在执行"多段线编辑"命令时，如果选择"合并"选项，只有在多段线"打开"的状态才可用。

## 6.4 编辑样条曲线

了解使用编辑样条曲线命令绘制图形的方法

样条曲线编辑命令是一个单独对象的编辑命令，一次只能编辑一条样条曲线，其命令调用方法如下：

- 单击"菜单浏览器"按钮，在弹出的菜单中选择【修改】/【对象】/【样条曲线】命令。

● 选择【常用】/【修改】组，单击右下角的 ◢ 按钮，在弹出的下拉菜单中再单击 "编辑样条曲线"按钮 ☒。

● 在命令行中输入"SPLINEDIT"或"SPE"命令。

下面将断开的样条曲线编辑为闭合的样条曲线，其具体操作步骤如下：

**Step 1** 打开"编辑样条曲线.dwg"图形文件【素材\第6章\编辑样条曲线.dwg】，如图 6-10 所示，在命令行中输入"SPE"命令，其命令行操作如下：

| 命令：SPE | //执行 SPLINEDIT 命令 |
| --- | --- |
| 选择样条曲线： | //选择要编辑的样条曲线 |
| 输入选项 [拟合数据(F)/闭合(C)/移动顶点(M)/精度(R)/反转(E)/放弃(U)]: f | //选择"拟合数据"选项 |
| 输入拟合数据选项[添加(A)/闭合(C)/删除(D)/移动(M)/清理(P)/相切(T)/公差(L)/退出(X)]<退出>: a | //选择"添加"选项 |
| 指定控制点<退出>： | //指定需要从哪个控制点添加，单击如图 6-11 所示的 A 点 |
| 指定新点或 [后面(A)/前面(B)] <退出>： | //指定新的控制点的位置，单击如图 6-12 所示的 B 点 |
| 指定新点<退出>： | //按【空格】键 |
| 指定控制点<退出>： | //按【空格】键 |
| 输入拟合数据选项 [添加(A)/闭合(C)/删除(D)/移动(M)/清理(P)/相切(T)/公差(L)/退出(X)] <退出>: c | //选择"闭合"选项 |
| 输入拟合数据选项 [添加(A)/打开(O)/删除(D)/移动(M)/清理(P)/相切(T)/公差(L)/退出(X)] <退出>： | //按【空格】键退出该命令 |

**Step 2** 编辑样条曲线后的效果如图 6-13 所示【源文件\第6章\编辑样条曲线.dwg】。

图 6-10 原始图形　　图 6-11 单击控制点　　图 6-12 单击新的控制点　　图 6-13 编辑后的效果

执行命令过程中，各选项含义如下：

● 拟合数据：编辑拟合数据。选择该选项后出现提示信息"[添加(A)/闭合(C)/删除(D)/移动(M)/清理(P)/相切(T)/公差(L)/退出(X)] <退出>:"默认为退出该选项。

其他选项含义介绍如下：

> 添加：在样条曲线中增加拟合点。

> 闭合/打开：闭合打开的样条曲线；如果选择的样条曲线是闭合的，则为"打开"选项，"闭合"选项与其功能相反。

> 删除：从样条曲线中删除拟合点并用其余点重新拟合样条曲线。

> 移动：将拟合点移动到新位置。选择该选项后将出现"指定新的位置或[下一个(N)/上一个(P)/选择点(S)/退出(X)] <下一个>:"提示信息。

> ➢ 清理：从图形数据库中删除样条曲线的拟合数据。清理样条曲线的拟合数据
>  后，AutoCAD 重新显示的提示信息中不包括"拟合数据"选项。
>
> ➢ 相切：编辑样条曲线的起点和端点切向。
>
> ➢ 公差：使用新的公差值将样条曲线重新拟合至现有点。

- 闭合/打开：与"拟合数据"选项下的"闭合"/"打开"选项功能相同。
- 移动顶点：重新定位样条曲线的控制顶点并清理拟合点。选择该选项后将出现"指定新位置或[下一个(N)/上一个(P)/选择点(S)/退出(X)]<下一个>:"信息。
- 精度：精密调整样条曲线。选择该选项后将出现"输入精度选项[添加控制点(A)/提高阶数(E)/权值(W)/退出(X)]<退出>:"提示信息，用户可以选择所需的方式进行调整。
- 反转：反转样条曲线的方向。此选项主要适用于第三方应用程序。
- 放弃：放弃此次编辑并结束编辑样条曲线命令。

## 6.5　创建面域和查询面域质量信息

为二维闭合图形创建面域并查询其质量信息

　　面域是使用形成闭合环的对象创建的二维闭合区域。其环可以由直线、多段线、圆、圆弧、椭圆、椭圆弧和样条曲线等构成。

### 6.5.1　创建面域

　　创建面域的过程中，选择的图形对象必须是封闭的二维图形，才能完成面域的创建。其命令调用方法如下：

- 单击"菜单浏览器"按钮，在弹出的菜单中选择【绘图】/【面域】命令。
- 选择【常用】/【绘图】组，单击右下角的 ◢ 按钮，在弹出的下拉菜单中再单击"面域"按钮 ◎。
- 在命令行中输入"REGION"命令。

　　下面详细讲解创建面域的方法，其具体操作步骤如下：

**Step 1** 打开"面域.dwg"图形文件【素材\第 6 章\面域.dwg】，如图 6-14 所示，在命令行中输入"REGION"命令。

**Step 2** 返回绘图区选择要创建为面域的闭合图形，如这里选择绘图区中的所有图形对象，然后按【空格】键结束该命令，形成面域后的效果如图 6-15 所示【源文件\第 6 章\面域.dwg】。

图 6-14　原始图形

图 6-15　形成面域后的效果

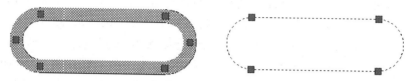

指点迷津

面域属于实体模型，而圆、多边形、多段线等封闭图形属于线框模型，因此它们在选中时表现的形式也不相同，图 6-16 所示为选中跑道与跑道形成面域时的效果。

图 6-16　选中跑道与跑道形成面域时的效果

## 6.5.2　查询面域质量信息

在 AutoCAD 中创建面域后，单击"菜单浏览器"按钮█，在弹出的菜单中选择【工具】/【查询】/【面域/质量特性】命令显示面域的质量信息，如图 6-17 所示。

图 6-17　查询面域质量信息

## 6.6　使用特性面板编辑对象

学习并掌握使用"特性"面板编辑图形对象的颜色、线型、线宽的方法

使用"特性"面板可以全面、快速地编辑图形对象的图层、颜色、线型、线宽、线型比例、三维图形高度、文本特性、图形输出、视图设置、坐标系等特性，还可以对打印样式、视图等进行相关设置，其命令调用方法如下：

● 单击"菜单浏览器"按钮█，在弹出的快捷菜单中选择【工具】/【选项板】/【特性】命令。

● 单击"菜单浏览器"按钮█，在弹出的快捷菜单中选择【修改】/【特性】命令。

● 选择图形对象后右击，在弹出的快捷菜单中选择"特性"选项。

● 按【Ctrl+1】组合键。

下面详细讲解使用"特性"面板编辑对象特性的方法，其具体操作步骤如下：

**Step 1** 打开"装饰画.dwg"图形文件【素材\第6章\装饰画.dwg】，如图6-18所示，点选装饰画的内框线，单击"菜单浏览器"按钮，在弹出的菜单中选择【工具】/【选项板】/【特性】命令，打开"特性"面板。

**Step 2** 在"常规"栏的"颜色"下拉列表框中选择"洋红"选项，在"线型"下拉列表框中选择"连续"选项，在"线宽"下拉列表框中选择"2.00毫米"选项，如图6-19所示。

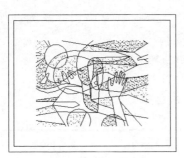

图6-18 原始图形

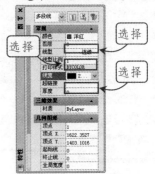

图6-19 内框线"特性"面板

**Step 3** 返回绘图区中，框选图形中的画，在"特性"面板中，在"常规"栏的"颜色"下拉列表框中选择"红"选项，设置完成后单击"关闭"按钮，关闭"特性"面板，如图6-20所示，返回绘图区中，按【Esc】键退出选择。

**Step 4** 使用"特性"面板编辑完图形对象后的效果如图6-21所示【源文件\第6章\装饰画.dwg】。

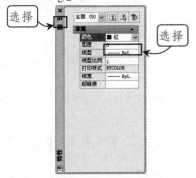

图6-20 图画"特性"面板

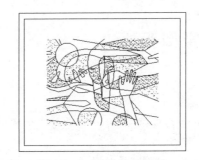

图6-21 编辑后的效果

在未选择图形对象之前，"特性"选项板中各选项含义如下：

● "无选择"下拉列表框：用于选择对象，当在绘图区选择多个对象时，可以在此下拉列表框中选择要修改的对象，选择的对象不同，下面的特性选项也会作出相应的改变。

● "切换PICKADD系统变量的值"按钮：该按钮用于设置在绘图区中选择对象时，是否采用按住【Shift】键向选择集中添加对象。该功能也可通过PICKADD系统变量进行设置，单击该按钮，该按钮变为样式。

- "切换 PICKADD 系统变量的值"按钮：单击 按钮后变成，表示此时如果选择新对象，会替代已选择的选择集。若单击该按钮，该按钮变为 样式，表示可依次选择多个对象，即可同时对所选对象进行特性设置。
- "选择对象"按钮：单击该按钮后可在绘图区中选择对象。实际操作时，即使不单击此按钮也可直接在绘图区中选择对象。
- "快速选择"按钮：单击该按钮可以打开"快速选择"对话框创建快速选择集。
- "常规"栏：设置对象的颜色、图层、线型、线型比例、线宽、厚度等特性。
- "三维效果"栏：设置图形对象的三维效果。
- "打印样式"栏：设置图形对象的输出特性。
- "视图"栏：用于设置显示图形对象的特性。
- "其他"栏：用于设置显示 UCS 坐标系特性。

**指点迷津**

在【常用】/【特性】组中，也可以对图形对象的图层、颜色、线型、线宽、线型比例、图形输出、视图设置等特性进行编辑，其方法很简单，这里不再赘述。

## 6.7 查询图形属性

了解查询图形距离、面积及周长、点坐标等属性的方法

通过 AutoCAD 2009 的查询功能可以查询图形对象的距离、面积及周长、点坐标等属性，以便编辑和修改图形对象。下面分别进行详细讲解。

### 6.7.1 查询距离

查询距离命令是指测量两个点之间的距离和角度，该命令便于精确绘制图形对象，其命令调用方法如下：

- 单击"菜单浏览器"按钮，在弹出的快捷菜单中选择【工具】/【查询】/【距离】命令。
- 选择【工具】/【查询】组，单击"距离"按钮。
- 在命令行中输入"DIST"或"DI"命令。

执行上述任意命令后，其命令行操作如下：

| | |
|---|---|
| 命令: DI | //执行 DIST 命令 |
| 指定第一点: | //在绘图区中指定第一点 |
| 指定第二点: | //在绘图区中指定第二点 |
| 距离 = 460.2347, XY 平面中的倾角 = 0, | //系统自动显示测量结果 |
| 与 XY 平面的夹角 = 0 | |
| X 增量 = 460.2347,   Y 增量 = 0.0000, | |
| Z 增量 = 0.0000 | |

## 6.7.2 查询面积及周长

查询面积及周长的命令是用来计算对象或定义区域的面积和周长，也可以对面积及周长进行加减。通常情况下，在进行预算报价时会使用到该命令。其命令调用方法如下：

- 单击"菜单浏览器"按钮■，在弹出的菜单中选择【工具】/【查询】/【面积】命令。
- 选择【工具】/【查询】组，单击"区域"按钮⬛。
- 在命令行中输入"AREA"命令。

执行上述任意命令后，其命令行操作如下：

| | |
|---|---|
| 命令：AREA | //执行 AREA 命令 |
| 指定第一个角点或 [对象(O)/加(A)/减(S)]: | //指定测量的第一个角点 |
| 指定下一个角点或按 ENTER 键全选： | //拾取下一个角点 |
| 指定下一个角点或按 ENTER 键全选： | //拾取下一个角点 |
| 指定下一个角点或按 ENTER 键全选： | //拾取下一个角点 |
| 指定下一个角点或按 ENTER 键全选： | //按【Enter】键结束 |
| 面积 = 266957.1169，周长 = 2071.6325 | //系统自动计算面积及周长 |

执行命令过程中，各选项含义如下：

- 对象：用于查询圆、椭圆、样条曲线、多段线、多边形、面域、实体和一些开放性的但首尾相连能成为封闭区域的图形的面积和周长。
- 减：总面积中减去指定面积。
- 加：选择该项后，继续定义新区域时应保持总面积平衡。"加"选项计算各个定义区域和对象的面积、周长，也计算所有定义区域和对象的总面积。

## 6.7.3 查询点坐标

查询点坐标命令用于查询指定点坐标，该命令在基于某个对象绘制另一个对象时经常用到。其命令调用方法如下：

- 单击"菜单浏览器"按钮■，在弹出的菜单中选择【工具】/【查询】/【点坐标】命令。
- 选择【工具】/【查询】组，单击"点坐标"按钮⬛。
- 在命令行中输入"ID"命令。

执行上述任意命令后，其命令行操作如下：

| | |
|---|---|
| 命令：ID | //执行 ID 命令 |
| 指定点： X = 1628.0773 Y = 1027.1853 | //指定点并查询出相应的坐标 |
| Z = 0.0000 | |

# 6.8 综合实例——编辑平面图

练习编辑多线、使用"特性"面板编辑图形对象、查询面积及周长的方法

通过前面的学习，我们掌握了如何使用 AutoCAD 2009 对简单图形对象进行编辑，本章又学习了编辑复杂图形的方法。通过本章相关知识的学习后，使用相关的命令编辑如图 6-22 所示平面图，编辑后的效果如图 6-23 所示。

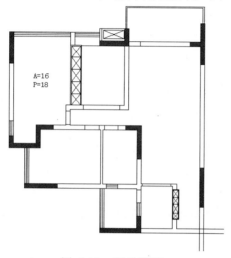

图 6-22 原始图形

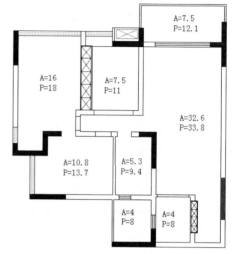

图 6-23 编辑后的效果

**制作思路**

第一步：编辑多线及特性
- ① 编辑多线
- ② 编辑阳台线、玻璃门、窗户、空调、墙线的线型特性

第二步：查询面积及周长
- ③ 复制图形对象
- ④ 查询图形对象的面积及周长

其具体操作步骤如下：

**Step 1** 打开"平面图.dwg"图形文件【素材\第 6 章\平面图.dwg】，在命令行中输入"MLEDIT"命令，其命令行操作如下：

| | |
|---|---|
| 命令：MLEDIT | //执行 MLEDIT 命令，打开"多线编辑工具"对话框，选择"角点结合"编辑工具 |
| 选择第一条多线： | //选择要编辑的多线，这里单击如图 6-24 所示的 A 线 |
| 选择第二条多线： | //选择要编辑的多线，这里单击如图 6-24 所示的 B 线 |
| 选择第一条多线 或 [放弃(U)]: | //按【空格】键退出命令，编辑多线后的效果如图 6-25 所示 |

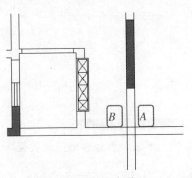

图 6-24　选择多线

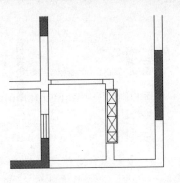

图 6-25　编辑多线后的效果

**指点迷津**

将鼠标光标移动到多线的上方并双击，也可以打开"多线编辑工具"对话框。

**Step 2** 单击"菜单浏览器"按钮■，在弹出的快捷菜单中选择【工具】/【选项板】/【特性】命令，打开"特性"面板，设置上方阳台线线宽为"0.30mm"，颜色为"红色"，设置后的效果如图 6-26 所示。

**Step 3** 按照相同的方法设置下边的阳台线与上方的阳台线效果相同，设置后的效果如图 6-27 所示。

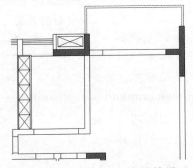

图 6-26　上方阳台线的效果

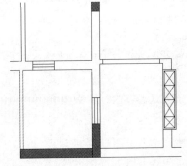

图 6-27　下边阳台线的效果

**Step 4** 设置上方阳台处的玻璃门两条中线的线宽为"0.3mm"，颜色为"蓝"，设置后的效果如图 6-28 所示。按照相同的方法设置下边的两扇玻璃门与上方的玻璃门效果相同，设置后的效果如图 6-29 所示。

**Step 5** 设置图形中的 4 扇窗户的颜色为"青"，空调的颜色为"绿"，家具的颜色为"洋红"。为了更好地体现图纸的层次效果，将图形中的所有墙线的线型比例设置为"30"，设置后的效果如图 6-30 所示。设置完成后，单击"关闭"按钮■，关闭"特性"面板。

**Step 6** 在命令行中输入"CO"命令，复制如图 6-31 所示的框选的图形对象，将其复制到如图 6-32 所示的多个位置处。

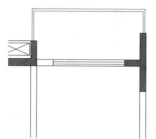

图 6-28 上方阳台处玻璃门的效果

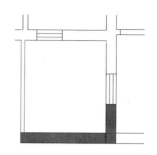

图 6-29 下边阳台处玻璃门的效果

图 6-30 窗户、空调、墙线的效果

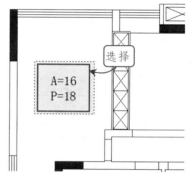

图 6-31 选择要复制的对象

**Step 7** 按【F11】键开启对象捕捉追踪模式，在命令行中输入"AREA"命令，其命令行操作如下：

| | |
|---|---|
| 命令: AREA | //执行 AREA 命令 |
| 指定第一个角点或 [对象(O)/加(A)/减(S)]: | //指定如图 6-33 所示的 A 点 |
| 指定下一个角点或按 ENTER 键全选: | //指定如图 6-33 所示的 B 点 |
| 指定下一个角点或按 ENTER 键全选: | //指定如图 6-33 所示的 C 点 |
| 指定下一个角点或按 ENTER 键全选: | //指定如图 6-33 所示的 D 点 |
| 指定下一个角点或按 ENTER 键全选: | //指定如图 6-33 所示的 E 点 |
| 指定下一个角点或按 ENTER 键全选: | //指定如图 6-33 所示的 F 点 |
| 指定下一个角点或按 ENTER 键全选: | //按【空格】键结束 |
| 面积 = 10839598，周长 = 13707 | //系统自动计算出面积及周长 |

图 6-32 复制后的效果

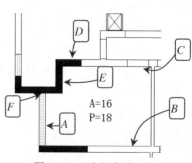

图 6-33 选择角点

**Step 8** 双击复制获得的对象，它将变成可输入状态，如图 6-34 所示，此时可以输入上一步查询到的面积及周长，效果如图 6-35 所示。（关于文字的输入方法将在第七章进行详细地讲解）。

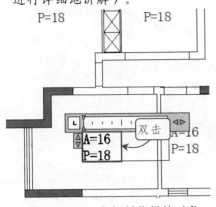

图 6-34　双击复制获得的对象

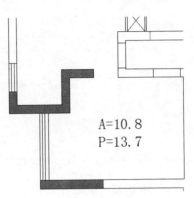

图 6-35　编辑后的效果

**Step 9** 按照相同的方法查询剩下房间的面积及周长，并对其进行编辑，完成后的效果如图 6-23 所示【源文件\第 6 章\平面图.dwg】。

## 6.9　大显身手

练习在 AutoCAD 2009 中编辑图形对象及查询图形属性

（1）运用本章介绍的查询图形属性的相关知识，打开"皮带轮"图形文件【素材\第 6 章\皮带轮.dwg】，对其进行线段距离及点坐标的查询操作。

**提示**：查询如图 6-36 所示的 AB 线段长度；在命令行中输入"ID"命令，查询如图 6-36 所示的右图最大圆的圆心坐标值。

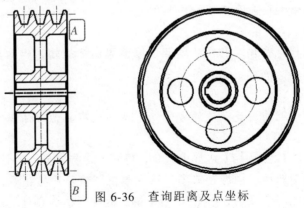

图 6-36　查询距离及点坐标

（2）打开"房屋布置图.dwg"图形文件【素材\第 6 章\房屋布置图.dwg】，如图 6-37 所示，对其进行多线及特性编辑，编辑后的效果如图 6-38 所示【源文件\第 6 章\房屋布置图.dwg】。

**提示**：使用"特性"面板，设置阳台线的颜色为"青"，线宽为"0.25mm"；沙发线的

颜色为"蓝"；沙发旁边两个小桌子的线为"黄"；地毯线的颜色为"洋红"；电视柜线的颜色为"黄"；洗澡池和马桶线的颜色为"红"。为了更好地体现图纸的层次效果，将图形中的所有墙线的线型比例设置为"35"。

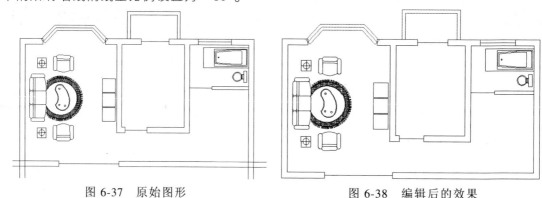

图 6-37　原始图形　　　　　　　　　　图 6-38　编辑后的效果

# 电脑急救箱

运用本章知识时若遇到编辑多线、多段线等问题，别急，打开急救箱看看吧

**Q** 在执行多段线编辑命令时，若选择的不是多段线，能进行多段线编辑操作吗？

**A** 当然能，在执行多段线编辑命令时，当命令行提示选择多段线，如选择的不是多段线，则命令行会提示是否将其转换为多段线，如选择"Y"选项，则表示将对象转换为多段线，进而可对其进行各种编辑操作。

**Q** 多线不能使用哪些命令来进行编辑？

**A** 不能使用偏移、倒角、圆角、延伸、修剪等命令编辑，但对其进行分解后，就可以进行偏移、倒角、圆角等命令。

**Q** 除了本章所讲解的创建面域的方法外，请问还有其他方法吗？

**A** 当然有，选择【绘图】/【边界】命令，打开"边界创建"对话框，在"对象类型"下拉列表框中选择"面域"选项，然后单击"新建"按钮，返回绘图区选择需要创建的面域闭合图形，按【Enter】键，返回"边界创建"对话框，单击 确定 按钮，返回绘图区单击图形内一点，按【Enter】键，即可创建面域。

# 第 7 章
# 创建文字说明和表格

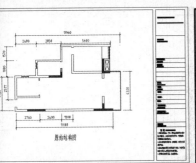

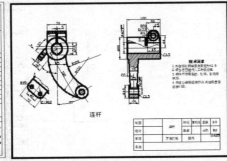

连杆

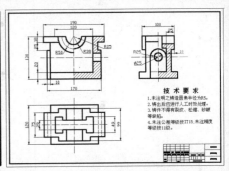

技术要求

## 本章要点

- 新建文字样式
- 拼写检查
- 输入与编辑单行或多行文字
- 创建图纸标题栏

　　前面学习了绘制图形对象的方法，但在实际绘图中图形对象只能表示图形方面的信息，因此文字对图形起着很重要的辅助作用，文字可以将图形对象不能表示的信息表示出来，为了更有条理性，还可以创建表格对文字进行归类，使其更加有序，本章将对其进行详细讲解。

## 7.1 项目观察——为平面图创建文字说明

初步了解输入单行文字、多行文字以及编辑多行文字的方法

本项目将为一平面图创建文字说明和表格，完成后的效果如图 7-1 所示。

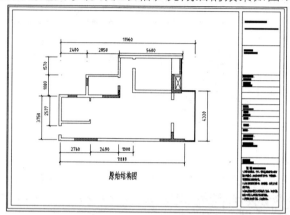

图 7-1 最终效果图

其具体操作步骤如下：

**Step 1** 打开"平面图.dwg"图形文件【素材\第 7 章\平面图.dwg】，在命令行中输入"DTEXT"命令，其命令行操作如下：

| 命令: DTEXT | //执行 DTEXT 命令 |
|---|---|
| 当前文字样式： "Standard" 文字高度： 2.5000 注释性: 否 | //系统提示当前文字样式设置 |
| 指定文字的起点或 [对正(J)/样式(S)]: | //在图形的下方居中位置处单击 |
| 指定高度 <2.5000>: 700 | //指定文字高度，如这里输入文字高度值为"700" |
| 指定文字的旋转角度<0>: | //按【空格】键确认旋转角度为"0" |

**Step 2** 绘图区内出现文字输入框，输入文本"原始结构图"，按【Enter】键结束该命令，完成后的效果如图 7-2 所示。

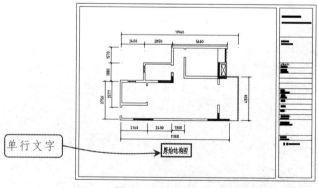

单行文字 → 原始结构图

图 7-2 输入单行文字的效果

**Step 3** 在命令行中输入"T"命令，输入多行文字，其命令行操作如下：

| | |
|---|---|
| 命令: T | //执行 T 命令 |
| 当前文字样式:"Standard" 当前文字高<br>度:2.5 | //系统显示当前文字样式及文字高度 |
| 指定第一角点: | //在图形外框"说明"文本下方单击一点 |
| 指定对角点或 [高度(H)/对正(J)/行距(L)/旋<br>转(R)/样式(S)/宽度(W)]: | //在绘图区中拾取一点,在以这两点为对角点的输入<br>框中输入如图 7-3 所示的多行文字 |

> 1.本图纸内图样、文字、资料属装饰工程有限公司所有,未经本公司书面许
> 可,不得翻录,否则将被追究法律责任。
> 2.未经图纸设计师认可,图纸内容,任何人不得擅自更改。
> 3.较长纸所标注的尺寸以现场尺寸为准,如有不符,由施工负责人会同设计
> 师加以调整。
> 4.若图纸与预算不符,以预算为准。

图 7-3 多行文字内容

**Step 4** 选择【多行文字】/【关闭】组,单击"关闭文字编辑器"按钮 X,退出多行文字
的输入状态,如图 7-4 所示。

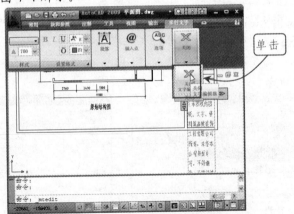

图 7-4 单击"关闭文字编辑器"按钮

**Step 5** 在命令行中输入"ED"命令,其命令行操作如下:

| | |
|---|---|
| 命令: ED | //执行 ED 命令 |
| 选择注释对象或 [放弃(U)]: | //选择输入的所有多行文字,选择【多行文字】/【样<br>式】组,在"选择或输入文本高度"下拉列表框中<br>输入"200",效果如图 7-1 所示 |
| 选择注释对象或 [放弃(U)]: | //在"多行文字"选项卡的"关闭"组中,单击"关<br>闭文字编辑器"按钮 X,退出编辑命令,然后将其<br>保存【源文件\第 7 章\平面图.dwg】 |

通过上述项目案例的制作可以初步了解在 AutoCAD 2009 中输入单行文字、输入多行文
字以及编辑多行文字等相关知识点,下面将具体讲解在绘图过程中为图纸创建文字说明和
表格的方法。

## 7.2 文字样式

掌握新建、应用和删除文字样式的方法

输入文字前先新建其适合的文字样式，然后再输入文字，这样才不会影响到图纸整体效果，下面详细讲解新建、应用以及删除文字样式的方法。

### 7.2.1 新建文字样式

系统默认有一个"Standard"文字样式，新建文字样式命令的调用方法如下：

● 选择【常用】/【注释】组，单击其右下角的 按钮，在弹出的下拉菜单中单击"文字样式"按钮 。

● 单击"菜单浏览器"按钮 ，在弹出的菜单中选择【格式】/【文字样式】命令。

● 在命令行中输入"STYLE"或"ST"命令。

执行上述任意命令后，其具体操作步骤如下：

**Step 1** 启动 AutoCAD 2009，在命令行中输入"ST"命令，打开"文字样式"对话框，单击其右侧的 新建(N)… 按钮，打开"新建文字样式"对话框，在"样式名"文本框中输入样式名称"文字样式"，然后单击 确定 按钮，如图 7-5 所示。

**Step 2** 在"字体"栏"字体名"下拉列表框中选择需要的字体，如选择"楷体_GB 2312"选项，在"高度"文本框中输入"10"，单击 应用(A) 按钮，再单击 关闭(C) 按钮，如图 7-6 所示。

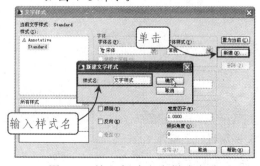

图 7-5　输入新建文字样式名称

图 7-6　设置文字样式

### 7.2.2 应用文字样式

新建文字样式后，就可以对其进行应用，设置应用文字后，才能将其进行使用，其设置方法是：在命令行中输入"ST"命令，打开"文字样式"对话框，在左边的"样式"列表框中选择需要应用的文字样式，然后单击其右侧的 置为当前(C) 按钮，再单击 关闭(C) 按钮，关闭该对话框。

### 7.2.3 删除文字样式

对不需要的文字样式，可以将其删除，但是默认的文字样式与当前图形文件中正在使用的样式不能删除，其方法是：在命令行中输入"ST"命令，打开"文字样式"对话框，在左边的"样式"列表框中选择需要删除的文字样式，然后单击其右侧的 删除(D) 按钮，再单击 关闭(C) 按钮关闭该对话框即可。

## 7.3 输入与编辑单行文字

掌握输入和编辑单行文字的方法

单行文字是指创建一行或多行文字，每行文字都是独立的文字对象，并且还可以对其进行相应的编辑操作。

### 7.3.1 输入单行文字

输入单行文字命令的调用方法如下：

● 选择【常用】/【注释】组，单击"单行文字"按钮 **A**。
● 选择【注释】/【文字】组，单击"单行文字"按钮 **A**。
● 单击"菜单浏览器"按钮 ，在弹出的菜单中选择【绘图】/【文字】/【单行文字】命令。
● 在命令行中输入"DTEXT"或"TEXT"命令。

执行上述任意命令后，其具体操作步骤如下：

**Step 1** 在命令行中输入"DTEXT"命令，其命令行操作如下：

| | |
|---|---|
| 命令:DTEXT | //执行 DTEXT 命令 |
| 当前文字样式："Standard" 文字高度: | //系统显示当前文字样式及文字高度 |
| 2.5000 注释性: 否 | |
| 指定文字的起点或 [对正(J)/样式(S)]: | //在绘图区中输入单行文字的位置处单击 |
| 指定高度 <2.5000>: 8 | //输入文字高度值为"8" |
| 指定文字的旋转角度 <0>: | //按【空格】键确认旋转角度为"0" |

**Step 2** 绘图区内出现文字输入框，如图 7-7 所示，此时输入文本"面积统计图"，然后连续两次按【Enter】键退出单行文字命令，效果如图 7-8 所示。

## 面积统计图

图 7-7 文字输入框　　图 7-8 输入单行文字后的效果

在执行命令的过程中，各选项含义如下：

● 对正：选择该选项，可设置单行文本的对齐方式。选择该选项后，命令行中将出现提示信息"输入选项 [对齐(A)/调整(F)/中心(C)/中间(M)/右(R)/左上(TL)/

中上(TC)/右上(TR)/左中(ML)/正中(MC)/右中(MR)/左下(BL)/中下(BC)/右下(BR)]：”，选择相应选项便可使用相应的文本对齐方式，各对齐方式介绍如下：

> 对齐：指定输入文本基线的起点和终点，使输入的文本在起点和终点之间重新按比例设置文本的字高，并均匀放置在两点之间。

> 调整：指定输入文本基线的起点和终点，文本高度保持不变，使输入的文本在起点和终点之间均匀排列。

> 中心：指定一个坐标点，确定文本的高度和文本的旋转角度，把输入的文本中心放在指定的坐标点。

> 中间：指定一个坐标点，确定文本的高度和文本的旋转角度，把输入的文本中心和高度中心放在指定坐标点。

> 右：将文本以右对齐，起始点在文本的右侧。

> 左上：将文本以左上对齐，起始点在文本的左上侧。

> 中上：将文本以中上对齐，起始点在文本的中上侧。

> 右上：将文本以右上对齐，起始点在文本的右上侧。

> 左中：将文本以左中对齐，起始点在文本的左中侧。

> 正中：指将文本以正中对齐，起始点在文本的正中。

> 右中：指将文本以右中对齐，起始点在文本的右中。

> 左下：指定标注文本左下角点，确定与水平方向的夹角为文本的旋转角，则过该点的直线就是标注文本中最低字符的基线。

> 中下：指将文本以中下方对齐，起始点在文本的中下方。

> 右下：指将文本以右下方对齐，起始点在文本的右下方。

● 样式：当创建多个文字样式时，选择该选项后可以重新选择需要使用的文字样式。

## 7.3.2 编辑单行文字

若输入的单行文字不符合要求可对其进行编辑，其命令的调用方法有如下两种：

● 直接双击需要编辑的单行文字。

● 在命令行中输入“DDEDIT”或“ED”命令。

执行上述任意方法后，其命令行操作如下：

| 命令：DDEDIT | //执行 DDEDIT 命令 |
| --- | --- |
| 选择注释对象或 [放弃(U)]: | //选择需要编辑的文字 |
| 选择注释对象或 [放弃(U)]: | //输入正确的文字 |
| 选择注释对象或 [放弃(U)]: | //连续两次按【Enter】键结束编辑单行文字命令 |

## 7.4 输入与编辑多行文字

掌握输入和编辑多行文字的方法

多行文字适用于输入文字较多时使用，无论有多少行都是一个整体，当然输入多行文字后也是可以进行编辑的，下面分别对其进行详细讲解。

### 7.4.1 输入多行文字

输入多行文字命令的调用方法如下：

- 选择【常用】/【注释】组，单击"多行文字"按钮A。
- 选择【注释】/【文字】组，单击"多行文字"按钮A。
- 单击"菜单浏览器"按钮▉，在弹出的菜单中选择【绘图】/【文字】/【多行文字】命令。
- 在命令行中输入"MTEXT"、"MT"或"T"命令。

执行上述任意命令后，其具体操作步骤如下：

**Step 1** 在命令行中输入"MTEXT"命令，其命令行操作如下：

| | |
|---|---|
| 命令:MTEXT | //执行 MTEXT 命令 |
| 当前文字样式:"Standard" 当前文字高度:2.5 | //系统显示当前文字样式及文字高度 |
| 指定第一角点： | //在绘图区任意位置拾取一点 |
| 指定对角点或 [高度(H)/对正(J)/行距(L)/旋转(R)/样式(S)/宽度(W)]: | //呈对角拖动鼠标，绘制输入框 |

**Step 2** 输入框中有闪烁的鼠标光标，在文本框中输入需要创建的文字，然后按【Enter】键换行，连续两次按【Enter】键确认输入。

在执行命令过程中，各选项含义如下：

- 高度：指定所要创建的多行文字的高度。
- 对正：指定多行文字的对齐方式，与创建单行文字时的该选项功能相同。
- 行距：当创建两行以上的多行文字时，可以设置多行文字的行间距。
- 旋转：设置多行文字的旋转角度。
- 样式：指定多行文字要采用的文字样式。
- 宽度：设置多行文字所能显示的单行文字宽度。

### 7.4.2 编辑多行文字

编辑多行文字和编辑单行文字类似，比较简单。执行编辑多行文字内容命令主要有以下几种方法：

- 直接双击需要编辑的多行文字。
- 选择【注释】/【文字】组，单击"编辑"按钮A₂。

- 单击"菜单浏览器"按钮▲，在弹出的快捷菜单中选择【修改】/【对象】/【文字】/【编辑】命令。
- 在命令行中输入"DDEDIT"或"ED"命令。

执行上述任意命令后，其命令行操作如下：

| 命令: DDEDIT | //执行 DDEDIT 命令 |
| 选择注释对象或 [放弃(U)]: | //选择要编辑的多行文字对象，并自动打开"多行文字"选项卡 |
| 选择注释对象或 [放弃(U)]: | //选择需要修改的多行文字，在上面的选项卡中设置即可，编辑完成后，连续按两次【Enter】键确认 |

## 7.5 调整文字说明的整体比例

了解调整文字说明的整体比例的方法

文字说明的比例不对，很容易影响图纸的整体效果，此时不用重新调整文字高度，可以直接调整文字说明的整体比例，其命令的调用方法如下：

- 单击"菜单浏览器"按钮▲，在弹出的菜单中选择【修改】/【对象】/【文字】/【比例】命令。
- 在命令行中输入"SCALETEXT"命令。

执行上述任意命令后，其命令行操作如下：

| 命令: SCALETEXT | //执行 SCALETEXT 命令 |
| 选择对象: | //选择需要改变整体比例的文字对象 |
| 选择对象: | //按【空格】键结束选择对象 |
| 输入缩放的基点选项[现有(E)/左对齐(L)/居中(C)/中间(M)/右对齐(R)/左上(TL)/中上(TC)/右上(TR)/左中(ML)/正中(MC)/右中(MR)/左下(BL)/中下(BC)/右下(BR)] <现有>: | //指定缩放的基点，按【空格】键以当前标注文本的基点作为缩放基点 |
| 指定新模型高度或 [图纸高度(P)/匹配对象(M)/比例因子(S)] <2.5>: | //输入新的高度后按【空格】键 |

### 指点迷津

在执行"SCALETEXT"命令缩放文字比例时，被缩放后的文字不会改变其原来的位置，比执行"SCALE"命令缩放对象更能准确定位。

## 7.6 查找与替换

了解在 AutoCAD 2009 中查找与替换文字的方法

输入的文字内容过多时，为了避免出现错别字等错误，可以使用查找与替换功能对其进行检测，其命令的调用方法如下：

- 选择【注释】/【文字】组，单击"查找文字"按钮。
- 单击"菜单浏览器"按钮，在弹出的菜单中选择【编辑】/【查找】命令。
- 双击需要查找与替换的文本，选择【多行文字】/【选项】组，单击"查找和替换"按钮。
- 在命令行中输入"FIND"命令。

下面举例讲解"查找"与"替换"命令的使用方法，其具体操作步骤如下：

**Step 1** 打开"技术要求.dwg"图形文件【素材\第7章\技术要求.dwg】，双击需要编辑的文本，在"选项"组单击"查找和替换"按钮，如图7-9所示。

**Step 2** 打开"查找和替换"对话框，在"查找"文本框中输入需要查找的文本，如这里输入文本"零部件"，在"替换为"文本框中输入需要替换的文本，如这里输入文本"零件"。

**Step 3** 在其下可选中不同的复选框，设置查找和替换的条件，然后单击 替换(R) 按钮，如图7-10所示。

**Step 4** 若需全文查找替换，可单击 全部替换(A) 按钮，查找完毕后自动打开提示对话框，显示查找替换结果，此时单击 确定 按钮，如图7-11所示。返回"查找和替换"对话框并单击 关闭 按钮，在绘图区空白处单击完成查找与替换操作【源文件\第7章\技术要求.dwg】。

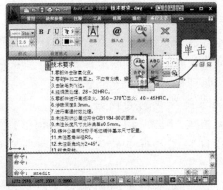

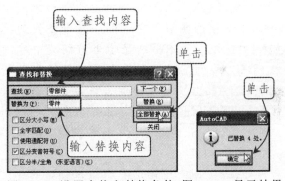

图7-9 单击"查找和替换"按钮　图7-10 设置查找和替换条件 图7-11 显示结果

## 7.7 拼写检查

了解在 AutoCAD 2009 中对文字进行拼写检查的方法

输入的文字过多，很难检查出文字的错误，此时可以使用 AutoCAD 提供的拼写检查功能来检查，如错误可接受系统的建议对其进行修改。拼写检查命令的调用方法介绍如下：

- 选择【注释】/【文字】组，单击"拼写检查"按钮 拼写检查。
- 单击"菜单浏览器"按钮，在弹出的菜单中选择【工具】/【拼写检查】命令。
- 双击需要拼写检查的文本，选择【多行文字】/【选项】组，单击"拼写检查"按钮。
- 在命令行中输入"SPELL"命令。

下面举例讲解拼写检查文本的方法，其具体操作步骤如下：

**Step 1** 打开"拼写检查.dwg"图形文件【素材\第 7 章\拼写检查.dwg】，单击"菜单浏览器"按钮，在弹出的菜单中选择【工具】/【拼写检查】命令。

**Step 2** 打开"拼写检查"对话框，单击 开始(S) 按钮，系统自动进行检查，若发现错误，自动在"不在词典中"文本框中显示错误的单词，在"建议"文本框下的列表框中选择正确的单词，这里选择"artistic"，然后单击 修改(C) 按钮，如图 7-12 所示。

**Step 3** 系统自动打开提示对话框，显示拼写检查结果，此时单击 确定 按钮，如图 7-13 所示，返回"拼写检查"对话框单击 关闭 按钮，返回绘图区可查看到检查后的效果【源文件\第 7 章\拼写检查.dwg】。

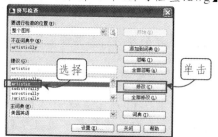

图 7-12 "拼写检查"对话框

图 7-13 显示拼写检查结果

"拼写检查"对话框中各选项含义如下：

- "不在词典中"文本框：显示查找到的拼写有误的单词。
- "建议"文本框：显示当前词典中建议的替换词，可在其中输入一个替换词，其下面的下拉列表框中显示替换词列表，也可从中选择一个替换词。
- 忽略(I) 按钮：单击该按钮，将不更改当前查找到的词语。
- 全部忽略(A) 按钮：单击该按钮，将跳过所有与"当前词语"相同的词语。
- 修改(C) 按钮：单击该按钮，将以"建议"文本框中的词语替换拼写有误的词语。
- 全部修改(L) 按钮：单击该按钮，将以"建议"文本框中的词语替换所有与"当前词语"相同的词语。
- 添加到词典(D) 按钮：将当前词语添加到自定义词典中。

# 7.8 创建图纸标题栏

掌握创建表格样式、创建表格以及编辑表格的方法

图纸标题栏是对图形对象的一个补充，它表现了图纸上不能表现的信息，如设计者、设计时间、图纸名称等，创建图纸标题栏包括创建表格样式、快速绘制表格、编辑表格等操作，下面分别对其进行讲解。

### 7.8.1 创建表格样式

AutoCAD 中默认已经有一个名为"Standard"的表格样式，可以直接应用，也可在绘制表格之前，先设置需要的表格样式，其命令的调用方法如下：

● 选择【注释】/【表格】组，单击"表格样式"按钮 。

● 单击"菜单浏览器"按钮 ，在弹出的快捷菜单中选择【格式】/【表格样式】命令。

● 在命令行中输入"TABLESTYLE"或"TS"命令。

下面举例讲解创建表格样式的方法，其具体操作步骤如下：

**Step 1** 在命令行中输入"TS"命令，打开"表格样式"对话框，单击 新建(N)... 按钮，打开"创建新的表格样式"对话框。

**Step 2** 在"新样式名"文本框中输入新的表格样式的名称，如输入"标题栏"，在"基础样式"下拉列表框中选择作为新表格样式的基础样式，系统默认选择 Standard 样式，然后单击 继续 按钮，如图 7-14 所示。

**Step 3** 打开"新建表格样式：标题栏"对话框，在"常规"栏的"表格方向"下拉列表中选择表格标题的显示方式。

**Step 4** 在"单元样式"下拉列表中可以选择需要设置的选项，如这里选择"标题"选项，在其下的"常规"、"文字"和"边框"选项卡中可以设置所选选项的常规特性、文字特性和边框特性等，如这里在"常规"选项卡"特性"栏的"填充颜色"下拉列表框中选择"青"选项，如图 7-15 所示。

**Step 5** 完成设置后，单击 确定 按钮返回"表格样式"对话框，此时在该对话框左侧的列表框中即显示了新创建的样式名称，单击 关闭 按钮完成操作。

图 7-14 "创建新的表格样式"对话框

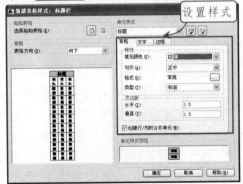

图 7-15 设置单元样式

### 7.8.2 快速绘制表格

快速绘制表格命令的调用方法如下：

● 选择【常用】/【注释】组，单击"表格"按钮 。

- 选择【注释】/【表格】组，单击"表格"按钮。
- 单击"菜单浏览器"按钮，在弹出的菜单中选择【绘图】/【表格】命令。
- 在命令行中输入"TABLE"命令。

下面举例讲解快速绘制表格的方法，其具体操作步骤如下：

**Step 1** 在命令行中输入"TABLE"命令，打开"插入表格"对话框，在"表格样式"下拉列表框中选择需要使用的表格样式。

**Step 2** 在"插入方式"栏中选择在绘图区中插入表格的方式，这里选中 ⊙指定插入点(I)单选按钮。在"列和行设置"栏的"列数"数值框中输入需要的列数，如这里输入"4"。

**Step 3** 在"列宽"数值框中输入需要的列宽，如这里输入"35"，在"数据行数"数值框中输入需要的行数，如这里输入"3"，在"行高"数值框中输入行高，设置完毕后单击 确定 按钮，如图 7-16 所示。

**Step 4** 返回绘图区，在需要创建表格的位置处单击即可插入表格，如图 7-17 所示。默认第一个单元格为输入状态，切换输入法，输入需要的文本，按键盘上小键盘中的方向键可在各个单元格之间切换，鼠标光标选择到哪个单元格，该单元格就呈不同颜色显示并有闪烁的鼠标光标，此时就可以输入相应的内容。

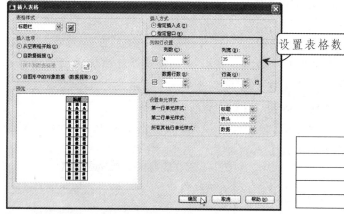

图 7-16　"插入表格"对话框

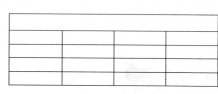

图 7-17　插入表格后的效果

"插入表格"对话框中部分选项的含义如下：

- 选中 ⊙指定插入点(I)单选按钮：表示先指定行、列数及间距值，然后直接在绘图区中以指定的插入点插入表格。
- 选中 ⊙指定窗口(W)单选按钮：表示先指定列数量及行间距，然后直接在绘图区中拖动一个窗口，从而绘制出表格。

## 7.8.3　编辑表格

默认情况下，创建的表格都比较有规则性，但实际绘图中有时并不能满足需要，这时可对其进行编辑。下面分别讲解编辑整个表格和编辑单元格的方法。

### 1. 编辑整个表格

选择整个表格并右击，在弹出的快捷菜单中选择需要的编辑命令即可编辑整个表格，如剪切、删除、移动等，其操作方法比较简单，所以这里不再赘述。

### 2. 编辑单元格

有时，编辑整个表格并不能满足其绘图需要时，其可以细致到编辑某个或某几个单元格，下面举例讲解编辑单元格的方法，其具体操作步骤如下：

**Step 1** 打开"标题栏.dwg"图形文件【素材\第 7 章\标题栏.dwg】，选择第一排第二个和第三个单元格，右击并弹出快捷菜单，在其中选择【合并】/【全部】命令，如图 7-18 所示。

**Step 2** 选择合并后的第一排第二个单元格并右击，在弹出的快捷菜单中选择【对齐】/【正中】命令，如图 7-19 所示。

**Step 3** 按照相同的方法，合并并对齐居中单元格，完成后的效果如图 7-20 所示【源文件\第 7 章\标题栏.dwg】。

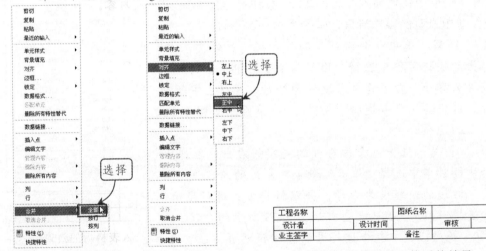

图 7-18　合并单元格　　图 7-19　设置对齐方式　　图 7-20　编辑单元格后的效果

## 7.9　在文字说明中插入特殊符号

掌握在说明文字中插入特殊符号的方法

绘制图形的过程中，有时需要在文字说明中插入特殊符号，以满足实际绘图需要。下面分别对其进行讲解。

### 7.9.1　通过控制码输入特殊符号

将鼠标光标定位到需要插入特殊符号的位置处，在键盘上输入如表 7-1 所示的控制码，可以插入特殊符号，如要输入公差符号，可以直接输入"%%p"。

表 7-1　控制码或统一码输入表

| 特 殊 字 符 | 控 制 码 | 说　明 |
|---|---|---|
| ± | %%p | 公差符号 |
| ‾ | %%o | 上画线 |
| _ | %%u | 下画线 |
| ° | %%d | 度 |
| φ | %%c | 直径符号 |

## 7.9.2　通过菜单插入特殊符号

如要输入约等于、立方、平方、欧姆等特殊符号，可选择【多行文字】/【插入点】组，单击"符号"按钮@，在弹出的下拉菜单中选择需要的符号，如图 7-21 所示，在"多行文字"选项卡的"关闭"组中单击"关闭文字编辑器"按钮✖，退出输入多行文字命令即可。

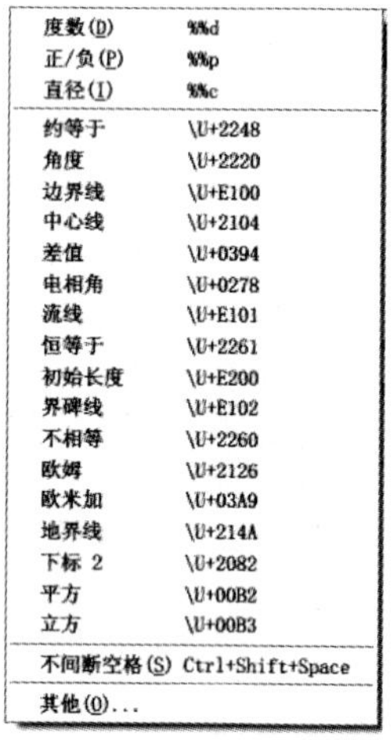

有时文字说明中还需输入配合公差、分数和尺寸公差等"符号"下拉菜单中没有的特殊符号，其输入方法如下：

- "/"符号：选中包含该符号的文字说明并右击，在弹出的快捷菜单中选择"堆叠"命令，即左边的内容设置为分子，右边的内容设置为分母，并以上下排列方式进行显示，如选择"3/5"可以堆叠出如图 7-22 所示的配合公差。

- "#"符号：选中包含该符号的文字并右击，在弹出的快捷菜单中选择"堆叠"命令，左边的内容设为分子，右边的内容设为分母，并以斜排方式进行显示，如选择"3#5"可以堆叠出如图 7-23 所示的分数。

| 度数(D) | %%d |
|---|---|
| 正/负(P) | %%p |
| 直径(I) | %%c |
| 约等于 | \U+2248 |
| 角度 | \U+2220 |
| 边界线 | \U+E100 |
| 中心线 | \U+2104 |
| 差值 | \U+0394 |
| 电相角 | \U+0278 |
| 流线 | \U+E101 |
| 恒等于 | \U+2261 |
| 初始长度 | \U+E200 |
| 界碑线 | \U+E102 |
| 不相等 | \U+2260 |
| 欧姆 | \U+2126 |
| 欧米加 | \U+03A9 |
| 地界线 | \U+214A |
| 下标 2 | \U+2082 |
| 平方 | \U+00B2 |
| 立方 | \U+00B3 |
| 不间断空格(S) Ctrl+Shift+Space | |
| 其他(O)… | |

图 7-21　"符号"下拉菜单

- "^"符号：选中包含该符号的文字说明并右击，在弹出的快捷菜单中选择"堆叠"命令，可将该左边的内容设为上标，右边的内容设为下标，如选择"3#5"可以堆叠出如图 7-24 所示的尺寸公差。

$$\frac{3}{5}$$

图 7-22　配合公差

$$\frac{3}{5}$$

图 7-23　分数

$$12^{+0.01}_{-0.01}$$

图 7-24　尺寸公差

## 7.10 综合实例——为连杆图形绘制标题栏

巩固输入并编辑文字及创建表格的方法

通过前面的学习，我们掌握了在 AutoCAD 2009 中编辑复杂图形对象的方法，通过本章相关知识的学习后，使用相关的命令可以为图形对象创建文字说明和标题栏。本实例将为连杆图形创建一个标题栏表格并添加技术说明文字，完成后的效果如图 7-25 所示。

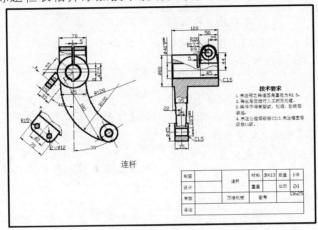

图 7-25 最终效果

制作思路

第一步：输入文字 ① 输入单行文字 ② 输入多行文字

第二步：绘制标题栏 ③ 设置表格样式 ④ 创建表格

其具体操作步骤如下：

**Step 1** 打开"连杆.dwg"图形文件【素材\第 7 章\连杆.dwg】，在命令行中输入"DTEXT"命令，其命令行操作如下：

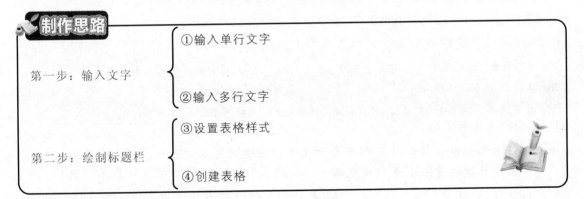

命令:DTEXT　　　　　　　　　　　　//执行 DTEXT 命令

当前文字样式：　"Standard"　　文字高度：//系统显示当前文字样式及文字高度

2.5000　注释性：否

指定文字的起点或 [对正(J)/样式(S)]:　　//在绘图区中需输入单行文字的位置处单击

指定文字的旋转角度 <0>:　　　　　　//按【空格】键确认旋转角度为"0"

**Step 2** 绘图区内出现文字输入框，输入文本"连杆"，然后连续两次按【Enter】键退出单行文字命令，效果如图 7-26 所示。

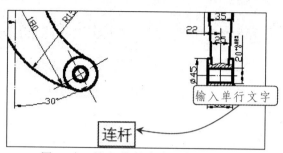

图 7-26　输入单行文字后的效果

**Step3** 在命令行中输入 "SCALETEXT" 命令，其命令行操作如下：

| 命令: SCALETEXT | //执行 SCALETEXT 命令 |
| --- | --- |
| 选择对象: | //选择刚输入的单行文字 |
| 选择对象: | //按【空格】键结束选择对象 |
| 输入缩放的基点选项[现有(E)/左对齐(L)/居中(C)/中间(M)/右对齐(R)/左上(TL)/中上(TC)/右上(TR)/左中(ML)/正中(MC)/右中(MR)/左下(BL)/中下(BC)/右下(BR)] <现有>: | //按【空格】键，保持默认选择不变 |
| 指定新模型高度或 [图纸高度(P)/匹配对象(M)/比例因子(S)] <2.5>:15 | //输入新的高度 "15"，然后按【空格】键确认，调整比例后的效果如图 7-27 所示 |

**Step4** 在命令行中输入 "MTEXT" 命令，其命令行操作如下：

| 命令: MTEXT | //执行 MTEXT 命令 |
| --- | --- |
| 当前文字样式:"Standard"　当前文字高度:2.5 | //系统显示当前文字样式及文字高度 |
| 指定第一角点: | //在图形右侧单击一点 |
| 指定对角点或 [高度(H)/对正(J)/行距(L)/旋转(R)/样式(S)/宽度(W)]: | //呈对角拖动鼠标，绘制输入框 |

**Step5** 在文本框中输入如图 7-28 所示的文本，在输入文本过程中按【Enter】键换行，连续两次按【Enter】键确认输入。

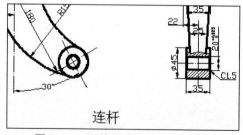

图 7-27　调整文字比例后的效果

技术要求
1. 未注明之铸造圆角直径为2.5。
2. 铸出后应进行人工时效处理。
3. 铸件不得有裂纹、松缩、砂眼等缺陷。
4. 未注公差等级按IT15;未注精度等级按11级。

图 7-28　输入多行文字

**Step6** 选择 "技术要求" 文本，选择【多行文字】/【段落】组，单击 "居中" 按钮，将其设置为居中对齐，选择【多行文字】/【设置格式】组，单击 "粗体" 按钮**B**，再选择【多行文字】/【样式】组，在 "选择或输入文字高度" 下拉列表中输入 "10"，效果如图 7-29 所示。

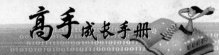

**Step 7** 将鼠标光标定位到文本“2.5”的前面，选择【多行文字】/【插入点】组，单击“符号”按钮@，在弹出的下拉菜单中选择“直径”选项，如图 7-30 所示，插入特殊符号后的效果如图 7-31 所示。

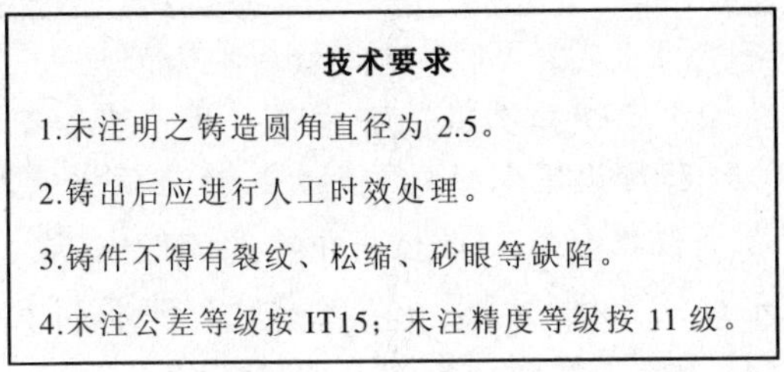
技术要求
1.未注明之铸造圆角直径为 2.5。
2.铸出后应进行人工时效处理。
3.铸件不得有裂纹、松缩、砂眼等缺陷。
4.未注公差等级按 IT15；未注精度等级按 11 级。

图 7-29 设置后的文本效果

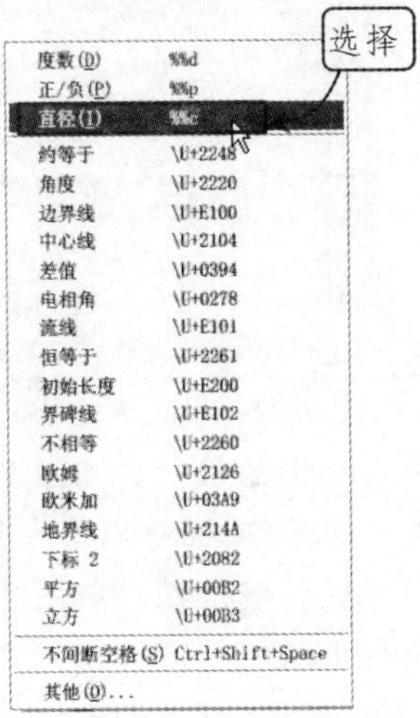
选择
度数(D) %%d
正/负(P) %%p
直径(I) %%c
约等于 \U+2248
角度 \U+2220
边界线 \U+E100
中心线 \U+2104
差值 \U+0394
电相角 \U+0278
流线 \U+E101
恒等于 \U+2261
初始长度 \U+E200
界碑线 \U+E102
不相等 \U+2260
欧姆 \U+2126
欧米加 \U+03A9
地界线 \U+214A
下标 2 \U+2082
平方 \U+00B2
立方 \U+00B3
不间断空格(S) Ctrl+Shift+Space
其他(O)...

图 7-30 选择“直径”选项

**Step 8** 在命令行中输入“TS”命令，打开“表格样式”对话框，单击 新建(N)... 按钮，打开“创建新的表格样式”对话框。

**Step 9** 在“新样式名”文本框中输入新的表格样式的名称为“机械标题栏”，然后单击 继续 按钮，如图 7-32 所示。

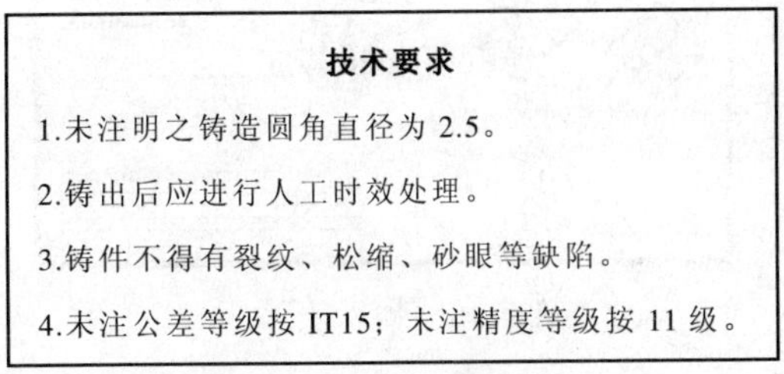
技术要求
1.未注明之铸造圆角直径为 2.5。
2.铸出后应进行人工时效处理。
3.铸件不得有裂纹、松缩、砂眼等缺陷。
4.未注公差等级按 IT15；未注精度等级按 11 级。

图 7-31 插入特殊符号后的效果

表格样式
当前表格样式：Standard
样式(S)：
Standard
预览：Standard
输入文本
创建新的表格样式
新样式名(N)：
机械标题栏
基础样式(S)：
Standard
继续
取消
帮助(H)
置为当前(U)
新建(N)...
修改(M)...
删除(D)
列出(L)：
所有样式
关闭
帮助(H)

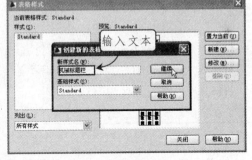

图 7-32 “创建新的表格样式”对话框

**Step 10** 打开“新建表格样式：机械标题栏”对话框，在“单元样式”下拉列表框中选择“数据”选项，在“常规”选项卡“特性”栏的“对齐”下拉列表框中选择“正中”选项，在“边框”选项卡“特性”栏的“线宽”下拉列表框中选择“0.15mm”选项，单击 确定 按钮，如图 7-33 所示。

**Step 11** 返回“表格样式”对话框，在“样式”列表框中选择“机械标题栏”选项，单击 置为当前(U) 按钮，再单击 关闭 按钮完成操作，如图 7-34 所示。

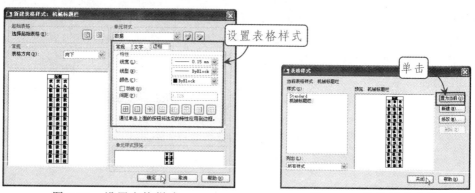

图 7-33　设置表格样式　　　　　　　　　图 7-34　将其置为当前

**Step 12**　在命令行中输入"TABLE"命令，打开"插入表格"对话框，在"插入方式"栏中选中 ◉指定插入点(I) 单选按钮。在"列和行设置"栏的"列数"数值框中输入"9"。

**Step 13**　在"列宽"数值框中输入"35"，在"数据行数"数值框中输入"2"，在"行高"数值框中输入"1"，在"设置单元样式"栏的"第一单元样式"下拉列表框中选择"数据"选项，设置完毕后单击 确定 按钮，如图 7-35 所示。

**Step 14**　返回绘图区，在图 7-36 所示的位置单击，在第一个单元格中输入文本"制图"，按照相同的方法在其他单元格中输入文本，输入后的效果如图 7-37 所示。

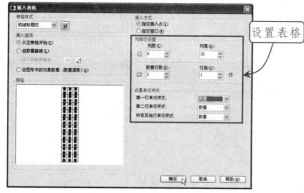

图 7-35　"插入表格"对话框

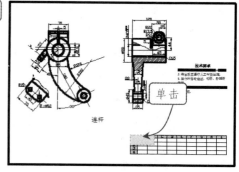

图 7-36　插入表格

**Step 15**　选择整个表格并右击，在弹出的快捷菜单中选择"均匀调整列大小"命令，再次右击并在弹出的快捷菜单中选择"均匀调整行大小"命令。

**Step 16**　在输入了文本"比例"后的单元格中输入多行文字"2:1"，输入后的效果如图 7-38 所示。

**Step 17**　选择第一排第二个和第三个单元格并右击，在弹出的快捷菜单中选择【合并】/【全部】命令，然后按照相同的方法合并其他单元格，如图 7-39 所示，便可完成本例的制作，整个图形的最终效果如图 7-25 所示【源文件\第 7 章\连杆.dwg】。

| 制图 | | 连杆 | 材料 | BX13 | 数量 | 1件 |
|---|---|---|---|---|---|---|
| 设计 | | | 重量 | | 比例 | |
| 审核 | | 万准机械 | 图号 | | 11625 | |
| 备注 | | | | | | |

图 7-37　输入表格内容

| 制图 | | 连杆 | 材料 | BX13 | 数量 | 1件 |
|---|---|---|---|---|---|---|
| 设计 | | | 重量 | | 比例 | 2:1 |
| 审核 | | 万准机械 | 图号 | | 11625 | |
| 备注 | | | | | | |

图 7-38　输入多行文字

| 制图 | | 连杆 | 材料 | BX13 | 数量 | 1件 |
|---|---|---|---|---|---|---|
| 设计 | | | 重量 | | 比例 | 2:1 |
| 审核 | | 万准机械 | 图号 | | 11625 | |
| 备注 | | | | | | |

图 7-39　编辑表格后的效果

## 7.11 大显身手

练习在 AutoCAD 2009 中输入文字和创建表格的方法

（1）打开"住宅平面图.dwg"图形文件【素材\第 7 章\住宅平面图.dwg】，如图 7-40 所示，在平面图中输入文字为其功能分区，完成后的效果如图 7-41 所示。

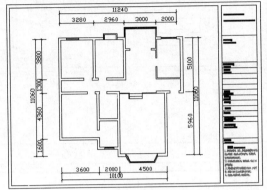

图 7-40　住宅平面原始效果

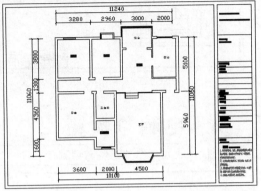

图 7-41　标注文字后的效果

（2）打开"减速器箱体零件图.dwg"图形文件【素材\第 9 章\减速器箱体零件图 1.dwg】，如图 7-42 所示，在其右下角创建表格，完成后的效果如图 7-43 所示【源文件\第 9 章\减速器箱体零件图 1.dwg】。

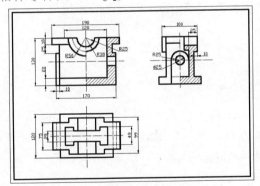

图 7-42　零件图原始效果

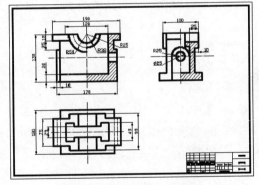

图 7-43　创建表格后的效果

（3）打开"减速器箱体零件图 2.dwg"图形文件【素材\第 9 章\减速器箱体零件图 2.dwg】，如图 7-44 所示，在图形对象的右侧输入技术要求，完成后的效果如图 7-45 所示【源文件\第 9 章\减速器箱体零件图 2.dwg】。

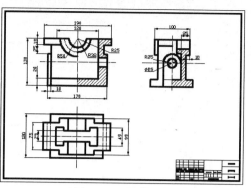

图 7-44 原始效果

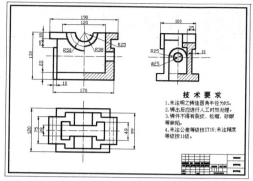

图 7-45 输入技术要求后的效果

# 电脑急救箱

运用本章知识时若遇到表格和多行文字的问题，别急，打开急救箱看看吧

**Q** 如何调整表格的行高和列宽？

**A** 先选中整个表格，在表格的各个顶点将出现夹点，若要调整表格行高，则可单击表格左下角的夹点，夹点呈红色状态时，将绘图光标向下或向上移动即可调整行高；若要调整表格列宽，可单击表格右侧的夹点，拖动该夹点调整表格列宽。

**Q** 在使用多行文字进行文字编辑时，为什么所输入的文字内容在一行只显示一个，为什么不能在一行满了之后再换行输入？

**A** 在 AutoCAD 中进行多行文字输入时实际上是一行满了之后再换行，原因是一行的宽度是由执行多行文字时绘制的输入框决定的，因此在执行多行文字后应指定好多行文字的宽度，也可以选择已经输入的多行文字，然后拖动夹点，改变多行文字的列宽。

**Q** 为什么设置的表格行数为"10"，而在绘图区中插入的表格却有 12 行呢？

**A** 这是因为设置的行数是数据行的行数，表头行和表格标题行是排除在这个计数范围之外的，这一点在插入表格时需特别注意。

# 第8章
# 尺寸标注

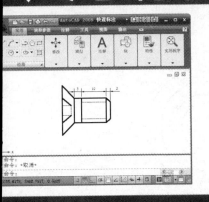
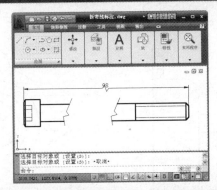
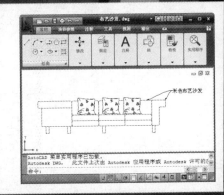

## 本章要点

- 创建尺寸标注样式
- 尺寸标注
- 形位公差
- 多重引线

绘制完图形对象后，为了让读图者能一目了然地明白图形的实际大小，绘图后可以对图形对象进行尺寸标注，不同的对象有不同的标注方法，在标注之前为了更加符合要求，可以创建适合的尺寸标注样式，当然尺寸标注也是可以编辑的，下面进行详细讲解。

# 8.1 项目观察——为阀盖零件图标注尺寸

初步了解线性、基线、半径以及直径等的标注方法

本项目观察将初步接触在 AutoCAD 2009 中对图形对象标注尺寸，先设置标注样式，再使用各种尺寸标注方法对其进行标注，最终效果如图 8-1 所示。

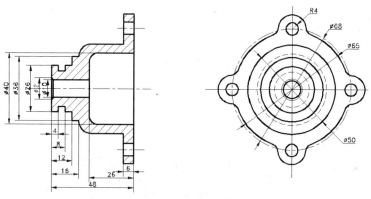

图 8-1　最终效果

根据设置尺寸标注的样式方法，设置机械制图尺寸标注，其具体操作步骤如下：

**Step 1** 打开 "阀盖零件图.dwg" 图形文件【素材\第 8 章\阀盖零件图.dwg】，选择【常用】/【注释】组，单击右下角的 ◢ 按钮，在弹出的下拉菜单中单击 "标注样式" 按钮 ✍，打开 "标注样式管理器" 对话框。

**Step 2** 单击 新建(N)... 按钮，打开 "创建新标注样式" 对话框，在 "新样式名" 文本框中输入文本 "机械图形"，单击 继续 按钮，如图 8-2 所示。

**Step 3** 打开 "新建标注样式：机械制图" 对话框，默认选择的是 "线" 选项卡，在 "尺寸线" 栏的 "基线间距" 数值框中输入 "7.5"，在 "延伸线" 栏的 "超出尺寸线" 数值框中输入 "2.5"，在 "起点偏移量" 数值框中输入 "0"，如图 8-3 所示。

图 8-2　"创建新标注样式" 对话框

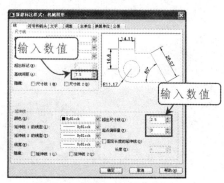

图 8-3　"线" 选项卡

**Step 4** 单击 "符号和箭头" 选项卡，在 "箭头大小" 数值框中输入 "3"，如图 8-4 所示。

**Step 5** 单击 "文字" 选项卡，在 "文字外观" 栏的 "文字高度" 数值框中输入 "2.5"，在 "从尺寸线偏移" 数值框中输入 "0.6"，如图 8-5 所示。

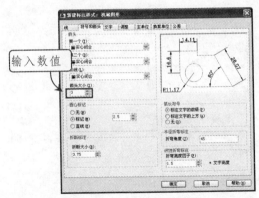

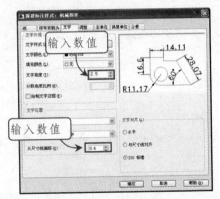

图 8-4 "符号和箭头"选项卡　　　　图 8-5 "文字"选项卡

**Step 6** 单击"主单位"选项卡,在"线性标注"栏的"精度"下拉列表框中选择"0"选项,在"小数分隔符"下拉列表框中选择"'.' 句点"选项,单击 ⬜确定 按钮,如图 8-6 所示。

**Step 7** 返回"标注样式管理器"对话框,单击 置为当前(U) 按钮,再单击 ⬜关闭 按钮,如图 8-7 所示。

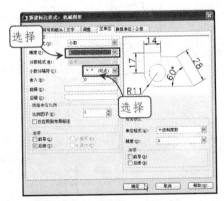

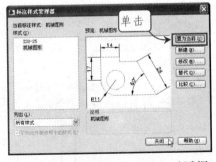

图 8-6 "主单位"选项卡　　　　图 8-7 "标注样式管理器"对话框

**Step 8** 在命令行中执行"DIMLINEAR"命令,其命令行操作如下:

| 命令: DIMLINEAR | //执行 DIMLINEAR 命令 |
|---|---|
| 指定第一条延伸线原点或 <选择对象>: | //单击要标注线段的一端,这里单击如图 8-8 所示的 A 点 |
| 指定第二条延伸线原点: | //单击要标注线段的一端,这里单击如图 8-8 所示的 B 点 |
| 指定尺寸线位置或[多行文字(M)/文字(T)/角度(A)/水平(H)/垂直(V)/旋转(R)]: | //向下移动鼠标到适合位置并单击鼠标左键确认 |
| 标注文字 =4 | //系统提示标注尺寸,效果如图 8-9 所示 |

**Step 9** 在命令行中执行"DIMBASE"命令,其命令行操作如下:

| 命令: DIMBASE | //执行 DIMBASE 命令 |
|---|---|
| 指定第二条延伸线原点或 [放弃(U)/选择(S)] <选择>: | //单击第二条延伸原点,这里单击如图 8-10 所示的 A 点 |

| 标注文字=8 | //系统提示标注尺寸 |
|---|---|
| 指定第二条延伸线原点或 [放弃(U)/选择(S)] <选择>: | //单击下一条延伸原点，这里单击如图 8-10 所示的 B 点 |
| 标注文字=12 | //系统提示标注尺寸 |
| 指定第二条延伸线原点或 [放弃(U)/选择(S)] <选择>: | //单击下一条延伸原点，这里单击如图 8-10 所示的 C 点 |
| 标注文字=16 | //系统提示标注尺寸 |
| 指定第二条延伸线原点或 [放弃(U)/选择(S)] <选择>: | //单击下一条延伸原点，这里单击如图 8-10 所示的 D 点 |
| 标注文字=48 | //系统提示标注尺寸 |
| 指定第二条延伸线原点或 [放弃(U)/选择(S)] <选择>: | //按【空格】键确认 |
| 选择基准标注: | //按【空格】键退出基线标注命令，效果如图 8-11 所示 |

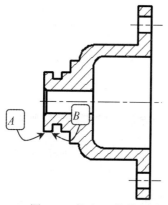

图 8-8 指定延伸线原点

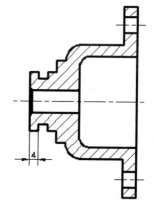

图 8-9 线性标注后的效果

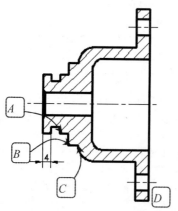

图 8-10 指定延伸线原点

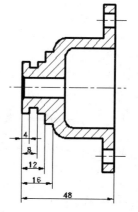

图 8-11 基线标注后的效果

**Step 10** 按照相同的方法，在命令行中执行"DIMLINEAR"命令，为其他需要进行线性标注的对象进行标注，标注后的效果如图 8-12 所示。

**Step 11** 双击线性标注尺寸为"36"的尺寸标注，打开"特性"面板，在"文字"栏的"文字替代"文本框中输入"%%c36"，按【Enter】键确认，如图 8-13 所示。

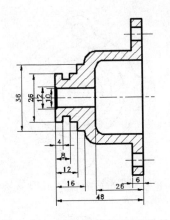

输入文本

图 8-12　所有线性标注后的效果　　　　图 8-13　更改标注内容

Step12　返回绘图区，按【Esc】键取消尺寸标注被选择的状态，然后按照相同的方法编辑需要修改标注内容的尺寸标注，最后单击"特性"面板的"关闭"按钮，关闭该面板，修改后的效果如图 8-14 所示。

Step13　在命令行中执行"DIMRADIUS"命令，其命令行操作如下：

| | |
|---|---|
| 命令: DIMRADIUS | //执行 DIMRADIUS 命令 |
| 选择圆弧或圆: | //选择如图 8-15 所示的圆 |
| 标注文字 =4 | //系统提示将标注的尺寸 |
| 指定尺寸线位置或 [多行文字(M)/文字(T)/角度(A)]: | //移动鼠标使尺寸线处于合适位置，这里移动到右上角，标注后的效果如图 8-16 所示 |

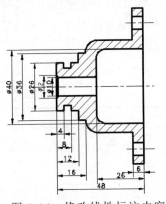

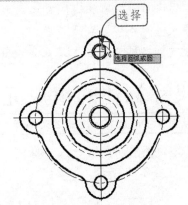

选择

选择圆弧或圆

图 8-14　修改线性标注内容　　　　　图 8-15　选择要标注的圆

Step14　按照相同的方法为其他需要进行半径标注的圆对象进行标注，标注后的效果如图 8-17 所示。

Step15　在命令行中执行"DIMDIAMETER"命令，其命令行操作如下：

| | |
|---|---|
| 命令: DIMDIAMETER | //执行 DIMDIAMETER 命令 |
| 选择圆弧或圆: | //选择如图 8-18 所示的圆 |
| 标注文字 = 68 | //显示标注效果 |
| 指定尺寸线位置或 [多行文字(M)/文字(T)/角度(A)]: | //移动鼠标使尺寸线处于合适位置，这里移动到右上角，标注后的效果如图 8-19 所示 |

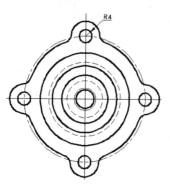

图 8-16　半径标注后的效果

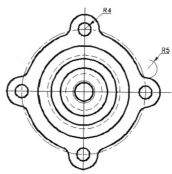

图 8-17　标注后的效果

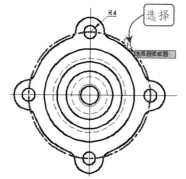

图 8-18　选择要标注的圆

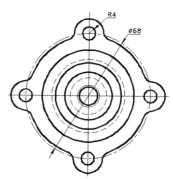

图 8-19　直径标注后的效果

**Step16** 按照相同的方法为其他需要标注直径的圆进行尺寸标注，最终效果如图 8-1 所示。

通过上述项目案例的制作可以初步了解在 AutoCAD 2009 中为部分图形对象标注尺寸的方法，在标注尺寸时不仅要利于查看，而且要注意整个图形的效果。下面将具体讲解为图形对象标注尺寸的各种方法。本章知识点需要读者熟练掌握。

## 8.2 尺寸标注的组成元素

认识并了解尺寸标注的组成元素

为了更好地对图形对象进行尺寸标注，在对图形对象进行标注前，应先了解尺寸标注的组成元素，如图 8-20 所示。

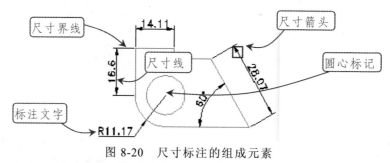

图 8-20　尺寸标注的组成元素

尺寸标注各组成元素的介绍如下：

- 标注文字：标在尺寸线上方的中断处，表示图形中各部分的具体大小，在进行尺寸标注时，AutoCAD 会自动生成所标注图形对象的尺寸数值，用户也可对标注文字进行修改。
- 尺寸线：通常与所标注对象平行，位于两尺寸界线之间，用于表示标注的方向和范围。尺寸线要与所标注对象平行，角度标注尺寸线应是一段圆弧。
- 尺寸界线：也称为投影线，从图形部件延伸到尺寸线并与尺寸线垂直。
- 尺寸箭头：位于尺寸线两端，用以表示尺寸线的起始位置，箭头大小和样式可以进行设置和修改。
- 圆心标记：标记圆或圆弧的中心点。

## 8.3　创建尺寸标注样式

掌握创建尺寸标注样式的方法

　　AutoCAD 2009 默认情况下，有一个名为 "ISO-25" 的标注样式，可以直接使用，但是有可能不能满足当前图形的需要，此时可以创建自己需要的尺寸标注样式。

### 8.3.1　创建尺寸标注

　　创建尺寸标注需打开 "标注样式管理器" 对话框，其命令的调用方法如下：

- 选择【常用】/【注释】组，单击右下角的 ◢ 按钮，在弹出的下拉菜单中单击 "标注样式" 按钮 ◢。
- 选择【注释】/【标注】组，单击 "标注样式" 按钮 ◢。
- 单击 "菜单浏览器" 按钮 ▉，在弹出的菜单中选择【格式】/【标注样式】命令。
- 在命令行中输入 "DDIM"、"D"、"DIMSTYLE" 或 "DIMSTY" 命令。

　　下面以创建机械样式为例讲解创建尺寸标注的方法，其具体操作步骤如下：

**Step 1** 启动 AutoCAD 2009，选择【常用】/【注释】组，单击右下角的 ◢ 按钮，在弹出的下拉菜单中单击 "标注样式" 按钮 ◢，打开 "标注样式管理器" 对话框，单击 `新建(N)...` 按钮，如图 8-21 所示。

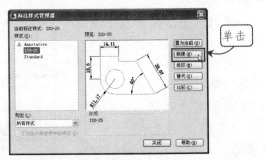

图 8-21　单击 "新建" 按钮

**Step 2** 在"新样式名"文本框中输入标注样式的名称，这里输入"机械样式"，默认基础样式为"ISO-25"，在"用于"下拉列表框中选择"所有标注"选项，单击 继续 按钮，如图 8-22 所示。

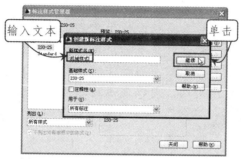

图 8-22　"创建新标注样式"对话框

## 8.3.2　设置标注样式

在"标注样式管理器"对话框中单击 继续 按钮，创建尺寸标注后，就可以打开"新建标注样式：XX"对话框，该对话框中有 7 个选项卡，在其中可以对标注样式进行设置，下面进行详细讲解。

**指点迷津**

在"新建标注样式：XX"对话框中的"XX"其实就是"创建新标注样式"对话框中设置的新样式名。

### 1．"线"选项卡

在"线"选项卡中可以设置"尺寸线"和"尺寸界线"样式，如图 8-23 所示，其中各选项的含义如下：

- "颜色"下拉列表框：在该下拉列表框中可设置尺寸线的颜色。
- "线宽"下拉列表框：在该下拉列表框中可设置尺寸线的线宽。
- "超出标记"数值框：用于设置尺寸线超出尺寸界线的长度。
- "基线间距"数值框：用于设置基线标注中尺寸线之间的间距。
- "隐藏"栏：控制尺寸线的可见性，有如下两个选项：
  - ☑尺寸线 1 复选框：表示在标注对象时，隐藏尺寸线 1 的显示。

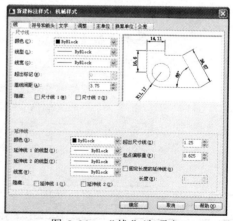

图 8-23　"线"选项卡

> ☑尺寸线2⑩复选框：表示在进行尺寸标注时隐藏尺寸线2的显示。

● "颜色"下拉列表框：在该下拉列表框中可设置尺寸界线的颜色。
● "线宽"下拉列表框：在该下拉列表框中可设置尺寸界线的线宽。
● "超出尺寸线"数值框：用于设置尺寸界线超出尺寸线的距离。
● "起点偏移量"数值框：用于设置尺寸界线与标注对象之间的距离。
● "隐藏"栏：控制是否隐藏尺寸界线。

### 2. "符号和箭头"选项卡

"符号和箭头"选项卡可以设置标注尺寸中的箭头大小、弧长符号等，如图8-24所示，"箭头"栏用于对尺寸标注中尺寸箭头的格式进行设置，其中各选项含义如下：

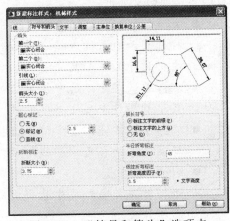

图8-24 "符号和箭头"选项卡

● "第一个"/"第二个"下拉列表框：控制尺寸标注中第一个标注箭头与第二个标注箭头的外观样式，在建筑绘图时，通常将标注箭头设置为"建筑标记"或"倾斜"样式。
● "引线"下拉列表框：控制快速引线标注中箭头的类型。
● "箭头大小"数值框：控制尺寸标注中箭头的大小。

### 3. "文字"选项卡

在"文字"选项卡的"文字外观"栏中可对尺寸标注中标注文本的外观样式进行设置，如图8-25所示，其中各选项含义如下：

● "文字样式"下拉列表框：在该下拉列表框中选择尺寸标注默认采用的文字样式，标注文本将按照设定的文字样式参数进行显示。也可专门为标注文字创建一个新的文字样式。
● "文字颜色"下拉列表框：在该下拉列表框中设置标注文字显示的颜色。
● "填充颜色"下拉列表框：在该下拉列表框中设置标注文字背景的颜色。
● "文字高度"数值框：设置标注文字的显示高度。若已在文字样式中设置了文字高度，则该数值框中的值无效。

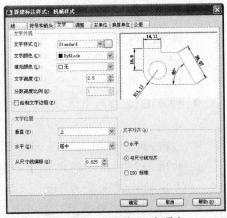

图8-25 "文字"选项卡

- "分数高度比例"数值框：设置分数形式字符与其他字符的比例。只有当选择了支持分数的标注格式时，此选项才可用。
- □绘制文字边框(F)复选框：选中该复选框后，在标注尺寸时，标注文字的周围会显示一个矩形框。

### 4. "调整"选项卡

在"调整"选项卡中可以对标注的尺寸界线、箭头、文字位置等参数进行设置，如图8-26所示，其中各选项含义如下：

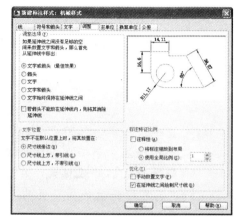

图 8-26 "调整"选项卡

- 文字或箭头 (最佳效果)单选按钮：选中该单选按钮表示由系统选择一种最佳方式来安排尺寸文字和尺寸箭头的位置。
- 箭头单选按钮：选中该单选按钮表示将尺寸箭头放在尺寸界线外侧。
- 文字单选按钮：选中该单选按钮表示将标注文字放在尺寸界线外侧。
- 文字和箭头单选按钮：选中该单选按钮表示将标注文字和尺寸箭头都放在尺寸界线外侧。
- 文字始终保持在延伸线之间单选按钮：选中该单选按钮表示标注文字始终放在尺寸界线之间。
- ☑若箭头不能放在延伸线内，则将其消除延伸线复选框：选中该复选框表示当尺寸界线之间不能放置箭头时，不显示标注箭头。
- 尺寸线旁边(B)单选按钮：选中该单选按钮表示当标注文字在尺寸界线外部时，将文字放置在尺寸线旁边。
- 尺寸线上方，带引线(L)单选按钮：选中该单选按钮表示当标注文字在尺寸界线外部时，将文字放置在尺寸线上方，并加一条引线相连。
- 尺寸线上方，不带引线(O)单选按钮：选中该单选按钮表示当标注文字在尺寸界线外部时，将文字放置在尺寸线上方，不加引线。
- 将标注缩放到布局单选按钮：选中该单选按钮表示根据模型空间视口比例设置标注比例。
- 使用全局比例(S)单选按钮：选中该单选按钮表示在其后的数值框中可指定尺寸标注的比例，所指定的比例值将影响尺寸标注所有组成元素的大小。例如，将标注文字的高度设置为5mm，比例因子设置为2，则标注时的字高为10mm。
- ☑手动放置文字(P)复选框：选中该复选框表示忽略所有水平对正设置，并将文字手动放置在"尺寸线位置"的相应位置。

● ☑在延伸线之间绘制尺寸线(N)复选框：选中该复选框表示在标注对象时，始终在尺寸界线之间绘制尺寸线。

### 5. "主单位"选项卡

"主单位"选项卡可以设置机械或辅助设计绘图的尺寸标注，如图 8-27 所示，其中各选项含义如下：

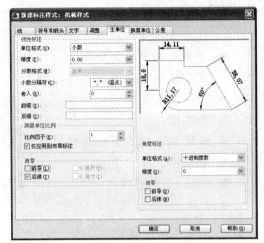

图 8-27 "主单位"选项卡

- "单位格式"下拉列表框：在该下拉列表框中选择线性标注所采用的单位格式，如"小数"、"科学"和"工程"等。
- "精度"下拉列表框：在该下拉列表框中调整线性标注的小数位数。
- "分数格式"下拉列表框：在该下拉列表框中设置分数的格式。只有在"单位格式"下拉列表框中选择"分数"选项时才可用。

● "小数分隔符"下拉列表框：在该下拉列表框中选择小数分隔符的类型，如"逗点（,）"和"句点（.）"等。

● "舍入"数值框：用于设置非角度标注测量值的舍入规则。若设置舍入值为 0.35，则所有长度都将被舍入到最接近 0.35 个单位的数值。

● "前缀"文本框：在标注文本前面添加一个前缀。

● "后缀"文本框：在标注文本后面添加一个后缀。

● "比例因子"数值框：设置线性标注测量值的比例因子，AutoCAD 将标注测量值与此处输入的值相乘。例如，如果输入 3，AutoCAD 将把 1mm 的测量值显示为 3mm。该数值框中的值不影响角度标注效果。

● ☑仅应用到布局标注复选框：选中该复选框后，只对在布局中创建的标注应用线性比例值。

● ☑前导(L)复选框：消除所有小数标注中的前导零

● ☑后续(T)复选框：消除所有小数标注中的后续零。

● "单位格式"下拉列表框：设定角度标注的单位格式，如"十进制度数"和"度/分/秒"等。

● "精度"下拉列表框：设定角度标注的小数位数。

### 6. "换算单位"选项卡

在"换算单位"选项卡中可以设置不同单位尺寸间的换算格式及精度，默认情况下该选项卡中的所有内容都呈不可用状态，只有选中☑显示换算单位(D)复选框后，该选项卡中的其他内容才可用，如图 8-28 所示，其中各选项含义如下：

- "单位格式"下拉列表框：在该下拉列表框中设置换算单位格式。
- "精度"下拉列表框：设置换算单位的小数位数。
- "换算单位倍数"数值框：指定一个倍数，作为主单位和换算单位之间的换算因子。
- "舍入精度"数值框：为除角度之外的所有标注类型设置换算单位的舍入规则。
- "前缀"文本框：为换算标注文字指定一个前缀。
- "后缀"文本框：为换算标注文字指定一个后缀。

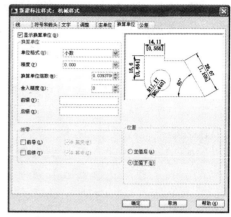

图 8-28　"换算单位"选项卡

- <u>主值后(A)</u>单选按钮：选中该单选按钮表示将换算单位放在主单位后面。
- <u>主值下(B)</u>单选按钮：选中该单选按钮表示将换算单位放在主单位下面。

### 7. "公差"选项卡

"公差"选项卡可以设置公差参数，从而创建公差标注，如图 8-29 所示，其中各选项含义如下：

- "方式"下拉列表框：在该下拉列表框中可设置计算公差的方法，如"对称"和"极限偏差"等。选择该选项后，可在右侧的预览区域中预览其效果。
- "精度"下拉列表框：用于设置小数位数。
- "上偏差"数值框：用于设置最大公差或上偏差。当在"方式"下拉列表框中选择"对称"选项时，AutoCAD 将该值用作公差值。
- "下偏差"数值框：用于设置最小公差或下偏差。

图 8-29　"公差"选项卡

- "高度比例"数值框：用于设置公差文字的当前高度。
- "垂直位置"下拉列表框：用于设置对称公差和极限公差的文字对齐方式。

## 8.4　管理尺寸标注样式

学习应用和删除等管理尺寸标注样式的方法

管理尺寸标注样式包括：应用尺寸标注样式和删除尺寸标注样式两种，其方法分别如下：

- 应用尺寸标注样式：在"标注样式管理器"对话框的"样式"列表框中选择需要应用的尺寸标注样式，然后单击 置为当前(U) 按钮，再单击 关闭 按钮即可。
- 删除尺寸标注样式：在"标注样式管理器"对话框的"样式"列表框中选择要删除的尺寸标注样式，然后右击，在弹出的快捷菜单中选择"删除"命令，即可删除所选尺寸标注样式，需注意的是当前尺寸标注样式不能被删除。

## 8.5 尺寸标注

掌握各种尺寸标注的方法

在 AutoCAD 中，不同的对象根据不同的需要，就有不同的尺寸标注方法，下面分别对其进行讲解。

### 8.5.1 线性标注

线性标注可以对两点之间的直线距离进行标注，一般用于标注垂直和水平方向的线型对象，其命令的调用方法如下：

- 选择【常用】/【注释】组，单击 ├▾ 右侧的下拉按钮，在弹出的下拉菜单中选择"线性"选项。
- 选择【注释】/【标注】组，单击其左侧的下拉按钮，选择"线性"选项。
- 单击"菜单浏览器"按钮 ，在弹出的菜单中选择【标注】/【线性】命令。
- 在命令行中输入"DIMLINEAR"或"DIMLIN"命令。

执行上述任意命令后，其命令行操作如下：

| | |
|---|---|
| 命令: DIMLINEAR | //执行 DIMLINEAR 命令 |
| 指定第一条延伸线原点或 <选择对象>: | //单击要标注线段的一端，这里单击如图 8-30 所示的 A 点 |
| 指定第二条延伸线原点: | //单击要标注线段的另一端，这里单击如图 8-30 所示的 B 点 |
| 指定尺寸线位置或[多行文字(M)/文字(T)/角度(A)/水平(H)/垂直(V)/旋转(R)]: | //移动鼠标到适合位置并单击以确认，这里向上移动鼠标并单击 |
| 标注文字 =500 | //系统提示标注尺寸，效果如图 8-31 所示 |

图 8-30 指定延伸线端点　　　　图 8-31 线性标注后的效果

在执行命令过程中，各选项含义如下：

- 指定第一条延伸线原点：拾取需要标注对象的起点作为第一条尺寸界线原点。

- 指定第二条延伸线原点：拾取需要标注对象的终点作为第二条尺寸界线原点。
- 指定尺寸线位置：通过拖动鼠标拾取尺寸线所在的位置。
- 多行文字：选择后可以输入多行标注文字。
- 文字：选择后可以输入单行标注文字。
- 角度：选择后可以设置标注文字方向与标注端点连线之间的夹角，默认为 0°，即保持平行。
- 水平：选择后只标注两点之间的水平距离。
- 垂直：选择后只标注两点之间的垂直距离。
- 旋转：选择后可在标注时，设置尺寸线的旋转角度。

## 8.5.2 基线标注

基线标注是自同一基线处测量的多个标注，其命令的调用方法如下：

- 选择【注释】/【标注】组，单击 ╟╟▾ 右侧的下拉按钮，在弹出的下拉菜单中选择"基线"选项。
- 单击"菜单浏览器"按钮■，在弹出的菜单中选择【标注】/【基性】命令。
- 在命令行中输入"DIMBASELINE"或"DIMBASE"命令。

下面举例讲解基线标注的方法，其具体操作步骤如下：

**Step 1** 打开"基线标注.dwg"图形文件【素材\第 8 章\基线标注.dwg】，在命令行中输入"DIMBASE"命令，其命令行操作如下：

| 命令: DIMBASE | //执行 DIMBASE 命令 |
| --- | --- |
| 选择基准标注： | //选择如图 8-32 所示的线性标注作为基准标注 |
| 指定第二条延伸线原点或 [放弃(U)/选择(S)] <选择>： | //单击第二条延伸线原点，这里单击如图 8-32 所示的 A 点 |
| 标注文字=5 | //系统提示标注尺寸 |
| 指定第二条延伸线原点或 [放弃(U)/选择(S)] <选择>： | //单击下一条延伸线原点，这里单击如图 8-32 所示的 B 点 |
| 标注文字=6 | //系统提示标注尺寸 |
| 指定第二条延伸线原点或 [放弃(U)/选择(S)] <选择>： | //按【空格】键确认 |
| 选择基准标注： | //按【空格】键退出基线标注命令 |

**Step 2** 基线标注后的效果如图 8-33 所示【源文件\第 8 章\基线标注.dwg】。

图 8-32　待标注的图形对象

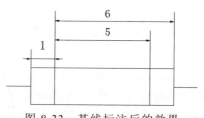

图 8-33　基线标注后的效果

**指点迷津**

若先使用线性标注，紧接着使用基线标注命令，可免去"选择基准标注对象"这一操作步骤，当然标注后的效果也会不同。

## 8.5.3 连续标注

连续标注是首尾相连的多个标注。在创建连续标注之前，必须先进行线性、对齐或角度等标注。其命令的调用方法如下：

- 选择【注释】/【标注】组，单击 |⊢|▼ 右侧的下拉按钮，在弹出的下拉菜单中选择"连续"选项。
- 单击"菜单浏览器"按钮▇，在弹出的菜单中选择【标注】/【连续】命令。
- 在命令行中输入"DIMCONTINUE"或"DIMCONT"命令。

下面举例讲解连续标注的方法，其具体操作步骤如下：

**Step 1** 打开"连续标注.dwg"图形文件【素材\第8章\连续标注.dwg】，在命令行中输入"DIMCONT"命令，其命令行操作如下：

| | |
|---|---|
| 命令:DIMCONT | //执行 DIMCONT 命令 |
| 选择连续标注： | //选择作为线性的尺寸标注，如图 8-34 所示 |
| 指定第二条延伸线原点或 [放弃(U)/选择(S)] <选择>： | //指定第二条尺寸界线的点，这里单击如图 8-34 所示 A 点 |
| 标注文字=13 | //系统提示标注尺寸 |
| 指定第二条延伸线原点或 [放弃(U)/选择(S)] <选择>： | //捕捉确定下一条尺寸界线的点，这里单击如图 8-34 所示 B 点 |
| 标注文字 = 13 | //系统提示标注尺寸 |
| 指定第二条延伸线原点或 [放弃(U)/选择(S)] <选择>： | //按【空格】键结束命令 |
| 选择连续标注： | //按【空格】键退出连续标注命令 |

**Step 2** 连续标注后的效果如图 8-35 所示【源文件\第8章\基线标注.dwg】。

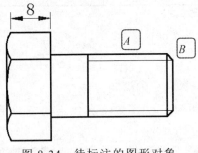

图 8-34　待标注的图形对象

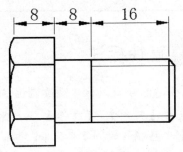

图 8-35　连续标注后的效果

### 8.5.4 角度标注

角度标注命令可以对圆、圆弧或对象之间的夹角进行标注，其命令的调用方法如下：

- 选择【常用】/【注释】组，单击 ⊢▾ 右侧的下拉按钮，在弹出的下拉菜单中选择"角度"选项。
- 选择【注释】/【标注】组，单击其左侧的下拉按钮，选择"角度"选项。
- 单击"菜单浏览器"按钮▇，在弹出的菜单中选择【标注】/【角度】命令。
- 在命令行中输入"DIMANGULAR"命令。

执行上述任意命令后，其命令行及操作如下：

| 命令：DIMANGULAR | //执行"DIMANGULAR"命令 |
| --- | --- |
| 选择圆弧、圆、直线或<指定顶点>： | //选择夹角上的一条边，这里单击如图8-36所示的A线 |
| 选择第二条直线： | //选择夹角上的另一条边，这里单击如图8-36所示的B线 |
| 指定标注弧线位置或[多行文字（M）/文字（T）/角度（A）]： | //确定尺寸线位置，这里在三角形内单击一点 |
| 标注文字=68 | //系统提示标注尺寸，效果如图8-37所示 |

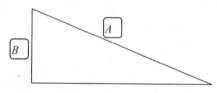

图 8-36　指定夹角

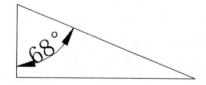

图 8-37　角度标注后的效果

**指点迷津**

在标注对象角度的过程中，除了以选择组成角度的线性对象的方式来创建角度标注外，还可通过以指定角的顶点、组成边的方式来进行。若要以该方式来创建角度标注，则可在"选择圆弧、圆、直线或 <指定顶点>："提示时按【Enter】键，然后根据命令行提示分别指定角的顶点、组成边。

### 8.5.5 直径标注

直径标注命令可以标注圆或圆弧的直径尺寸。其命令的调用方法如下：

- 选择【常用】/【注释】组，单击 ⊢▾ 右侧的下拉按钮，在弹出的下拉菜单中选择"直径"选项。
- 选择【注释】/【标注】组，单击其左侧的下拉按钮，选择"直径"选项。
- 单击"菜单浏览器"按钮▇，在弹出的菜单中选择【标注】/【直径】命令。
- 在命令行中输入"DIMDIAMETER"或"DIMDIA"命令。

执行上述任意命令后，其命令行操作如下：

| 命令:DIMDIAMETER | //执行 DIMDIAMETER 命令 |
| --- | --- |
| 选择圆弧或圆： | //选择要标注的圆或圆弧 |
| 标注文字 = 200 | //显示标注效果 |
| 指定尺寸线位置或 [多行文字(M)/文字(T)/角度(A)]： | //指定尺寸线位置，标注后效果如图8-38所示 |

图 8-38　直径标注后的效果

## 8.5.6　半径标注

半径标注命令可以标注圆或圆弧的半径尺寸。其命令的调用方法如下：

- 选择【常用】/【注释】组，单击 ⊢▼ 右侧的下拉按钮，在弹出的菜单中选择"半径"选项。
- 选择【注释】/【标注】组，单击其左侧的下拉按钮，选择"半径"选项。
- 单击"菜单浏览器"按钮■，在弹出的菜单中选择【标注】/【半径】命令。
- 在命令行中输入"DIMRADIUS"或"DIMRAD"命令。

执行上述任意命令后，其命令行操作如下：

| 命令: DIMRADIUS | //执行 DIMRADIUS 命令 |
| --- | --- |
| 选择圆弧或圆： | //选择要标注的圆或圆弧 |
| 标注文字 = 200 | //显示标注效果 |
| 指定尺寸线位置或 [多行文字(M)/文字(T)/角度(A)]： | //指定尺寸线位置，这里向其右上角拖动，标注后的效果如图8-39所示 |

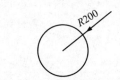

图 8-39　半径标注后的效果

## 8.5.7　圆心标注

圆心标记命令用于标注圆或圆弧的圆心，即在圆心处做一个"＋"标记，其命令的调用方法如下：

- 选择【注释】/【标注】组，单击右下角的■按钮，在弹出的下拉菜单中单击"圆心标记"按钮⊕。
- 单击"菜单浏览器"按钮■，在弹出的菜单中选择【标注】/【圆心标记】命令。
- 在命令行中输入"DIMCENTER"命令。

执行上述任意命令后，其命令行操作如下：

| 命令: DIMCENTER | //执行 DIMCENTER 命令 |
|---|---|
| 选择圆弧或圆: | //选择圆或圆弧，标注后的效果如图 8-40 所示 |

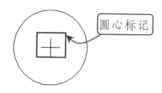

图 8-40　圆心标注后的效果

### 8.5.8　坐标标注

在建筑图纸中测量和标注一些特殊点的坐标时，可以使用坐标标注，使用该方法测量特征点与基准点的精确偏移量，可以避免误差。坐标标注命令用于自动测量和标注一些特殊点的 x、y 轴的坐标值。

坐标标注命令的调用方法如下：

- 选择【常用】/【注释】组，单击 ⊢▾ 右侧的下拉按钮，在弹出的下拉菜单中选择"坐标"选项。
- 选择【注释】/【标注】组，单击其左侧的下拉按钮，选择"坐标"选项。
- 单击"菜单浏览器"按钮▉，在弹出的菜单中选择【标注】/【坐标】命令。
- 在命令行中输入"DIMORDINATE"或"DIMORD"命令。

下面举例讲解坐标标注的方法，其具体操作步骤如下：

**Step 1** 打开"坐标标注.dwg"图形文件【素材\第 8 章\坐标标注.dwg】，在命令行中输入"DIMORDINATE"命令，其命令行操作如下：

| 命令:DIMORDINATE | //执行 DIMORDINATE 命令 |
|---|---|
| 指定点坐标: | //单击直线的中点，如图 8-41 所示 |
| 指定引线端点或 [X 基准(X)/Y 基准(Y)/多行文字(M)/文字(T)/角度(A)]: | //向上拖动鼠标并单击，指定尺寸线位置 |
| 标注文字 =1166 | //显示标注效果 |

**Step 2** 坐标标注后的效果如图 8-42 所示【源文件\第 8 章\坐标标注.dwg】。

图 8-41　指定点坐标

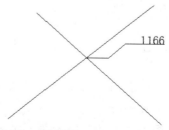

图 8-42　坐标标注后的效果

在执行命令过程中，各选项的含义如下：

- 指定点坐标：拾取需要标注点所在的位置。
- 指定引线端点：通过拾取屏幕上的位置确定标注文字放置的位置。
- X基准：系统自动测量 X 坐标值，并确定引线和标注文字的方向。
- Y基准：系统自动测量 Y 坐标值，并确定引线和标注文字的方向。
- 多行文字：选择可以通过输入多行文字的方式输入多行标注文字。
- 文字：选择可以通过输入单行文字的方式输入单行标注文字。
- 角度：选择可以输入设置标注文字方向与 X（Y）轴夹角，默认为 0°。

## 8.5.9 快速标注

快速标注命令的调用方法如下：

- 选择【注释】/【标注】组，单击"快速标注"按钮。
- 单击"菜单浏览器"按钮，在弹出的菜单中选择【标注】/【快速标注】命令。
- 在命令行中输入"QDIM"命令。

下面举例讲解快速标注对象的方法，其具体操作步骤如下：

**Step1** 打开"快速标注.dwg"图形文件【素材\第 8 章\快速标注.dwg】，在命令行中输入"QDIM"命令，其命令行操作如下：

| 命令: QDIM | //执行 QDIM 命令 |
|---|---|
| 关联标注优先级 = 端点 | //系统自动显示 |
| 选择要标注的几何图形: 找到 1 个 | //选择要标注的对象，单击如图 8-43 所示的 A 点 |
| 选择要标注的几何图形: 找到 1 个，总计 2 个 | //选择要标注的对象，单击如图 8-43 所示的 B 点 |
| 选择要标注的几何图形: 找到 1 个，总计 3 个 | //选择要标注的对象，单击如图 8-43 所示的 C 点 |
| 选择要标注的几何图形: 找到 1 个，总计 4 个 | //选择要标注的对象，单击如图 8-43 所示的 D 点 |
| 选择要标注的几何图形: | //按【空格】键，结束对象的选择 |
| 指定尺寸线位置或 [连续(C)/并列(S)/基线(B)/坐标(O)/半径(R)/直径(D)/基准点(P)/编辑(E)/设置(T)] <连续> | //系统当前提示，移动鼠标确认尺寸标注的位置，这里将鼠标向上移动并单击 |

**Step2** 快速标注后的效果如图 8-44 所示【源文件\第 8 章\快速标注.dwg】。

在执行命令过程中，各选项含义如下：

- 连续/并列/基线/坐标：分别以连续、并列、基线、坐标的标注方式标注尺寸。
- 半径/直径：标注圆或圆弧的半径或直径。
- 基准点：以"基线"或"坐标"方式标注时指定基点。
- 编辑：尺寸标注的编辑命令，用于增加或减少尺寸标注中尺寸界线的端点数目。
- 设置：设置关联标注优先级。

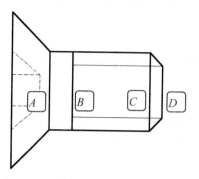

图 8-43　选择要标注的几何图形

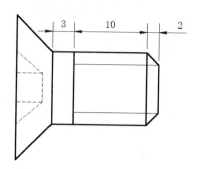

图 8-44　快速标注后的效果

## 8.5.10　折弯线标注

　　如果需要标注的值很大，超过了整个图纸的范围时，但又需要在图纸中标示出来，这时的标注值就不是测量值了。一般情况下，显示的标注对象小于被标注对象的实际长度时，通常使用折弯线标注表示，其命令的调用方法如下：

- 选择【常用】/【注释】组，单击 ⊢· 右侧的下拉按钮，在弹出的下拉菜单中选择"折弯线"选项。
- 选择【注释】/【标注】组，单击其左侧的下拉按钮，选择"折弯线"选项。
- 单击"菜单浏览器"按钮 ，在弹出的菜单中选择【标注】/【折弯线性】命令。
- 在命令行中输入"DIMJOGLINE"命令。

　　下面举例讲解折弯线标注的方法，其具体操作步骤如下：

**Step 1**　打开"折弯线标注.dwg"图形文件【素材\第 8 章\折弯线标注.dwg】，在命令行中输入"DIMJOGLINE"命令，其命令行操作如下：

| | |
|---|---|
| 命令：DIMJOGLINE | //执行 DIMJOGLINE 命令 |
| 选择要添加折弯的标注或 [删除(R)]: | //选择需要标注的线性标注或对齐标注，这里选择如图 8-45 所示的线性标注 |
| 指定折弯位置 (或按 ENTER 键): | //指定折弯线的位置，这里单击线性标注的中点 |

**Step 2**　折弯线标注后的效果如图 8-46 所示【源文件\第 8 章\折弯线标注.dwg】。

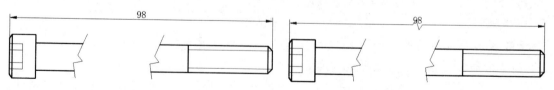

图 8-45　选择要折弯的标注　　　　　图 8-46　折弯线标注后的效果

## 8.6 形位公差

熟悉形位公差的符号和通过对话框标注形位公差的标注方法

形位公差一般用于机械设计行业，是指导生产、检验产品和控制质量的技术依据。它包括形状公差和位置公差，是指机械零件的某些表面形状和有关部位的相对位置的一个允许变动范围。形位公差可以直接用符号表示，也可以通过对话框标注，下面分别对其进行讲解。

### 8.6.1 形位公差的符号表示

形位公差的标注样式通常由引线、公差代号、直径代号、公差值、材料状况、基准代号等组成。表 8-1 列出了国家标准规定的各种形位公差的符号及其含义。

表 8-1 国家标准规定的形位公差符号

| 符　号 | 含　义 | 符　号 | 含　义 |
|:---:|:---:|:---:|:---:|
| ⊕ | 位置度 | ▱ | 平面度 |
| ◎ | 同轴度 | ○ | 圆度 |
| ≕ | 对称度 | — | 直线度 |
| ∥ | 平行度 | ⌒ | 面轮廓度 |
| ⊥ | 垂直度 | ⌒ | 线轮廓度 |
| ∠ | 倾斜度 | ↗ | 圆跳动 |
| ⌀ | 圆柱度 | ↗↗ | 全跳动 |

在 AutoCAD 中形位公差还经常和一些表示材料的符号连用，表 8-2 列出了部分材料控制符号及其含义。

表 8-2 材料控制符号

| 符　号 | 含　义 | 符　号 | 含　义 |
|:---:|:---:|:---:|:---:|
| Ⓜ | 材料的一般中等状况 | Ⓢ | 材料的最小状况 |
| Ⓟ | 最小包容条件（LMC） | Ⓛ | 材料的最大状况 |

### 8.6.2 通过对话框标注形位公差

形位公差是指机械零件的某些表面形状和有关部位的相对位置的一个允许变动范围。其命令的调用方法如下：

- 选择【注释】/【标注】组，单击"公差"按钮 ⊞。
- 单击"菜单浏览器"按钮 ，在弹出的快捷菜单中选择【标注】/【公差】命令。
- 在命令行中输入"TOLERANCE"命令。

下面举例讲解通过对话框标注形位公差的方法，其具体操作步骤如下：

**Step 1** 选择【注释】/【标注】组，单击"公差"按钮 ⊞1，打开"形位公差"对话框，单击"符号"栏下的█图块，如图 8-47 所示。打开"特征符号"对话框，单击 ⊥图块，如图 8-48 所示。

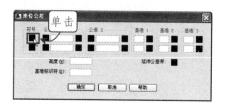

图 8-47 "形位公差"对话框

图 8-48 "特殊符号"对话框

**Step 2** 返回"形位公差"对话框，单击"公差 1"栏下的█图块，即可显示 ⌀ 公差符号，在该栏下的文本框中输入"15"。

**Step 3** 单击"公差 1"栏下最右侧的█图块，打开"附加符号"对话框，单击 Ⓜ 图块，如图 8-49 所示。

**Step 4** 返回"形位公差"对话框，单击 确定 按钮完成形位公差的标注，如图 8-50 所示。

图 8-49 "附加符号"对话框

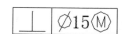

图 8-50 输入形位公差后的效果

在"形位公差"对话框中，各选项含义如下：

- "符号"栏：选择形位公差符号。
- "公差 1"和"公差 2"栏：设置公差样式。每个选项下对应 3 个框，第一个黑色框设定是否选用直径符号 $\phi$，第二个空白文本框设定公差值，第三个黑色框设定附加符号。
- "基准 1"、"基准 2"和"基准 3"栏：第一个空白文本框设定形位公差的基准代号，第二个黑色框是设定附加符号。
- "高度"文本框：该选项设置特征控制框的投影公差零值。
- "延伸公差带"栏：该选项用于插入延伸公差带符号。
- "基准标识符"文本框：该选项用于插入由参照字幕组成的基准标识符。

# 8.7 调整标注间的距离

掌握调整标注间距离的方法

在 AutoCAD 2009 中，可以自动或根据指定的间距值调整平行的线性标注和角度标注间距，还可以通过输入间距值"0"使尺寸线相互对齐。其命令的调用方法如下：

- 选择【注释】/【标注】组，单击"调整间距"按钮 ⚍。
- 单击"菜单浏览器"按钮 ▄，在弹出的菜单中选择【标注】/【标注间距】命令。
- 在命令行中输入"DIMSPACE"命令。

下面举例讲解调整标注间距离的方法，其具体操作步骤如下：

**Step 1** 打开"调整标注间距.dwg"图形文件【素材\第8章\调整标注间距.dwg】，如图8-51
所示，在命令行中输入"DIMSPACE"命令，其命令行操作如下：

| 命令：DIMSPACE | //执行 DIMSPACE 命令 |
|---|---|
| 选择基准标注： | //选择作为基准标注，这里选择线性为"3"的线性标注 |
| 选择要产生间距的标注:找到 1 个 | //选择作为产生间距的标注，这里选择线性为"8"的线性标注 |
| 选择要产生间距的标注： | //按【空格】键确认 |
| 输入值或 [自动(A)] <自动>: A | //选择"自动"选项并按【空格】键确认 |

**Step 2** 调整标注间距后的标注效果如图8-52所示【源文件\第8章\调整标注间距.dwg】。

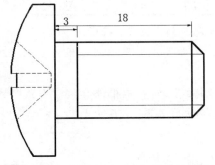

图 8-51 待调整标注间距的图形

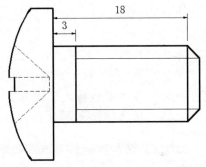

图 8-52 调整后的效果

# 8.8 多重引线

掌握多重引线的标注方法

引线标注常应用于标注某对象的说明信息，并且是由用户指定标注的文字信息，下面
分别讲解设置多重引线样式和创建多重引线的方法。

## 8.8.1 设置多重引线样式

默认情况下，系统自带一个名为"Standard"的多重引线样式，可以直接使用，若不
能满足绘图要求可以重新设置，与设置标注样式的方法类似，其命令的调用方法如下：

- 选择【注释】/【多重引线】组，单击其右侧的"多重引线样式"按钮 ⬚。
- 单击"菜单浏览器"按钮 ▄，在弹出的菜单中选择【格式】/【多重引线样式】
  命令。
- 在命令行中输入"MLEADERSTYLE"命令。

下面举例讲解设置多重引线样式的方法，其具体操作步骤如下：

**Step1** 在命令行中输入"MLEADERSTYLE"命令，打开"创建新多重引线样式"对话框，在"新样式名"文本框中输入文本"新引线样式"，单击 继续(O) 按钮，如图 8-53 所示。

**Step2** 打开"修改多重引线样式：新引线样式"对话框，单击"引线格式"选项卡，在"常规"栏的"类型"下拉列表框中选择"样条曲线"选项，如图 8-54 所示。

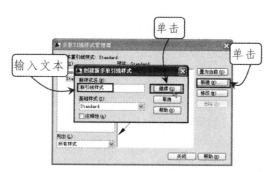

图 8-53　"创建新多重引线样式"对话框

图 8-54　设置引线格式

**Step3** 单击"内容"选项卡，在"文字选项"栏的"文字高度"下拉列表框中输入"20"，单击 确定 按钮，如图 8-55 所示。

**Step4** 返回"多重引线样式管理器"对话框，在"样式"列表框中选择"新引线样式"选项，单击 置为当前(U) 按钮，再单击 关闭 按钮，如图 8-56 所示。

图 8-55　设置引线标注内容

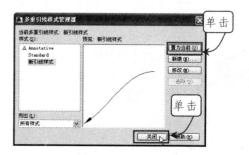

图 8-56　应用多重引线标注样式

## 8.8.2　创建多重引线

标注多重引线命令的调用方法如下：

● 选择【常用】/【注释】组，单击其右下侧的 ◢ 按钮，在弹出的下拉菜单中选择"多重引线样式"选项。

● 选择【注释】/【多重引线】组，单击其左侧的"多重引线"按钮 ╱○。

● 单击"菜单浏览器"按钮 ▓，在弹出的菜单中选择【标注】/【多重引线】命令。

● 在命令行中输入"MLEADER"命令。

下面举例讲解创建多重引线的方法，其具体操作步骤如下：

**Step 1** 打开"沙发.dwg"图形文件【素材\第8章\沙发.dwg】，在命令行中输入"MLEADER"命令，其命令行操作如下：

| 命令: MLEADER | //执行"MLEADER"命令 |
|---|---|
| 指定引线箭头的位置或 [引线基线优先(L)/内容优先(C)/选项(O)] <引线基线优先>: | //指定引线的端点，这里单击如图8-57所示的A点 |
| 指定引线基线的位置: | //指定引线的终点，在文字框中输入文本"米色布艺沙发"，单击绘图区空白处确定 |

**Step 2** 多重引线创建完成后效果如图8-58所示【源文件\第8章\沙发.dwg】。

图 8-57 指定引线箭头的位置　　　　图 8-58 创建多重引线标注后的效果

### 8.8.3 添加多重引线

添加多重引线就是为多重引线添加多条引线，其命令的调用方法如下：

- 选择【常用】/【注释】组，单击 🖉▾ 右侧的下拉按钮，在弹出的下拉菜单中选择"添加引线"命令。
- 选择【注释】/【多重引线】组，单击"添加引线"按钮 🖉。

下面举例讲解添加多重引线的方法，其具体操作步骤如下：

**Step 1** 打开"布艺沙发.dwg"图形文件【素材\第8章\布艺沙发.dwg】，选择【注释】/【多重引线】组，单击"添加引线"按钮 🖉，其命令行操作如下：

| 命令: MLEADER | //执行 MLEADER 命令 |
|---|---|
| 选择多重引线: 找到 1 个 | //选择图形中需要添加引线的多重引线 |
| 指定引线箭头的位置: | //单击如图8-59所示的点 |
| 指定引线箭头的位置: | //按【空格】键确认 |

**Step 2** 添加多重引线创建完成后的效果如图8-60所示【源文件\第8章\布艺沙发.dwg】。

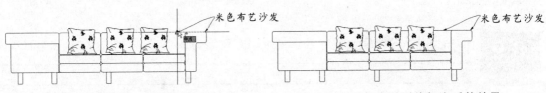

图 8-59 指定添加的引线箭头的位置　　　　图 8-60 添加多重引线标注后的效果

### 8.8.4 对齐多重引线

对齐引线命令可以将多个引线标注沿一条直线或一个引线标注进行对齐，箭头将保留在原来的位置处，其命令的调用方法如下：

● 选择【常用】/【注释】组，单击 ∕° ▾ 下拉按钮，在弹出的下拉菜单中选择"对齐引线"命令。
● 选择【注释】/【多重引线】组，单击"对齐引线"按钮 ∕ 8 。
● 在命令行中输入"MLEADERALIGN"命令。

执行上述任意命令后，其命令行操作如下：

| | |
|---|---|
| 命令：MLEADERALIGN | //执行 MLEADERALIGN 命令 |
| 选择多重引线：找到 1 个 | //选择需要对齐的引线 |
| 选择多重引线：找到 2 个 | //选择需要对齐的引线 |
| 选择多重引线： | //按【空格】键确认 |
| 当前模式：使用当前间距 | //系统自动显示当前模式 |
| 选择要对齐到的多重引线或 [选项(O)]： | //选择被对齐的引线，这里选择绘图区中作为标准的引线 |
| 指定方向：<正交 开> <正交 关> | //指定对齐方向，这里在其上方单击一点，如图 8-61 所示 |

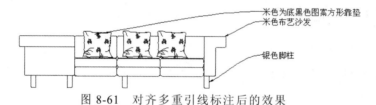

图 8-61　对齐多重引线标注后的效果

### 8.8.5 删除多重引线

一张图纸中引线过多，会影响图形的整体效果，因此删除多余的引线是有必要的，其命令的调用方法如下：

● 选择【常用】/【注释】组，单击 ∕° ▾ 下拉按钮，在弹出的下拉菜单中选择"删除引线"命令。
● 选择【注释】/【多重引线】组，单击"删除引线"按钮 ∕° 。

执行上述任意命令后，鼠标光标呈 □ 状态，此时选择需要删除的多重引线，即可将其删除。

## 8.9　修改尺寸标注

掌握修改尺寸标注的方法

标注图形对象后或有少数尺寸标注不满足要求时，可用尺寸标注编辑命令对尺寸标注进行编辑与修改，下面分别进行讲解。

### 8.9.1 编辑尺寸标注

双击需要编辑的尺寸标注,打开"特性"面板,在"文字"栏中可以设置文字内容、文字旋转角度等,如图 8-62 所示,然后按【Enter】键确认,返回绘图区按【Esc】键取消尺寸标注的选择状态即可。

### 8.9.2 尺寸标注的更新

在创建尺寸标注过程中,若发现某个尺寸标注不符合要求,可采用替代标注样式的方式修改尺寸标注的相关变量,然后通过"更新"按钮使要修改的尺寸标注按所设置的尺寸样式进行更新。其命令的调用方法如下:

图 8-62 "特性"面板

- 选择【注释】/【标注】组,单击右下角的按钮,在弹出的下拉菜单中单击"更新"按钮。
- 单击"菜单浏览器"按钮,在弹出的菜单中选择【标注】/【更新】命令。
- 在命令行中输入"DIMSTYLE"命令。

下面举例讲解尺寸标注更新的方法,其具体操作步骤如下:

**Step1** 打开"标注样式管理器"对话框,单击 替代(0)... 按钮,打开"替代当前样式"对话框,在该对话框中修改标注样式参数。

**Step2** 完成设置后,单击 确定 按钮,再单击 关闭 按钮,返回绘图区,单击"标注"工具栏中的"标注更新"按钮,其命令行操作如下:

| | |
|---|---|
| 命令:DIMSTYLE | //执行 DIMSTYLE 命令 |
| 当前标注样式: Standard    注释性:否 | //系统自动显示当前标注样式 |
| 输入标注样式选项 [保存(S)/恢复(R)/状 | //提示系统自动选择了"应用"选项 |
| 态(ST)/变量(V)/应用(A)/?] <恢复>:A | |
| 选择对象: | //选择要更新的尺寸标注,按【Enter】键结束命令 |

执行命令过程中,各选项含义如下:

- 保存:将标注系统变量的当前设置保存到标注样式。
- 恢复:将尺寸标注系统变量设置恢复为选择标注样式设置。
- 状态:显示所有标注系统变量的当前值,并自动结束 DIMSTYLE 命令。
- 变量:列出某个标注样式或设置选定标注的系统变量,但不能修改当前设置。
- 应用:将当前尺寸标注系统变量设置应用到选定标注对象,永久替代应用于这些对象的任何现有标注样式。选择该选项后,系统提示选择标注对象,选择标注对象后,所选择的标注对象将自动被更新为当前标注格式。

# 8.10 综合实例——为饭厅立面图标注尺寸

巩固本章所学的尺寸标注方面的知识点

通过本章的学习，我们可以为图形对象标注尺寸，使图形更为规范。图 8-63 所示为饭厅立面图的建筑图形对象，本例将对其进行尺寸的标注，标注后的效果如图 8-64 所示，通过本例可以看出尺寸标注是组成一副完整图形的重要部分。

图 8-63　待标注的图形对象

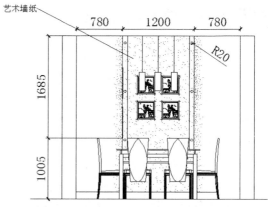

图 8-64　标注后的效果

**制作思路**

第一步：设置标注样式
- ①打开"饭厅立面图.dwg"图形文件
- ②设置标注样式

第二步：标注图形对象
- ③对图形对象进行标注
- ④引线标注

其具体操作步骤如下：

**Step 1** 打开"饭厅立面图.dwg"图形文件【素材\第 8 章\饭厅立面图.dwg】，选择【常用】/【注释】组，单击右下角的◢按钮，在弹出的下拉菜单中单击"标注样式"按钮，打开"标注样式管理器"对话框，单击 新建(N)... 按钮，如图 8-65 所示。

**Step 2** 在"新样式名"文本框中输入标注样式的名称"建筑样式"，默认基础样式为"ISO-25"，在"用于"下拉列表框中选择"所有标注"选项，单击 继续 按钮，如图 8-66 所示。

**Step 3** 打开"新建标注样式：建筑样式"对话框，单击"线"选项卡，在"延伸线"栏的"超出尺寸线"数值框中输入"40"，在"起点偏移量"数值框中输入"80"，如图 8-67 所示。

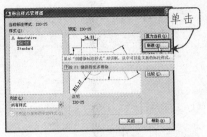 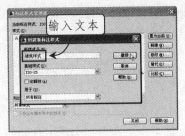

图 8-65　"标注样式管理器"对话框　　　图 8-66　"创建新标注样式"对话框

**Step 4** 单击"符号和箭头"选项卡，在"箭头"栏的"第一个"下拉列表框中选择"建筑标记"选项，在"箭头大小"数值框中输入"50"，如图 8-68 所示。

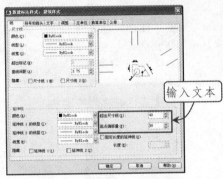 

图 8-67　设置标注线样式　　　　图 8-68　设置箭头样式

**Step 5** 单击"文字"选项卡，在"文字外观"栏的"文字高度"数值框中输入"150"，在"文字位置"栏的"从尺寸线偏移"数值框中输入"50"，如图 8-69 所示。

**Step 6** 单击"主单位"选项卡，在"线性标注"栏的"精度"下拉列表框中选择"0"选项，在"小数分隔符"下拉列表框中选择"'.' 句点"选项，然后单击 确定 按钮，如图 8-70 所示。

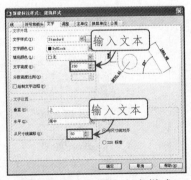 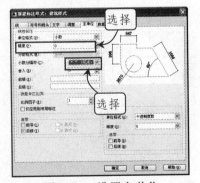

图 8-69　设置标注文字样式　　　　图 8-70　设置主单位

**Step 7** 返回"标注样式管理器"对话框，单击 置为当前(U) 按钮，应用设置的标注样式，再单击 关闭 按钮，关闭该对话框，如图 8-71 所示。

**Step 8** 在命令行中输入"DIMLINEAR"命令，其命令行操作如下：

| 命令: DIMLINEAR | //执行 DIMLINEAR 命令 |
| --- | --- |
| 指定第一条延伸线原点或 <选择对象>: | //单击如图 8-72 所示的 A 点 |
| 指定第二条延伸线原点: | //单击如图 8-72 所示的 B 点 |
| 指定尺寸线位置或[多行文字(M)/文字(T)/角度(A)/水平(H)/垂直(V)/旋转(R)]: | //向上移动鼠标并单击 |
| 标注文字 =780 | //系统提示标注尺寸，效果如图 8-73 所示 |

(Step9) 在命令行中输入 "DIMCONT" 命令，其命令行操作如下：

| 命令:DIMCONT | //执行 DIMCONT 命令 |
| --- | --- |
| 选择连续标注: | //选择作为线性的尺寸标注，如图 8-73 所示 |
| 指定第二条延伸线原点或[放弃(U)/选择(S)] <选择>: | //指定第二条尺寸界线的点，这里单击如图 8-73 所示 A 点 |
| 标注文字=1200 | //系统提示标注尺寸 |
| 指定第二条延伸线原点或[放弃(U)/选择(S)] <选择>: | //捕捉确定下一条尺寸界线的点，这里单击如图 8-73 所示 B 点 |
| 标注文字 = 780 | //系统提示标注尺寸 |
| 指定第二条延伸线原点或[放弃(U)/选择(S)] <选择>: | //按【空格】键结束命令 |
| 选择连续标注: | //按【空格】键退出连续标注命令，效果如图 8-74 所示 |

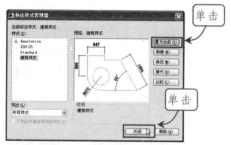

图 8-71 应用标注样式

图 8-72 指定左侧延伸线

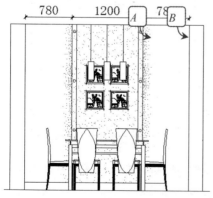

图 8-73 指定右侧延伸线

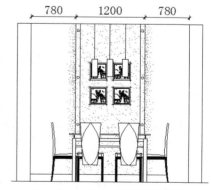

图 8-74 连续标注后的效果

(Step10) 按照相同的方法，标注其他对象，标注后的效果如图 8-75 所示。在命令行中输入 "DIMRADIUS" 命令，其命令行操作如下：

| 命令: DIMRADIUS | //执行 DIMRADIUS 命令 |
|---|---|
| 选择圆弧或圆: | //选择中间墙上的圆 |
| 标注文字 = 20 | //显示标注效果 |
| 指定尺寸线位置或 [多行文字(M)/文字(T)/角度(A)]: | //指定尺寸线位置，这里向其右下角拖动，标注后的效果如图 8-76 所示 |

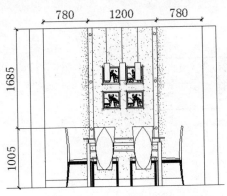

图 8-75  标注其他线性对象

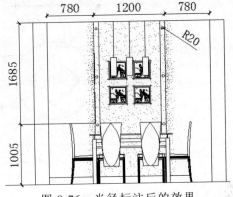

图 8-76  半径标注后的效果

**Step⑪** 在命令行中输入 "MLEADER" 命令，其命令行操作如下：

| 命令: MLEADER | //执行 "MLEADER" 命令 |
|---|---|
| 指定引线箭头的位置或 [引线基线优先(L)/内容优先(C)/选项(O)] <引线基线优先>: | //指定引线的端点，这里单击中间墙上任意一点 |
| 指定引线基线的位置: | //指定引线的终点，在文字框中输入文本 "艺术墙纸"，然后选择输入的文本，选择【多行文字】/【样式】组，在 "选择或输入文字高度" 下拉列表框中输入 "100"，单击绘图区空白处确定，标注后的效果如图 8-64 所示 |

## 8.11  大显身手

练习尺寸标注的方法

　　运用本章介绍的标注图形对象的方法，打开 "手柄.dwg" 图形对象【素材\第 8 章\手柄.dwg】，如图 8-77 所示，标注后的效果如图 8-78 所示【源文件\第 8 章\手柄.dwg】。

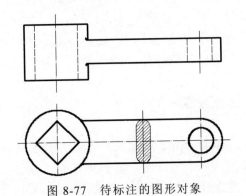

图 8-77  待标注的图形对象

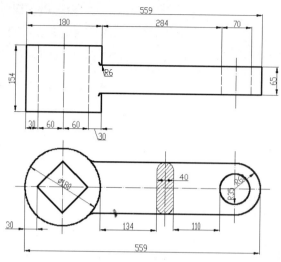

图 8-78　标注后的效果

# 电脑急救箱

运用本章知识时若遇到尺寸标注和标注样式等问题，别急，打开急救箱看看吧

**Q** 快速标注命令可以对图中哪些尺寸进行标注？

**A** 快速标注命令可以标注圆或圆弧的半径、直径，但不能标注圆心。

**Q** 为什么有些标注样式不能执行替代操作？

**A** 因为这些标注样式没有被置为当前，只有当前标注样式才可以被替代。

**Q** 使用标注间距命令对于尺寸标注有什么好处？

**A** 使用标注间距命令对于尺寸标注的好处是：由于能够调整尺寸线的间距或对齐尺寸线，因此无需重新创建标注或使用夹点逐条对齐并重新定位尺寸线。

**Q** 线性标注为什么不能对有斜度的对象进行长度标注？

**A** 在标注水平尺寸或垂直尺寸时，线性标注和对齐标注的效果一样，但如果对有一定斜度的对象进行长度标注时，对齐标注将测量实际长度，而线性标注只测量垂直距离或水平距离。

# 第9章
# 打印输出图形对象

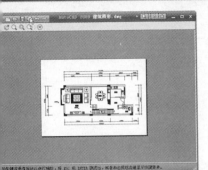 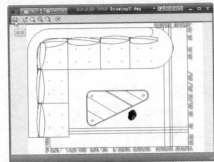 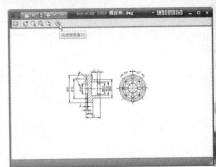

本章要点

❧ 打印样式　　　　　　　❧ 设置打印参数

❧ 保存与调用打印设置　　❧ 打印特殊图形

　　图形对象绘制完成后，只能在电脑上观看图形对象。若需要带图纸去见客户，或交给生产部门生产等情况时，怎么办？此时可以将其打印后带着图纸外出见客户，或直接交给生产部门图纸以便生产部门统计生产并备案。本章将讲解打印输出图形对象的方法，包括打印样式、设置打印参数、保存与调用打印设置、打印特殊图形以及打印预览与打印等知识点，下面进行详细讲解。

# 9.1 项目观察——打印输出建筑图形

了解设置打印参数并打印预览图形的方法

本项目将对一建筑图片进行打印参数设置，进行打印预览后将其打印输出，其预览效果如图 9-1 所示。

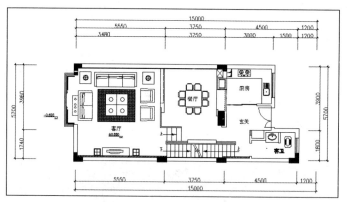

图 9-1　打印预览效果

其具体操作步骤如下：

**Step 1** 打开"建筑图形.dwg"图形文件【素材\第 9 章\建筑图形.dwg】，单击"菜单浏览器"按钮，在弹出的菜单中选择【文件】/【打印】命令，打开"打印-模型"对话框。

**Step 2** 在"名称"下拉列表框中选择正确的打印机名称，在"图纸尺寸"下拉列表框中选择"A3"选项，如图 9-2 所示。

**Step 3** 在"打印区域"栏的"打印范围"下拉列表框中选择"窗口"选项，返回绘图区框选绘图区中的图形对象，如图 9-3 所示。

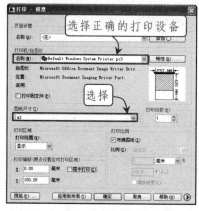

图 9-2　"打印-模型"对话框

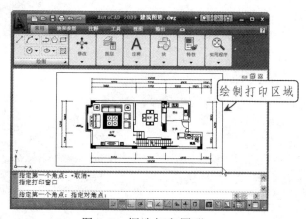

图 9-3　框选打印图形

**Step 4** 在"打印偏移"栏选中 ☑居中打印(C) 复选框,单击"打印-模型"对话框右下角的 ⊙ 按钮,展开对话框,在"打印样式"下拉列表框中选择"acad.ctb"选项,如图9-4所示,系统自动弹出提示对话框,单击 是(Y) 按钮,如图9-5所示。

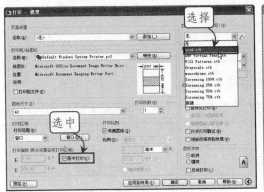

图9-4 选择打印样式表

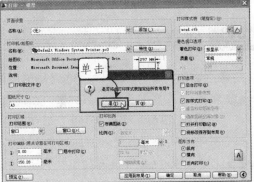

图9-5 确认选择打印样式表

**Step 5** 在"图形方向"栏选中 ⊙横向 单选按钮,单击对话框左下角的 预览(P)... 按钮,如图9-6所示。

**Step 6** 进入预览模式,单击快速访问区的"打印"按钮 🖨,打印所选图形对象,如图9-7所示。

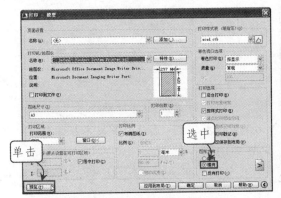

图9-6 单击"预览"按钮

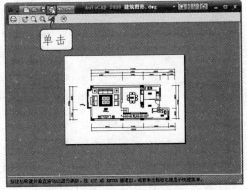

图9-7 打印图形

通过上述项目案例的制作可以初步了解在 AutoCAD 2009 中,创建打印样式、设置打印参数以及打印预览并打印等相关知识点,下面将具体讲解打印输出图形对象需要掌握的知识。

## 9.2 打印样式

学习创建打印样式和编辑打印样式表的方法

设置打印样式是为了更好地打印图形对象,设置该样式都是在"打印-模型"对话框中进行的,打开该对话框命令的调用方法如下:

- 单击快速访问区的"打印"按钮🖨。
- 单击"菜单浏览器"按钮▇，在弹出的菜单中选择【文件】/【打印】命令。
- 按【Ctrl+P】组合键。
- 在命令行执行"PLOT"命令。

## 9.2.1 创建打印样式

创建合适的打印样式，以便输出后的图形对象更加美观。其具体操作步骤如下：

**Step1** 单击"菜单浏览器"按钮▇，在弹出的菜单中选择【文件】/【打印】命令，打开"打印-模型"对话框，在"打印样式表"下拉列表框中选择"新建"选项，如图9-8所示。

**Step2** 打开"添加颜色相关打印样式表-开始"对话框，选中⊙创建新打印样式表(S)单选按钮，然后单击 下一步(N) > 按钮，如图9-9所示。

图 9-8　选择"新建"选项

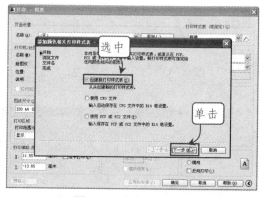

图 9-9　选中单选按钮

**Step3** 打开"添加颜色相关打印样式表-文件名"对话框，在"文件名"文本框中输入"机械图纸"文本，单击 下一步(N) > 按钮，如图9-10所示。

**Step4** 打开"添加颜色相关打印样式表-完成"对话框。单击 完成 按钮，创建打印样式完毕，效果如图9-11所示。

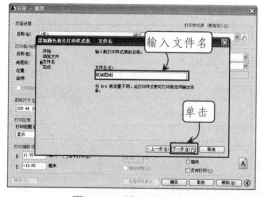

图 9-10　输入文件名

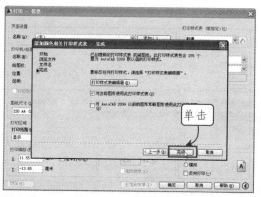

图 9-11　完成创建

在"添加颜色相关打印样式表-开始"对话框中,各单选按钮含义如下:

- ◉创建新打印样式表(S)单选按钮:用户可以根据自己的需要自定义创建一个全新的打印样式。选中该单选按钮时,将跳过"添加颜色相关打印样式表-浏览文件名"对话框,直接进入到"添加颜色相关打印样式表-文件名"对话框。
- ◉使用 CFG 文件单选按钮:使用 CAD 系统自带的或已保存在 CFG 文件中的打印样式。
- ◉使用 PCP 或 PC2 文件(P)单选按钮:使用 CAD 系统自带的或已保存在 PCP 或 PC2 文件中的打印样式。

## 9.2.2 编辑打印样式表

若对创建或设置的打印样式表不满意,可以对其进行编辑,其具体操作步骤如下:

**Step 1** 单击"菜单浏览器"按钮█,在弹出的菜单中选择【文件】/【打印样式管理器】命令。

**Step 2** 打开"Plot Styles"窗口,双击要修改的打印样表,这里双击名为"acad"的打印样式表,如图9-12所示。

**Step 3** 打开"打印样式表编辑器"对话框,单击"表视图"选项卡,在其下选择需要修改的选项后单击其下拉列表框,选择需要的选项即可,如图9-13所示。

**Step 4** 单击"表格视图"选项卡,在"特性"栏可以设置对象打印的颜色、抖动、灰度等,如图9-14所示,设置完成后单击 保存并关闭 按钮。

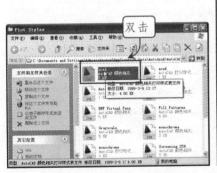

图9-12 "Plot Styles"窗口

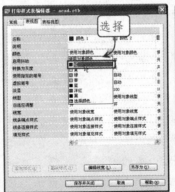

图9-13 "表视图"选项卡

图9-14 "表格视图"选项卡

"表格视图"选项卡中各选项的含义如下:

- "颜色"下拉列表框:指定对象的打印颜色。打印样式颜色的默认设置为"使用对象颜色",如果指定了打印样式颜色,在打印时该颜色将替代使用对象的颜色。
- "抖动"下拉列表框:打印机采用抖动来靠近点图案的颜色,使打印颜色看起来似乎比 AutoCAD 颜色索引(ACI)中的颜色要多。如果绘图仪不支持抖动,将忽略抖动设置。为避免由细矢量抖动所带来的线条打印错误,抖动通常是关闭的,关闭抖动还可以使较暗的颜色看起来更清晰。关闭抖动时,AutoCAD 将

颜色映射到最接近的颜色，从而导致打印时颜色范围较小，无论使用对象颜色还是指定打印样式颜色，都可以使用抖动。

- "灰度"下拉列表框：如果绘图仪支持灰度，则将对象颜色转换为灰度。若在该下拉列表框中选择"关"选项，AutoCAD 将使用对象颜色的 RGB 值进行打印。

- "笔号"数值框：指定打印使用该打印样式的对象时要使用的笔。可用笔的范围为 1~32。如果打印样式颜色设置为"使用对象颜色"，或正编辑颜色相关打印样式表中的打印颜色，则不能更改指定的笔号，其设置为"自动"。

- "虚拟笔号"数值框：在 1~255 范围内指定一个虚拟笔号，许多非笔式绘图仪都可以使用虚拟笔模仿笔式绘图仪。对于许多设备，都可以在绘图仪的前面板上对笔的宽度、填充图案、端点样式、合并样式和颜色/淡显进行设置。

- "淡显"下拉列表框：指定颜色强度，该设置确定在打印时 AutoCAD 在纸上使用的墨的多少。有效范围为 0~100。选择 0 将显示为白色，选择 100 将以最大的浓度显示颜色。要启用淡显，则必须将"抖动"设为"开"。

- "线型"下拉列表框：用样例和说明显示每种线型的列表。打印样式线型的默认设置为"使用对象线型"。如果指定一种打印样式线型，打印时该线型将替代对象的线型。

- "自适应"下拉列表框：调整线型比例以完成线型图案。若在该下拉列表中选择"关"选项，直线将有可能在图案的中间结束。如果线型缩放比例更重要，便关闭"自适应"调整。

- "线宽"下拉列表框：显示线宽及其数字值的样例。可以以毫米为单位指定每个线宽的数字值。打印样式线宽的默认设置为"使用对象线宽"，如果指定一种打印样式线宽，打印时该线宽将替代对象的线宽。

- "端点"下拉列表框：提供柄形、方形、圆形和菱形线条端点样式，线条端点样式的默认设置为"使用对象端点样式"，如果指定一种直线端点样式，打印时该直线端点样式将替代对象的线端点样式。

- "连接"下拉列表框：提供斜接、倒角、圆形和菱形连接样式，线条连接样式的默认设置为"使用对象连接样式"，如果指定一种直线合并样式，打印时该直线合并样式将替代对象的线条合并样式。

- "填充"下拉列表框：提供实心、棋盘形、交叉线、菱形、水平线、左斜线、右斜线、方形点和垂直线填充样式，填充样式的默认设置为"使用对象填充样式"。如果指定一种填充样式，打印时该填充样式将替代对象的填充样式。

- 添加样式(A) 按钮：向命名打印样式表添加新的打印样式，打印样式的基本样式为"普通"，它使用对象的特性，不默认使用任何替代样式，创建新的打印样式后必须指定要应用的替代样式。颜色相关打印样式表包含 255 种映射到颜色的打印样式，不能向颜色相关打印样式表中添加新的打印样式，也不能向包含转换表的命名打印样式表添加打印样式。

- 删除样式(Y) 按钮：从打印样式表中删除选定样式。被指定了这种打印样式的对象将以"普通"样式打印，因为该打印样式已不再存在于打印样式表中，不能从

包含转换表的命名打印样式表中删除打印样式，也不能从颜色相关打印样式表中删除打印样式。

- 编辑线宽(L)... 按钮：打开"编辑线宽"对话框，共有28种线宽可以应用于打印样式表中的打印样式。如果存储在打印样式表中的线宽列表不包含所需的线宽，可以对现有的线宽进行编辑，但不能在打印样式表的线宽列表中添加或删除线宽。

## 9.3　设置打印参数

掌握设置打印参数的方法

设置打印参数需要在"打印-模型"对话框中进行，在前面讲解打印样式时，已经讲解了打开该对话框的方法，下面介绍具体的打印参数设置方法。

### 9.3.1　设置打印设备

选择正确的打印设备是打印图形对象的首要条件，其设置方法很简单，打开"打印-模型"对话框，在"打印机/绘图仪"栏中单击"名称"下拉列表框，在其中选择所需的打印设备即可，如图9-15所示。

图 9-15　设置打印设备

### 9.3.2　设置图纸尺寸

图纸尺寸是指用于打印图形的纸张大小。要选择图纸尺寸，只需在"打印-模型"对话框中的"图纸尺寸"下拉列表框中选择所需选项即可，如图9-16所示。

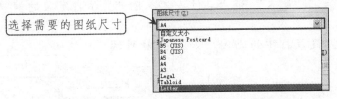

图 9-16　设置图纸尺寸

### 9.3.3　设置打印区域

设置了正确的打印设备和图纸纸型后，就应该设置打印区域了，其具体操作步骤如下：

**Step1** 打开"壁画.dwg"图形文件【素材\第 9 章\壁画.dwg】，单击"菜单浏览器"按钮，在弹出的菜单中选择【文件】/【打印】命令，打开"打印-模型"对话框。

**Step2** 在"打印区域"栏的"打印范围"下拉列表框中选择"窗口"选项，返回绘图区框选需要打印的图形对象，如图 9-17 所示。

**Step3** 返回"打印-模型"对话框，如果打印区域设置不理想，可以单击 窗口(O)< 按钮，再次返回绘图区选择打印区域，直至选择合适的打印区域为止，如图 9-18 所示。

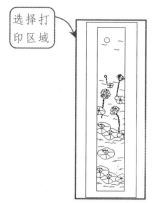

图 9-17  选择打印区域

图 9-18  单击"窗口"按钮

"打印范围"下拉列表框中各选项的含义如下：

● "窗口"选项：用于定义要打印的区域。
● "范围"选项：将打印图形中的所有可见对象。
● "图形界限"选项：将按照设置的图形界限，打印图形界限内的图形对象。
● "显示"选项：将打印图形中显示的所有对象。

## 9.3.4 设置打印比例

在"打印"对话框中的"打印比例"栏中可设置图形输出时的打印比例，其中各选项含义如下：

● 布满图纸(I)复选框：如选中该复选框，将缩放打印图形以布满所选图纸尺寸，并在"比例"下拉列表框、"毫米"和"单位"文本框中显示自定义的缩放比例因子，如图 9-19 所示。
● "比例"下拉列表框：设置打印的比例，如图 9-20 所示。

图 9-19  "打印比例"栏

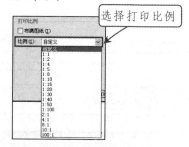

图 9-20  设置打印比例

● "毫米"文本框：指定与单位数等价的英寸数、毫米数或像素数。当前所选图纸尺寸决定单位是英寸、毫米还是像素。

● "单位"文本框：指定与指定的英寸数、毫米数或像素数等价的单位数。

● ☑缩放线宽(L)复选框：如果是在布局空间中打开的"打印"对话框，☐缩放线宽(L)复选框将被激活，选中该复选框后，对象的线宽也会按打印比例进行缩放，取消该复选框则只缩放打印图形而不缩放线宽。

## 9.3.5　设置图形方向

在"打印-模型"对话框的"图形方向"栏中可以设置图形的打印方向，如图 9-21 所示。

图 9-21　设置图形方向

"图形方向"栏中各单选按钮含义如下：

● ⊙纵向单选按钮：选中该单选按钮，图形以水平方向放置在图纸上。

● ⊙横向单选按钮：选中该单选按钮，图形以垂直方向放置在图纸上。

● ☑反向打印(-)复选框：选中该复选框，将图形在图纸上倒置进行打印，相当于将图形旋转 180° 后再进行打印。

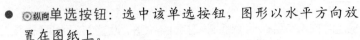

指点迷津

　　"图形方向"栏右侧的 A 图标，即表示图形在图纸上打印的缩影，"A"简单地表示图形对象。

## 9.3.6　设置打印样式

打印样式是系统预设好的样式，通过设置打印样式可以改变图形对象在输出时的颜色、线型或线宽等特性。其具体操作步骤如下：

Step 1　单击"菜单浏览器"按钮■，在弹出的快捷菜单中选择【文件】/【打印】命令，打开"打印-模型"对话框。

Step 2　在"打印样式表"下拉列表框中选择需要的打印样式，如这里选择"acad.ctb"选项，如图 9-22 所示。

Step 3　系统自动打开"问题"对话框，询问是否将此打印样式表指定给所有布局，单击 是(Y) 按钮，表示确定将此打印样式表指定给所有布局，单击 否(N) 按钮则相反，这里单击 是(Y) 按钮，如图 9-23 所示。

图 9-22　选择打印样式

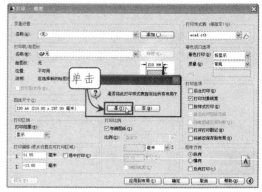

图 9-23　确认打印样式表指定给所有布局

### 9.3.7　设置打印偏移

设置打印偏移实际就是设置打印时图形对象位于图纸的位置。设置打印偏移需要在"打印-模型"对话框中的"打印偏移"栏进行，如图 9-24 所示。

图 9-24　设置打印偏移

在该栏中各选项含义如下：

- "X"文本框：指定打印原点在 X 轴方向的偏移量。
- "Y"文本框：指定打印原点在 Y 轴方向的偏移量。
- ☑居中打印(C)复选框：选中该复选框后将图形打印到图纸的正中间，系统自动计算出 X 和 Y 偏移值。

## 9.4　保存与调用打印设置

掌握保存与调用打印设置的方法

打印参数设置完后可以将其保存到电脑中，方便以后在打印类似的图形对象时随时调用，下面将分别讲解保存与调用打印设置的操作方法。

### 9.4.1　保存打印设置

保存打印设置的具体操作步骤如下：

**Step 1** 单击"菜单浏览器"按钮，在弹出的菜单中选择【文件】/【打印】命令，打开"打印-模型"对话框，在对话框中设置打印参数。

**Step 2** 在"页面设置"栏中单击 [添加(A)...] 按钮，如图9-25所示，打开"添加页面设置"
对话框。

**Step 3** 在"新页面设置名"文本框中输入要保存的打印设置名称，如这里输入"建筑图
形"，然后单击 [确定(D)] 按钮关闭对话框，如图9-26所示，当保存图形时，打印参
数就会随图形一并保存。

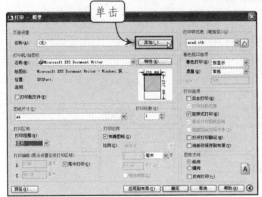

图9-25 单击"添加"按钮 　　　　　图9-26 保存打印设置

## 9.4.2 调用打印设置

必须要电脑中保存了已保存打印设置的图形文件才能对其进行调用，其具体操作步骤
如下：

**Step 1** 启动 AutoCAD 2009，单击"菜单浏览器"按钮■，在弹出的菜单中选择【文件】/
【打印】命令，打开"打印-模型"对话框，在"页面设置"栏的"名称"下拉列
表框中选择"输入"选项，如图9-27所示。

**Step 2** 打开"从文件选择页面设置"对话框，选择"箱体零件图.dwg"图形文件【素材\
第9章\箱体零件图.dwg】，如图9-28所示。

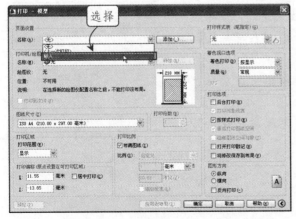

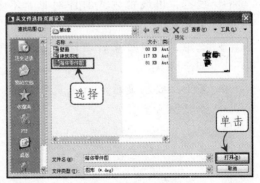

图9-27 "打印-模型"对话框 　　　图9-28 "从文件选择页面设置"对话框

**Step 3** 打开"输入页面设置"对话框，在"页面设置"列表框中显示该图形文件中的打印设置名称，这里选择"机械图形"选项，单击 确定(D) 按钮，如图 9-29 所示。

**Step 4** 返回"打印-模型"对话框，若需要修改参数选项可重新进行设置，设置完成后单击 确定 按钮。

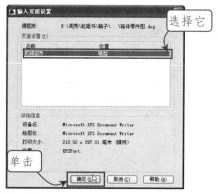

图 9-29 "输入页面设置"对话框

## 9.5 打印特殊图形

了解打印特殊图形的方法

特殊图形需要采用特殊的打印方式打印，包括打印着色的三维模型、以指定线宽打印图形以及在一张图纸上打印多个图形等，下面详细进行讲解。

### 9.5.1 打印着色的三维模型

要将着色后的三维模型打印到纸张上，需打开"打印-模型"对话框，在"着色视口选项"栏的"着色打印"下拉列表框中选择需要的打印方式即可，如图 9-30 所示。

"着色打印"下拉列表框中的主要选项含义如下：

● 按显示：按对象在屏幕上显示的效果进行打印。

● 线框：用线框方式打印对象，不考虑它在屏幕上的显示方式。

● 消隐：打印对象时消除隐藏线，不考虑它在屏幕上的显示方式。

● 渲染：按渲染后的效果打印对象，不考虑它在屏幕上的显示方式。

图 9-30 选择着色打印方式

高手成长手册

## 9.5.2 以指定线宽打印图形

若对打印线宽有特殊要求，可以对其指定线宽打印，其具体操作步骤如下：

**Step1** 单击"菜单浏览器"按钮■，在弹出的菜单中选择【文件】/【打印】命令，打开"打印-模型"对话框。

**Step2** 在"打印样式表（笔指定）"下拉列表中选择需要使用的打印样式，打开"问题"对话框，单击 是(Y) 按钮。

**Step3** 返回到"打印-模型"对话框，单击"编辑"按钮⚒，打开"打印样式表编辑器"对话框，单击"表视图"选项卡，在"线宽"下拉列表框中选择需要的线宽选项，如图 9-31 所示。

**巧学巧用**

用户也可以在"打印样式表编辑器"对话框中单击"表格视图"选项卡，单击"线宽"下拉列表框并从列表中选择线宽，如图 9-32 所示，最后单击 保存并关闭 按钮完成操作。

图 9-31　选择线宽　　　　　图 9-32　"表格视图"选项卡

## 9.5.3 在一张图纸上打印多个图形

打印样图时为了节约办公耗材可以在一张图纸上打印多个图形，其具体操作步骤如下：

**Step1** 在命令行中输入"I"命令，打开"插入"对话框，单击 浏览(B)... 按钮，如图 9-33 所示。

**Step2** 打开"选择图形文件"对话框，选择要插入到当前文件中的.dwg 格式的图形文件。单击 打开(O) 按钮，将图形以块的方式插入到指定的位置。

**Step3** 用相同的方法插入要打印的多个图形，并对图形进行缩放和移动，以调整图形在图纸中的位置和大小。用前面介绍的打印设置的方法，以 1:1 的比例打印输出图形对象。

图 9-33　"插入"对话框

## 9.6 打印预览与打印

掌握打印预览与打印图形对象的方法

设置打印参数后最好进行打印预览，待预览效果满意后再打印，因为打印预览的效果跟打印输出后的效果是完全相同的。其方法是单击"菜单浏览器"按钮■，在弹出的快捷菜单中选择【文件】/【打印】命令，在"打印−模型"对话框中单击 预览(P)... 按钮，进入打印预览状态，效果如图 9-34 所示，预览结束后单击"打印"按钮 📇 即可开始打印。

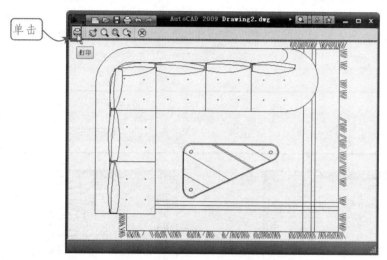

图 9-34 打印预览窗口

打印预览窗口中的工具栏中各按钮功能如下：

- "打印"按钮📇：单击该按钮可直接打印图形文件。
- "平移"按钮✋：该功能与视图缩放中的平移操作相同，这里不再赘述。
- "缩放"按钮🔍：单击该按钮后，鼠标光标变成 ⊕ 形状，按住鼠标左键向下拖动鼠标，图形文件视图窗口变小，向上拖动鼠标，图形文件视图窗口变大。
- "窗口缩放"按钮🔍：单击该按钮鼠标光标变成 ⌐ 形状，框选图形文件，视图中的图形文件变大。
- "缩放为原窗口"按钮🔍：单击该按钮窗口还原。
- "关闭"按钮⊗：单击该按钮退出打印预览窗口。

## 9.7 综合实例——打印输出机械图形

巩固打印输出图形的方法

通过前面的学习我们掌握了 AutoCAD 2009 打印图形对象的方法，通过本章相关知识的学习后，使用相关的命令可以打印输出图形，设置打印参数后，本例的打印预览效果如图 9-35 所示。

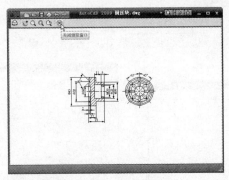

图 9-35 打印预览效果

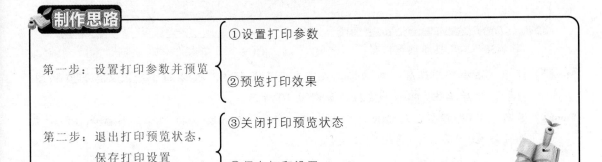

制作思路

第一步：设置打印参数并预览
- ①设置打印参数
- ②预览打印效果

第二步：退出打印预览状态，
　　　　保存打印设置
- ③关闭打印预览状态
- ④保存打印设置

其具体操作步骤如下：

**Step 1** 打开"圆压块.dwg"图形文件【素材\第9章\圆压块.dwg】，在快速访问区中单击 "打印"按钮 ，打开"打印-模型"对话框。

**Step 2** 在"打印机/绘图仪"栏中单击"名称"下拉列表框右侧的下拉按钮，在其中选择 所需的打印设备，在"图纸尺寸"下拉列表框中选择"A4"选项。

**Step 3** 在"打印样式表"下拉列表框中选择"acad.ctb"选项，系统自动打开"问题"对 话框，单击 是(Y) 按钮，如图 9-36 所示。

**Step 4** 在"图形方向"栏选中 横向单选按钮，单击右下角的 预览(P)... 按钮进入预览状态， 如图 9-37 所示。

图 9-36 设置打印样式

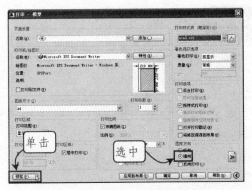

图 9-37 单击"预览"按钮

**Step 5** 在预览状态下单击"关闭"按钮 ⊗，如图 9-38 所示，返回"打印-模型"对话框，单击"页面设置"栏的 添加()... 按钮，如图 9-39 所示。

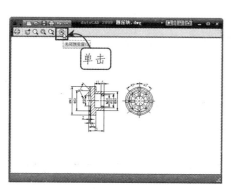

图 9-38　退出打印预览状态

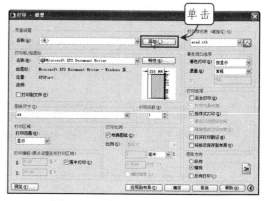

图 9-39　单击"添加"按钮

**Step 6** 打开"添加页面设置"对话框，在"新页面设置名"文本框中输入文本"机械图形"，然后单击 确定() 按钮，如图 9-40 所示。

**Step 7** 返回"打印-模型"对话框，单击 确定 按钮，如图 9-41 所示，最后保存图形文件【源文件\第 9 章\圆压块.dwg】。

图 9-40　"添加页面设置"对话框

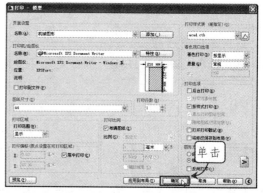

图 9-41　单击"确定"按钮

## 9.8 大显身手

本章应重点掌握在 AutoCAD 2009 中打印图形对象的方法，下面进行练习

（1）打开"高速轴.dwg"图形文件【素材\第 9 章\高速轴.dwg】，然后进行打印设置，使其打印预览的效果如图 9-42 所示。

**提示**：打印图纸尺寸为 A4，打印份数为"5"，打印偏移为"居中打印"，打印样式表为"acad.ctb"。

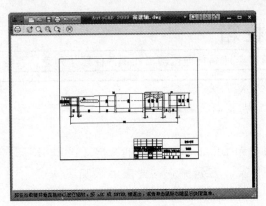

图 9-42 打印预览效果

（2）打开"阀盖零件图.dwg"图形文件【素材\第9章\阀盖零件图.dwg】，然后进行窗口打印区域设置，只打印绘图区中的左边部分，其打印预览的效果如图 9-43 所示。

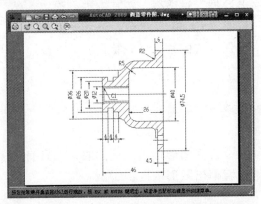

图 9-43 打印指定区域的预览效果

（3）使用在一张图纸上打印多个图形对象的方法，将"吧台.dwg"图形文件【素材\第9章\吧台.dwg】，打印 6 个小样到一张图纸上，打印预览后的效果如图 9-44 所示。

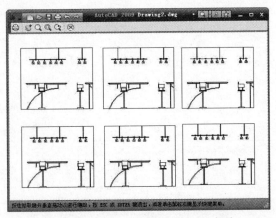

图 9-44 在同一张图纸上打印多份

## 电脑急救箱

运用本章知识时若遇到打印或输出比例等问题，别急，打开急救箱看看吧

**Q** 为什么有些图形能显示，却打印不出来？

**A** 如果图形绘制在 AutoCAD 自动产生的图层（DEFPOINTS、ASHADE 等）上，就会出现这种情况，应避免在这些层上绘制实体。

**Q** 在没有安装 AutoCAD 软件的电脑中能否打印绘制的图纸呢？

**A** 当然能，单击"菜单浏览器"按钮█，在弹出的菜单中选择【文件】/【输出】命令，打开"输出数据"对话框，在其中进行设置，然后在"文件类型"下拉列表框中选择"位图（*.bmp）"选项，然后返回绘图区，框选输出区域。这样就在路径中把图纸保存成图片文件，最后就可以按照打印一般图片的方式打印图纸。

**Q** 怎样才能一步到位地设置好图形的输出比例？

**A** 没有能一步到位就设置好图形输出比例的方法，只有靠多练习多积累经验，慢慢地就能准确地把握输出图形的比例了。

# 第 10 章
# 使用图层

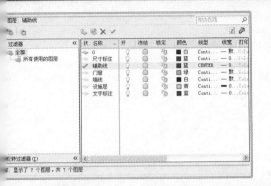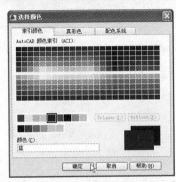

## 本章要点

- 认识图层
- 控制图层状态
- 创建并设置图层
- 输出和输入图层状态

　　为了更好地管理图形对象，可以创建图层并将类似的图像绘制在同一个图层上，并可以根据图形的作用不同，设置不同的图层特性，图层特性设置完成后可以将其保存到电脑中，方便以后随时使用，下面进行详细讲解。

## 10.1 项目观察——创建建筑图层

了解创建图层和设置图层特性的方法

本项目观察将初步了解创建图层并设置图形特性的方法，创建图层并设置图层特性后的效果如图 10-1 所示。

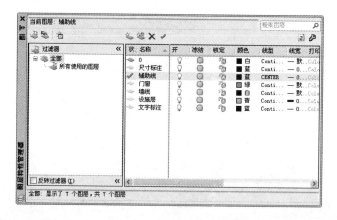

图 10-1　创建的图层

其具体操作步骤如下：

**Step 1** 启动 AutoCAD 2009，选择【常用】/【图层】组，单击"图层特性"按钮，打开"图层特性管理器"面板，单击"新建图层"按钮，如图 10-2 所示。

**Step 2** 新建图层并输入文本"辅助线"，按【Enter】键确认，单击"颜色"栏下的"辅助线"图层的■白图标，如图 10-3 所示。

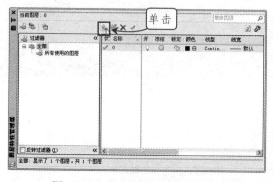

图 10-2　单击"新建图层"按钮

图 10-3　单击颜色图标

**Step 3** 打开"选择颜色"对话框，在其中选择需要的颜色，如这里单击"蓝色"图块，然后单击 确定 按钮，如图 10-4 所示。

**Step 4** 返回"图层特性管理器"面板，单击"线型"栏下的"辅助线"图层的 Contin... 图标，如图 10-5 所示。

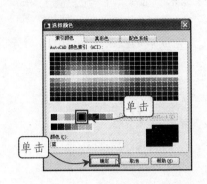

图 10-4　"选择颜色"对话框　　　　　图 10-5　单击线型图标

**Step 5** 打开"选择线型"对话框，该对话框中列出了当前已加载的线型，若列表框中没有所需线型，单击 加载(L)... 按钮，如图 10-6 所示。

**Step 6** 打开"加载或重载线型"对话框，在"可用线型"列表框中选择需要的线型，如这里选择"CENTER"线型，单击 确定 按钮，如图 10-7 所示。

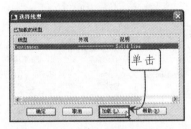

图 10-6　单击"加载"按钮　　　　　图 10-7　选择需要的线型

**Step 7** 返回"选择线型"对话框，选择刚才加载的线型，如这里选择"CENTER"线型，单击 确定 按钮完成设置，如图 10-8 所示。

**Step 8** 返回"图层特性管理器"面板，单击"线宽"栏下的"辅助线"图层的——默认图标，如图 10-9 所示。

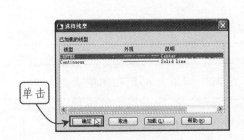

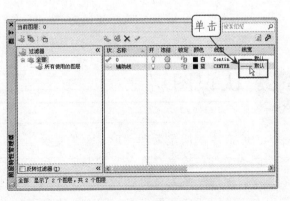

图 10-8　"选择线型"对话框　　　　　图 10-9　单击线宽图标

**Step 9** 打开"线宽"对话框，在"线宽"列表中选择"0.25毫米"选项，单击 ⌈ 确定 ⌋ 按钮，如图10-10所示。

**Step 10** 按照相同的方法，创建并设置其他的建筑图层，设置完成后的效果如图10-11所示。

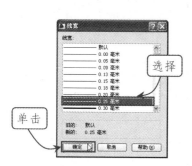

图 10-10 "线宽"对话框

图 10-11 图层创建完毕后的效果

**Step 11** 双击"辅助线"图层，设置该图层为当前图层，设置完成后的效果如图10-12所示。

**Step 12** 单击"图层特性管理器"面板左上角的"关闭"按钮×，关闭该对话框，如图10-13所示，然后保存该图形文件【源文件\第10章\建筑图层.dwg】。

图 10-12 设置当前图层

图 10-13 关闭该对话框

通过上述项目案例的制作可以了解在AutoCAD 2009中创建图层，命名图层，设置图层颜色、线型、线宽以及设置当前图层的方法，下面将具体讲解图层方面的知识，该知识需要读者熟练掌握。

# 10.2 认识图层

了解并认识图层

在AutoCAD中图层是管理图形对象的主要区域，绘制任何对象都是在图层上进行的。图层将不同的图形对象重叠在一起绘制成为一副完整的图形，不同图层上的图形对象都是独立的，可对图层上的对象进行编辑，而不影响其他图层上的图形效果。

如用户不进行任何图层设置，所绘制的对象都在AutoCAD默认的"0"图层上，不能删除或重命名该图层，该图层的用途是确保每个图形至少在一个图层上。

# 10.3　创建并设置图层

掌握创建图层并设置图层特性的方法

　　根据绘图需要，可以创建新的图层，默认情况下创建的图层的特性是延续上一个图层的特性，为了更好地区别各个图层我们还可以对图层名称和特性进行设置，下面分别对其进行讲解。

## 10.3.1　创建并重命名图层

　　图层创建后系统会依次有序地以"图层 1"、"图层 2"进行命名，为了管理和更好区分图层，可以对其重命名，下面详细进行讲解。

### 1. 创建新图层

创建新图层命令的调用方法如下：

- 选择【常用】/【图层】组，单击"图层特性"按钮，打开"图层特性管理器"面板，单击"新建图层"按钮。
- 单击"菜单浏览器"按钮，在弹出的菜单中选择【格式】/【图层】命令，打开"图层特性管理器"面板，单击"新建图层"按钮。
- 在命令行中输入"LAYER"或"LA"命令。

执行上述任意命令后，都可以创建新图层，如图 10-14 所示。

图 10-14　创建新图层后的效果

### 2. 重命名图层

　　在创建新图层后，其"名称"栏下的名称处于可编辑状态，此时可以直接输入需要的名称，输入后若需要重命名，其命令的调用方法如下：

- 选择需要重命名的图层后，单击其图层名称，使其成可编辑状态，此时输入图层名称即可。
- 在选择的图层上右击，在弹出的快捷菜单中选择"重命名图层"命令也可以为所选图层重命名。
- 选择需要重命名的图层后，按【F2】键可以对选择的图层重命名。

执行上述任意命令后，"名称"栏下的图层名称处于可编辑状态，输入新名称后按【Enter】键确认即可。

## 10.3.2 设置图层颜色

为图层设置不同的颜色，可以从图纸显示上直接区分图形，其命令的调用方法如下：

- 选择【常用】/【特性】组，单击"选择颜色"选项右侧的下拉按钮，在弹出的下拉菜单中选择需要的颜色，打开"选择颜色"对话框选择需要的颜色。
- 单击"菜单浏览器"按钮，在弹出的菜单中选择【格式】/【图层】命令，打开"图层特性管理器"面板，在其中进行设置即可。
- 单击"菜单浏览器"按钮，在弹出的菜单中选择【格式】/【颜色】命令，打开"选择颜色"对话框，在其中选择需要的颜色。
- 在命令行中输入"COLOR"命令。

下面举例讲解设置图层颜色的方法，其具体操作步骤如下：

**Step 1** 单击"菜单浏览器"按钮，在弹出的快捷菜单中选择【格式】/【图层】命令，如图10-15所示，打开"图层特性管理器"面板。

**Step 2** 单击中间列表"颜色"栏下需要更改颜色图层的 白图标，如图10-16所示，打开"选择颜色"对话框。

图 10-15　选择命令

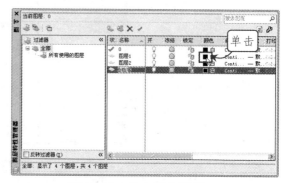

图 10-16　单击颜色图标

**Step 3** 选择需要的颜色，如这里选择蓝色可单击蓝色图块，设置完成后单击 确定 按钮，如图10-17所示。

**Step 4** 返回绘图区，即可查看到被选择图层的"颜色"栏下由 白图标变成更改后的颜色，如图10-18所示。

### 指点迷津

在"选择颜色"对话框中包含了"索引颜色"、"真彩色"和"配色系统"3个选项卡，用户可以根据自己的需要选择颜色。

图 10-17　选择颜色

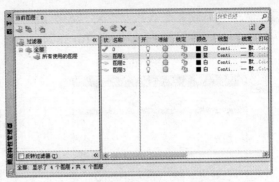

图 10-18　设置颜色后的效果

### 10.3.3　设置图层线型

在 AutoCAD 中，系统默认的线型是 Continuous 线型。不同的线型可以表现不同的图形对象，其命令的调用方法如下：

- 选择【常用】/【特性】组，单击"选择线型"下拉按钮 ，在弹出的下拉菜单中选择需要的线型，也可以选择"其他"选项，打开"线型管理器"对话框选择需要的线型，如图 10-19 所示。
- 单击"菜单浏览器"按钮 ，在弹出的菜单中选择【格式】/【图层】命令，打开"图层特性管理器"面板，在其中进行设置即可。
- 单击"菜单浏览器"按钮 ，在弹出的快捷菜单中选择【格式】/【线型】命令，打开"线型管理器"对话框选择需要的线型。

图 10-19　"线型管理器"对话框

下面举例讲解设置图层线型的方法，其具体操作步骤如下：

**Step 1** 单击"菜单浏览器"按钮 ，在弹出的菜单中选择【格式】/【图层】命令，打开"图层特性管理器"面板。

**Step 2** 单击中间列表中"线型"栏下需要更改线型图层的 Contin... 图标，打开"选择线型"对话框，单击 加载(L)... 按钮，如图 10-20 所示。

**Step 3** 打开"加载或重载线型"对话框，在"可用线型"列表框中选择需要的线型，然后单击 [确定] 按钮，如图10-21所示。

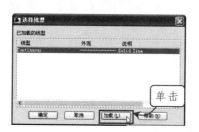

图 10-20 "加载"按钮

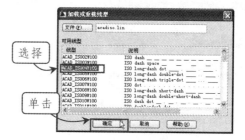

图 10-21 选择线型

**Step 4** 返回到"选择线型"对话框，此时在"选择线型"对话框中即显示了新加载的线型，单击刚加载的线型，然后再单击 [确定] 按钮，关闭该对话框，如图10-22所示。

**Step 5** 返回"图层特性管理器"面板，即可发现线型变成了刚加载的线型，如图10-23所示。

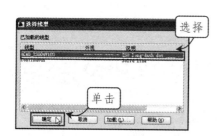

图 10-22 "选择线型"对话框

图 10-23 设置线型后的效果

## 10.3.4 设置图层线宽

对图层的线宽进行设置后，可以方便打印时不用再设置线宽，其命令的调用方法如下：

● 选择【常用】/【特性】组，单击"选择线宽"下拉按钮，在弹出的下拉菜单中选择需要的线宽。

● 单击"菜单浏览器"按钮，在弹出的菜单中选择【格式】/【图层】命令，打开"图层特性管理器"面板。

● 单击"菜单浏览器"按钮，在弹出的菜单中选择【格式】/【线宽】命令，打开"线宽设置"对话框，选择需要的线宽，如图10-24所示。

图 10-24 "线宽设置"对话框

下面举例讲解设置图层线宽的方法，其具体操作步骤如下：

**Step1** 单击"菜单浏览器"按钮▊，在弹出的快捷菜单中选择【格式】/【图层】命令，打开"图层特性管理器"面板。

**Step2** 单击中间列表"线宽"栏下需要更改线宽图层的—— 默认图标，打开"线宽"对话框。

**Step3** 在"线宽"列表框中选择需要的线宽，然后单击 确定 按钮，如图 10-25 所示。

**Step4** 返回"图层特性管理器"面板，即可发现线宽变成了刚设置的线宽，如图 10-26 所示。

图 10-25 "线宽"对话框

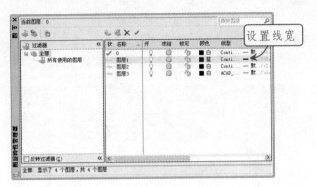

图 10-26 设置线宽后的效果

### 10.3.5 设置图层打印

不需要打印的图层，我们可以在"图层特性管理器"面板中将其关闭打印，方法是：单击"打印"栏下需要设置图层打印的图层上单击▊图标，使其成为▊状态表示关闭，如图 10-27 所示，若需开启只需在▊图标上单击即可。一般辅助线层可以将其设置为不打印。

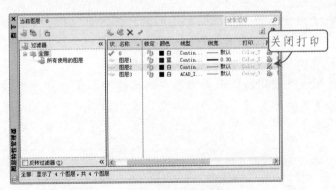

图 10-27 打印设置后的效果

## 10.4 控制图层状态

掌握控制图层状态的方法

在绘制复杂图形时，有效地控制图层状态是非常重要的，这样可以避免绘制或修改过程中出现误操作，下面详细进行讲解。

### 10.4.1 打开或关闭图层

打开或关闭图层就是设置图层是否显示在绘图区，默认情况下图层都处于打开状态，在该状态下图层中的图形对象显示在屏幕上，并且用户可对其进行编辑操作。被关闭的图层不能被编辑，更不能被打印输出。下面讲解打开或关闭图层的方法，其具体操作步骤如下：

**Step 1** 单击"菜单浏览器"按钮，在弹出的菜单中选择【格式】/【图层】命令，打开"图层特性管理器"面板。

**Step 2** 单击中间列表"开"栏下需要关闭的图层的💡图标，使其成为💡状态，如图 10-28 所示。再次单击💡图标，使其成为💡状态，即表示打开图层，如图 10-29 所示。

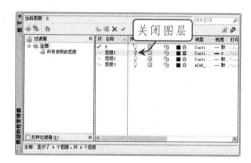
图 10-28　关闭图层

图 10-29　打开图层

### 10.4.2 冻结或解冻图层

绘制复杂图形时，生成图形对象时显示图形往往很浪费时间，将暂时不需要编辑的图层进行冻结有利于减少系统重生成图形的时间，因为冻结的图层不参与重生成计算且不显示在绘图区中，用户不能对其进行编辑。当然在需要修改图层图形对象时可将其解冻。下面讲解冻结或解冻图层的方法，其具体操作步骤如下：

**Step 1** 在"图层特性管理器"面板中选择要冻结的图层，在其中间列表中对应下的"冻结"栏单击〇图标使其成为❄状态，表示图层被冻结，如图 10-30 所示。

**Step 2** 单击"冻结"栏❄图标使其变成〇状态，表示图层被解冻，如图 10-31 所示。

图 10-30　冻结图层

图 10-31　解冻图层

### 10.4.3　锁定或解锁图层

　　被锁定的图层，图形对象仍显示在绘图区上，但不能对其进行编辑操作，下面讲解锁定或解锁图层的方法，其具体操作步骤如下：

**Step 1**　在"图层特性管理器"面板中选择要锁定的图层，在其中间列表中对应下的"锁定"栏单击 图标使其成为 状态，表示图层被锁定，如图 10-32 所示。

**Step 2**　单击"锁定"栏的 图标，使其变成 状态，表示图层被解锁，如图 10-33 所示。

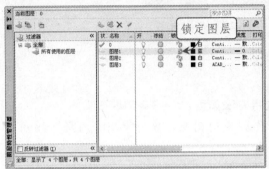

图 10-32　锁定图层

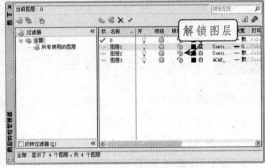

图 10-33　解锁图层

### 10.4.4　设置当前图层

　　当前图层就是正在使用的图层，若要在某个图层上绘制具有该图层特性的对象，应将该图层设置为当前图层。其命令的调用方法如下：

● 在"图层特性管理器"面板中选择需置为当前的图层，单击 按钮，如图 10-34 所示。

● 在"图层特性管理器"面板中选择需置为当前的图层并右击，在弹出的快捷菜单中选择"置为当前"命令，如图 10-35 所示。

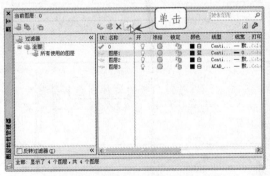

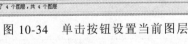

图 10-34　单击按钮设置当前图层

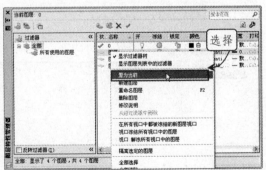

图 10-35　选择命令设置当前图层

● 在"图层特性管理器"面板中直接双击需置为当前图层的图层。

● 选择【常用】/【图层】组，单击"图层控制"下拉按钮 ，在弹出的下拉菜单中选择所需的图层，也可将需要的图层设置为当前图层，如图 10-36 所示。

图 10-36　通过选项卡设置当前图层

### 10.4.5　删除多余的图层

不需要的图层可以将其删除，其命令的调用方法如下：

● 在"图层特性管理器"面板中选择需要删除的图层，单击"删除图层"按钮 ✕，
如图 10-37 所示。

● 在"图层特性管理器"面板中选择需要删除的图层并右击，在弹出的快捷菜单
中选择"删除图层"命令，如图 10-38 所示。

图 10-37　单击按钮删除图层

图 10-38　选择命令删除图层

**指点迷津**

　　在删除图层的过程中，若选择了"0"层、默认层、当前层、含有实体的层和外部引
用依赖图层后，系统自动会弹出提示对话框，此时单击 关闭(C) 按钮即可返回"图层特性
管理器"面板。

## 10.5　输出和输入图层状态

掌握输出和输入图层状态的方法

　　将设置好的图层输出到电脑中，以后在绘制相同的图形对象时可以输入到图形文件中
方便使用，可以节约再次设置图层状态的时间，从而提高绘图速度。

### 10.5.1　输出图层状态

图层状态输出到电脑中，其扩展名为"las"，下面举例讲解输出图层状态的方法，其具体操作步骤如下：

**Step1** 打开"建筑图层.dwg"图形文件【素材\第 10 章\建筑图层.dwg】，选择【常用】/【图层】组，单击"图层特性"按钮，打开"图层特性管理器"面板。

**Step2** 单击"图层状态管理器"按钮（见图 10-39），打开"图层状态管理器"对话框，单击 新建(N)… 按钮，如图 10-40 所示。

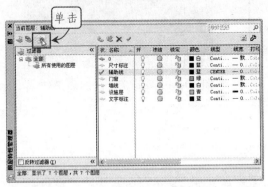

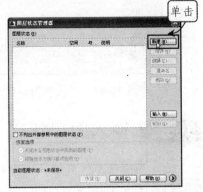

图 10-39　单击"图层状态管理器"按钮　　　　　图 10-40　　"图层状态管理器"对话框

**Step3** 打开"要保存的新图层状态"对话框，在"新图层状态名"下拉列表框中输入要保存的图层设置的名称，这里输入文本"建筑图层状态"，在"说明"列表框中为图层设置文件添加相应的说明信息，也可以不添加，然后单击 确定 按钮，如图 10-41 所示。

**Step4** 返回"图层状态管理器"对话框，单击对话框右下角的"更多恢复选项"按钮 ⊙，然后单击 全部选择(S) 按钮，如图 10-42 所示。

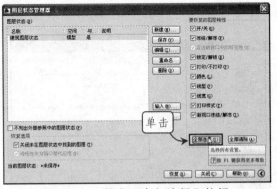

图 10-41　"要保存的新图层状态"对话框　　　　图 10-42　单击"全部选择"按钮

**Step5** 单击 输出(X)… 按钮，打开"输出图层状态"对话框，在"保存于"下拉列表框中选择需要保存到的位置，这里选择"桌面"选项，然后单击 保存(S) 按钮，如图 10-43 所示。

**Step⑥** 返回到"图层状态管理器"对话框，单击 关闭(C) 按钮，返回"图层特性管理器"面板，单击左上角的"关闭"按钮✖，关闭该对话框，即可发现桌面上出现了如图 10-44 所示的图标【源文件\第 10 章\建筑图层状态.las】。

图 10-43　"输出图层状态"对话框

图 10-44　输出的图层状态文件

## 10.5.2　输入图层状态

输入图层状态的具体操作步骤如下：

**Step❶** 启动 AutoCAD 2009，选择【常用】/【图层】组，单击"图层特性"按钮，打开"图层特性管理器"面板。

**Step❷** 单击"图层状态管理器"按钮，打开"图层状态管理器"对话框，单击 输入(M)... 按钮，打开"输入图层状态"对话框。

**Step❸** 选择图层状态的所在位置，在"文件类型"下拉列表框中选择"图层状态（*.las）"选项，然后单击 打开(O) ▼按钮，如图 10-45 所示。

**Step❹** 返回"图层状态管理器"对话框中，系统打开如图 10-46 所示的对话框提示用户图层状态成功输入，单击 恢复状态 按钮，返回"图层特性管理器"面板即可查看到图层状态输入后的效果。

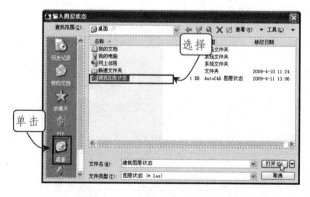

图 10-45　"输入图层状态"对话框

图 10-46　确认输入

## 10.6 综合实例——设置机械图层状态并输出

巩固创建图层、设置图层特性和输入图层状态的方法

本章介绍了创建图层、设置图层特性、输出和输入图层状态的方法，通过本章相关知识的学习后，本例将使用相关的命令创建如图 10-47 所示的机械绘图下的图层状态。

图 10-47　创建机械相关图层

**制作思路**

第一步：创建图层并设置
图层特性
　①创建新图层
　②设置图层特性

第二步：设置当前图层并
输出图层状态
　③设置当前图层
　④输出图层状态

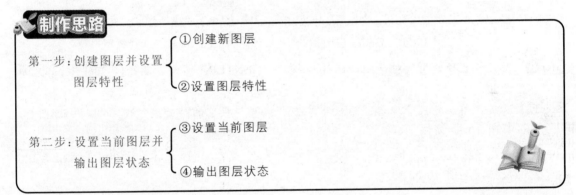

其具体操作步骤如下：

**Step 1** 选择【常用】/【图层】组，单击"图层特性"按钮 ，打开"图层特性管理器"面板，单击"新建图层"按钮 。

**Step 2** 新建图层并输入文本"轴线"，按【Enter】键确认，单击"颜色"栏下的"轴线"图层的■白图标，如图 10-48 所示。

**Step 3** 打开"选择颜色"对话框，在其中单击"蓝色"图块，然后单击 确定 按钮，如图 10-49 所示。

**Step 4** 返回"图层特性管理器"面板，单击"线型"栏下的"轴线"图层的Contin...图标，如图 10-50 所示。

**Step 5** 打开"选择线型"对话框，单击 加载(L)... 按钮，打开"加载或重载线型"对话框，在"可用线型"下拉列表框中选择"CENTER"线型，单击 确定 按钮，如图 10-51 所示。

图 10-48 单击颜色图标

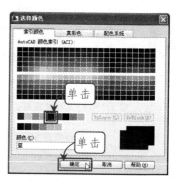

图 10-49 "选择颜色"对话框

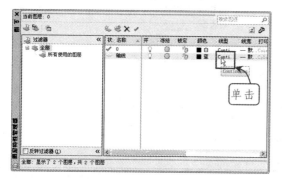

图 10-50 单击线型图标

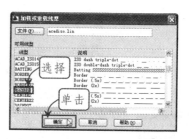

图 10-51 选择线型

**(Step 6)** 返回"选择线型"对话框，选择加载的"CENTER"线型，单击 确定 按钮完成设置。

**(Step 7)** 返回"图层特性管理器"面板，单击"线宽"栏下的"轴线"图层的—— 默认图标，如图 10-52 所示。

**(Step 8)** 打开"线宽"对话框，在"线宽"下拉列表中选择"0.15 毫米"选项，单击 确定 按钮，如图 10-53 所示。

图 10-52 单击线宽图标

图 10-53 选择线宽

**(Step 9)** 按照相同的方法，创建余下的图层，完成后的效果如图 10-54 所示，双击"轴线"图层，使其成为当前图层，如图 10-55 所示。

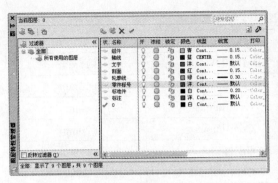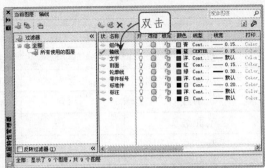

图 10-54　图层设置完成后的效果　　　　图 10-55　设置当前图层

**Step10** 选择"组件"图层，单击中间列表"开"栏下的💡图标，使其成为💡状态，然后单击"图层状态管理器"按钮。

**Step11** 打开"图层状态管理器"对话框，单击 新建(N)... 按钮，打开"要保存的新图层状态"对话框，在"新图层状态名"下拉列表框中输入"机械图层状态"，然后单击 确定 按钮，如图 10-56 所示。

**Step12** 单击 输出(X)... 按钮，打开"输出图层状态"对话框，在"保存于"下拉列表框中选择需要保存到的位置，这里选择"桌面"选项，然后单击 保存(S) 按钮，如图 10-57 所示。

**Step13** 返回到"图层状态管理器"对话框，单击 关闭(C) 按钮，返回"图层特性管理器"面板，单击左上角的"关闭"按钮✕，关闭该对话框，然后关闭图形文件【源文件\第 10 章\机械图层状态.las】。

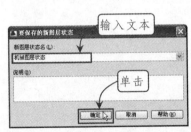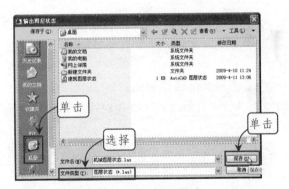

图 10-56　"要保存的新图层状态"对话框　　　图 10-57　保存图层状态

## 10.7 大显身手

本章应重点掌握在 AutoCAD 2009 创建图层并设置图层特性的方法，下面进行练习

　　运用本章介绍的创建图层的方法，根据表 10-1 所示的要求创建图层状态，并将图层状态输出【源文件\第 10 章\机械图层.las】。

表 10-1　创建图层及特性要求

| 图层名称 | 颜　　色 | 线　　型 | 线宽/mm |
|---|---|---|---|
| 虚线 | 青色 | ACAD_IS002W100 | 0.15mm |
| 点画线 | 蓝色 | ACAD_IS004W100 | 0.15mm |
| 轮廓线 | 绿色 | Continuous | 0.30mm |
| 剖面线 | 红色 | Continuous | 0.20mm |
| 双点画线 | 白色 | CENTER | 0.15mm |
| 标注 | 蓝色 | Continuous | 默认 |
| 文字 | 蓝色 | Continuous | 默认 |

# 电脑急救箱

运用本章知识时遇到关于图层等问题，别急，打开急救箱看看吧

**Q** 在"图层特性管理器"面板中，由于默认各栏的距离太小有时设置了特性后显示不完全，此时该怎么办？

**A** 若某图层特性栏太窄无法显示设置后的效果，可将鼠标移动到栏边处，待鼠标光标变成←→形状时，按住鼠标左键不放，向右拖动到合适位置释放鼠标即可扩大栏宽。

**Q** 绘制图形时，为什么使用点画线线型绘制出来的线条却是实线，如何才能正常显示点画线？

**A** 使用点画线绘制图形时，其线型的显示与线型比例因子有关，可以在命令行中执行"Ltscale"命令对线型比例因子进行调节。

**Q** 如果图层上有个别图形对象需要使用另外的线型或颜色，又不影响图层上其他图形对象的特性该怎么做？

**A** 如果图层上有个别图形对象需要使用另外的线型或颜色，又不想影响图层上其他图形对象的特性，可以双击需更改的图形对象，打开"特性"面板，在其中就可以单独设置具体某个图形对象的特性。

# 第 11 章
# 图块与外部参照

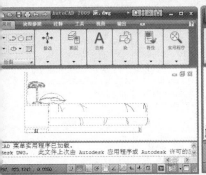 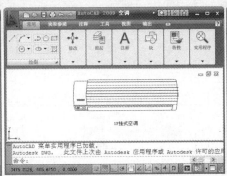 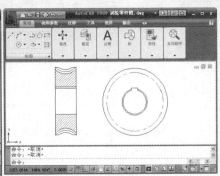

## 本章要点

- 创建内部图块和外部图块
- 插入和编辑图块
- 设置图块属性
- 外部参照图形

　　为了提高绘图速度，可以在绘图过程中插入图块，这也是绘图过程中比较常用的一种提高绘图速度的方法，图块的来源可以是用户在绘图过程中的积累，或是软件的设计中心提供的图块。本章将具体讲解图块和外部参照图形的使用方法。

## 11.1 项目观察——绘制沙发墙

了解插入内部图块、创建和插入外部图块以及以定距等分方式插入图块的方法

本项目将在沙发墙图形中运用插入图块的方式绘制植物等图形，完成后的效果如图 11-1 所示，通过本项目可以使读者认识到使用图块可以有效地提高绘图效率。

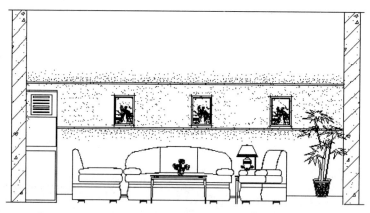

图 11-1　沙发墙效果

其具体操作步骤如下：

**Step1** 打开"沙发墙.dwg"图形文件【素材\第 11 章\沙发墙.dwg】，在命令行中输入 "INSERT"命令，打开"插入"对话框，在"名称"下拉列表中选择"空调"选项，然后单击 确定 按钮，如图 11-2 所示。

**Step2** 返回绘图区，单击如图 11-3 所示的 A 点作为插入点，插入图形后的效果如图 11-4 所示。

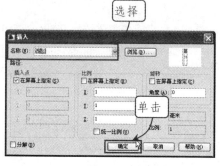

图 11-2　"插入"对话框

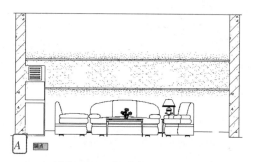

图 11-3　指定插入点

**Step3** 打开"植物.dwg"图形文件【素材\第 11 章\植物.dwg】，在命令行中输入"WBLOCK"命令，系统将打开"写块"对话框。

**Step4** 在"写块"对话框中单击"对象"栏下的"选择对象"按钮，返回绘图区中选择绘图区中的"植物"图形对象，按【空格】键返回到对话框中。

**Step5** 在"写块"对话框中的"基点"栏下，单击"拾取点"按钮，返回绘图区，单击如图 11-5 所示的 A 点作为基点。

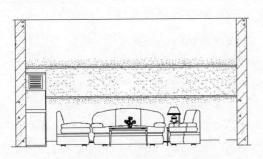

图 11-4　插入内部图块后的效果　　　　图 11-5　指定基点

**Step6** 单击"目标"栏后的 ... 按钮，打开"浏览图形文件"对话框，设置图形文件的保存路径，这里保存于"桌面"，并命名为"植物"，单击 保存(S) 按钮，如图 11-6 所示，自动返回到"写块"对话框，单击 确定 按钮，如图 11-7 所示。

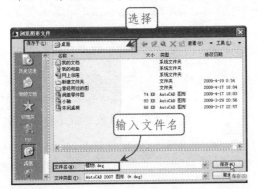

图 11-6　"浏览图形文件"对话框　　　图 11-7　"写块"对话框

**Step7** 关闭"植物.dwg"图形文件，返回"沙发墙.dwg"图形文件中，在命令行中输入"I"命令，打开"插入"对话框，然后单击 浏览(B)... 按钮，如图 11-8 所示。

**Step8** 打开"选择图形文件"对话框，在"选择图形文件"对话框中找到需要插入的外部图块，如这里选择"植物"选项，然后单击 打开(Q) 按钮，如图 11-9 所示。

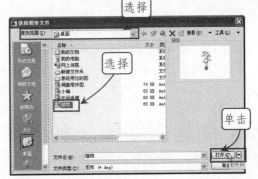

图 11-8　单击"浏览"按钮　　　图 11-9　"选择图形文件"对话框

**Step 9** 返回"插入"对话框，单击 确定 按钮，返回绘图区中单击如图 11-10 所示的 A 点插入外部图块。

**Step 10** 在命令行中执行"MEASURE"命令，其命令行操作如下：

| | |
|---|---|
| 命令: MEASURE | //执行 MEASURE 命令 |
| 选择要定距等分的对象: | //选择如图 11-11 所示的 A 线 |
| 指定线段长度或 [块(B)]: b | //选择"块"选项，并按【Enter】键确认 |
| 输入要插入的块名: | //输入要插入的块的名称 |
| 是否对齐块和对象? [是(Y)/否(N)] <Y>:N | //选择"否"选项，并按【Enter】键确认 |
| 指定线段长度: 1200 | //输入间隔长度"1200"，按【空格】键确认，绘制后的效果如图 11-1 所示【源文件\第 11 章\沙发墙.dwg】 |

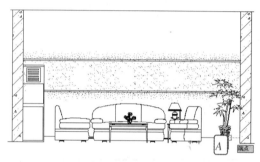

图 11-10　指定插入点

图 11-11　选择被定距等分的对象

通过上述项目案例的制作可以了解在 AutoCAD 2009 中插入内部图块、创建外部图块、插入外部图块以及定距等分图块的操作方法，下面将具体讲解图块与外部参照等知识。

## 11.2 图块的特点

了解图块的特点

图块是一个整体，是由一个或多个对象组成的对象集合，多用于绘制重复、复杂的图形，图块的特点如下：

- 提高绘图效率：在绘图的过程中，经常会遇到需要绘制一些重复出现的图形，将这类图形创建为图块，当需要调用时再将其调入到图形文件中，可以避免重复绘制，从而提高工作效率。
- 节省存储空间：AutoCAD 要保存图形中的每一个相关信息，如对象的图层、线型和颜色等，若将绘制的对象创建为图块，可以有效地节省存储空间。

## 11.3 创建内部图块和外部图块

掌握创建内部和外部图块的方法

图块分两种，一种是存储在该图形文件中的图块，称为"内部图块"，另一种是存储在电脑中的图块，称为"外部图块"，下面分别讲解其创建方法。

## 11.3.1　创建内部图块

创建内部图块的方法比较简单，其命令的调用方法如下：

● 选择【块和参照】/【块】组，单击"创建"按钮 。
● 单击"菜单浏览器"按钮 ，在弹出的菜单中选择【绘图】/【块】/【创建】命令。
● 在命令行中输入"BLOCK"或"B"命令。

下面举例讲解创建内部图块的方法，其具体操作步骤如下：

**Step1** 打开"淋浴房.dwg"图形文件【素材\第 11 章\淋浴房.dwg】，在命令行中输入
"BLOCK"命令，打开"块定义"对话框，在"名称"下拉列表框中输入要定义
的图块名称，这里输入文本"淋浴房"。

**Step2** 单击"对象"栏中的"选择对象"按钮 ，返回绘图区，选择需要定义块的图形
对象，这里选择绘图区中的所有对象。

**Step3** 单击"基点"栏中的"拾取点"按钮 ，返回绘图区，指定一点作为图块的基点，
这里单击如图 11-12 所示的 A 点。

**Step4** 在"块单位"下拉列表中设置单位，这里保持默认不变，在"说明"列表框中输
入图块的说明文字，这里不输入任何文字，单击 确定 按钮完成创建，如图 11-13
所示【源文件\第 11 章\淋浴房.dwg】。

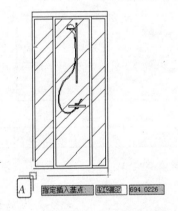

图 11-12　指定基点

图 11-13　"块定义"对话框

"块定义"对话框"对象"栏中的各单选按钮含义如下：

● 保留(R)单选按钮：选中该单选按钮，则被定义为图块的源对象仍然以原格式保留
在绘图区中。
● 转换为块(C)单选按钮：选中该单选按钮，则在定义内部块后，绘图区中被定义为图
块的源对象同时被转换为图块。
● 删除(D)单选按钮：选中该单选按钮，则在定义内部块后，将删除绘图区中被定义
为图块的源对象。

### 11.3.2 创建外部图块

创建外部图块相对于创建内部图块较复杂，下面举例讲解创建外部图块的方法，其具体操作步骤如下：

**Step 1** 打开"螺钉.dwg"图形文件【素材\第 11 章\螺钉.dwg】，在命令行中输入"WBLOCK"命令，系统将打开"写块"对话框。

**Step 2** 单击"对象"栏下的"选择对象"按钮 🔲，然后在绘图区中选择需要创建为外部图块的图形对象，这里选择绘图区中的所有对象，按【空格】键返回到对话框中。

**Step 3** 单击"基点"栏中的"拾取点"按钮 🔲，返回绘图区，指定一点作为图块的基点，这里单击如图 11-14 所示的 A 点。

**Step 4** 单击"目标"栏后的 🔳 按钮，如图 11-15 所示，打开"浏览图形文件"对话框，设置图形文件的保存路径，这里保存于"桌面"，并命名为"螺钉"，单击 **保存(S)** 按钮，如图 11-16 所示。

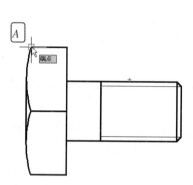

图 11-14 指定基点

图 11-15 "写块"对话框

**Step 5** 自动返回到"写块"对话框，单击 **确定** 按钮，此时在桌面上会出现螺钉图形文件图标，如图 11-17 所示【源文件\第 11 章\螺钉.dwg】。

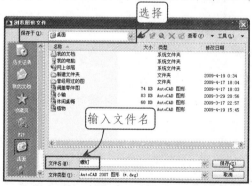

图 11-16 "浏览图形文件"对话框

图 11-17 外部图块图标

# 11.4 插入图块

掌握插入图块的方法

图块创建完毕后，在绘制图形时就可以对其进行插入调用，插入图块的方法有很多种，用户可以根据不同的绘图需要，选择正确的插入图块的方法。

## 11.4.1 插入单个图块

插入单个图块即只插入一个图块，插入内部图块和外部图块的命令相同，但是其方法有所区别，下面分别对其进行讲解。

### 1. 插入内部图块

内部图块由于是连同图形文件一起保存的，所以要插入内部图块，必须是在保存了该内部图块的图形文件中进行操作，其命令的调用方法如下：

● 选择【常用】/【块】组，单击"插入"按钮。
● 单击"菜单浏览器"按钮，在弹出的菜单中选择【插入】/【块】命令。
● 在命令行输入"INSERT"或"I"或"DDINSERT"命令。

下面举例讲解插入内部图块的方法，其具体操作步骤如下：

**Step 1** 打开"床.dwg"图形文件【素材\第 11 章\床.dwg】，在命令行中输入"INSERT"命令，打开"插入"对话框。

**Step 2** 在"插入"对话框的"名称"下拉列表框中选择需要插入的内部图块名称，这里选择"台灯"选项，然后单击 确定 按钮，如图 11-18 所示。

**Step 3** 返回绘图区，单击如图 11-19 所示的 A 点作为插入点，插入后的效果如图 11-19 所示【源文件\第 11 章\床.dwg】。

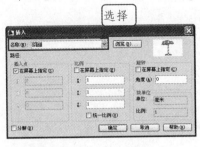
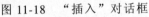

图 11-18 "插入"对话框

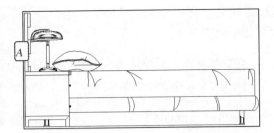

图 11-19 指定插入点

### 2. 插入外部图块

外部图块是直接保存在电脑中的图块，可以在任何图形文件中进行调用，其命令的调用方法与插入内部图块的方法完全相同，下面讲解插入外部图块的方法，其具体操作步骤如下：

**Step 1** 在命令行中输入"INSERT"命令，打开"插入"对话框，单击"名称"下拉列表框后的 浏览(B)... 按钮，如图 11-20 所示。

Step2 打开"选择图形文件"对话框，在"查找范围"下拉列表框中找到需要插入的外部图块，单击 打开(O) ▼按钮，如图 11-21 所示。

Step3 返回"插入"对话框，单击 确定 按钮，返回绘图区，在绘图区中指定插入点即可插入外部图块。

图 11-20 "插入"对话框

图 11-21 "选择图形文件"对话框

## 11.4.2 插入多个图块

在绘制复杂图形时，有时需要使用多个相同的图块，此时可采用阵列方式、定数等分方式、定距等分方式插入图块，下面分别讲解其操作方法。

### 1. 以阵列方式插入

阵列图块的命令与阵列图形对象的命令完全相同，插入方法也类似，下面举例讲解以阵列方式插入图块的方法，其具体操作步骤如下：

Step1 打开"盆景.dwg"图形文件【素材\第 11 章\盆景.dwg】，在命令行中输入"MINSERT"命令，其命令行操作如下：

| 命令:MINSERT | //执行"MINSERT"命令 |
|---|---|
| 输入块名或 [?]<盆景>: | //输入外部和内部图块的路径及名称，这里直接输入"盆景"并按【Enter】键 |
| 单位: 毫米 转换: 1.0000 | //系统自动显示 |
| 指定插入点或 [基点(B)/比例(S)/X/Y/Z/旋转(R)]: | //在绘图区中单击指定第一个图块的插入点，这里在绘图区中任意单击一点 |
| 输入 X 比例因子，指定对角点，或 [角点(C)/XYZ(XYZ)] <1>: | //X 方向上不缩放（默认为 1），按【空格】键保持默认不变 |
| 输入 Y 比例因子或 <使用 X 比例因子>: | //使用 X 方向的缩放比例，按【空格】键保持默认不变 |
| 指定旋转角度 <0>: 0 | //不旋转，保持默认不变 |
| 输入行数 (---) <1>: 5 | //指定阵列行数为"5"，按【空格】键 |
| 输入列数 (|||) <1>: 8 | //指定阵列列数为"8"，按【空格】键 |
| 输入行间距或指定单位单元 (---):800 | //指定阵列的行间距为"800"，按【空格】键 |
| 指定列间距 (|||): 700 | //指定阵列的列间距为"700"，按【空格】键 |

**Step 2** 使用阵列命令插入图块后的效果如图 11-22 所示【源文件\第 11 章\盆景.dwg】。

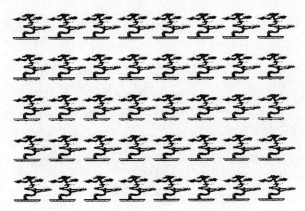

图 11-22　阵列方式插入图块后的效果

### 2. 以定数等分方式插入

以定数等分方式插入图块与定数等分点方法类似，需注意的是以定数等分方式插入图块，只能插入内部图块，而不能插入外部图块。下面举例讲解以定数等分方式插入的方法，其具体操作步骤如下：

**Step 1** 打开 "灯饰.dwg" 图形文件【素材\第 11 章\灯饰.dwg】，在命令行中输入 "DIVIDE"
命令，其命令行操作如下：

| 命令: DIVIDE | //执行 "DIVIDE" 命令 |
| --- | --- |
| 选择要定数等分的对象: | //选择被等分的对象，如这里选择如图 11-23 所示的圆 |
| 输入线段数目或 [块(B)]: B | //选择 "块" 选项，然后按【空格】键 |
| 输入要插入的块名: 灯 | //指定要插入的图块名称，这里输入 "灯"，然后按【空格】键 |
| 是否对齐块和对象? [是(Y)/否(N)] <Y>: | //指定将图块与所选对象对齐，这里按【空格】键确认即可 |
| 输入线段数目: 6 | //指定所选对象的等分数，这里输入 "6"，然后按【空格】键 |

**Step 2** 使用定数等分方式插入图块后的效果如图 11-24 所示【源文件\第 11 章\灯饰.dwg】。

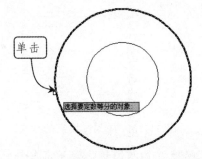

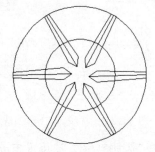

图 11-23　选择需要等分的对象　　　　图 11-24　定数等分插入图块后的效果

**3.** 以定距等分方式插入

以定距等分方式插入图块与以定数等分方式插入点的方法类似。在命令行中输入
"MEASURE"命令后，其命令行操作如下：

| | |
|---|---|
| 命令: MEASURE | //执行 "MEASURE" 命令 |
| 选择要定距等分的对象: | //选择被等分的对象 |
| 指定线段长度或 [块(B)]: b | //选择 "块" 选项，然后按【空格】键 |
| 输入要插入的块名: | //输入要插入的块的名称，然后按【空格】键 |
| 是否对齐块和对象? [是(Y)/否(N)] <Y>:y | //选择 "是" 选项将块与等分对象对齐，然后按【空格】键 |
| 指定线段长度: | //输入间隔长度，然后按【空格】键 |

## 11.4.3 通过设计中心插入图块

"设计中心"对话框中包含了建筑设施、机械零件和电子电路等多种图块，打开"设计中心"对话框的命令调用方法如下：

● 选择【视图】/【选项板】组，单击"设计中心"按钮▦
● 单击"菜单浏览器"按钮▲，在弹出的菜单中选择【工具】/【选项板】/【设计中心】命令。
● 按【Ctrl+2】组合键。

下面举例讲解通过设计中心插入图块的方法，其具体操作步骤如下：

**Step 1** 启动 AutoCAD 2009，按【Ctrl+2】组合键，打开"设计中心"对话框，在其左侧的目录中找到\Sample\DesignCenter 文件夹，在该文件夹下需要的文件前单击⊞按钮，展开其下级菜单，单击"块"选项，在窗口右侧将显示该文件所包含的图块。

**Step 2** 在设计中心右侧窗口中选择需要的图块，如图 11-25 所示，按住鼠标左键不放直接将其拖动到绘图区中，效果如图 11-26 所示。

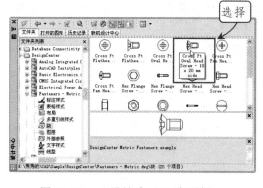

图 11-25  "设计中心"选项板

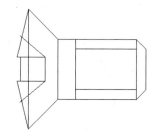

图 11-26  插入图块后的效果

**Step 3** 此时"设计中心"对话框中并没有关闭，可以继续插入图块，若不需要再插入图块，可单击其右上角的"关闭"按钮▨关闭该对话框。

## 11.5　编辑图块

掌握重新定义图块和清理图块等编辑图块的方法

在绘图过程中，有时只需要图块中部分图形文件，或图形文件中图块过多，可以对其进行编辑操作，下面分别讲解重新定义图块和清理当前图形中定义的图块的具体操作方法。

### 11.5.1　重新定义图块

重新定义图块适合只需要图块中的部分图形对象时使用，下面讲解重新定义图块的方法，其具体操作步骤如下：

**Step1**　在命令行中输入"EXPLODE"命令，将当前图形中需要重新定义的图块分解为由单个元素组成的对象。

**Step2**　对分解后的图块进行编辑，完成编辑后在命令行中输入"BLOCK"命令，在打开的"块定义"对话框的"名称"下拉列表框中选择原图块的名称。

**Step3**　选择编辑后的图形，并为图块指定插入基点及单位，单击 确定 按钮，将打开提示对话框，询问用户是否替换图块，单击 是(Y) 按钮即可。

### 11.5.2　清理当前图形中定义的图块

外部图块文件可直接在电脑中删除，清理内部图块相对就复杂些，其命令的调用方法如下：

● 单击"菜单浏览器"按钮，在弹出的菜单中选择【文件】/【图形实用程序】/【清理】命令。

● 在命令行中输入"PURGE"命令。

下面讲解清理当前图形中定义图块的方法，其具体操作步骤如下：

**Step1**　在命令行中输入"PURGE"命令，打开"清理"对话框，选中 ⊙查看能清理的项目(V) 单选按钮，在"图形中未使用的项目"栏中双击"块"选项。

**Step2**　在其展开的项目中选择要删除的图块，然后单击 清理(P) 按钮，即可清除被选择的内部图块，如图 11-27 所示。若单击 全部清理(A) 按钮，可删除该图形文件中的所有内部图块。

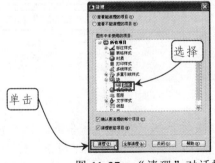

图 11-27　"清理"对话框

# 11.6 设置图块属性

了解设置图块属性的方法

设置图块属性可以有效地区分各图块的名称、用途、部件号及机件的型号，下面分别讲解其操作方法。

## 11.6.1 定义并编辑图块属性

图块的属性反应了图块的非图形信息，它是依赖于图块而存在的，其命令的调用方法如下：

- 选择【常用】/【块】组，单击"定义属性"按钮 。
- 选择【块和参照】/【属性】组，单击"定义属性"按钮 。
- 单击"菜单浏览器"按钮 ，在弹出的菜单中选择【绘图】/【块】/【定义属性】命令。
- 在命令行中输入"ATTDEF"或"ATT"命令。

下面举例讲解定义并编辑图块属性的方法，其具体操作步骤如下：

**Step 1** 打开"空调.dwg"图形文件【素材\第 11 章\空调.dwg】，在命令行中输入"ATTDEF"命令，打开"属性定义"对话框。

**Step 2** 在"属性"栏的"标记"文本框中输入文本"1P 空调"，在"提示"文本框中输入文本"空调"，在"默认"文本框中输入文本"1P 空调"。

**Step 3** 在"文字设置"栏的"对正"下拉列表框中选择"居中"选项，在"文字高度"文本框中输入"30"，设置完成后单击 确定 按钮，如图 11-28 所示。

**Step 4** 返回绘图区，在图块的下方正中位置单击，定义属性后的图块效果如图 11-29 所示。用定义内部图块的方法将属性与图块重新定义为一个新的图块，图块名为"挂式空调"，效果如图 11-30 所示。

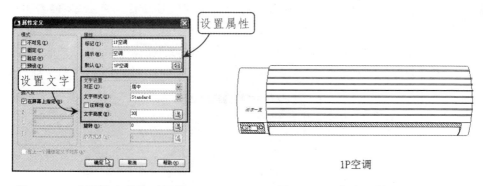

图 11-28  "属性定义"对话框        图 11-29  指定属性位置

**Step 5** 单击 确定 按钮，打开"编辑属性"对话框，在第一个文本框中输入"1P 挂式空调"，然后单击 确定 按钮即可，如图 11-31 所示。返回绘图区即可查看到编辑属性后的效果，如图 11-32 所示【源文件\第 11 章\空调.dwg】。

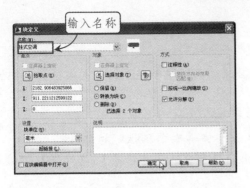

图 11-30 "块定义"对话框　　　　　图 11-31 "编辑属性"对话框

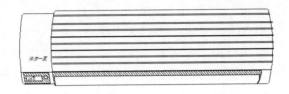

1P挂式空调

图 11-32 编辑属性后的效果

"属性定义"对话框的"模式"栏中各复选框的含义如下:

● ☑不可见(I)复选框:选中该复选框,插入图块并输入图块的属性值后,该属性值不在图中显示出来。

● ☑固定(C)复选框:定义的属性值将是常量,在插入图块时,属性值将保持不变。

● ☑验证(V)复选框:在插入图块时系统将对用户输入的属性值给出检验提示,以确认输入的属性值是否正确。

● ☑预设(P)复选框:在插入图块时将直接以图块默认的属性值插入。

## 11.6.2 插入带属性的图块

创建带属性的图块后,即可插入图块,插入图块时也可重新为其指定相应的属性值。其命令的调用方法如下:

● 选择【常用】/【块】组,单击"插入"按钮 。

● 单击"菜单浏览器"按钮 ,在弹出的菜单中选择【插入】/【块】命令。

● 在命令行中输入"INSERT"或"I"命令。

执行上述任意命令后,其命令行操作如下:

| 命令:INSERT | //执行 "INSERT" 命令 |
|---|---|
| 指定插入点或 [基点(B)/比例(S)/X/Y/Z/旋转(R)]: | //在绘图区中拾取一点作为图块的插入点 |
| 输入属性值 | //系统提示指定图块属性值,按【空格】键 |

### 11.6.3 修改属性

插入属性块后，若属性值不符合自己的要求，可以进行修改，修改属性命令的调用方法如下：

- 选择【常用】/【块】组，单击"编辑单个属性"按钮🖉。
- 选择【块和参照】/【属性】组，单击"编辑单个属性"按钮🖉。
- 单击"菜单浏览器"按钮█，在弹出的菜单中选择【修改】/【对象】/【属性】/【单个】命令。
- 单击"菜单浏览器"按钮█，在弹出的菜单中选择【修改】/【对象】/【文字】/【编辑】命令。
- 在命令行中输入"DDATTE"或"ATE"命令。

执行前四种命令后，都将打开"增强属性编辑器"对话框，在"属性"选项卡的列表框中选择文字属性，然后在下面的"值"文本框中可以编辑块中定义的标记和值属性，如图 11-33 所示。

若在命令行中输入"DDATTE"命令来修改图块属性值，则在选择定义了属性的图块后，将打开"编辑属性"对话框，如图 11-34 所示，在该对话框中为属性图块指定新的属性值，而不能编辑文字选项或其他特性。

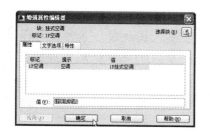

图 11-33 "增强属性编辑器"对话框

图 11-34 "编辑属性"对话框

## 11.7 外部参照图形

了解附着、裁剪以及绑定外部参照图形的方法

外部参照图形被插入到某一个图形文件中后虽然也会显示，但不能直接编辑，它只是起着一个链接作用，将参照图形链接到当前图形。

### 11.7.1 附着外部参照图形

附着外部参照是将存储在外部媒介上的外部参照链接到当前图形中的操作。附着外部参照命令的调用方法如下：

- 选择【块和参照】/【参照】组，单击"DWG"按钮📄。

- 选择【块和参照】/【参照】组，单击"外部参照"按钮📷，在打开的"外部参照"面板中单击"附着"按钮📄。
- 单击"菜单浏览器"按钮▋，在弹出的菜单中选择【插入】/【参照】命令。
- 在命令行中输入"XATTACH"命令。

下面讲解附着外部参照图形的方法，其具体操作步骤如下：

**Step 1** 启动 AutoCAD 2009，在命令行中输入"XATTACH"命令，打开"选择参照文件"对话框。

**Step 2** 在"查找范围"下拉列表框中选择外部参照的具体位置，在中间列表框中选择外部参照图形文件，然后单击 打开⑩ 按钮，如图 11-35 所示。

**Step 3** 打开"外部参照"对话框，在"参照类型"栏中选中 ⊙附着型⒜ 单选按钮，然后在绘图区中指定插入点，单击 确定 按钮，如图 11-36 所示。

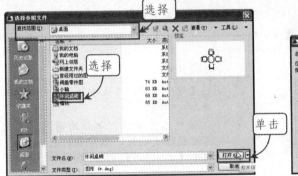

图 11-35　"选择参照文件"对话框　　　　图 11-36　"外部参照"对话框

"外部参照"对话框中还包含了如下几个选项，其含义分别介绍如下：

- "参照类型"栏：在该栏中指定外部参照的类型，其下有两个单选按钮，其含义如下：
    - ➤ 选中 ⊙附着型⒜ 单选按钮，表示指定外部参照将被附着而非覆盖。附着外部参照后，每次打开外部参照原图形时，对外部参照文件所做的修改将反映在插入的外部参照图形中。
    - ➤ 选中 ⊙覆盖型⒪ 单选按钮，表示指定外部参照为覆盖型，当图形作为外部参照被覆盖或附着到另一个图形时，任何附着到该外部参照的嵌套覆盖图将被忽略。
- "路径类型"下拉列表框：指定外部参照的保存路径是绝对路径、相对路径还是无路径。将路径类型设置为"相对路径"之前，必须保存当前图形。

## 11.7.2　裁剪外部参照图形

有时只需要外部参照图形中的某一部分图形对象时，可对其进行裁剪，其命令的调用方法如下：

- 选择【块和参照】/【参照】组，单击按钮，在弹出的下拉菜单中单击"裁剪外部参照"按钮。
- 单击"菜单浏览器"按钮，在弹出的菜单中选择【修改】/【剪裁】/【外部参照】命令。
- 在命令行中输入"XCLIP"命令。

下面举例讲解裁剪外部参照图形的方法，其具体操作步骤如下：

**Step 1** 使用附着外部参照的方法，调入"冰箱.dwg"图形文件【素材\第11章\冰箱.dwg】，如图11-37所示。

**Step 2** 在命令行中输入命令"XCLIP"，其命令行操作如下：

|  |  |
| --- | --- |
| 命令: XCLIP | //执行"XCLIP"命令 |
| 选择对象: 找到 1 个 | //选择整个冰箱 |
| 选择对象: | //确认对象的选择 |
| 输入剪裁选项[开(ON)/关(OFF)/剪裁深度(C)/删除(D)/生成多段线(P)/新建边界(N)] <新建边界>: | //按【空格】键，默认选择"新建边界"选项 |
| 指定剪裁边界: | //系统提示 |
| [选择多段线(S)/多边形(P)/矩形(R)] <矩形>: | //按【空格】键，默认选择"矩形"方式选择边界 |
| 指定第一个角点: 指定对角点: | //矩形框选需要保留部分的图形对象这里选择冰箱的上两格，裁剪后的效果如图11-38所示【源文件\第11章\冰箱.dwg】 |

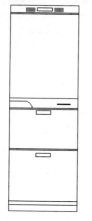

图11-37 原始图形

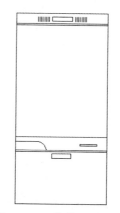

图11-38 裁剪后的图形

### 11.7.3 绑定外部参照图形

绑定外部参照是将外部参照定义转换为标准内部图块。如果将外部参照绑定到当前图形，则外部参照及其依赖命名对象将成为当前图形的一部分。其命令的调用方法如下：

- 单击"菜单浏览器"按钮，在弹出的菜单中选择【修改】/【对象】/【外部参照】/【绑定】命令。

● 在命令行中输入"XBIND"命令。

执行上述任意命令，都将打开"外部参照绑定"对话框，在"外部参照绑定"对话框中选择左边"外部参照"栏中的选项，单击 添加(A) -> 按钮即可将该项目绑定在当前图形中，然后单击 确定 按钮，如图 11-39 所示。

单击

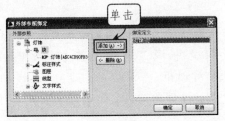

**巧学巧用**

在"绑定定义"列表框中选择要取消绑定的外部参照图形后，单击 <- 删除(R) 按钮即可取消绑定。

图 11-39　"外部参照绑定"对话框

## 11.8　综合实例——绘制蜗轮零件图

巩固插入内部图块、创建外部图块以及插入外部图块的方法

通过前面的学习我们掌握了关于图块和外部参照图形的操作方法，本例将进一步巩固练习图块与外部参照的使用方法，并使用相关的命令绘制如图 11-40 所示的蜗轮零件图。

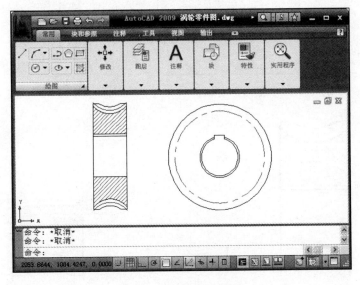

图 11-40　蜗轮零件图

**制作思路**

绘制蜗轮零件图
①插入内部图块
②创建外部图块
③插入外部图块

其具体操作步骤如下：

**Step 1** 打开 "蜗轮零件图.dwg" 图形文件【素材\第 11 章\蜗轮零件图.dwg】，在命令行中输入 "INSERT" 命令，打开 "插入" 对话框。

**Step 2** 在 "插入" 对话框的 "名称" 下拉列表框中选择 "机械 1" 选项，然后单击 确定 按钮，如图 11-41 所示。

**Step 3** 返回绘图区，单击如图 11-42 所示的 A 点作为插入点，插入后的效果如图 11-43 所示。

**Step 4** 打开 "机械 2.dwg" 图形文件【素材\第 11 章\机械 2.dwg】，在命令行中输入 "WBLOCK" 命令，系统将打开 "写块" 对话框。

**Step 5** 单击 "对象" 栏下的 "选择对象" 按钮，返回绘图区，选择绘图区中的所有对象，按【空格】键返回到对话框中。

**Step 6** 单击 "基点" 栏中的 "拾取点" 按钮，返回绘图区，单击如图 11-44 所示的 A 点作为基点。

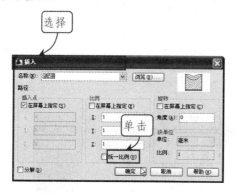

图 11-41 "插入" 对话框

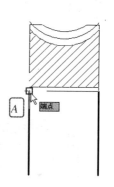

图 11-42 指定插入点

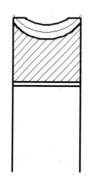

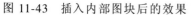

图 11-43 插入内部图块后的效果

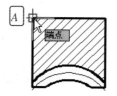

图 11-44 指定基点

**Step 7** 返回 "写块" 对话框，单击 "目标" 栏后的 ... 按钮，如图 11-45 所示，打开 "浏览图形文件" 对话框，设置图形文件的保存路径，这里保存于 "桌面"，并命名为 "机械 2"，单击 保存(S) 按钮，如图 11-46 所示。

**Step 8** 自动返回到 "写块" 对话框，单击 确定 按钮，关闭 "机械 2.dwg" 图形文件，在命令行中输入 "INSERT" 命令，打开 "插入" 对话框，单击 "名称" 文本框后的 浏览(B)... 按钮。

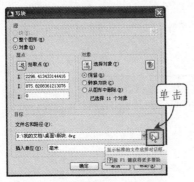

图 11-45 "写块"对话框

图 11-46 "浏览图形文件"对话框

**Step 9** 打开"选择图形文件"对话框，在"查找范围"下拉列表框中找到需要插入的外部图块，这里选择刚创建在桌面上的"机械 2"外部图块，然后单击 [打开(O)] ▼按钮，如图 11-47 所示。

**Step 10** 返回"插入"对话框，单击 [确定] 按钮，返回绘图区，在绘图区中单击如图 11-48 所示的 A 点作为插入点，插入后的效果如图 11-48 所示，完成本例图形的绘制，最终效果如图 11-40 所示【源文件\第 11 章\蜗轮零件图.dwg】。

图 11-47 "选择图形文件"对话框

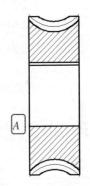

图 11-48 插入后的效果

## 11.9 大显身手

掌握创建内部图块、插入图块并定义属性及裁剪外部图形的方法，下面进行练习

（1）运用本章介绍的创建内部图块的方法，将如图 11-49 所示的"沙发.dwg"图形文件【素材\第 11 章\沙发.dwg】创建为内部图块，然后将其保存【源文件\第 11 章\沙发.dwg】。

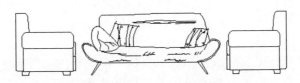

图 11-49 内部图块创建完毕后的效果

（2）运用本章介绍的通过设计中心插入图块的方法，为其插入图块属性"内六角螺钉"，效果如图 11-50 所示【源文件\第 11 章\内六角螺钉.dwg】。

**提示**：在"属性定义"对话框的"文字设置"栏的"对正"下拉列表框中选择"居中"选项，在"文字高度"文本框中输入文本"5"。

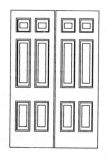

# 内六角螺钉

图 11-50　插入图块并定义属性

（3）运用本章介绍的附着外部参照图形的方法，将"门.dwg"图形文件【素材\第 11 章\门.dwg】附着到新图形文件中，如图 11-51 所示，然后使用裁剪外部参照图形的方法裁剪一半图形对象，效果如图 11-52 所示【源文件\第 11 章\门.dwg】。

图 11-51　附着外部参照后的效果　　　　图 11-52　裁剪外部参照后的效果

 # 电脑急救箱

运用本章知识时若遇到图块方面的问题，打开急救箱看看吧

**Q** 为什么每次从设计中心插入的图块都特别小呢？

**A** 插入图块的大小还取决于定义块时在"块定义"或"写块"对话框中设置的单位，如绘制图形时以"厘米"为单位，但在设置单位时选择了"毫米"选项，则从设计中心将该图块插入到绘图区时会缩小为原图形的 $1/10$，所以从设计中心插入的图块显得特别小。

**Q** 能否将内部图块以文件的形式保存到电脑中？

**A** 可执行创建外部图块的命令，在"写块"对话框的"对象"栏中选择内部图块作为写块对象，然后设置图块保存名称及位置，即可将内部图块保存到电脑中。

# 第 12 章
# 填充图案

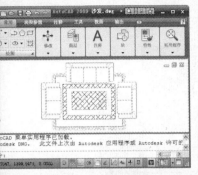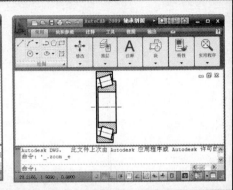

## 本章要点

- 创建填充边界
- 填充渐变色
- 创建填充图案
- 编辑图案填充

　　为了让绘制的图形不再单调，使其具有更加丰富和自然的效果，可以对绘制的图形对象进行图案和渐变色的填充。当然在为图形对象创建填充图案和渐变色之前，为了填充的效果达到最佳，应先对其填充边界和填充区域进行设置，然后再对其进行填充，填充后的图案也是可以进行编辑的，下面分别进行讲解。

# 12.1 项目观察——为平面图填充图案

了解为图形对象创建填充图案的方法

本项目将运用图案填充知识为一平面图进行填充,填充前后的对比效果如图 12-1 所示。

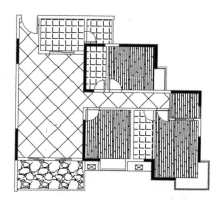

图 12-1　填充前后的对比效果

其操作步骤如下:

**Step 1** 打开"平面图.dwg"图形文件【素材\第 12 章\平面图.dwg】,选择【常用】/【绘图】组,单击"图案填充"按钮。

**Step 2** 打开"图案填充和渐变色"对话框中的"图案填充"选项卡,单击"类型和图案"栏的"图案"下拉列表框后的 ... 按钮。

**Step 3** 打开"填充图案选项板"对话框的"其他预定义"选项卡,在中间列表框中选择"SOLID"选项,单击 确定 按钮,如图 12-2 所示。

**Step 4** 返回"图案填充和渐变色"对话框,单击"边界"栏的"添加:拾取点"按钮,返回绘图区,选择需要填充的图形对象,被选择的对象呈虚线显示,如图 12-3 所示。

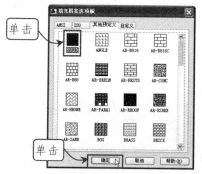
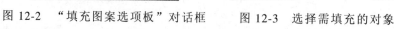

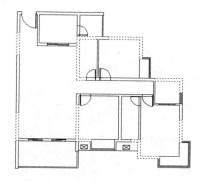

图 12-2　"填充图案选项板"对话框　　图 12-3　选择需填充的对象

**Step 5** 按【空格】键,返回"图案填充和渐变色"对话框,单击 确定 按钮,如图 12-4 所示,填充图形对象后的效果如图 12-5 所示。

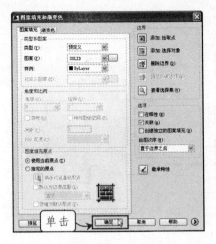

图 12-4　"图案填充和渐变色"对话框

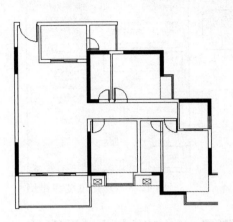

图 12-5　填充后的效果

**Step 6**　选择【常用】/【绘图】组，单击"图案填充"按钮，选择"填充图案选项板"对话框的"其他预定义"选项卡，在中间列表框中选择"DOLMIT"选项，单击　确定　按钮，如图 12-6 所示。

**Step 7**　返回"图案填充和渐变色"对话框，单击"边界"栏的"添加：拾取点"按钮，返回绘图区，选择需要填充的图形对象，被选择的对象呈虚线显示，如图 12-7 所示。

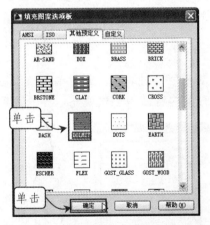

图 12-6　"填充图案选项板"对话框

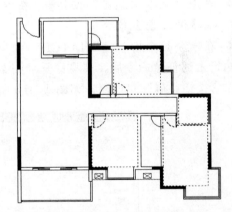

图 12-7　选择对象后的效果

**Step 8**　按【空格】键，返回"图案填充和渐变色"对话框，在"角度和比例"栏的"角度"下拉列表框中输入"90"，在"比例"下拉列表中输入"20"，单击　确定　按钮，如图 12-8 所示，填充图形对象后的效果如图 12-9 所示。

**Step 9**　按照相同的方法，为其他房间填充图案，填充后的效果如图 12-1 所示【源文件\第 12 章\平面图.dwg】。

　　通过上述项目案例的制作可以看出，在 AutoCAD 2009 中可以为图形对象填充适合的图案，使其更加丰富、自然。

图 12-8　设置角度和比例

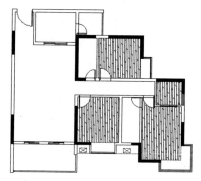

图 12-9　填充后的效果

# 12.2　创建填充边界

熟悉填充边界的创建方法和作用

创建填充边界可以有效地避免填充到不需要填充的图形区域。填充边界可以是圆、矩形等单个封闭对象，也可以是由直线、多段线、圆弧等对象首尾相连而形成的封闭区域。其命令的调用方法如下：

- 选择【常用】/【绘图】组，单击"图案填充"按钮。
- 选择【常用】/【绘图】组，单击右下角的 按钮，单击"渐变色"按钮。
- 单击"菜单浏览器"按钮，在弹出的快捷菜单中选择【绘图】/【图案填充】或【渐变色】命令。
- 在命令行中输入"BHATCH"命令。

执行上述任意命令后，都将打开"图案填充和渐变色"对话框，此时单击该对话框右下角的 按钮，展开对话框，如图 12-10 所示，展开的内容即为创建填充边界的选项。

图 12-10　"图案填充和渐变色"对话框

创建填充边界各选项的含义如下：

- ☑孤岛检测(L)复选框：指定是否把在内部边界中的对象包括为边界对象，这些内部对象称为孤岛。

- **孤岛显示样式**：用于设置孤岛的填充方式。当指定填充边界的拾取点位于多重封闭区域内部时，需要在此选择一种填充方式，各填充方式含义如下：

  - ➤ 选中◉普通单选按钮，将从最外层的外边界向内边界填充，第一层填充，第二层不填充，第三层填充，如此交替进行，直到选定边界被填充完毕为止。

  - ➤ 选中◉外部单选按钮，将只填充从最外层边界向内第一层边界之间的区域。

  - ➤ 选中◉忽略(I)单选按钮，则忽略内边界，最外层边界的内部将被全部填充。

- **"对象类型"下拉列表**：用于控制新边界对象的类型。如果选中☑保留边界(S)复选框，则在创建填充边界时系统会将边界创建为面域或多段线，同时保留源对象，可以在其下拉列表框中选择将边界创建为多段线还是面域。如果取消该复选框，则系统在填充指定的区域后将删除这些边界。

- **"边界集"栏**：指定使用当前视口中的对象还是使用现有选择集中的对象作为边界集，单击"选择新边界集"按钮🔳，可以返回绘图区选择作为边界集的对象。

- **"允许的间隙"栏**：将几乎封闭一个区域的一组对象视为一个闭合的图案填充边界，默认值为 0，指定对象封闭了该区域并没有间隙。

## 12.3 创建填充图案

掌握创建填充区域和填充图案的方法

在对图形对象创建填充图案前，首先应创建填充区域，然后设置的填充图形才能被填充到图形对象上，下面详细进行讲解。

### 12.3.1 创建填充区域

创建填充区域也就是指定填充对象，创建填充区域有两种方式：一是拾取填充点；二是拾取填充对象，下面分别进行讲解。

#### 1. 拾取填充点

拾取的填充点必须在一个或多个封闭图形内部进行，AutoCAD 会自动通过计算找到填充边界。下面举例讲解使用拾取填充点创建填充区域的方法，其具体操作步骤如下：

**Step1** 打开"圆.dwg"图形文件【素材\第 12 章\圆.dwg】，选择【常用】/【绘图】组，单击"图案填充"按钮🔳，打开"图案填充和渐变色"对话框。

**Step2** 单击该对话框中"边界"栏的"添加：拾取点"按钮🔳，如图 12-11 所示，返回到绘图区单击如图 12-12 所示的 A 点。

**Step3** 按【空格】键，返回"图案填充和渐变色"对话框，单击 确定 按钮，关闭对话框，可以查看到绘图区中圆形中已经填充了图案，效果如图 12-13 所示【源文件\第 12 章\圆.dwg】。

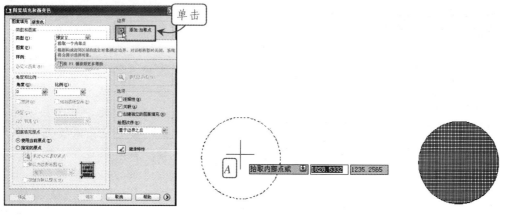

图 12-11 单击"添加：拾取点"按钮　　图 12-12 拾取填充点　　图 12-13 填充效果

### 2. 拾取填充对象

拾取填充对象指填充图案的区域就是所选择的对象，拾取的对象必须是封闭对象，也可以是多个非封闭对象，但这些非封闭对象必须互相交叉或相交围成一个或多个封闭区域。如果拾取的多个封闭区域呈嵌套状，则系统默认填充外围图形与内部图形之间布尔差集后的区域。下面举例讲解使用拾取填充对象创建填充区域的方法，其具体操作步骤如下：

**(Step 1)** 打开"正六边形.dwg"图形文件【素材\第 12 章\正六边形.dwg】，在命令行中输入命令"BHATCH"，打开"图案填充和渐变色"对话框。

**(Step 2)** 在该对话框中单击"边界"栏的"添加：选择对象"按钮，如图 12-14 所示，返回到绘图区，此时鼠标光标呈口状态，单击正六边形任意一边，如图 12-15 所示。

**(Step 3)** 按【空格】键，返回"图案填充和渐变色"对话框，单击 确定 按钮，关闭对话框，可查看到绘图区中正六边形中已填充了图案，效果如图 12-16 所示【源文件\第 12 章\正六边形.dwg】。

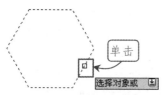

图 12-14 "添加：选择对象"按钮　　图 12-15 选择填充对象　　图 12-16 填充效果

### 12.3.2　填充图案

设置完填充区域后，就可以为图形填充图案了，默认情况下填充的图案是 "ANGLE" 图案，AutoCAD 为了满足广大用户的需要设置了许多填充图案，下面举例讲解图案填充的方法，其具体操作步骤如下：

**Step 1** 打开 "沙发.dwg" 图形文件【素材\第 12 章\沙发.dwg】，在命令行中输入命令 "BHATCH"，打开 "图案填充和渐变色" 对话框。

**Step 2** 在该对话框中单击 "边界" 栏 "添加：拾取点" 按钮，返回到绘图区后单击如图 12-17 所示的 A 点。

**Step 3** 按【空格】键，返回对话框，在 "类型和图案" 栏单击 "图案" 下拉列表框右侧的 ... 按钮，打开 "填充图案选项板" 对话框的 "其他预定义" 选项卡。

**Step 4** 单击 "ANSI" 选项卡，在中间的列表框中选择 "ANSI38" 选项，单击 确定 按钮，如图 12-18 所示，返回到 "图案填充和渐变色" 对话框。

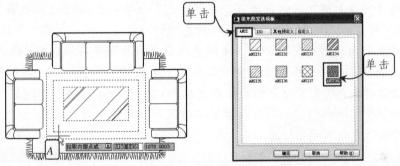

图 12-17　指定拾取点　　　图 12-18　"填充图案选项板" 对话框

**Step 5** 在 "角度" 下拉列表框中输入倾斜角度，这里输入 "180"。在 "比例" 下拉列表框中输入图案填充比例值，这里输入 "40"，单击 确定 按钮，如图 12-19 所示。

**Step 6** 返回绘图区中即可查看到填充图案后的图形效果，如图 12-20 所示【源文件\第 12 章\沙发.dwg】。

图 12-19　"图案填充和渐变色" 对话框

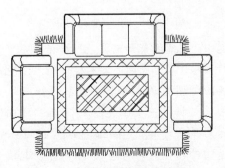

图 12-20　填充图案后的效果

## 12.4 填充渐变色

掌握为图形对象填充渐变色的方法

有时对图形填充图案并不能满足绘图需要，AutoCAD 还提供了为图形设置填充渐变色功能，其命令的调用方法如下：

● 选择【常用】/【绘图】组，单击右下角的 ▪ 按钮，单击"渐变色"按钮 ▨。
● 单击"菜单浏览器"按钮 ▋，在弹出的菜单中选择【绘图】/【渐变色】命令。
● 在命令行中输入"GRADIENT"命令。

下面举例讲解为图形对象填充渐变色的方法，其具体操作步骤如下：

**Step1** 打开"弯管.dwg"图形文件【素材\第 12 章\弯管.dwg】，在命令行中输入命令"GRADIENT"，打开"图案填充和渐变色"对话框的"渐变色"选项卡。

**Step2** 在其中单击"边界"栏"添加：拾取点"按钮 ▨，返回到绘图区单击如图 12-21 所示的 A 点。

**Step3** 按【空格】键，返回对话框，在"颜色"栏下选中 ◉ 双色(T) 单选按钮，单击"颜色 1"对应的 ⋯ 按钮，打开"选择颜色"对话框。

**Step4** 在中间的色彩列表框中可以使用鼠标单击 ▪▮ 按钮并移动鼠标，确定颜色大体倾向，然后在其旁边的垂直颜色条上单击 ▭ 按钮并移动鼠标选择具体的颜色，这里直接在"颜色"文本框中输入颜色代码"0,0,0"，然后单击 确定 按钮，如图 12-22 所示。

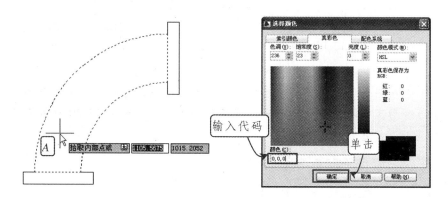

图 12-21　拾取填充对象　　　　图 12-22　"选择颜色"对话框

**Step5** 返回"图案填充和渐变色"对话框，单击"颜色 2"对应的 ⋯ 按钮，打开"选择颜色"对话框，在"颜色"文本框中输入颜色代码"255,255,255"，然后单击 确定 按钮。

**Step6** 返回"图案填充和渐变色"对话框，在中间列表中单击需要的填充样式，这里单击第三排第一个填充样式，在"方向"栏的"角度"下拉列表框中输入"315"，然后单击 确定 按钮，如图 12-23 所示。

**Step7** 返回绘图区，即可查看到中间管道填充后的效果，如图 12-24 所示【源文件\第 12 章\弯管.dwg】。

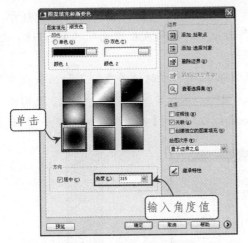

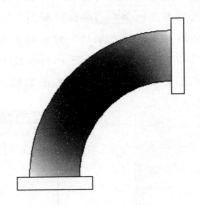

图 12-23    "图案填充和渐变色"对话框　　　　图 12-24    填充效果

在"渐变色"选项卡中，各选项含义如下：

- ◉单色⑩单选按钮：用于创建单个颜色较深色调到较浅色调平滑过渡的单色渐变。
- ◉双色⑪单选按钮：用于创建在两种指定的颜色之间平滑过渡的双色渐变。
- □…按钮：单击该按钮，在打开的对话框中可以自定义填充渐变色的色彩。
- 填充样式区域：该区域列出了渐变填充的 9 种典型图案。
- ☑居中ⓒ复选框：默认为选中状态，用于创建对称居中的填充效果，如果取消选中该复选框，则渐变填充将向左上方移动。
- "角度"下拉列表框：用于设置渐变填充时颜色的填充角度。

# 12.5　编辑填充图案

掌握编辑填充图案的方法

为图形对象填充图案后，如不满意其效果，可以对其进行编辑，包括快速编辑填充图案、分解图案、设置图案可见性和删除图案等，下面对其进行详细讲解。

## 12.5.1　快速编辑填充图案

快速编辑填充图案命令的调用方法如下：

- 直接在填充的图案上双击。
- 在命令行中输入"HATCHEDIT"或"HE"命令。

下面举例讲解快速编辑填充图案的方法，其具体操作步骤如下：

**Step 1** 打开"音箱.dwg"图形文件【素材\第 12 章\音箱.dwg】，如图 12-25 所示，在命令行中输入"HATCHEDIT"命令，其命令行操作如下：

| 命令:HATCHEDIT | //执行 HATCHEDIT 命令 |
| 选择关联填充对象: | //选择音箱上要编辑的填充图案，然后按【空格】键 |

**Step 2** 打开"图案填充编辑"对话框，单击"图案"下拉列表框后的 按钮，打开"填充图案选项板"对话框，单击"ANSI"选项卡，在列表框中选择"ANSI38"选项，然后单击 确定 按钮，如图 12-26 所示。

**Step 3** 返回"图案填充编辑"对话框，在"角度和比例"栏的"角度"下拉列表框中输入"45"，在"比例"下拉列表框中输入"2"，然后单击 确定 按钮，返回绘图区即可查看到编辑后的填充图案效果，如图 12-27 所示【源文件\第 12 章\音箱.dwg】。

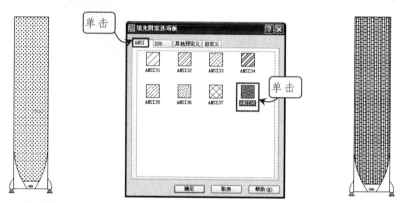

图 12-25　待编辑的图形对象　　图 12-26　重新选择图案　　图 12-27　编辑填充图案后的效果

## 12.5.2　分解图案

填充图案无论形状多么复杂，它都是一个单独的对象。有时需要特殊编辑，可以将图案分解，其命令的调用方法如下：

- 选择要分解的图案，选择【常用】/【修改】组，单击"分解"按钮 。
- 在命令行中输入"EXPLODE"命令。

执行上述任意命令后，其命令行操作如下：

| | |
|---|---|
| 命令: EXPLODE | //执行 EXPLODE 命令 |
| 选择对象: 找到 1 个 | //选择需要分解的图案 |
| 选择对象: | //按【空格】键确认选择，被选择的图形自动被分解 |

## 12.5.3　设置填充图案的可见性

具有宽度的多段线、多线、实体填充线及轨迹线等填充图案默认为可见状态，在绘制较大的图形时，就需花较长时间来等待图形中的填充图形生成，此时可关闭填充模式，提高图形显示速度。下面举例讲解设置填充图案可见性的方法，其具体操作步骤如下：

**Step 1** 打开"床.dwg"图形文件【素材\第 12 章\床.dwg】，如图 12-28 所示，在命令行中输入"FILL"命令，其命令行操作如下：

| | |
|---|---|
| 命令: FILL | //执行 FILL 命令 |
| 输入模式[开(ON)/关 (OFF)] <开>:off | //选择"关"选项，即不显示填充图案 |

| 命令: regen | //执行 "regen" 命令 |
|---|---|
| 正在重生成模型 | //系统自动提示并重生成图像 |

Step 2 在绘图区即可发现原来填充的图案隐藏了, 如图 12-29 所示【源文件\第 12 章\床.dwg】。

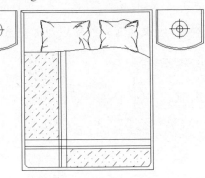

图 12-28 显示填充图案

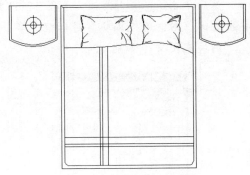

图 12-29 隐藏填充图案

# 12.6 综合实例——为 "扳手" 填充图案

巩固为图形对象创建渐变色和快速编辑填充图案的方法

本章介绍了为图形对象创建填充图案和渐变色的方法,本例将运用本章相关知识为 "扳手" 图形填充图案,完成后的效果如图 12-30 所示。

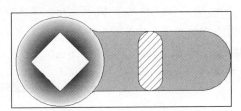

图 12-30 扳手填充效果

## 制作思路

第一步: 编辑填充图案
 ①打开 "扳手" 图形文件
 ②快速编辑填充图案

第二步: 填充渐变色
 ③为扳手前端填充渐变色
 ④为手柄填充渐变色

其具体操作步骤如下:

Step 1 打开 "扳手.dwg" 图形文件【素材\第 12 章\扳手.dwg】,在命令行中输入 "HATCHEDIT" 命令,其命令行操作如下:

| 命令:HATCHEDIT | //执行 HATCHEDIT 命令 |
|---|---|
| 选择关联填充对象: | //选择扳手中间要编辑的填充图案，然后按【空格】键 |

**Step 2** 打开"图案填充编辑"对话框，单击"图案"下拉列表框后的 … 按钮，打开"填充图案选项板"对话框，单击"ANSI"选项卡，在列表框中选择"ANSI31"选项，然后单击 确定 按钮，如图 12-31 所示。

**Step 3** 返回"图案填充编辑"对话框，单击 确定 按钮，返回绘图区即可查看到编辑后的填充图案，如图 12-32 所示。

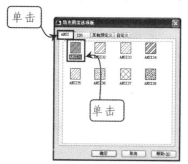

图 12-31  选择填充图案

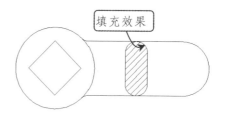

图 12-32  图案编辑后的效果

**Step 4** 在命令行中输入"GRADIENT"命令，打开"图案填充和渐变色"对话框的"渐变色"选项卡。在该对话框中单击"边界"栏的"添加：拾取点"按钮，返回到绘图区单击如图 12-33 所示的 A 点。

**Step 5** 按【空格】键返回对话框，在"颜色"栏下选中 ⊙双色(T) 单选按钮，单击"颜色 1"对应的 … 按钮，打开"选择颜色"对话框。在"颜色"文本框中输入颜色代码"0,0,0"，然后单击 确定 按钮，如图 12-34 所示。

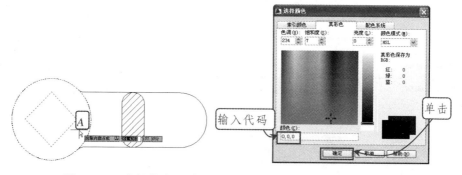

图 12-33  选择填充区域

图 12-34  输入颜色代码

**Step 6** 单击"颜色 2"对应的 … 按钮，打开"选择颜色"对话框，在"颜色"文本框中输入颜色代码"255,255,255"，然后单击 确定 按钮。

**Step 7** 返回"图案填充和渐变色"对话框，在中间列表中单击第三排第一个填充样式，然后单击 确定 按钮，如图 12-35 所示。

**Step 8** 返回绘图区即可查看到填充后的效果如图 12-36 所示。接着在命令行中输入命令"BHATCH"，打开"图案填充和渐变色"对话框。

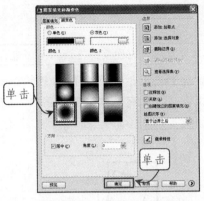

图 12-35　设置渐变色填充

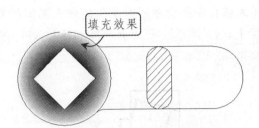

图 12-36　填充渐变色后的效果

**Step 9** 在该对话框中单击"边界"栏的"添加：拾取点"按钮，返回到绘图区选择需填充的区域，选择后的图形呈虚线显示，效果如图 12-37 所示。

**Step 10** 按【空格】键，返回对话框，在"类型和图案"栏单击"图案"下拉列表框右侧的□按钮，打开"填充图案选项板"对话框的"其他预定义"选项卡。

**Step 11** 在中间的列表框中选择"SOLID"选项，单击 ██确定██ 按钮，如图 12-38 所示，返回到"图案填充和渐变色"对话框。

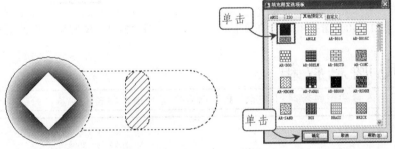

图 12-37　指定拾取点　　　　图 12-38　"填充图案选项板"对话框

**Step 12** 在"样式"下拉列表框中选择"选择颜色"选项，打开"选择颜色"对话框，单击"9"色块，然后再单击 ██确定██ 按钮，如图 12-39 所示。

**Step 13** 返回到"图案填充和渐变色"对话框，单击 ██确定██ 按钮，返回绘图区中即可查看到填充图案后的效果，效果如图 12-30 所示【源文件\第 12 章\扳手.dwg】。

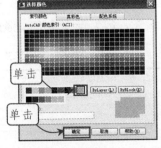

图 12-39　"选择颜色"对话框

**指点迷津**

在"选择颜色"对话框中的"颜色"文本框中，可以直接输入颜色代码，进行颜色的选择。

## 12.7 大显身手

**本章应重点掌握在 AutoCAD 2009 中为图形对象创建填充图案的方法，下面进行练习**

运用本章介绍的为图形对象创建填充图案的方法，将如图 12-40 所示的"轴承剖面"图形文件【素材\第 12 章\轴承剖面.dwg】，进行图案的填充，填充后的效果如图 12-41 所示【源文件\第 12 章\轴承剖面.dwg】。

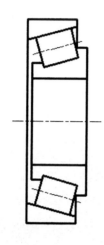
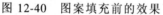

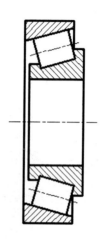

图 12-40　图案填充前的效果　　　　图 12-41　图案填充后的效果

## 电脑急救箱

**运用本章知识时若遇到填充图案和渐变色等方面的问题，别急，打开急救箱看看吧**

**Q** 设定填充图案不可见后，在打印图形时能打印出填充图案吗？

**A** 当用户设定填充图案不可见后，无法在打印图形时将其打印出来。

**Q** 渐变填充一般使用在什么领域？

**A** 各个设计领域需要表现效果时都会用到渐变填充，因为渐变填充能够很好地模拟三维光影效果。

# 第 13 章
# 绘制基本三维图形

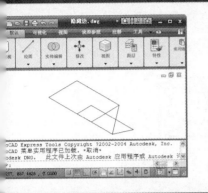
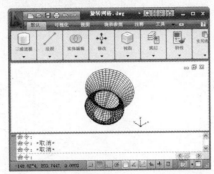
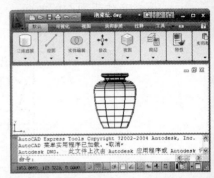

## 本章要点

- 了解三维坐标系
- 创建线框模型的方法
- 设置视点的方法
- 创建表面模型的方法

　　通过前面的学习，我们对 AutoCAD 绘制二维图形的知识有了全面的了解，接着本章将学习 AutoCAD 绘制三维图形的基础知识，其中包括三维坐标系、视点、线框模型的创建方法以及表面模型的创建方法，下面进行详细讲解。

## 13.1 项目观察——观察机座模型

初步了解在三维视图中观察三维模型的方法

本项目将对图 13-1 所示的图形切换到各三维视图中进行观察。例如，图 13-2 所示为西北等轴测视图的效果。

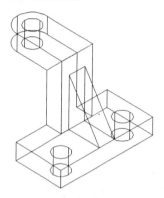

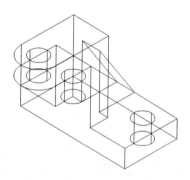

图 13-1 原始图形 　　　　　　图 13-2 切换视图后的效果

其具体操作步骤如下：

**Step 1** 打开"机座模型.dwg"图形文件【素材\第 13 章\机座模型.dwg】，单击"菜单浏览器"按钮■，在弹出的菜单中选择【视图】/【三维视图】/【俯视】命令，将对象切换至俯视图并进行观察，切换视图后的效果如图 13-3 所示。

**Step 2** 单击"菜单浏览器"按钮■，在弹出的菜单中选择【视图】/【三维视图】/【左视】命令，将对象切换至左视图并进行观察，切换视图后的效果如图 13-4 所示。

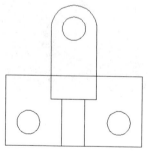

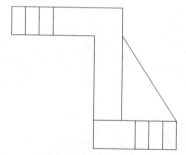

图 13-3 俯视图效果 　　　　　　图 13-4 左视图效果

**Step 3** 单击"菜单浏览器"按钮■，在弹出的菜单中选择【视图】/【三维视图】/【右视】命令，将对象切换至右视图并进行观察，切换视图后的效果如图 13-5 所示。

**Step 4** 单击"菜单浏览器"按钮■，在弹出的菜单中选择【视图】/【三维视图】/【前视】命令，将对象切换至前视图并进行观察，切换视图后的效果如图 13-6 所示。

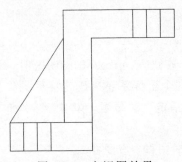

图 13-5　右视图效果

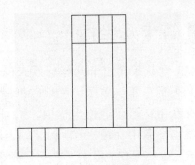

图 13-6　前视图效果

**Step 5** 单击"菜单浏览器"按钮■，在弹出的菜单中选择【视图】/【三维视图】/【东南等轴测】命令，将对象切换至东南等轴测视图并进行观察，切换视图后的效果如图 13-7 所示。

**Step 6** 单击"菜单浏览器"按钮■，在弹出的菜单中选择【视图】/【三维视图】/【东北等轴测】命令，将对象切换至东北等轴测视图并进行观察，切换视图后的效果如图 13-8 所示。

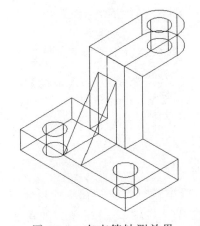

图 13-7　东南等轴测效果

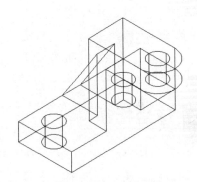

图 13-8　东北等轴测效果

**Step 7** 单击"菜单浏览器"按钮■，在弹出的菜单中选择【视图】/【三维视图】/【西北等轴测】命令，将对象切换至西北等轴测视图并进行观察，切换视图后的效果如图 13-2 所示【源文件\第 13 章\机座模型.dwg】。

## 13.2 三维坐标系

认识笛卡儿坐标系、柱坐标系和球坐标系

在绘制三维图形之前，必须先创建三维坐标系，其坐标系包括笛卡儿坐标系、柱坐标系和球坐标系 3 种，下面分别对其进行详细讲解。

### 13.2.1 笛卡儿坐标系

　　AutoCAD 默认采用笛卡儿坐标系来确定形体。在进入 AutoCAD 绘图区时，系统会自动进入笛卡儿坐标系第一象限，AutoCAD 就是采用这个坐标系统来确定图形的矢量。在三维笛卡儿坐标系中，可以通过坐标值（$X$，$Y$，$Z$）来指定点的位置。其中 $X$、$Y$ 和 $Z$ 分别表示该点在三维坐标系中 $X$ 轴、$Y$ 轴和 $Z$ 轴上的坐标值。

　　在笛卡儿坐标系中，提供了右手定则来确定 $Z$ 轴方向，方便在绘图过程中进行视图操作，更好地确定坐标轴的方向。右手定则在确定 $X$ 轴、$Y$ 轴、$Z$ 轴的正轴方向时，可以将右手背对屏幕放置，拇指所指方向为 $X$ 轴正方向，食指所指方向为 $Y$ 轴正方向，中指所指方向为 $Z$ 轴正方向。要确定某个坐标轴的正旋转方向，可以用右手的大拇指指向该轴的正方向并弯曲其他手指，此时右手弯曲手指所指方向为正旋转方向，如图 3-9 所示。

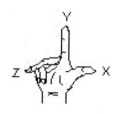

图 13-9　手指表示

### 13.2.2 柱坐标系

　　柱坐标系主要用于对模型进行贴图，以及定位贴纸在模型中的位置。柱坐标使用 $XY$ 平面的角和沿 $Z$ 轴的距离来表示，其格式分别如下：

● 绝对坐标：$XY$ 平面距离<$XY$ 平面角度，$Z$ 坐标。
● 相对坐标：@$XY$ 平面距离<$XY$ 平面角度，$Z$ 坐标。

### 13.2.3 球坐标系

　　球坐标系和柱坐标系的功能一样，都是用于对模型进行定位贴图。使用球坐标确定点的方式是通过指定某个距当前 UCS 原点的距离、在 $XY$ 平面中与 $X$ 轴所成的角度及其与 $XY$ 平面所成的角度来指定该位置。球坐标的表示格式如下：

● $XYZ$ 距离<与 $X$ 轴的夹角<与 $XY$ 平面的夹角：如球坐标点（6<30<30），表示该点与坐标原点的距离为 6、在 $XY$ 平面中以与 $X$ 轴正方向的夹角为 30°，与 $XY$ 平面的夹角为 30°。
● @$XYZ$ 距离<与 $X$ 轴的夹角<与 $XY$ 平面的夹角：如球坐标点（@6<30<30）表示该点相对于上一点的距离为 6、在 $XY$ 平面中与 $X$ 轴正方向的夹角为 30°，与 $XY$ 平面的夹角为 30°。

## 13.3　设置视点

学习使用视点命令、对话框和"三维视图"菜单设置视点的方法

　　在绘制二维图形时都是在 $XY$ 平面内进行的，不需要设置视点，但三维图形在绘图时就需要从各个方向观察图形，因此需要不断变化视点。

## 13.3.1　使用视点命令设置视点

要从各个方向观察图形需要不断变化视点，其命令的调用方法如下：

- 单击"菜单浏览器"按钮█，在弹出的菜单中选择【视图】/【三维视图】/【视点】命令。
- 在命令行中输入"VPOINT"命令。

执行第一种命令后，绘图区中会显示一个坐标球和三轴架，如图 13-10 所示，用户只需移动坐标球中的十字标记即可随意地设置视图的方向。坐标球是一个展开的球体，中心点是北极（0,0,$n$），内环是赤道（$n$,$n$,0），整个外环是南极（0,0,-$n$）。坐标球中的小十字标记表示视点的方向，当用户移动小十字标记时，三轴架随着改变。各种情况介绍如下：

- 当十字标记定位在坐标球的中心，视线和 $XY$ 平面垂直，此时为平面视图。
- 当十字标记定位在内圆中，视线和 $XY$ 平面的夹角在 0°～90° 范围内。
- 当十字标记定位在内圆上，视线与 $XY$ 平面成 0° 角，这便是正视图。
- 当十字标记定位在内圆与外圆之间，视线就和 $XY$ 平面的角度在 0°～-90° 范围内。
- 当十字标记在外圆上或外圆外，视线与 $XY$ 平面的角度为-90°。

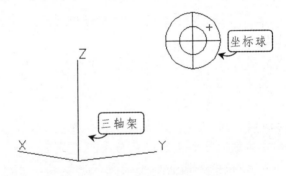

图 13-10　坐标球与三轴架

在命令行中输入"VPOINT"命令，其命令行操作如下：

```
命令: VPOINT                                        //执行 VPOINT 命令
当前视图方向： VIEWDIR=0.0000,0.0000,1.0000          //系统当前提示
指定视点或 [旋转(R)] <显示指南针和三轴架>：           //指定视点
正在重生成模型。                                     //系统当前提示
```

执行命令过程中，各选项的含义如下：

- 指定视点：在绘图区中选择任意一点都可作为视点。在确定视点位置后，AutoCAD 将该点与坐标原点的连线方向作为观察方向，并显示该方向上物体的投影。
- 显示指南针和三轴架：根据显示出的指南针和三轴架确定视点。移动鼠标使小十字光标在坐标球范围内移动，与此同时，三轴架的 $X$、$Y$ 轴将绕 $Z$ 轴旋转。

● 旋转：按指定角度旋转视点方向。选择该选项后，命令提示行出现"输入 *XY* 平面中与 *X* 轴的夹角<270>："提示信息，完成视点方向在 *XY* 平面的投影和 *X* 轴正方向的夹角的输入后，系统会继续出现"输入与 *XY* 平面的夹角 <90>："提示信息，输入视点方向与其在 *XY* 平面上投影的夹角即可。

### 13.3.2 使用对话框设置视点

除了使用视点命令设置视点外，AutoCAD 还为用户提供了更为直观的"视点预置"对话框设置视点，该对话框的调用方法如下：

● 单击"菜单浏览器"按钮█，在弹出的菜单中选择【视图】/【三维视图】/【视点预置】命令。

● 在命令行中输入"DDVPOINT"或"VP"命令，并按【空格】键。

执行上述任意命令后，打开如图 13-11 所示的"视点预置"对话框进行相关设置，其中各选项含义如下：

● ⊙绝对于 WCS(W) 单选按钮：所设置的观测方向基于世界坐标系。

● ⊙相对于 UCS(U) 单选按钮：所设置的观测方向相对于当前用户坐标系。

● 左半部方形分度盘：用于设置视点在 *XY* 平面投影和 *X* 轴的夹角。当在环与矩形间选取时，有 8 个位置可以选择，角度的增量为 45°；当在分度盘内环中选取时，可以得到任意角度值。

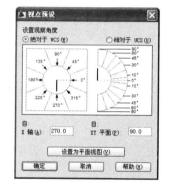

图 13-11 "视点预置"对话框

● 右半部半圆分度盘：用于设置视点与原点连线和 *XY* 平面夹角。当在内半圆和外半圆之间选取时，可以得到图中标注的角度值；当在内半圆区域选取时，可以得到任意角度值。

● "*X* 轴"文本框：设置与 *X* 轴夹角的角度值。

● "*XY* 平面"文本框：设置与 *XY* 平面夹角的角度值。

● 设置为平面视图(V) 按钮：设置对应的平面视图，单击该按钮后，将视点设置为初始值下的情况。

### 13.3.3 使用"三维视图"菜单设置视点

为了满足广大用户的需要，AutoCAD 提供了"俯视"、"仰视"、"左视"、"右视"、"后视"、"西南等轴测"、"东南等轴测"、"东北等轴测"和"西北等轴测"三维视图供选择，选择三维视图命令的调用方法如下：

● 单击"菜单浏览器"按钮█，在弹出的菜单中选择【视图】/【三维视图】命令，在弹出的级联菜单中选择相应的三维视图命令，如图 13-12 所示。

● 打开"视图"工具栏，在该工具栏中单击相应的三维视图按钮，即可选择相应的三维视图，如图 13-13 所示。

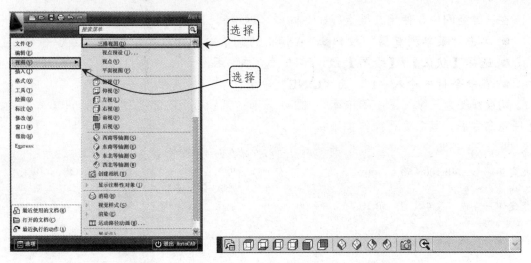

图 13-12　选择三维视图命令　　　　图 13-13　"视图"工具栏

"三维视图"级联菜单中各项含义如下：

● 俯视：（0,0,1）正上方。

● 仰视：（0,0,-1）正下方。

● 左视：（-1,0,0）左方。

● 右视：（1,0,0）右方。

● 主视：（0,-1,0）正前方。

● 后视：（0,1,0）正后方。

● 西南等轴测：（-1,-1,-1）西南方向。

● 东南等轴测：（1,-1,1）东南方向。

● 东北等轴测：（1,1,1）东北方向。

● 西北等轴测：（-1,1,1）西北方向。

## 13.4　创建线框模型

学习并掌握绘制三维点、直线、样条曲线和螺旋线的方法

线框模型使用直线和曲线真实地表现三维对象的边缘或骨架。由于线框模型只是三维点之间相连直线和曲线的集合，因此不具备面和体的定义。

### 13.4.1　绘制三维点

在三维空间中，使用二维点命令同样可以绘制三维点，只是在执行二维点命令后，需要在命令行中输入三维坐标。由于三维图形对象上的一些特殊点，如交点、中点等不能通过输入坐标的方法来实现，可以采用三维坐标下的目标捕捉法来拾取点。

### 13.4.2 绘制三维直线

在三维空间中，使用二维直线命令同样可以绘制三维直线，其命令的调用方法如下：

● 单击"菜单浏览器"按钮，在弹出的菜单中选择【绘图】/【直线】命令。

● 选择【默认】/【绘图】组，单击"直线"按钮 。

● 在命令行中输入"L"或"LINE"命令。

切换视图为三维视图中的东南等轴测（该节的知识都将在该视图下进行讲解），执行上述任意命令后，其命令行操作如下：

| | |
|---|---|
| 命令：LINE | //执行 LINE 命令 |
| 指定第一点：40,100,150 | //输入三维直线第一点坐标值"40，100，150"，并按【空格】键 |
| 指定下一点或 [放弃(U)]：30,10,40 | //输入三维直线第二点坐标值"30，10，40"，并按【空格】键 |
| 指定下一点或 [放弃(U)]： | //按【空格】键结束该命令,绘制三维直线后的效果如图 13-14 所示 |

图 13-14 绘制三维直线

### 13.4.3 绘制三维样条曲线

使用样条曲线命令可以在三维坐标系中绘制复杂的三维样条曲线。其命令的调用方法如下：

● 单击"菜单浏览器"按钮，在弹出的菜单中选择【绘图】/【样条曲线】命令。

● 选择【默认】/【绘图】组，单击"样条曲线"按钮 。

● 在命令行中输入"SPLINE"命令。

执行上述任意命令后，其命令行操作如下：

| | |
|---|---|
| 命令：SPLINE | //执行 SPLINE 命令 |
| 指定第一个点或 [对象(O)]：0,0,0 | //输入三维样条曲线第一个点坐标值"0，0，0"，并按【空格】键 |
| 指定下一点：15,15,15 | //输入三维样条曲线下一点坐标值"15，15，15"，并按【空格】键 |

| 指定下一点或 [闭合(C)/拟合公差(F)] <起点切向>: 0,0,30 | //输入三维样条曲线下一点坐标值"0,0,30"，并按【空格】键 |
| 指定下一点或 [闭合(C)/拟合公差(F)] <起点切向>: -15,-15,45 | //输入三维样条曲线下一点坐标值"-15，-15，45"，并按【空格】键 |
| 指定下一点或 [闭合(C)/拟合公差(F)] <起点切向>: 0,0,60 | //输入三维样条曲线下一点坐标值"0,0,60"，并按【空格】键 |
| 指定下一点或 [闭合(C)/拟合公差(F)] <起点切向>: 15,15,75 | //输入三维样条曲线下一点坐标值"15，15，75"，并按【空格】键 |
| 指定下一点或 [闭合(C)/拟合公差(F)] <起点切向>: 0,0,90 | //输入三维样条曲线下一点坐标值"0,0,90"，并按【空格】键 |
| 指定下一点或 [闭合(C)/拟合公差(F)] <起点切向>: | //按【空格】键指定起点切向 |
| 指定起点切向: | //按【空格】键确定起点切向 |
| 指定端点切向: | //按【空格】键确定端点切向，并结束该命令，绘制三维样条曲线后的效果如图 13-15 所示 |

图 13-15 绘制三维样条曲线

## 13.4.4 绘制三维螺旋线

螺旋命令可以方便地绘制螺旋线。在执行螺旋命令后，可以根据系统提示分别指定螺旋线底面的中心点、底面半径（或直径）和顶面半径（或直径）绘制三维螺旋线。其命令的调用方法如下：

● 单击"菜单浏览器"按钮 ，在弹出的菜单中选择【绘图】/【螺旋】命令。

● 选择【默认】/【绘图】组，单击"螺旋"按钮 。

● 在命令行中输入"HELIX"命令。

执行上述任意命令后，其命令行操作如下：

| 命令：HELIX | //执行 HELIX 命令 |
| 圈数 = 3.0000　　　扭曲=CCW | //系统自动提示 |
| 指定底面的中心点： | //在绘图区内任意拾取一点为底面中心点 |
| 指定底面半径或 [直径(D)] <1.0000>: 18 | //输入底面半径值为"18"，并按【空格】键 |
| 指定顶面半径或 [直径(D)] <18.0000>: 8 | //输入顶面半径值为"8"，并按【空格】键 |

| 指定螺旋高度或 [轴端点(A)/圈数(T)/圈高(H)/扭曲(W)] <1.0000>: T | //输入圈数命令 "T"，并按【空格】键 |
| 输入圈数 <3.0000>: 12 | //输入圈数值为 "12"，并按【空格】键 |
| 指定螺旋高度或 [轴端点(A)/圈数(T)/圈高(H)/扭曲(W)] <1.0000>: 55 | //输入高度值为 "55"，并按【空格】键结束该命令，绘制三维螺旋线后的效果如图13-16所示 |

图 13-16　绘制三维螺旋线

## 13.5　创建表面模型

掌握用三维表面命令创建三维表面模型的操作方法

表面模型的曲面是用 $M \times N$ 的阵列网格表示的，$M$、$N$ 值越大，就越接近真实曲面，但计算量也越大，因此在处理时消耗时间比较长。AutoCAD 2009 提供了最基本的平面曲面、三维面、隐藏边、三维网格、旋转网格、平移网格、直纹网格以及边界网格的创建方法，下面分别讲解其绘制方法。

### 13.5.1　绘制平面曲面

平面曲面命令的用途非常广，它不仅可以创建平面曲面，还可以将对象转换为平面对象。其命令的调用方法如下：

● 单击"菜单浏览器"按钮，在弹出的菜单中选择【绘图】/【建模】/【平面曲面】命令。

● 选择【默认】/【三维建模】组，单击"平面曲面"按钮。

● 在命令行中输入"PLANESURF"命令。

执行上述任意命令后，其命令行操作如下：

| 命令: PLANESURF | //执行 PLANESURF 命令 |
| 指定第一个角点或 [对象(O)] <对象>: | //在绘图区内任意拾取一点，确定平面曲面的第一个角点 |
| 指定其他角点: | //可以拖动鼠标到需要绘制位置后单击确定其他角点或输入具体的下一点相对坐标，效果如图13-17所示 |

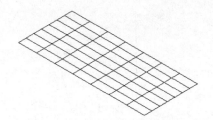

图 13-17  绘制平面曲面

**指点迷津**

　　如果要将对象转换为平面曲面，可以在执行命令过程中，选择"对象（O）"选项，然后在绘图区中选择对象即可。

## 13.5.2  绘制三维面

　　使用三维面命令可以创建任意方位三边或四边的三维面，并且还可以将这些表面拼接在一起，形成一个多边表面，该表面没有厚度，也没有质量属性，其命令的调用方法如下：

● 单击"菜单浏览器"按钮▨，在弹出的菜单中选择【绘图】/【建模】/【网格】/【三维面】命令。

● 选择【默认】/【三维建模】组，单击右下角的◢按钮，在弹出的菜单中再单击"三维面"按钮⬜。

● 在命令行中输入"3DFACE"命令。

　　执行上述任意命令后，其命令行操作如下：

| | |
|---|---|
| 命令: 3DFACE | //执行 3DFACE 命令 |
| 指定第一点或 [不可见(I)]: 400,400,400 | //输入值"400，400，400"指定三维面的第一点，并按【空格】键 |
| 指定第二点或 [不可见(I)]: @600,0,0 | //输入值"@600，0，0"指定第二点，并按【空格】键 |
| 指定第三点或 [不可见(I)] <退出>: @0,400,0 | //输入值"@0，400，0"指定第三点，并按【空格】键 |
| 指定第四点或 [不可见(I)] <创建三侧面>: @-600,0,0 | //输入值"@-600，0，0"指定第四点，并按【空格】键 |
| 指定第三点或 [不可见(I)] <退出>: @0,0,-400 | //输入值"@0，0，-400"指定另一三维面的第三点，并按【空格】键 |
| 指定第四点或 [不可见(I)] <创建三侧面>: @500,0,0 | //输入值"@500，0，0"指定第四点，并按【空格】键 |
| 指定第三点或 [不可见(I)] <退出>: @100,200,0 | //输入值"@100，200，0"指定另一三维面的第三点，并按【空格】键 |
| 指定第四点或 [不可见(I)] <创建三侧面>: @-600,0,0 | //输入值"@-600，0，0"指定第四点，并按【空格】键 |
| 指定第三点或 [不可见(I)] <退出>: | //按【空格】键结束该命令，绘制三维面后的效果如图 13-18 所示 |

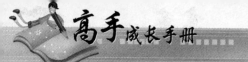

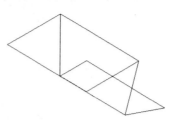

图 13-18　绘制三维面

**指点迷津**

　　在绘制三维面的过程中，如果要使某边不可见，必须在输入点之前先选择"不可见"
选项，然后再确定点的位置。

### 13.5.3　隐藏边

　　在三维空间中，执行边命令可以修改三维面的边的可见性，其命令的调用方法如下：

● 单击"菜单浏览器"按钮，在弹出的菜单中选择【绘图】/【建模】/【网格】/
【边】命令。

● 选择【默认】/【三维建模】组，单击右下角的按钮，在弹出的菜单中再单击
"边"按钮。

● 在命令行中输入"EDGE"命令。

　　下面以"隐藏边.dwg"图形文件为例，详细讲解隐藏边的方法，其具体操作步骤如下：

**Step 1** 打开"隐藏边.dwg"图形文件【素材\第 13 章\隐藏边.dwg】，在命令行中输入"EDGE"
命令，其命令行操作如下：

| 命令：EDGE | //执行 EDGE 命令 |
|---|---|
| 指定要切换可见性的三维表面的边或 [显示(D)]： | //选择如图 13-19 所示的 A 边 |
| 指定要切换可见性的三维表面的边或 [显示(D)]： | //按【空格】键结束边命令，系统自动隐藏边 |

**Step 2** 执行边命令后系统自动隐藏边，效果如图 13-20 所示【源文件\第 13 章\隐藏
边.dwg】。

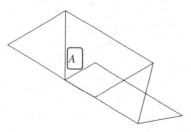

图 13-19　需要隐藏边的三维面

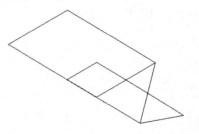

图 13-20　隐藏边后的三维面

## 13.5.4　创建三维网格

在三维空间中，执行三维网格命令可以根据定义的 $M$ 行 $N$ 列个顶点和每一个顶点的位置绘制开放的多边形网格，其命令的调用方法如下：

● 单击"菜单浏览器"按钮，在弹出的菜单中选择【绘图】/【建模】/【网格】/【三维网格】命令。

● 选择【默认】/【三维建模】组，单击右下角的 按钮，在弹出的菜单中单击"三维网格"按钮。

● 在命令行中输入"3DMESH"命令。

执行上述任意命令后，其命令行操作如下：

| | |
|---|---|
| 命令: 3DMESH | //执行 3DMESH 命令 |
| 输入 M 方向上的网格数量: 3 | //输入"3"指定 M 行方向上的网格数量，并按【空格】键 |
| 输入 N 方向上的网格数量: 3 | //输入"3"指定 N 行方向上的网格数量，并按【空格】键 |
| 指定顶点 (0,0) 的位置: | //单击如图 13-21 所示的 A 点 |
| 指定顶点 (0,1) 的位置: | //单击如图 13-21 所示的 B 点 |
| 指定顶点 (0,2) 的位置: | //单击如图 13-21 所示的 C 点 |
| 指定顶点 (1,0) 的位置: | //单击如图 13-21 所示的 D 点 |
| 指定顶点 (1,1) 的位置: | //单击如图 13-21 所示的 E 点 |
| 指定顶点 (1,2) 的位置: | //单击如图 13-21 所示的 F 点 |
| 指定顶点 (2,0) 的位置: | //单击如图 13-21 所示的 G 点 |
| 指定顶点 (2,1) 的位置: | //单击如图 13-21 所示的 H 点 |
| 指定顶点 (2,2) 的位置: | //单击如图 13-21 所示的 I 点，绘制三维网格后的效果如图 13-21 所示 |

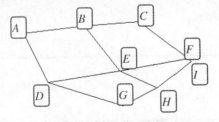

图 13-21　绘制三维网格

**指点迷津**

　　三维网格 $M$ 行和 $N$ 列的最小值为 2，说明要绘制多边形网格至少要 4 个顶点，其顶点最大值为 256。

## 13.5.5　旋转网格

旋转网格是指将对象绕指定的轴旋转，旋转轨迹生成一个近似于旋转曲面的多边形网格。其命令的调用方法如下：

- 单击"菜单浏览器"按钮■，在弹出的菜单中选择【绘图】/【建模】/【网格】/【旋转网格】命令。

- 选择【默认】/【三维建模】组，单击右下角的◢按钮，在弹出的菜单中再单击"旋转曲面"按钮◉。

- 在命令行中输入"REVSURF"命令。

下面以"旋转网格.dwg"图形文件为例，详细讲解绘制旋转网格的方法，其具体操作步骤如下：

**Step 1** 打开"旋转网格.dwg"图形文件【素材\第13章\旋转网格.dwg】，如图13-22所示，在命令行中输入"REVSURF"命令，其命令行操作如下：

```
命令: REVSURF                                      //执行 REVSURF 命令
当前线框密度: SURFTAB1=40   SURFTAB2=30             //系统提示
选择要旋转的对象:                                    //选择样条曲线
选择定义旋转轴的对象:                                //选择直线
指定起点角度 <0>:                                   //按【空格】键保持默认不变
指定包含角 (+=逆时针，-=顺时针) <360>:               //按【空格】键，默认包含角度值为360°
```

**Step 2** 旋转网格后的效果如图13-23所示【源文件\第13章\旋转网格.dwg】。

图 13-22　原始图形

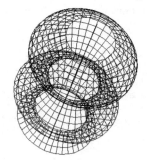

图 13-23　旋转网格后的效果

**操作实战**

使用同样的方法,在西南等轴测图中绘制一矩形，再在旁边绘制一条直线，将矩形绕直线旋转成网格。

## 13.5.6　平移网格

在三维空间中，使用平移网格命令可以创建多边形网格，该网格表示一个由轮廓曲线和方向矢量定义的基本平移曲面。其命令的调用方法如下：

- 单击"菜单浏览器"按钮■，在弹出的菜单中选择【绘图】/【建模】/【网格】/【平移网格】命令。

- 选择【默认】/【三维建模】组，单击右下角的◢按钮，在弹出的菜单中再单击"平移曲面"按钮▤。

● 在命令行中输入"TABSURF"命令。

下面以"平移网格.dwg"图形文件为例,详细讲解绘制平移网格的方法,其具体操作步骤如下:

**Step 1** 打开"平移网格.dwg"图形文件【素材\第 13 章\平移网格.dwg】,如图 13-24 所示,在命令行中输入"TABSVRF"命令,其命令行操作如下:

| | |
|---|---|
| 命令: TABSURF | //执行"TABSURF"命令 |
| 当前线框密度: SURFTAB1=6 | //系统自动提示 |
| 选择用作轮廓曲线的对象: | //选择作为轮廓的多段线 |
| 选择用作方向矢量的对象: | //选择作为方向矢量直线,并结束该命令 |

**Step 2** 平移网格后的效果如图 13-25 所示【源文件\第 13 章\平移网格.dwg】。

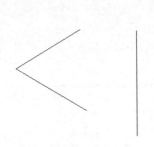
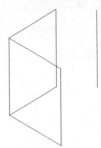

图 13-24　原始图形　　　　　图 13-25　平移网格后的效果

**指点迷津**

在执行平移网格命令的过程中,选择对象可以是直线、圆弧、圆和多段线,但指定拉伸方向的向量线必须是直线或未闭合的多段线,在选择对象时,对象的位置跟平移后的效果有关。

## 13.5.7　直纹网格

在三维空间中,直纹网格用于在两条曲线之间创建一个表示直纹曲面的 $2 \times N$ 的多边形网格。其命令的调用方法如下:

● 单击"菜单浏览器"按钮■,在弹出的菜单中选择【绘图】/【建模】/【网格】/【直纹网格】命令。

● 选择【默认】/【三维建模】组,单击右下角的■按钮,在弹出的菜单中再单击"直纹曲面"按钮◎。

● 在命令行中输入"RULESURF"命令。

下面以"直纹网格.dwg"图形文件为例,详细讲解绘制直纹网格的方法,其具体操作步骤如下:

**Step 1** 打开"直纹网格.dwg"图形文件【素材\第 13 章\直纹网格.dwg】,如图 13-26 所示,在命令行中输入"RULESURF"命令,其命令行操作如下:

| 命令: RULESURF | //执行 RULESURF 命令 |
|---|---|
| 当前线框密度: SURFTAB1=6 | //系统自动提示 |
| 选择第一条定义曲线: | //选择上方的圆 |
| 选择第二条定义曲线: | //选择下方的圆，并结束该命令 |

**Step 2** 直纹网格后的效果如图 13-27 所示【源文件\第 13 章\直纹网格.dwg】。

图 13-26　原始图形　　　　　图 13-27　直纹网格后的效果

**指点迷津**

在执行直纹网格命令的过程中，选择对象可以是点、直线、曲线、圆和多段线等，如果选择边界是圆，将从圆的起点开始创建曲面；如果选择边界是多段线，将从多段线的最后一个端点开始创建曲面；如果选择边界是其他线型，创建的曲面将与选择对象时所拾取的位置有关。

## 13.5.8　边界网格

在三维空间中，使用边界网格命令可以构造一个三维多边形网格，边界可以是圆弧、直线、多段线、样条曲线和椭圆弧，并且必须形成闭合环和公共端点。其命令的调用方法如下：

- 单击"菜单浏览器"按钮，在弹出的快捷菜单中选择【绘图】/【建模】/【网格】/【边界网格】命令。
- 选择【默认】/【三维建模】组，单击右下角的按钮，在弹出的菜单中再单击"边界曲面"按钮。
- 在命令行中输入"EDGESURF"命令。

下面以"边界网格.dwg"图形文件为例，详细讲解绘制边界网格的方法，其具体操作步骤如下：

**Step 1** 打开"边界网格.dwg"图形文件【素材\第 13 章\边界网格.dwg】，在命令行中输入"EDGESURF"命令，其命令行操作如下：

| 命令: EDGESURF | //执行 EDGESURF 命令 |
|---|---|
| 当前线框密度: SURFTAB1=6　SURFTAB2=6 | //系统提示 |
| 选择用作曲面边界的对象 1: | //选择如图 13-28 所示的 A 直线 |

| | |
|---|---|
| 选择用作曲面边界的对象 2: | //选择如图 13-28 所示的 B 样条曲线 |
| 选择用作曲面边界的对象 3: | //选择如图 13-28 所示的 C 直线 |
| 选择用作曲面边界的对象 4: | //选择如图 13-28 所示的 D 样条曲线，并结束该命令 |

**Step 2** 边界网格后的效果如图 13-29 所示【源文件\第 13 章\边界网格.dwg】。

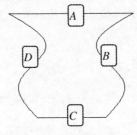

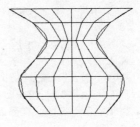

图 13-28　选择边界　　　　　图 13-29　边界网格后的效果

## 13.6 综合实例——绘制坛子

学习和巩固用多段线、直线、偏移、旋转网格等命令绘制图形的方法

本章学习了在 AutoCAD 中绘制三维图形时的基础知识，本例将使用相关的命令绘制如图 13-30 所示的坛子。

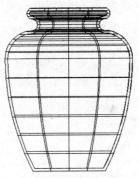

图 13-30　最终效果

**制作思路**

绘制坛子
　①将视图切换至西南等轴测视图

　②使用多段线、直线、旋转网格等命令绘制出坛子，再将视图切换至俯视图中进行观察

其具体操作步骤如下：

**Step 1** 启动 AutoCAD 2009，单击"菜单浏览器"按钮■，在弹出的菜单中选择【视图】/【三维视图】/【西南等轴测】命令，将视图切换至西南等轴测视图中，在命令行中输入"PLINE"命令，绘制坛子的轮廓，其命令行操作如下：

| 命令: PLINE | //执行 PLINE 命令 |
|---|---|
| 指定起点: 1000,1000 | //输入"1000,1000"作为起点,并按【空格】键 |
| 当前线宽为 0.0000 | //系统自动提示 |
| 指定下一个点或 [圆弧(A)/半宽(H)/长度(L)/放弃(U)/宽度(W)]: @200,0 | //输入"@200,0"作为下一个点,并按【空格】键 |
| 指定下一点或 [圆弧(A)/闭合(C)/半宽(H)/长度(L)/放弃(U)/宽度(W)]: a | //选择"圆弧"选项,并按【空格】键 |
| 指定圆弧的端点或[角度(A)/圆心(CE)/闭合(CL)/方向(D)/半宽(H)/直线(L)/半径(R)/第二个点(S)/放弃(U)/宽度(W)]: @0,-60 | //输入"@0,-60"作为下一个点,并按【空格】键 |
| 指定圆弧的端点或[角度(A)/圆心(CE)/闭合(CL)/方向(D)/半宽(H)/直线(L)/半径(R)/第二个点(S)/放弃(U)/宽度(W)]: @0,-60 | //输入"@0,-60"作为下一个点,并按【空格】键 |
| 指定圆弧的端点或[角度(A)/圆心(CE)/闭合(CL)/方向(D)/半宽(H)/直线(L)/半径(R)/第二个点(S)/放弃(U)/宽度(W)]: @150,-150 | //输入"@150,-150"作为下一个点,并按【空格】键 |
| 指定圆弧的端点或[角度(A)/圆心(CE)/闭合(CL)/方向(D)/半宽(H)/直线(L)/半径(R)/第二个点(S)/放弃(U)/宽度(W)]: @-150,-600 | //输入"@-150,-600"作为下一个点,并按【空格】键 |
| 指定圆弧的端点或[角度(A)/圆心(CE)/闭合(CL)/方向(D)/半宽(H)/直线(L)/半径(R)/第二个点(S)/放弃(U)/宽度(W)]: l | //选择"直线"选项,并按【空格】键 |
| 指定下一点或 [圆弧(A)/闭合(C)/半宽(H)/长度(L)/放弃(U)/宽度(W)]: @-200,0 | //输入"@-200,0"作为下一个点,并按【空格】键 |
| 指定下一点或 [圆弧(A)/闭合(C)/半宽(H)/长度(L)/放弃(U)/宽度(W)]: | //按【空格】键结束该命令,效果如图 13-31 所示 |

**Step 2** 在命令行中输入"O"命令,以上一步绘制的多段线为源对象,向内偏移 15,偏移后的效果如图 13-32 所示。

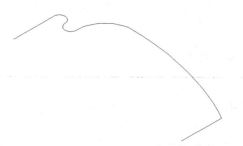

图 13-31　绘制多段线

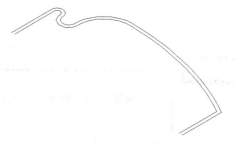

图 13-32　偏移多段线

**Step 3** 在命令行中输入"L"命令,连接如图 13-33 所示的 A 点、B 点绘制直线,再在命令行中输入"O"命令,以刚绘制的直线为源对象,向右偏移 130,偏移后的效果如图 13-34 所示。

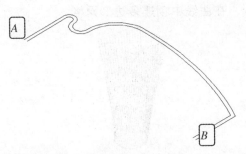

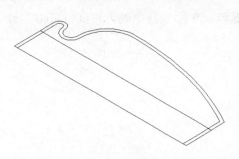

图 13-33　连接点绘制直线　　　　　　　　　　图 13-34　偏移直线

**Step 4** 在命令行中输入 "TR" 命令，修剪直线和多段线，修剪后的效果如图 13-35 所示。在命令行中输入 "PEDIT" 命令，将直线和多段线合并为一条多段线（除第 3 步绘制的直线外）。

**Step 5** 在命令行中输入 "REVSURF" 命令，其命令行操作如下：

| 命令：REVSURF | //执行 REVSURF 命令 |
|---|---|
| 当前线框密度：SURFTAB1=6　SURFTAB2=6 | //系统提示 |
| 选择要旋转的对象： | //选择多段线 |
| 选择定义旋转轴的对象： | //选择直线 |
| 指定起点角度 <0>：360 | //输入旋转角度 "360" 并按【空格】键 |
| 指定包含角 (+=逆时针, -=顺时针) <360>： | //按【空格】键结束该命令，旋转网格后的效果如图 13-36 所示 |

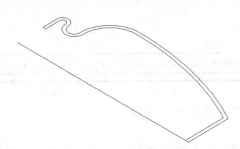

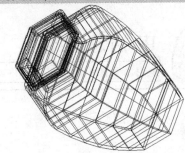

图 13-35　修剪后的效果　　　　　　　　　　图 13-36　旋转网格后的效果

**Step 6** 单击 "菜单浏览器" 按钮▇，在弹出的菜单中选择【视图】/【三维视图】/【俯视】命令，将视图切换至俯视图中对坛子进行观察，切换视图后的效果如图 13-30 所示【源文件\第 13 章\坛子.dwg】。

## 13.7　大显身手

本章应重点掌握在命令行输入命令及观察三维图形对象的方法，下面进行练习

（1）运用本章介绍的创建表面模型的相关知识，打开如图 13-37 所示的图形【素材\第 13 章\花瓶.dwg】，对其创建花瓶模型，创建后的效果如图 13-38 所示【源文件\第 13 章\花瓶.dwg】。

**提示**：在命令行中输入"RULESURF"命令，在曲线中创建多边形网格。

图 13-37　原始图形　　　　　　　图 13-38　创建后的效果

（2）使用切换视图的方式，将如图 13-39 所示的图形【素材\第 13 章\固定座模型.dwg】，切换成如图 13-40 所示的西南等轴测视图【源文件\第 13 章\固定座模型.dwg】。

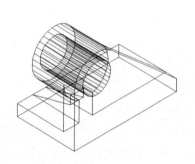

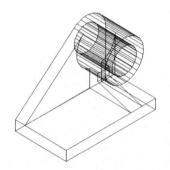

图 13-39　原始图形　　　　　　　图 13-40　切换视图后的效果

# 电脑急救箱

运用本章知识时若遇到平移网格、旋转网格等问题，别急，打开急救箱看看吧

**Q** 为什么进行平移网格操作时，有时能平移有时又不能平移？

**A** 在使用该命令时，用作拉伸向量线的对象与被拉伸的对象必须位于同一平面上，否则就无法进行平移操作。

**Q** 在执行旋转网格操作时，能旋转的对象有哪些？

**A** 旋转对象有很多，可以是直线、圆、圆弧、椭圆、椭圆弧、闭合多段线、多边形、闭合样条曲线和圆环。

# 第14章
# 创建与编辑三维实体

## 本章要点

✎ 创建三维实体　　　　　✎ 布尔运算

✎ 编辑三维实体　　　　　✎ 三维图形后期处理

　　在前面章节中讲解了绘制基本三维图形的方法，本章将主要讲解创建与编辑三维实体的方法。创建三维实体包括创建长方体、楔体、球体、圆柱体、圆锥体以及圆环图等，编辑三维实体包括布尔运算、三维旋转、三维移动、三维倒角、分解实体、剖切实体、渲染实体等操作，下面进行详细讲解。

## 14.1 项目观察——绘制底板

了解部分创建与编辑三维实体的操作方法

本项目将运用创建与编辑三维实体方面的知识绘制底板，其效果如图 14-1 所示。

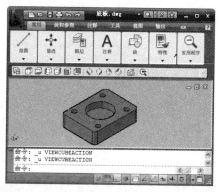

图 14-1　底板

其具体操作步骤如下：

**Step 1** 打开"底板.dwg"图形文件【素材\第14章\底板.dwg】，在命令行中输入"CYLINDER"命令，其命令行操作如下：

| | |
|---|---|
| 命令: CYLINDER | //执行 CYLINDER 命令 |
| 指定底面的中心点或 [三点(3P)/两点(2P)/相切、相切、半径(T)/椭圆(E)]: | //单击如图 14-2 所示的 A 点 |
| 指定底面半径或 [直径(D)]: 20 | //输入"20"，并按【空格】键 |
| 指定高度或 [两点(2P)/轴端点(A)] <50.0000>: 30 | //输入"30"，并按【空格】键，效果如图 14-3 所示 |

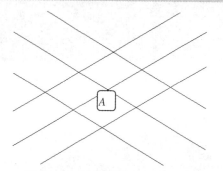

图 14-2　指定底面中心点

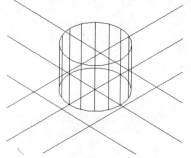

图 14-3　绘制圆柱后的效果

**Step 2** 在命令行中再次输入"CYLINDER"命令，其命令行操作如下：

| | |
|---|---|
| 命令: CYLINDER | //执行 CYLINDER 命令 |
| 指定底面的中心点或 [三点(3P)/两点(2P)/相切、相切、半径(T)/椭圆(E)]: | //单击如图 14-4 所示的 A 点 |
| 指定底面半径或 [直径(D)] <20.0000>:4 | //输入"4"，并按【空格】键 |
| 指定高度或 [两点(2P)/轴端点(A)] <30.0000>: | //按【空格】键，效果如图 14-5 所示 |

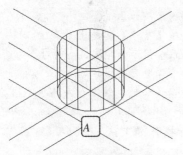

图 14-4　指定底面中心点

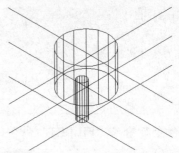

图 14-5　绘制小圆柱后的效果

**Step 3** 在命令行输入 "3DARRAY" 命令，其命令行操作如下：

| | |
|---|---|
| 命令：3DARRAY | //执行 3DARRAY 命令 |
| 选择对象：指定对角点：找到 1 个 | //选择前面绘制的小圆柱体 |
| 选择对象： | //按【空格】键确认对象的选择 |
| 输入阵列类型 [矩形(R)/环形(P)] <矩形>： | //按【空格】键，保持默认选择 |
| 输入行数 (---) <1>: 2 | //输入要阵列的行数 "2"，并按【空格】键 |
| 输入列数 (|||) <1>: 2 | //输入要阵列的列数 "2"，并按【空格】键 |
| 输入层数 (...) <1>: | //按【空格】键，保持默认选择 |
| 指定行间距 (---): 44 | //输入行间距 "44"，并按【空格】键 |
| 指定列间距 (|||):52 | //输入列间距 "52"，并按【空格】键，效果如图 14-6 所示 |

**Step 4** 在命令行输入 "BOX" 命令，其命令行操作如下：

| | |
|---|---|
| 命令:BOX | //执行 BOX 命令 |
| 指定长方体的角点或 [中心点(C)] <0,0,0>:C | //选择 "中心点" 选项，并按【空格】键 |
| 指定中心： | //选择大圆柱体底面圆心 |
| 指定角点或 [立方体(C)/长度(L)]: L | //选择 "长度" 选项，并按【空格】键 |
| 指定长度: 80 | //输入长度值 "80"，并按【空格】键 |
| 指定宽度: 60 | //输入宽度值 "60"，并按【空格】键 |
| 指定高度: 20 | //输入高度值 "20"，并按【空格】键，效果如图 14-7 所示 |

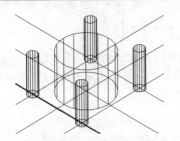

图 14-6　阵列后的效果

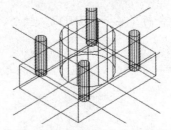

图 14-7　绘制长方体后的效果

**Step 5** 在命令行输入 "SUBTRACT" 命令，其命令行操作如下：

| | |
|---|---|
| 命令:SUBTRACT | //执行 SUBTRACT 命令 |
| 选择要从中减去的实体或面域... | //系统提示选择要被减去的对象 |

| | |
|---|---|
| 选择对象：找到 1 个 | //选择长方体 |
| 选择对象： | //按【空格】键确认选择 |
| 选择要减去的实体或面域 .. | //系统提示选择要减去的对象 |
| 选择对象：找到 5 个 | //选择所有的圆柱体 |
| 选择对象： | //按【空格】键进行实体求减运算，效果如图 14-8 所示 |

**(Step 6)** 在命令行输入"FILLET"命令，其命令行操作如下：

| | |
|---|---|
| 命令：FILLET | //执行 FILLET 命令 |
| 当前设置：模式 = 修剪，半径 = 0.0000 | //命令行提示 |
| 选择第一个对象或 [放弃(U)/多段线(P)/半径(R)/修剪(T)/多个(M)]:R | //选择"半径"选项，并按【空格】键 |
| 指定圆角半径 <0.0000>: 5 | //输入"5"，并按【空格】键 |
| 选择第一个对象或 [放弃(U)/多段线(P)/半径(R)/修剪(T)/多个(M)]: | //单击如图 14-9 所示的 A 边 |
| 输入圆角半径 <20.0000>: | //按【空格】键 |
| 选择边或 [链(C)/半径(R)]: | //单击如图 14-9 所示的 B 边 |
| 选择边或 [链(C)/半径(R)]: | //单击如图 14-9 所示的 C 边 |
| 选择边或 [链(C)/半径(R)]: | //单击如图 14-9 所示的 D 边 |
| 选择边或 [链(C)/半径(R)]: | //按【空格】键确认 |
| 已选定 4 个边用于圆角。 | //系统自动提示 |
| 选择第一个对象或 [放弃(U)/多段线(P)/半径(R)/修剪(T)/多个(M)]: | //按【空格】键确认，效果如图 14-10 所示 |

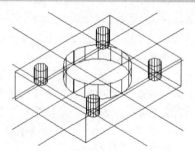

图 14-8  差集运算后的效果

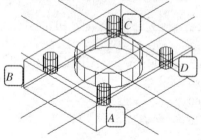

图 14-9  选择圆角边

**(Step 7)** 在命令行中输入"HIDE"命令，其命令行操作如下：

| | |
|---|---|
| 命令：HIDE | //执行 HIDE 命令 |
| 正在重生成模型。 | //系统自动重生成模型，效果如图 14-11 所示 |

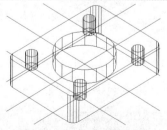

图 14-10  圆角后的效果

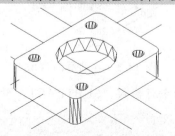

图 14-11  消隐后的效果

**Step 8** 删除 6 条多余的线段，单击"菜单浏览器"按钮▓，在弹出的菜单中选择【视图】/【视觉样式】/【概念】命令，将视觉样式切换为概念，效果如图 14-12 所示。

**Step 9** 单击绘图区右上角的旋转器的"上"方，如图 14-13 所示，旋转后的效果如图 14-1 所示【源文件\第 14 章\底板.dwg】。

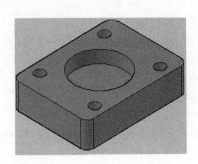

图 14-12　概念视觉样式效果

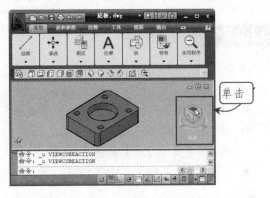

图 14-13　单击旋转器

通过上述项目案例的制作可以初步了解绘制与编辑三维实体的方法，下面将具体讲解创建三维实体、布尔运算、编辑三维实体以及三维图形后期处理的方法，本章知识点需要读者熟练掌握。

## 14.2　创建三维实体

了解长方体、楔体、球体和圆柱体等三维实体的创建方法

三维实体是绘制三维图形最重要的部分，其内部是实心的。下面具体讲解创建三维实体的方法。

### 14.2.1　创建长方体

长方体命令用于创建长方体和立方体模型，如图 14-14 所示，其命令的调用方法如下：

- 打开"建模"工具栏，单击"长方体"按钮▢。
- 单击"菜单浏览器"按钮▓，在弹出的菜单中选择【绘图】/【建模】/【长方体】命令。
- 在命令行中输入"BOX"命令。

图 14-14　长方体

执行上述任意命令后，其命令行操作如下：

| | |
|---|---|
| 命令:BOX | //执行 BOX 命令 |
| 指定长方体的角点或 [中心点(C)] | //指定长方体的角点 |
| 指定角点或 [立方体(C)/长度(L)]: | //指定角点 |
| 指定高度或 [两点(2P)]: | //指定高度 |

在执行命令过程中，各选项含义如下：

- **中心点**：使用指定中心点的方式创建长方体。
- **立方体**：选择该选项后将创建正方体，即长、宽、高同等大小的长方体。
- **长度**：选择该选项，系统将提示用户分别指定长方体的长度、宽度和高度值。
- **两点**：选择该选项，通过指定两点以确定高度值。

## 14.2.2 创建楔体

楔体实际上是三角形的实体模型，如图 14-15 所示，其命令的调用方法如下：

- 打开"建模"工具栏，单击"楔体"按钮 。
- 单击"菜单浏览器"按钮 ，在弹出的菜单中选择【绘图】/【建模】/【楔体】命令。
- 在命令行中输入"WEDGE"命令。

图 14-15　楔体

执行上述任意命令后，其命令行操作如下：

```
命令: WEDGE                               //执行 WEDGE 命令
指定第一个角点或 [中心(C)]:               //指定第一个角点
指定其他角点或 [立方体(C)/长度(L)]:        //指定其他角点
指定高度或 [两点(2P)] <113.7146>:          //指定楔体高度
```

在绘制楔体过程中几个关键选项的含义如下：

- **中心**：使用指定中心点创建楔体。
- **立方体**：创建长、宽、高相等的楔体。

## 14.2.3 创建球体

球体命令主要用于创建实心球体，如图 14-16 所示，其命令的调用方法如下：

- 打开"建模"工具栏，单击"球体"按钮 。
- 单击"菜单浏览器"按钮 ，在弹出的菜单中选择【绘图】/【建模】/【球体】命令。
- 在命令行中输入"SPHERE"命令。

执行上述任意命令后，其命令行操作如下：

```
命令: SPHERE                                        //执行 SPHERE 命令
指定中心点或 [三点(3P)/两点(2P)/相切、相切、半径(T)]: //指定球体的中心点
指定半径或 [直径(D)]:                                //指定球体的半径，并按【空格】键确认
```

**指点迷津**

　　执行 SPHERE 命令后，绘制出的实体看起来并不是球体，这是由于受系统变量 ISOLINES 值的影响，该命令可以控制当前密度，值越大密度就越大。图 14-17 所示为 ISOLINES 值设置为 20 后绘制的球体。

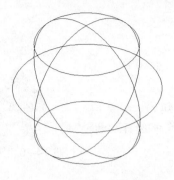

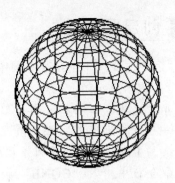

图 14-16　默认情况下绘制的球体　　　　图 14-17　ISOLINES 值为 20 时绘制的球体

## 14.2.4　创建圆柱体

圆柱体命令主要用于创建实心圆柱体，如图 14-18 所示，其命令的调用方法如下：

● 打开"建模"工具栏，单击"圆柱体"按钮🔲。

● 单击"菜单浏览器"按钮▮，在弹出的菜单中选择【绘图】/【建模】/【圆柱体】命令。

● 在命令行中输入"CYLINDER"命令。

执行上述任意命令后，其命令行操作如下：

| | |
|---|---|
| 命令: CYLINDER | //执行 CYLINDER 命令 |
| 指定底面的中心点或 [三点(3P)/两点(2P)/相切、相切、半径(T)/椭圆(E)]: | //指定球柱体底面的中心点 |
| 指定底面半径或 [直径(D)] : | //指定球柱体底面半径 |
| 指定高度或 [两点(2P)/轴端点(A)] : | //指定球柱体的高度，完成绘制 |

### 🔍 指点迷津

执行 CYLINDER 命令后，若选择"椭圆"选项，然后根据命令行的提示进行操作，可绘制出椭圆圆柱体，效果如图 14-19 所示。

图 14-18　圆柱体　　　　　　　　图 14-19　椭圆圆柱体

### 14.2.5 创建圆锥体

圆锥体命令主要用于创建实心圆锥形体，如图 14-20 所示，其命令的调用方法如下：

- 打开"建模"工具栏，单击"圆锥体"按钮 △。
- 单击"菜单浏览器"按钮 ▓，在弹出的菜单中选择【绘图】/【建模】/【圆锥体】命令。
- 在命令行中输入"CONE"命令。

图 14-20　圆锥体

执行上述任意命令后，其命令行操作如下：

```
命令: CONE                                          //执行 CONE 命令
指定底面的中心点或 [三点(3P)/两点(2P)/相切、相切、半径        //指定圆锥体底面的中心点
(T)/椭圆(E)]:
指定底面半径或 [直径(D)]:                             //指定圆锥体底面半径
指定高度或 [两点(2P)/轴端点(A)]:                       //指定圆锥体的高度，完成绘制
```

### 14.2.6 创建圆环体

圆环体命令主要用于创建实心圆环体，如图 14-21 所示，其命令的调用方法如下：

- 打开"建模"工具栏，单击"圆环体"按钮 ◎。
- 单击"菜单浏览器"按钮 ▓，在弹出的菜单中选择【绘图】/【建模】/【圆环体】命令。
- 在命令行中输入"TORUS"或"TOR"命令。

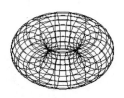

图 14-21　圆环体

执行上述任意命令后，其命令行操作如下：

```
命令: TORUS                                          //执行 TORUS 命令
指定中心点或 [三点(3P)/两点(2P)/相切、相切、半径(T)]:      //指定圆环体的中心点
指定半径或 [直径(D)]:                                //指定圆环半径，并按【空格】键
指定圆管半径或 [两点(2P)/直径(D)]:                     //指定圆管半径，并按【空格】键
```

## 14.3 将二维图形转换为三维实体

掌握将二维图形快速转换为三维实体的方法

使用旋转、拉伸、扫掠以及放样等命令，可以将二维图形转换为三维实体，下面分别讲解其操作方法。

### 14.3.1 旋转创建三维实体

旋转命令可以将二维形体绕指定轴旋转生成三维实体，只要具有旋转中心的三维形体都可以用此命令来创建，其命令的调用方法如下：

- 打开"建模"工具栏，单击"旋转"按钮🔘。
- 单击"菜单浏览器"按钮▓，在弹出的菜单中选择【绘图】/【建模】/【旋转】命令。
- 在命令行中输入"REVOLVE"或"REV"命令。

下面举例讲解旋转创建三维实体的方法，其具体操作步骤如下：

**Step 1** 打开"旋转创建三维实体.dwg"图形文件【素材\第 14 章\旋转创建三维实体.dwg】，在命令行中输入"REVOLVE"命令，其命令行操作如下：

| | |
|---|---|
| 命令:REVOLVE | //执行 REVOLVE 命令 |
| 当前线框密度：　ISOLINES=16 | //系统提示当前线框密度 |
| 选择要旋转的对象：找到 1 个 | //选择如图 14-22 所示的样条曲线 |
| 选择要旋转的对象： | //按【空格】键结束对象的选择 |
| 指定轴起点或根据以下选项之一定义轴 [对象(O)/X/Y/Z] <对象>： | //指定旋转轴的端点，这里单击如图 14-22 所示的直线的一段 |
| 指定轴端点： | //指定旋转轴的另一端点，这里单击如图 14-22 所示的直线的另一段 |
| 指定旋转角度或 [起点角度(ST)] <360>： | //按【空格】键确认旋转角度为"360°" |

**Step 2** 旋转创建三维实体后，其效果如图 14-23 所示【源文件\第 14 章\旋转创建三维实体.dwg】。

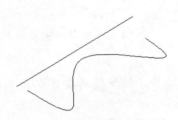

图 14-22　旋转前的图形对象

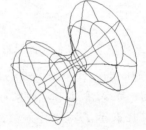

图 14-23　旋转后的效果

在执行命令过程中，各选项含义如下：

- 对象：选择现有的对象作为旋转对象时的参照轴，轴的正方向从该对象的最近端点指向最远端点，可以是直线、线性多段线、实体或曲面的线性边。
- X/Y/Z：使用当前 UCS 的正向 X、Y 或 Z 轴作为旋转参照轴的正方向。
- 起点角度：指定从旋转对象所在平面开始的旋转偏移。

## 14.3.2　拉伸创建三维实体

拉伸（机械工程领域中，术语为"拉深"）命令可以将二维封闭图形沿指定的路径拉伸为复杂的三维实体，其命令的调用方法如下：

- 打开"建模"工具栏，单击"拉伸"按钮🔲。
- 单击"菜单浏览器"按钮▓，在弹出的菜单中选择【绘图】/【建模】/【拉伸】命令。

● 在命令行中输入"EXTRUDE"命令。

下面举例讲解拉伸创建三维实体的方法，其具体操作步骤如下：

**Step 1** 打开"拉伸创建三维实体.dwg"图形文件【素材\第 14 章\拉伸创建三维实体.dwg】，在命令行中输入"EXTRUDE"命令，其命令行操作如下：

| 命令: EXTRUDE | //执行 EXTRUDE 命令 |
| --- | --- |
| 当前线框密度： ISOLINES=4 | //系统提示当前线框密度 |
| 选择要拉伸的对象: 找到 1 个 | //选择需要拉伸的图形，这里选择如图 14-24 所示的长方体 |
| 选择要拉伸的对象: | //按【空格】键结束对象的选择 |
| 指定拉伸的高度或 [方向(D)/路径(P)/倾斜角(T)]: 50 | //输入高度值"50"，并按【空格】键结束命令 |

**Step 2** 拉伸创建三维实体后，其效果如图 14-25 所示【源文件\第 14 章\拉伸创建三维实体.dwg】。

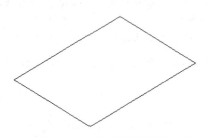

图 14-24 拉伸前的图形对象

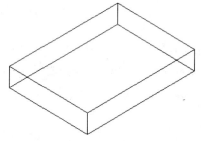

图 14-25 拉伸后的效果

在执行命令的过程中各选项的含义如下：

● **方向**：默认情况下，对象可以沿 Z 轴方向拉伸，拉伸的高度可以为正值或负值，它们就表示了拉伸的方向。

● **路径**：通过指定拉伸路径将对象拉伸为三维实体，拉伸的路径可以是开放的，也可以是封闭的。

● **倾斜角**：通过指定的角度拉伸对象，拉伸的角度可以为正值或负值，其绝对值不大于 90°。默认情况下，倾斜角为 0°，表示创建的实体侧面垂直于 XY 平面并没有锥度。若倾斜角度为正，将产生内锥度，创建的侧面向里靠；若倾斜角度为负，将产生外锥度，创建的侧面则向外。

## 14.3.3 扫掠创建三维实体

扫掠命令可以绘制网格面或三维实体。如果要扫掠的对象不是封闭的图形，那么使用扫掠命令后得到的是网格面，否则得到的是三维实体，其命令的调用方法如下：

● 打开"建模"工具栏，单击"扫掠"按钮 ❧。

● 单击"菜单浏览器"按钮 ▓，在弹出的菜单中选择【绘图】/【建模】/【扫掠】命令。

● 在命令行中输入 "SWEEP" 命令。

下面举例讲解扫掠创建三维实体的方法，其具体操作步骤如下：

**Step1** 打开 "扫掠创建三维实体.dwg" 图形文件【素材\第 14 章\扫掠创建三维实体.dwg】，在命令行中输入 "SWEEP" 命令，其命令行操作如下：

| | |
|---|---|
| 命令:SWEEP | //执行 SWEEP 命令 |
| 当前线框密度：　ISOLINES=4 | //系统提示当前线框密度 |
| 选择要扫掠的对象：找到 1 个 | //选择要扫掠的对象，这里选择如图 14-26 所示的右上角的小多边形 |
| 选择要扫掠的对象： | //按【空格】键结束对象的选择 |
| 选择扫掠路径或 [对齐(A)/基点(B)/比例(S)/扭曲(T)]： | //选择扫掠路径，这里选择左边的大圆 |

**Step2** 扫掠创建三维实体后，其效果如图 14-27 所示【源文件\第 14 章\扫掠创建三维实体.dwg】。

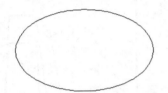
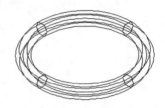

图 14-26　扫掠前的图形对象　　　　图 14-27　扫掠后的效果

在执行命令过程中，各选项含义如下：

● 对齐：指定是否对齐轮廓以使其作为扫掠路径切向的法向，默认情况下对齐。

● 基点：指定要扫掠对象的基点。如果指定的点不在选定对象所在的平面上，则该点将被投影到该平面上，将投影点作为基点。

● 比例：指定比例因子进行扫掠操作。从扫掠路径开始到结束，比例因子将统一应用到扫掠的对象。

● 扭曲：设置被扫掠对象的扭曲角度，即扫掠对象沿指定路径扫掠时的旋转量。如果被扫掠对象为圆，则无需设置扭曲角度。

## 14.3.4　放样创建三维实体

放样命令可以通过指定一系列横截面来创建新的实体或曲面。横截面可以是开放的，也可以是闭合的，通常为曲线或直线。其命令的调用方法如下：

● 打开 "建模" 工具栏，单击 "放样" 按钮。

● 单击 "菜单浏览器" 按钮，在弹出的菜单中选择【绘图】/【建模】/【放样】命令。

● 在命令行中输入 "LOFT" 命令。

下面举例讲解放样创建三维实体的方法，其具体操作步骤如下：

**Step 1** 打开"放样创建三维实体.dwg"图形文件【素材\第 14 章\放样创建三维实体.dwg】，在命令行中输入"LOFT"命令，其命令行操作如下：

| | |
|---|---|
| 命令:LOFT | //执行"LOFT"命令 |
| 按放样次序选择横截面：找到 1 个 | //选择如图 14-28 所示的下方正多边形 |
| 按放样次序选择横截面：找到 1 个，总计 2 个 | //选择如图 14-28 所示的上方正多边 |
| 按放样次序选择横截面： | //按【空格】键结束对象的选择 |
| 输入选项 [导向(G)/路径(P)/仅横截面(C)] <仅横截面>： | //按【空格】键，在打开的"放样设置"对话框中可以设置横截面上的曲面控制样式，设置完成后单击 [确定] 按钮，如图 14-29 所示 |

**Step 2** 放样创建三维实体后，其效果如图 14-30 所示【源文件\第 14 章\放样创建三维实体.dwg】。

图 14-28　放样前

图 14-29　"放样设置"对话框

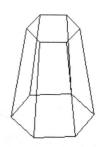

图 14-30　放样后

在执行命令过程中，各选项含义如下：

● 导向：指定控制放样实体或曲面形状的导向曲线。导向曲线可以是直线或曲线，可通过将其他线框信息添加至对象来进一步定义实体或曲面的形状。可以使用导向曲线来控制点如何匹配相应的横截面以防止出现不希望看到的效果。

● 路径：指定放样实体或曲面的单一路径。

● 仅横截面：选择该选项可打开"放样设置"对话框。

# 14.4　布尔运算

学习布尔并集、差集和交集运算的操作方法

在 AutoCAD 中，可以对三维基本实体进行并集、差集和交集三种布尔运算来创建复杂实体。

## 14.4.1　布尔并集运算

布尔并集运算命令可以将两个及两个以上且有相并部分的面域或实体合并为组合面域或复合实体。其命令的调用方法如下：

● 打开"建模"工具栏，单击"并集"按钮 ⑩。
● 打开"实体编辑"工具栏，单击"并集"按钮 ⑩。
● 单击"菜单浏览器"按钮■，在弹出的菜单中选择【修改】/【实体编辑】/【并集】命令。
● 在命令行中输入"UNION"命令。

下面举例讲解布尔并集运算的方法，其具体操作步骤如下：

**Step 1** 打开"并集运算.dwg"图形文件【素材\第 14 章\并集运算.dwg】，如图 14-31 所示，在命令行中输入"UNION"命令，其命令行操作如下：

| | |
|---|---|
| 命令：UNION | //执行 UNION 命令 |
| 选择对象：找到 1 个 | //选择长方体 |
| 选择对象：找到 1 个，总计 2 个 | //选择圆柱体 |
| 选择对象： | //按【空格】键结束对象的选择 |

**Step 2** 布尔并集运算完毕后，效果如图 14-32 所示【源文件\第 14 章\并集运算.dwg】。

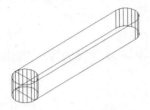

图 14-31 待运算的图形对象

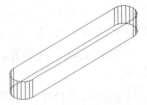

图 14-32 布尔并集运算后的效果

## 14.4.2 布尔差集运算

布尔差集运算命令可以从所选三维实体组或面域组中减去一个或多个实体或面域，从而得到一个新的实体或面域。其命令的调用方法如下：

● 打开"建模"工具栏，单击"差集"按钮 ⑩。
● 打开"实体编辑"工具栏，单击"差集"按钮 ⑩。
● 单击"菜单浏览器"按钮■，在弹出的菜单中选择【修改】/【实体编辑】/【差集】命令。
● 在命令行中输入"SUBTRACT"命令。

下面举例讲解布尔差集运算的方法，其具体操作步骤如下：

**Step 1** 打开"差集运算.dwg"图形文件【素材\第 14 章\差集运算.dwg】，如图 14-33 所示，在命令行中输入"SUBTRACT"命令，其命令行操作如下：

| | |
|---|---|
| 命令：SUBTRACT | //执行"SUBTRACT"命令 |
| 选择要从中减去的实体或面域... | //选择长方体 |
| 选择对象：找到 1 个 | //系统提示 |
| 选择对象： | //按【空格】键结束对象的选择 |
| 选择要减去的实体或面域 .. | //选择圆柱体 |
| 选择对象：找到 1 个 | //按【空格】键结束对象的选择 |

**Step2** 布尔差集运算完毕后，效果如图 14-34 所示【源文件\第 14 章\差集运算.dwg】。

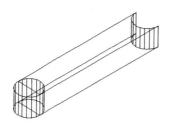

图 14-33　待运算的图形对象

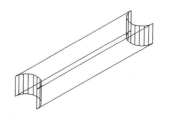

图 14-34　布尔差集运算后的效果

### 14.4.3　布尔交集运算

布尔交集运算命令可以将多个具有公共部分的面域或实体的非公共部分删除，只保留相交部分的实体。其命令的调用方法如下：

● 打开"建模"工具栏，单击"交集"按钮⑩。
● 打开"实体编辑"工具栏，单击"交集"按钮⑩。
● 单击"菜单浏览器"按钮■，在弹出的菜单中选择【修改】/【实体编辑】/【交集】命令。
● 在命令行中输入"INTERSECT"或"IN"命令。

下面举例讲解布尔交集运算的方法，其具体操作步骤如下：

**Step1** 打开"交集运算.dwg"图形文件【素材\第 14 章\交集运算.dwg】，如图 14-35 所示，在命令行中输入"INTERSECT"命令，其命令行操作如下：

| 命令：INTERSECT | //执行 INTERSECT 命令 |
| --- | --- |
| 选择对象：指定对角点：找到 2 个 | //框选绘图区中的所有图形对象 |
| 选择对象： | //按【空格】键结束对象的选择 |

**Step2** 布尔交集运算完毕后，效果如图 14-36 所示【源文件\第 14 章\交集运算.dwg】。

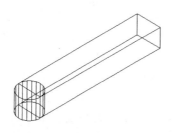

图 14-35　待运算的图形对象

图 14-36　布尔交集运算后的效果

# 14.5 编辑三维实体

掌握三维移动、三维旋转、三维阵列、三维镜像等编辑三维实体的方法

对三维实体的编辑，某些二维编辑命令仍然有效，如复制命令、移动命令等，但某些命令对于编辑三维实体就无法使用。因此，AutoCAD 提供了专门用于三维实体的编辑命令。

## 14.5.1 三维移动

三维移动命令可以调整三维模型的位置，其命令的调用方法如下：

● 打开"建模"工具栏，单击"三维移动"按钮。
● 单击"菜单浏览器"按钮，在弹出的菜单中选择【修改】/【三维操作】/【三维移动】命令。
● 在命令行中输入"3DMOVE"命令。

执行上述命令后，其命令行操作如下：

| | |
|---|---|
| 命令: 3DMOVE | //执行 3DMOVE 命令 |
| 选择对象: 找到 1 个 | //选择要移动的对象 |
| 选择对象: | //按【空格】键确认对象的选择 |
| 指定基点或 [位移(D)] <位移>: 指定第二个点或 <使用第一个点作为位移>:正在重生成模型。 | //指定基点和移动到的位置的点，完成三维模型的移动 |

## 14.5.2 三维旋转

三维旋转命令可以将三维对象绕指定的轴进行旋转，该命令的调用方法如下：

● 打开"建模"工具栏，单击"三维旋转"按钮。
● 单击"菜单浏览器"按钮，在弹出的菜单中选择【修改】/【三维操作】/【三维旋转】命令。
● 在命令行中输入"3DROTATE"命令。

下面举例讲解三维旋转的方法，其具体操作步骤如下：

**Step1** 打开"固定座模型.dwg"图形文件【素材\第 14 章\固定座模型.dwg】，在命令行中输入"3DROTATE"命令，其命令行操作如下：

| | |
|---|---|
| 命令: 3DROTATE | //执行"3DROTATE"命令 |
| UCS 当前的正角方向: ANGDIR=逆时针 ANGBASE=0 | //系统自动显示 |
| 选择对象: 指定对角点: 找到 1 个 | //选择需要旋转的图形对象，这里选择绘图区中所有图形对象 |
| 选择对象: | //按【空格】键结束选择对象 |
| 指定基点: | //单击如图 14-37 所示的点 |
| 拾取旋转轴: | //单击彩色旋转轴中的蓝色轴圈，如图 14-38 所示 |
| 指定角的起点或键入角度:45 | //输入旋转角度"45"，并按【空格】键确认 |
| 正在重生成模型。 | //系统自动提示 |

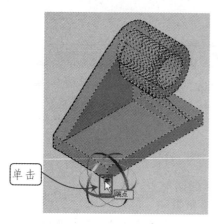

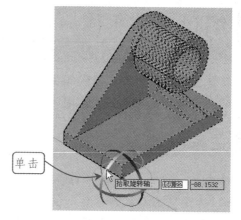

图 14-37　指定基点　　　　　　　　　图 14-38　拾取旋转轴

**Step 2** 三维旋转后的效果如图 14-39 所示【源文件\第 14 章\固定座模型.dwg】。

**指点迷津**

　　执行 3DROTATE 命令后，绘图区右上角会出现一个旋转器，如图 14-40 所示，单击旋转器的任意面即可进行相应方向的旋转操作。将鼠标光标移动到旋转器上，单击左上角的 ⌂ 按钮，可以将图形恢复到执行旋转操作前的状态。

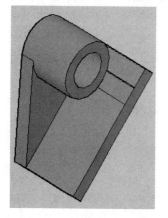

图 14-39　三维旋转后的效果　　　　　　　图 14-40　旋转器

### 14.5.3 三维阵列

三维阵列与二维阵列图形对象方法类似，其命令的调用方法如下：

● 打开"建模"工具栏，单击"三维阵列"按钮 。
● 单击"菜单浏览器"按钮 ，在弹出的菜单中选择【修改】/【三维操作】/【三维阵列】命令。
● 在命令行中输入"3DARRAY"命令。

三维阵列包括矩形阵列和环形阵列两种，下面分别对其进行讲解。

### 1. 三维矩形阵列

三维矩形阵列除了需要指定列数和行数外，还需要指定阵列层数，这也是阵列二维图形对象和三维图形对象的区别所在。下面举例讲解三维矩形阵列的方法，其具体操作步骤如下：

**Step 1** 打开"矩形阵列.dwg"图形文件【素材\第14章\矩形阵列.dwg】，如图14-41所示，在命令行中输入"3DARRAY"命令，其命令行操作如下：

```
命令: 3DARRAY                          //执行 3DARRAY 命令
选择对象: 指定对角点: 找到 1 个          //选择要阵列的图形对象
选择对象:                              //按【空格】键确认对象的选择
输入阵列类型 [矩形(R)/环形(P)] <矩形>:   //按【空格】键，保持默认选择不变
输入行数 (---) <1>: 2                   //输入要阵列的行数"2"，并按【空格】键
输入列数 (|||) <1>: 2                   //输入要阵列的列数"2"，并按【空格】键
输入层数 (...) <1>:2                    //按【空格】键，保持默认选择
指定行间距 (---): 10                    //输入行间距"10"，并按【空格】键
指定列间距 (|||): 10                    //输入列间距"10"，并按【空格】键
指定层间距 (...): 10                    //输入层间距"10"，并按【空格】键
```

**Step 2** 矩形阵列后的效果如图14-42所示【源文件\第14章\矩形阵列.dwg】。

图 14-41　矩形阵列前的效果　　　　　图 14-42　矩形阵列后的效果

### 2. 三维环形阵列

三维环形阵列需指定阵列包含的角度、旋转参考轴等参数，下面举例讲解三维环形阵列的方法，其具体操作步骤如下：

**Step 1** 打开"环形阵列.dwg"图形文件【素材\第14章\环形阵列.dwg】，如图14-43所示，在命令行中输入"3DARRAY"命令，其命令行操作如下：

```
命令: 3DARRAY                          //执行 3DARRAY 命令
选择对象: 指定对角点: 找到 1 个          //选择要阵列的图形对象，这里选择球体
选择对象:                              //按【空格】键确认对象的选择
输入阵列类型 [矩形(R)/环形(P)] <矩形>:p  //选择"环形"选项，并按【空格】键
输入阵列中的项目数目:12                 //输入"12"，并按【空格】键
指定要填充的角度 (+=逆时针, -=顺时针) <360>:  //按【空格】键保持默认不变
旋转阵列对象? [是(Y)/否(N)] <是>:       //按【空格】键旋转阵列对象
```

| 指定阵列的中心点: | //指定大圆中心点 |
|---|---|
| 指定旋转轴上的第二点: | //指定环形阵列旋转参考轴上的第二点,这里垂直向下在任意位置处单击 |

**Step 2** 环形阵列后的效果如图 14-44 所示【源文件\第 14 章\环形阵列.dwg】。

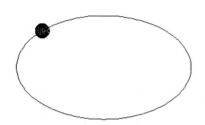

图 14-43 环形阵列前的效果

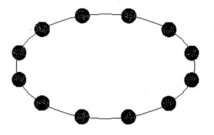

图 14-44 环形阵列后的效果

## 14.5.4 三维镜像

三维镜像命令可以将三维对象以指定的平面进行镜像复制,其命令的调用方法如下:

● 单击 "菜单浏览器" 按钮■,在弹出的菜单中选择【修改】/【三维操作】/【三维镜像】命令。

● 在命令行中输入 "3DMIRROR" 命令。

下面举例讲解三维镜像的方法,其具体操作步骤如下:

**Step 1** 打开 "三维镜像.dwg" 图形文件【素材\第 14 章\三维镜像.dwg】,在命令行中输入 "3DMIRROR" 命令,其命令行操作如下:

| 命令: 3DMIRROR | //执行 3DMIRROR 命令 |
|---|---|
| 选择对象: 找到 1 个 | //选择需要镜像的图形对象,这里选择绘图区中的圆柱体 |
| 选择对象: | //按【空格】键确认对象的选择 |
| 指定镜像平面 (三点) 的第一个点或[对象(O)/最近的(L)/Z 轴(Z)/视图(V)/XY 平面(XY)/YZ 平面(YZ)/ZX 平面(ZX)/三点(3)] <三点>: yz | //选择镜像的平面,这里选择 "YZ" 选项,并按【空格】键 |
| 指定 YZ 平面上的点<0, 0, 0>: | //单击如图 14-45 所示的 A 点 |
| 是否删除源对象? [是(Y)/否(N)] <否>: | //按【空格】键完成镜像操作 |

**Step 2** 三维镜像后的效果如图 14-46 所示【源文件\第 14 章\三维镜像.dwg】。

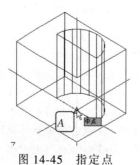

图 14-45 指定点

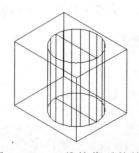

图 14-46 三维镜像后的效果

### 14.5.5　三维倒角

三维倒角命令与二维倒角命令相同，其命令的调用方法如下：

- 选择【常用】/【修改】组，单击"圆角"按钮 右侧的▾按钮，在弹出的下拉列表框中选择"倒角"命令。
- 单击"菜单浏览器"按钮▊，在弹出的菜单中选择【修改】/【倒角】命令。
- 在命令行中执行"CHAMFER"或"CHA"命令。

下面举例讲解三维倒角的方法，其具体操作步骤如下：

**Step1** 打开"三维倒角.dwg"图形文件【素材\第 14 章\三维倒角.dwg】，在命令行中输入"CHAMFER"命令，其命令行操作如下：

| 命令：CHAMFER | //执行 CHAMFER 命令 |
| --- | --- |
| （"修剪"模式）当前倒角距离 1 = 0.0000，距离 2 = 0.0000 | //系统自动显示 |
| 选择第一条直线或 [放弃(U)/多段线(P)/距离(D)/角度(A)/修剪(T)/方式(E)/多个(M)]:　d | //选择"距离"选项，并按【空格】键确认 |
| 指定第一个倒角距离 <0.0000>: 5 | //输入第一个倒角距离 |
| 指定第二个倒角距离 <5.0000>: | //按【空格】键确认 |
| 选择第一条直线或 [放弃(U)/多段线(P)/距离(D)/角度(A)/修剪(T)/方式(E)/多个(M)]: | //选择如图 14-47 所示的面 |
| 选择第一条直线或 [放弃(U)/多段线(P)/距离(D)/角度(A)/修剪(T)/方式(E)/多个(M)]: | //按【空格】键 |
| 基面选择... | //系统自动显示 |
| 输入曲面选择选项 [下一个(N)/当前(OK)] <当前>: | //按【空格】键 |
| 指定基面的倒角距离 <5.0000>: | //按【空格】键 |
| 指定其他曲面的倒角距离 <5.0000>: | //按【空格】键 |
| 选择边或 [环(L)]: 选择边或 [环(L)]: | //选择如图 14-48 所示的边，按【空格】键确认 |

**Step2** 三维倒角后的效果如图 14-49 所示【源文件\第 14 章\三维倒角.dwg】。

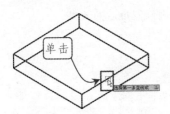　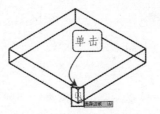　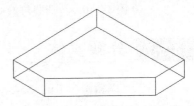

图 14-47　选择要倒角的面　　图 14-48　选择要倒角的边　　图 14-49　三维倒角后的效果

### 14.5.6　三维圆角

三维圆角命令与二维圆角命令相同，其命令的调用方法如下：

- 选择【常用】/【修改】组，单击"圆角"按钮 ▢。
- 单击"菜单浏览器"按钮▊，在弹出的菜单中选择【修改】/【圆角】命令。
- 在命令行中输入"FILLET"命令。

下面举例讲解三维圆角的方法，其具体操作步骤如下：

**Step 1** 打开"三维圆角.dwg"图形文件【素材\第 14 章\三维圆角.dwg】，在命令行中输入"FILLE"命令，其命令行操作如下：

| | |
|---|---|
| 命令: FILLET | //执行 FILLET 命令 |
| 当前设置: 模式 = 修剪，半径 = 0.0000 | //系统自动提示 |
| 选择第一个对象或 [放弃(U)/多段线(P)/半径(R)/修剪(T)/多个(M)]:R | //选择"半径"选项，并按【空格】键 |
| 指定圆角半径 <0.0000>: 20 | //输入"20"，并按【空格】键 |
| 选择第一个对象或 [放弃(U)/多段线(P)/半径(R)/修剪(T)/多个(M)]: | //单击如图 14-50 所示的 A 边 |
| 输入圆角半径 <20.0000>: | //按【空格】键 |
| 选择边或 [链(C)/半径(R)]: | //单击如图 14-50 所示的 B 边 |
| 选择边或 [链(C)/半径(R)]: | //单击如图 14-50 所示的 C 边 |
| 选择边或 [链(C)/半径(R)]: | //单击如图 14-50 所示的 D 边 |
| 选择边或 [链(C)/半径(R)]: | //按【空格】键确认 |
| 已选定 4 个边用于圆角。 | //系统自动提示 |
| 选择第一个对象或 [放弃(U)/多段线(P)/半径(R)/修剪(T)/多个(M)]: | //按【空格】键确认 |

**Step 2** 三维倒圆角后的效果如图 14-51 所示【源文件\第 14 章\三维圆角.dwg】。

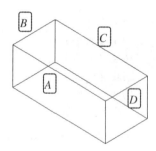

图 14-50　待倒圆角的对象

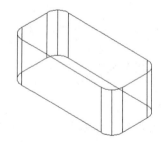

图 14-51　三维倒圆角后的效果

## 14.5.7　分解实体

使用二维编辑命令中的分解命令可以将实体分解为一系列面域和主体。其命令行操作如下：

| | |
|---|---|
| 命令:EXPLODE | //执行 EXPLODE 命令 |
| 选择对象: 找到 1 个 | //选择需要分解的实体 |
| 选择对象: | //按【空格】键确认对象的选择，系统自动分解 |

## 14.5.8　剖切实体

剖切功能可以以某一个平面为剖切面将一个三维实体对象剖切成多个三维实体，其命令的调用方法如下：

- 单击 "菜单浏览器" 按钮 ▇，在弹出的菜单中选择【修改】/【三维操作】/【剖切】命令。
- 在命令行中输入 "SLICE" 命令。

下面举例讲解剖切实体的方法，其具体操作步骤如下：

**Step 1** 打开 "剖切.dwg" 图形文件【素材\第 14 章\剖切.dwg】，在命令行中输入 "SLICE" 命令，其命令行操作如下：

| | |
|---|---|
| 命令:SLICE | //执行 SLICE 命令 |
| 选择对象: 找到 1 个 | //选择长方体 |
| 选择对象: | //按【空格】键 |
| 指定切面上的第一个点，依照 [对象(O)/Z 轴(Z)/ 视 图 (V)/XY 平 面 (XY)/YZ 平 面 (YZ)/ZX 平面(ZX)/三点(3)] <三点>: | //这里单击图 14-52 所示的 A 点 |
| 指定平面上的第二个点: | //这里单击图 14-53 所示的 B 点 |
| 在要保留的一侧指定点或 [保留两侧(B)]: | //按【空格】键确认 |

**Step 2** 对实体进行剖切后的效果如图 14-54 所示【源文件\第 14 章\剖切.dwg】。

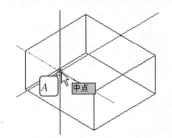 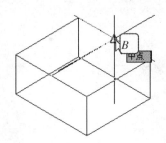 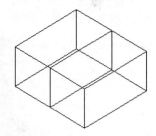

图 14-52　指定切面上的第一点　图 14-53　指定平面上的第二个点　图 14-54　剖切实体后的效果

# 14.6 应用视觉样式

掌握应用视觉样式的方法

默认情况下，在三维视图下绘制的实体以线框形式显示，为了更好地观察图形对象，可以对视觉样式进行设置，对图形应用视觉样式不仅可以实现模型消隐，还可以对其表面着色。其命令的调用方法如下：

- 单击 "菜单浏览器" 按钮 ▇，在弹出的菜单中选择【视图】/【视觉样式】命令，在弹出的级联菜单中选择需要的视觉样式命令。
- 打开 "视觉样式" 工具栏，单击相应的视觉样式按钮，执行视觉样式命令。

各视觉样式的功能和示意图如下：

- "二维线框" 视觉样式：该样式是显示用直线和曲线表示边界的对象。光栅和 OLE 对象、线型和线宽都是可见的。
- "三维线框" 视觉样式：该样式是显示用直线和曲线表示边界的对象，这时 UCS 为一个着色的三维图标。光栅和 OLE 对象、线型和线宽都为不可见，如图 14-55 所示。

● "三维隐藏"视觉样式：该样式是显示用三维线框表示对象，同时消隐表示后面的线。该视觉样式与执行消隐命令后的效果相似，该命令可以用于三维图形的静态观察，如图 14-56 所示。

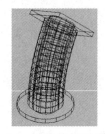

图 14-55 三维线框视觉样式　　　　图 14-56 三维隐藏视觉样式

● "真实"视觉样式：该样式是显示着色后的多边形平面间的对象并使对象的边平滑化。若对三维实体设置为有材质效果，在该视觉样式中，同时还可显示已经附着到对象上的材质效果，如图 14-57 所示。

● "概念"视觉样式：该样式是显示着色后的多边形平面间的对象并使对象的边平滑化。该视觉样式缺乏真实感，但可以很方便地在该视觉样式中查看模型的细节，如图 14-58 所示。

图 14-57 真实视觉样式　　　　图 14-58 概念视觉样式

# 14.7　三维图形后期处理

掌握图形消隐和渲染实体等后期处理三维图形的操作方法

三维图形绘制完成后，可以对其进行后期处理，其操作包括消隐、渲染等，下面分别对其进行讲解。

## 14.7.1　图形消隐

执行消隐命令可以使实体更简洁、清晰，其命令的调用方法如下：
● 在"渲染"工具栏中单击"隐藏"按钮 。
● 单击"菜单浏览器"按钮 ，在弹出的菜单中选择【视图】/【消隐】命令。
● 在命令行中输入"HIDE"命令。

执行上述任意命令后，其命令行操作如下：

| 命令:HIDE | //执行 HIDE 命令 |
| --- | --- |
| 正在重生成模型。 | //系统自动重生成模型 |

## 14.7.2　渲染实体

渲染命令用于创建三维线框或实体模型的照片真实感着色的图像。其命令的调用方法如下：

- 单击"渲染"工具栏中的"渲染"按钮 🍵。
- 单击"菜单浏览器"按钮 ，在弹出的菜单中选择【视图】/【渲染】/【渲染】命令。
- 在命令行中输入"RENDER"命令。

执行上述任意命令后，将自动打开"渲染"窗口，在其中便可查看对实体进行渲染操作后的效果，如图 14-59 所示。

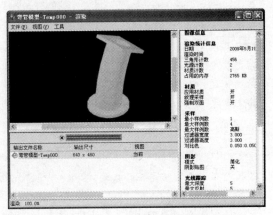

图 14-59　"渲染"窗口

# 14.8　综合实例——绘制凳子

综合练习本章所讲知识，并绘制凳子三维实体

本例将绘制如图 14-60 所示的凳子模型，进一步巩固创建与编辑三维实体的方法。

图 14-60　渲染后的凳子效果

**制作思路**

绘制凳子 { ①绘制凳子 ②渲染图形

其具体操作步骤如下：

**Step 1** 启动 AutoCAD 2009，单击"菜单浏览器"按钮 ，在弹出的菜单中选择【视图】/【三维视图】/【西南等轴测】命令，将视图切换为西南等轴测视图。

**Step 2** 在命令行中执行"BOX"命令，其命令行操作如下：

| | |
|---|---|
| 命令：BOX | //执行 BOX 命令 |
| 指定第一个角点或 [中心(C)]: | //在绘图区中任意位置处单击一点 |
| 指定其他角点或 [立方体(C)/长度(L)]: | //选择"长度"选项，并按【空格】键 |
| 指定长度 <000.0000>:100 | //输入"100"并按【空格】键 |
| 指定宽度 <100.0000>: | //输入"100"并按【空格】键 |
| 指定高度或 [两点(2P)] <500.0000>: 500 | //输入"500"并按【空格】键，效果如图 14-61 所示 |

**Step 3** 在命令行输入命令"3DARRAY"，其命令行操作如下：

| | |
|---|---|
| 命令：3DARRAY | //执行 3DARRAY 命令 |
| 选择对象：指定对角点：找到 1 个 | //选择刚绘制的长方体 |
| 选择对象： | //按【空格】键确认对象的选择 |
| 输入阵列类型 [矩形(R)/环形(P)] <矩形>: | //按【空格】键，保持默认选择 |
| 输入行数 (---) <1>: 2 | //输入要阵列的行数"2"，并按【空格】键 |
| 输入列数 (\|\|\|) <1>: 2 | //输入要阵列的列数"2"，并按【空格】键 |
| 输入层数 (...) <1>: | //按【空格】键，保持默认选择 |
| 指定行间距 (---): 400 | //输入行间距"400"，并按【空格】键 |
| 指定列间距 (\|\|\|): 300 | //输入列间距"300"，并按【空格】键，效果如图 14-62 所示 |

图 14-61　绘制长方体

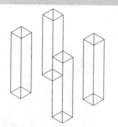

图 14-62　阵列后的效果

**Step 4** 在命令行中执行"BOX"命令，其命令行操作如下：

| | |
|---|---|
| 命令：BOX | //执行 BOX 命令 |
| 指定第一个角点或 [中心(C)]: | //单击如图 14-63 所示的 A 点 |
| 指定其他角点或 [立方体(C)/长度(L)]: | //单击如图 14-63 所示的 B 点 |
| 指定高度或 [两点(2P)] <500.0000>: 50 | //输入"50"并按【空格】键，效果如图 14-64 所示 |

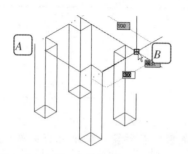

图 14-63　指定角点

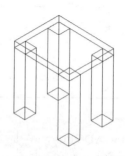

图 14-64　绘制后的效果

**Step 5** 在命令行中执行"FILLET"命令，其命令行操作如下：

| | |
|---|---|
| 命令：FILLET | //执行 FILLET 命令 |
| 当前设置：模式 = 修剪，半径 = 0.0000 | //命令行提示 |
| 选择第一个对象或 [放弃(U)/多段线(P)/半径(R)/<br>修剪(T)/多个(M)]:R | //选择"半径"选项，并按【空格】键 |
| 指定圆角半径 <0.0000>: 20 | //输入"20"，并按【空格】键 |
| 选择第一个对象或 [放弃(U)/多段线(P)/半径(R)/<br>修剪(T)/多个(M)]: | //单击如图 14-65 所示的 A 边 |
| 输入圆角半径 <20.0000>: | //按【空格】键 |
| 选择边或 [链(C)/半径(R)]: | //单击如图 14-65 所示的 B 边 |
| 选择边或 [链(C)/半径(R)]: | //单击如图 14-65 所示的 C 边 |
| 选择边或 [链(C)/半径(R)]: | //单击如图 14-65 所示的 D 边 |
| 选择边或 [链(C)/半径(R)]: | //按【空格】键确认 |
| 已选定 4 个边用于圆角。 | //系统自动提示 |
| 选择第一个对象或 [放弃(U)/多段线(P)/半径(R)/<br>修剪(T)/多个(M)]: | //按【空格】键确认，效果如图 14-66 所示 |

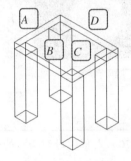　　　　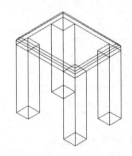

图 14-65　选择边　　　　　　　图 14-66　圆角后的效果

**Step 6** 在命令行中输入"HIDE"命令，其命令行操作如下：

| | |
|---|---|
| 命令:HIDE | //执行 HIDE 命令 |
| 正在重生成模型。 | //系统自动重生成模型，效果如图 14-67 所示 |

**Step 7** 单击"菜单浏览器"按钮█，在弹出的菜单中选择【视图】/【视觉样式】/【概念】
命令，将视觉样式切换为概念，效果如图 14-68 所示。\

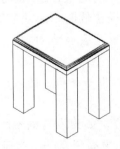　　　　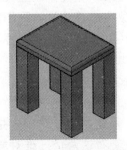

图 14-67　消隐效果　　　　　　　图 14-68　圆角后的效果

**Step 8** 单击"菜单浏览器"按钮▇，在弹出的菜单中选择【视图】/【渲染】/【渲染】命令，将图形进行渲染操作，渲染后的效果如图 14-60 所示，然后单击"关闭"按钮✕，关闭该窗口【源文件\第 14 章\凳子.dwg】。

## 14.9　大显身手

本章应重点掌握在 AutoCAD 2009 中创建与编辑三维实体的方法，下面进行练习

　　打开"六角螺母.dwg"图形文件【素材\第 14 章\六角螺母.dwg】，如图 14-69 所示，然后对其进行编辑，最后将其进行渲染，效果如图 14-70 所示【源文件\第 14 章\六角螺母.dwg】。

　　**提示**：其中主要运用的知识点有差集、拉伸、倒角、圆角、三维移动、交集以及将视觉样式设置概念等命令。

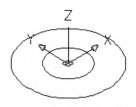

图 14-69　素材文件

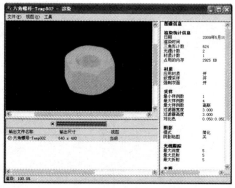

图 14-70　六角螺母渲染后的效果

## 电脑急救箱

运用本章知识时若遇到布尔运算、并集等问题，别急，打开急救箱看看吧

**Q** 扫掠与沿路径拉伸创建实体的方法有什么区别？

**A** 扫掠与沿路径拉伸创建实体的原理相似，但不同的是，沿路径扫掠对象时，二维对象将被移动并与路径垂直对齐，而沿路径拉伸时，必须手动将被拉伸对象与路径垂直对齐，且在拉伸过程中被拉伸对象不会被移动。

**Q** 使用并集命令为什么不能将两个三维对象组合为一个单一的三维对象？

**A** 首先，看这两个三维对象是否有相重叠的部分，如果没有则不能进行布尔运算。另外，查看这两个三维对象是否均为实体，如果有任意一个为表面模型都无法进行布尔运算。

# 第 15 章
# 绘制机械零件图

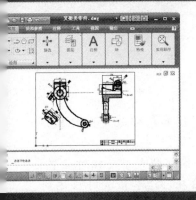
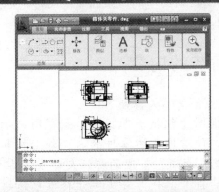
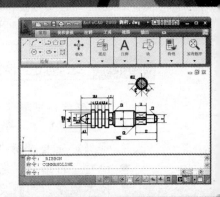

## 本章要点

- AutoCAD 与机械零件图
- 绘制轴套类零件
- 绘制叉架类零件
- 绘制盘盖和箱体类零件

　　在前面章节中讲解了创建与编辑三维实体的方法，本章将主要讲解绘制机械零件图的方法，包括轴套类零件、叉架类零件、盘盖类零件、箱体类零件等的绘制方法，在绘制图形之前还讲解了绘制图形细节的内容和绘制机械零件图的流程，下面进行详细讲解。

## 15.1 AutoCAD 与机械零件图

了解 AutoCAD 与机械零件图的关系

通过前面的学习我们可以绘制基本的二维和三维图形，通过对本章相关知识的学习后可以绘制专业的机械零件图。

### 15.1.1 绘制图形细节的内容

一张完整的机械零件图应包含的内容如下：

- **一组图形**：用一组视图（包括基本视图、剖视图、剖面图和局部放大视图等）正确、完整、清晰、简洁地表达零件的内、外形状和结构。
- **尺寸**：用正确、完整、清晰、合理的标注尺寸反映零件各部分大小与相对位置。
- **技术要求**：用规定的符号、代号和文字注释准确地给出在制造和检验时应达到的技术要求，如尺寸公差、形位公差、表面粗糙度、材料和热处理要求等。
- **标题栏**：用标题栏明确地列出零件的名称、数量、比例、图号、制图者和校核人员的姓名以及日期等。

### 15.1.2 绘制机械零件图的流程

在 AutoCAD 中，机械零件图的绘制流程主要包括以下步骤：

**Step 1** 了解零件的名称、材料、用途以及各部分结构形状和加工方法。首先，脑海里要有一个整体图形的效果，零件图是根据目测估计尺寸，并实际测量按比例进行缩放控制。然后确定绘制物体的主视图，再根据零件的结构特征确定其他视图。

**Step 2** 绘制时要做到视图表达准确而完全，尺寸标注完全与完整，根据材料标明技术要求、图框以及标题栏等内容。

**Step 3** 在绘制过程中，可先绘制出中心线、然后根据尺寸绘制零件结构，再标注尺寸及添加文字说明，最后绘制标题栏并填写其内容。完成后，可对其进行渲染，然后将其打印输出查看。

## 15.2 绘制轴套类零件

掌握轴套类零件图的绘制方法

轴套类零件是机械中最普通的一类零件且它们的类型很繁多，如齿轮轴和阀杆等。下面将具体讲解轴套类零件图形的绘制。

### 15.2.1 案例目标

轴套类零件的绘制方法较为简单，使用常用的绘图与编辑命令即可绘制。本节将绘制如图 15-1 所示的轴套类零件图【源文件\第 15 章\轴套类零件.dwg】。

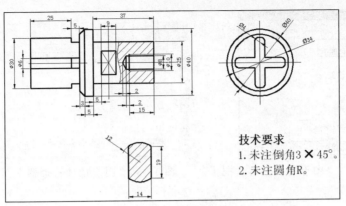

图 15-1　轴套类零件

## 15.2.2 制作思路

在绘制轴套类零件图时，一般将轴的轴线水平放置，用主视图来表达轴的外形。而其他结构，如螺纹和键槽等，一般用局部剖视图、剖面图进行绘制，一些细小的结构还可将其局部放大进行绘制，以便于表达形状和尺寸的标注。

## 15.2.3 制作过程

其具体操作步骤如下：

**Step 1** 启动 AutoCAD 2009，在命令行中输入 "LIMITS" 命令，设置其绘图界限，其命令行操作如下：

| | |
|---|---|
| 命令：LIMITS | //执行 LIMITS 命令 |
| 重新设置模型空间界限： | //系统自动提示 |
| 指定左下角点或 [开(ON)/关(OFF)] <0.0000,0.0000>: | //按【空格】键 |
| 指定右上角点 <420.0000,297.0000>: 840,594 | //输入 "840,594"，并按【空格】键 |

**Step 2** 单击 "菜单浏览器" 按钮█，在弹出的菜单中选择【格式】/【单位】命令，打开 "图形单位" 对话框。

**Step 3** 在 "长度" 栏的 "精度" 下拉列表框中选择 "0" 选项，然后单击 确定 按钮，如图 15-2 所示。在命令行中输入 "LAYER" 命令，打开 "图层特性管理器" 面板，单击 "新建图层" 按钮█，新建图层，并按图 15-3 所示设置图层特性。

**Step 4** 按照相同的方法，设置如图 15-4 所示的图层特性，并将 "中心线" 图层设为当前图层，然后单击 "关闭" 按钮█，关闭该面板，按【F8】键，开启正交模式。

**Step 5** 在命令行中执行 "L" 命令，其命令行操作如下：

| | |
|---|---|
| 命令：L | //执行 L 命令 |
| 指定第一点： | //在绘图区中任意位置处单击 |
| 指定下一点或 [放弃(U)]: 90 | //向右移动鼠标并输入 "90"，并按【空格】键 |
| 指定下一点或 [放弃(U)]: | //按【空格】键确认，绘制后的效果如图 15-5 所示 |

图 15-2　"图形单位"对话框

图 15-3　"图层特性管理器"面板

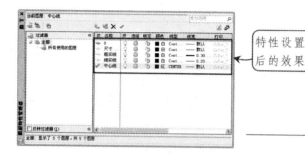

图 15-4　设置图层特性后的效果

图 15-5　绘制中心线

**Step 6** 打开"图层特性管理器"面板，将"粗实线"图层设置为当前图层，在命令行中输入"L"命令，在中心线的左端绘制垂直向上距离为 3 的直线。

**Step 7** 在状态栏中单击"显示/隐藏线宽"按钮，显示其线宽，再在命令行中输入"L"命令，绘制如图 15-6 所示的图形。

**Step 8** 在命令行中输入"CHAMFER"命令，其命令行操作如下：

| | |
|---|---|
| 命令: CHAMFER | //执行 CHAMFER 命令 |
| ("修剪"模式) 当前倒角距离　1 = 0.0000, 距离　2 = 0.0000 | //系统提示当前倒角设置 |
| 选择第一条直线或 [放弃(U)/多段线(P)/距离(D)/角度(A)/修剪(T)/方式(E)/多个(M)]: D | //选择"距离"选项，并按【空格】键 |
| 指定第一个倒角距离 <0>: 3 | //输入"3"，并按【空格】键 |
| 指定第二个倒角距离 <3>: | //按【空格】键 |
| 选择第一条直线或 [放弃(U)/多段线(P)/距离(D)/角度(A)/修剪(T)/方式(E)/多个(M)]: | //选择如图 15-7 所示的 A 线 |
| 选择第二条直线，或按住 Shift 键选择要应用角点的直线: | //选择如图 15-7 所示的 B 线，倒角后的效果如图 15-8 所示 |

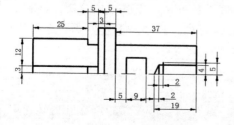

图 15-6　绘制图形上半部分

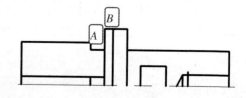

图 15-7　选择需要倒角的直线

**Step 9** 将"中心线"图层设置为当前图层，在如图 15-9 所示的位置处绘制辅助线，将"细实线"图层设置为当前图层，在命令行中输入"L"，绘制如图 15-10 所示的直线。

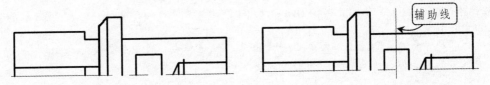

图 15-8　倒角后的效果　　　　　　图 15-9　绘制辅助线

**Step 10** 在命令行中输入"MIRROR"命令，镜像刚绘制的所有图形对象，其命令行操作如下：

| 命令:MIRROR | //执行 MIRROR 命令 |
| --- | --- |
| 选择对象: 指定对角点: 找到 7 个 | //框选刚绘制的所有图形对象 |
| 选择对象: | //按【空格】键确认选择 |
| 指定镜像线的第一点: | //单击如图 15-11 所示的 A 点 |
| 指定镜像线的第二点: | //单击如图 15-11 所示的 B 点 |
| 要删除源对象吗？[是(Y)/否(N)] <N>: | //按【空格】键选择默认选项，不删除源对象，镜像后的效果如图 15-12 所示 |

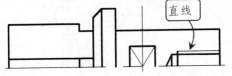

图 15-10　在细实线图层绘制图形对象　　　图 15-11　指定镜像点

**Step 11** 将"中心线"图层设置为当前图层，在绘制的图形右侧绘制长为 50 的中心线，然后在绘制的中心线的中点绘制长为 50 的垂直直线。

**Step 12** 将"粗实线"图层设置为当前图层，在命令行中输入"C"命令，其命令行操作如下：

| 命令: CIRCLE | //执行 CIRCLE 命令 |
| --- | --- |
| 指定圆的圆心或 [三点(3P)/两点(2P)/相切、相切、半径(T)]: | //单击绘制的两条中心线交点作为圆心 |
| 指定圆的半径或 [直径(D)]: 20 | //输入半径"20"，并按【空格】键确认，效果如图 15-13 所示 |

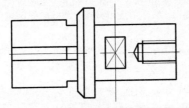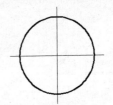

图 15-12　镜像图形对象后的效果　　　图 15-13　绘制圆

**Step 13** 按照相同的方法，再绘制一个半径为 17 的同心圆，再在命令行中输入"O"命令，其命令行操作如下：

| 命令：O | //执行 OFFSET 命令 |
| --- | --- |
| 当前设置:删除源=否 图层=源 | |
| OFFSETGAPTYPE=0 | //系统自动显示 |
| 指定偏移距离或 [通过(T)/删除(E)/图层(L)] <20.0000>: 3 | //指定偏移距离输入"3"，并按【空格】键确认 |
| 选择要偏移的对象，或[退出(E)/放弃(U)]<退出>: | //选择右图的垂直中心线 |
| 指定要偏移的那一侧上的点，或 [退出(E)/多个(M)/放弃(U)] <退出>: | //向右移动并单击 |
| 选择要偏移的对象，或 [退出(E)/放弃(U)] <退出>: | //选择右图的垂直中心线 |
| 指定要偏移的那一侧上的点，或 [退出(E)/多个(M)/放弃(U)] <退出>: | //向左移动并单击 |
| 选择要偏移的对象，或 [退出(E)/放弃(U)] <退出>: | //按【空格】键确认并结束命令 |

**(Step14)** 再将水平中心线向上或向下偏移 3，将垂直中心线向左和向右偏移 3，再将水平中心线和垂直中心线向两侧偏移 15，偏移后的效果如图 15-14 所示。在命令行中输入"L"命令，连接偏移获得的线段，连接后的效果如图 15-15 所示。

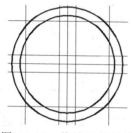

图 15-14 偏移后的效果

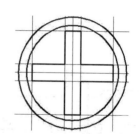

图 15-15 连接偏移的线段

**(Step15)** 在命令行中输入"FILLET"命令，其命令行操作如下：

| 命令：FILLET | //执行 FILLET 命令 |
| --- | --- |
| 当前设置：模式 = 修剪，半径 = 0.0000 | //系统提示当前圆角设置 |
| 选择第一个对象或 [放弃(U)/多段线(P)/半径(R)/修剪(T)/多个(M)]: r | //选择"半径"选项 |
| 指定圆角半径 <0>:2 | //输入圆角半径"2"，并按【空格】键 |
| 选择第一个对象或 [放弃(U)/多段线(P)/半径(R)/修剪(T)/多个(M)]: M | //选择"多个"选项，并按【空格】键 |
| 选择第一个对象或 [放弃(U)/多段线(P)/半径(R)/修剪(T)/多个(M)]: | //选择如图 15-16 所示的 AB 线 |
| 选择第二个对象，或按住 Shift 键选择要应用角点的对象: | //选择如图 15-16 所示的 BC 线 |
| 选择第一个对象或 [放弃(U)/多段线(P)/半径(R)/修剪(T)/多个(M)]: | //按【空格】键结束命令，效果如图 15-17 所示 |

**(Step16)** 按照相同的方法，为其他角进行倒圆角，删除偏移的中心线，效果如图 15-18 所示。在绘制的第一个图形对象下方绘制如图 15-19 所示的图形对象，将"细实线"图层设置为当前图层，在命令行中输入"SPLINE"命令，在绘制的第一个图形对象上，绘制如图 15-20 所示的样条曲线。

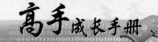

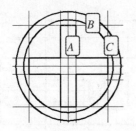

图 15-16 选择需要倒圆角的线段

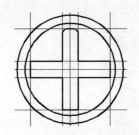

图 15-17 倒圆角后的效果

图 15-18 倒圆角后的效果

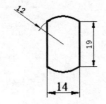

图 15-19 绘制图形对象

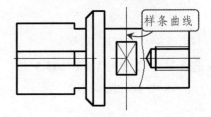

图 15-20 绘制样条曲线

**Step 17** 在命令行中执行 "BHATCH" 命令,打开 "图案填充和渐变色" 对话框。单击 "图案" 下拉列表框右侧的 ⋯ 按钮,打开 "填充图案选项板" 对话框,单击 "ANSI" 选项卡,在中间列表框中选择 "ANSI31" 选项,然后单击 确定 按钮。

**Step 18** 返回 "图案填充和渐变色" 对话框,在 "边界" 栏单击 "添加:拾取点" 按钮 ,返回绘图区,选择如图 15-21 所示的填充区域。

**Step 19** 按【空格】键,返回 "图案填充和渐变色" 对话框,在 "比例" 下拉列表框中输入 "1",然后单击 确定 按钮,填充后的效果如图 15-22 所示。

**Step 20** 将 "尺寸标注" 图层设置为当前图层,对绘制的图形对象进行尺寸标注,标注后的效果如图 15-23 所示。

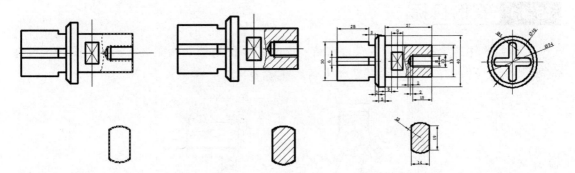

图 15-21 选择填充区域　　图 15-22 填充图案后的效果　　图 15-23 标注尺寸后的效果

**Step 21** 双击左侧图形左端的长为 "30" 的线性标注,打开 "特性" 面板,在 "文字" 栏中的 "文字替代" 文本框中输入 "%%c30",按【Enter】键确认,如图 15-24 所示。

**Step 22** 在绘图区中任意空白处单击,并按【Esc】键,即可查看到更改尺寸标注内容后的效果,按照相同的方法编辑其他需要编辑的直径尺寸标注,效果如图 15-25 所示。

图 15-24  "特性"面板

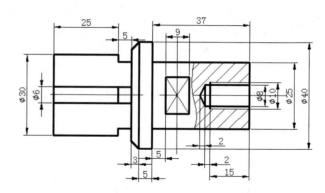

图 15-25  修改标注尺寸后的效果

**Step 23** 选择【常用】/【注释】组，单击"多行文字"按钮 **A**，在图形右下角输入技术要求文本，完成本例的绘制，最终效果如图 15-1 所示。

## 15.2.4  案例小结

轴套类零件的绘制方法总体来说还是比较简单的，大部分的图形都是对称图形，因此只需先绘制出其中的一半，然后使用镜像命令进行镜像绘制，即可得到整个图形对象了。

# 15.3  绘制叉架类零件

学习叉架类零件图的绘制方法

在机械图中，叉架类零件的形状弯曲，扭斜较多，基本视图若不能反映其真实形状，则需要采用斜视图、斜剖视、剖面和剖视图等来对其进行综合表达。

## 15.3.1  案例目标

叉架类零件的绘制方法较复杂，在绘制时一定要使用辅助功能进行辅助绘图。本节将绘制如图 15-26 所示的叉架类零件图【源文件\第 15 章\叉架类零件.dwg】。

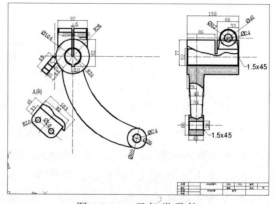

图 15-26  叉架类零件

## 15.3.2 制作思路

　　该图由主视图、左视图和 A 向剖视图组成，在绘制本图时，应首先绘制其中心线和基准线，先用圆命令和直线命令绘制其支承部分，再用连接弧的方法绘制工作部分和连接部分，然后再根据绘制的主视图绘制其余的视图。在选择视图时，一定要选择最能够表达图形结构、形状的视图进行绘制。

## 15.3.3 制作过程

　　根据制作思路中的分析，可以将本例分成三步来讲解图形的绘制，下面进行具体讲解。

### 1. 设置绘图环境

　　设置了绘图环境后，对后面的绘图才更加顺手，其具体操作步骤如下：

**Step 1** 启动 AutoCAD 2009，按照前面讲解的绘制轴套类零件图设置图形界限和单位的方法，同样进行设置。

**Step 2** 在命令行中输入 "LAYER" 命令，打开 "图层特性管理器" 面板，单击 "新建图层" 按钮，新建图层，并按照图 15-27 所示设置图层特性。

**Step 3** 单击 "图层特性管理器" 面板的 "关闭" 按钮✖，关闭该面板，按【F8】键，开启正交模式。

**Step 4** 在命令行中输入 "REC" 命令，绘制出图纸的大小，其命令行操作如下：

| | |
|---|---|
| 命令: REC | //执行 REC 命令 |
| 指定第一个角点或 [倒角(C)/标高(E)/圆角(F)/厚度(T)/宽度(W)]: 0,0 | //输入 "0,0"，并按【空格】键 |
| 指定另一个角点或 [面积(A)/尺寸(D)/旋转(R)]: 805,574 | //输入 "805,574"，并按【空格】键 |

### 2. 绘制图形对象

　　设置了绘图环境后，下面就可以绘制图形对象了，其具体操作步骤如下：

**Step 1** 将 "中心线" 图层设置为当前图层，按【F8】键，开启正交模式，在命令行中执行 "L" 命令，其命令行操作如下：

| | |
|---|---|
| 命令: L | //执行 L 命令 |
| 指定第一点: | //在屏幕左上角单击 |
| 指定下一点或 [放弃(U)]: 200 | //向右移动鼠标并输入 "200"，并按【空格】键 |
| 指定下一点或 [放弃(U)]: | //按【空格】键确认 |

**Step 2** 按照相同的方法，绘制一条长为 200 的垂直中心线，效果如图 15-28 所示。在将 "轮廓线" 图层设置为当前图层，在状态栏中单击 "显示/隐藏线宽" 按钮➕。

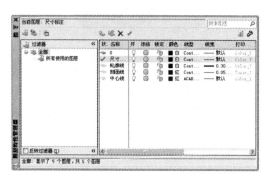

图 15-27 "图层特性管理器"面板

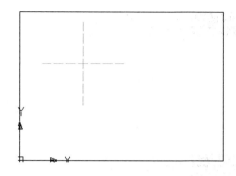

图 15-28 绘制辅助线

**Step 3** 在命令行中输入"C"命令，以刚绘制的两条辅助线的交点作为圆心，绘制 3 个同心圆，半径分别是 24、26、52，绘制后的效果如图 15-29 所示。

**Step 4** 在命令行中输入"O"命令，将水平中心线向上偏移 26，然后再向下偏移 30，将垂直中心线分别向左右偏移 5，效果如图 15-30 所示。

**Step 5** 在命令行中输入"L"命令，连接刚偏移的线段，连接后的效果如图 15-31 所示。在命令行中输入"TR"命令，对刚连接的线段进行修剪，修剪后的效果如图 15-32 所示。

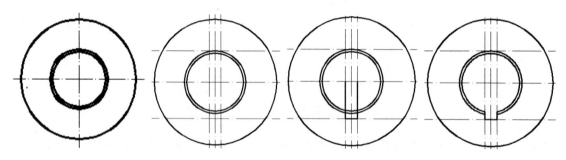

图 15-29 绘制圆　　图 15-30 偏移线段　　图 15-31 连接线段　　图 15-32 修剪线段

**Step 6** 删除刚偏移的线段，再在命令行中输入"O"命令，将垂直中心线左偏移 3，在命令行中输入"L"命令，并以偏移后的线段与水平中心线交点为起点，垂直向上绘制 84 长的线段。

**Step 7** 删除偏移获得的线段，然后在命令行中输入"O"命令，将刚绘制的线段向右偏移 6，如图 15-33 所示。

**Step 8** 在命令行中输入"O"命令，将水平中心线向上偏移 24、58、84，再在命令行中输入"L"命令，连接刚偏移的线段，并删除刚偏移的线段，如图 15-34 所示。

**Step 9** 在命令行中输入"O"命令，将水平中心线向上偏移 51、69、73、81，将垂直中心线分别向右偏移 20、43，并向左偏移 43，再在命令行中输入"L"命令，连接刚偏移的线段，并删除刚偏移的线段，如图 15-35 所示。

**Step 10** 将"剖面线"图层设置为当前图层，在命令行中输入"SPLINE"命令，绘制如图 15-36 所示的剖面线。

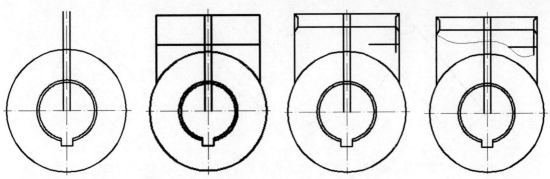

图 15-33　绘制直线　　图 15-34　绘制效果　图 15-35　绘制后的效果　图 15-36　绘制剖面线

**(Step11)** 将"轮廓线"图层设置为当前图层，在命令行中输入"O"命令，将垂直中心线向左偏移 56，在命令行中输入"C"命令，以刚偏移的线段与水平中心线的交点为圆心，绘制半径为 4 的圆。

**(Step12)** 在命令行中输入"TR"命令，修剪圆的上半部分，修剪结果如图 15-37 所示，将"中心线"图层设置为当前图层，在命令行中输入"L"命令，以垂直中心线与水平中心线的交点为起点，向下绘制长为 100 的线段。

**(Step13)** 在命令行中输入"RO"命令，以刚绘制的中心线上端端点作为基点，并将其旋转 -40°，旋转后的效果如图 15-38 所示。

**(Step14)** 在命令行中输入"O"命令，将刚旋转的中心线向其左上角偏移 26、46，在命令行中输入"L"命令，沿着刚偏移获得线段的斜度，绘制如图 15-39 所示的线段。

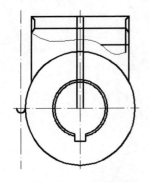
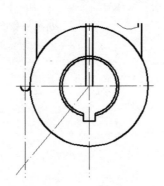
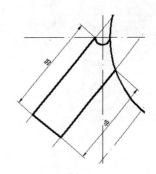

图 15-37　修剪圆　　　　图 15-38　旋转中心线　　　图 15-39　绘制线段

**(Step15)** 在命令行中输入"O"命令，将如图 15-40 所示的 A 线，向右上角偏移 12、28，然后对其进行修剪，效果如图 15-41 所示。

**(Step16)** 将"剖面线"图层设置为当前图层，在命令行中输入"SPLINE"命令，绘制如图 15-42 所示的样条曲线。

**(Step17)** 将水平中心线拉伸，在命令行中输入"O"命令，将水平中心线向下偏移 205。

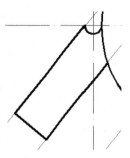
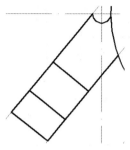
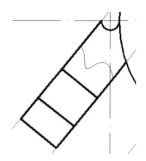

图 15-40 要偏移的线段　　图 15-41 偏移后的效果　　图 15-42 绘制剖面线

**(Step18)** 在命令行中输入 "RO" 命令, 以刚绘制的中心线上端端点作为基点, 并将其旋转 30°, 再在命令行中输入 "RO" 命令, 将第 17 步偏移得到的线段右边端点为基点, 并将其旋转 30°, 旋转后的效果如图 15-43 所示。

**(Step19)** 在命令行中输入 "C" 命令, 以刚旋转的两条线段的交点为圆心, 绘制半径为 12、13、30 的同心圆, 并删除旋转获得的线段, 效果如图 15-44 所示。

**(Step20)** 在命令行中输入 "O" 命令, 将上方图形的垂直中心线, 分别向左和向右偏移 32.5, 再在命令行中输入 "ARC" 命令, 其命令行操作如下:

| | |
|---|---|
| 命令: ARC | //执行 ARC 命令 |
| 指定圆弧的起点或 [圆心(C)]: | //单击如图 15-45 所示的 A 点 |
| 指定圆弧的第二个点或 [圆心(C)/端点(E)]: e | //选择 "端点" 选项, 并按【空格】键 |
| 指定圆弧的端点: | //单击如图 15-45 所示的 B 点 |
| 指定圆弧的圆心或 [角度(A)/方向(D)/半径(R)]: a | //选择 "角度" 选项, 并按【空格】键 |
| 指定包含角: 80 | //输入包含角度 "80", 并按【空格】键, 效果如图 15-45 所示 |

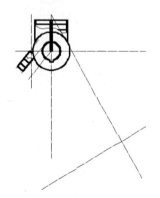

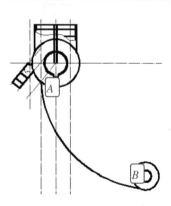

图 15-43 旋转线段后的效果　　图 15-44 绘制同心圆　　图 15-45 绘制圆弧

**(Step21)** 在命令行中输入 "ARC" 命令, 绘制包含角为 62 的圆弧, 删除偏移的多余线段, 效果如图 15-46 所示。

**(Step22)** 按照相同的方法, 绘制如图 15-47 所示的图形对象。再按照相同的方法, 在其右侧绘制如图 15-48 所示的图形对象。

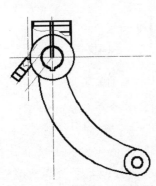

图 15-46　绘制第二条圆弧

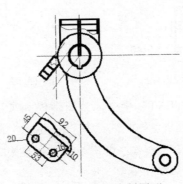

图 15-47　在左侧绘制图形

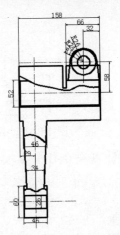

图 15-48　在右侧绘制图形

**Step23** 将"剖面线"图层设置为当前图层，填充图案样式为"ANSI31"，填充图案后的效果如图 15-49 所示。

**3. 标注尺寸对象**

绘制图形对象后就可以对图形对象进行尺寸标注，其具体操作步骤如下：

**Step1** 对整个图形对象进行编辑，然后将"尺寸标注"图层设置为当前图层，对图形对象进行尺寸标注，如图 15-50 所示。

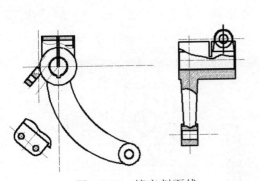

图 15-49　填充剖面线

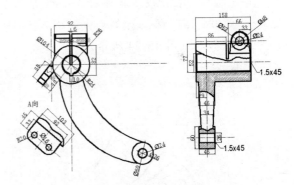

图 15-50　标注尺寸

**Step2** 在命令行中输入"MLEADER"命令，为图形标注多重引线，其命令行操作如下：

| 命令: MLEADER | //执行 MLEADER 命令 |
| --- | --- |
| 指定引线箭头的位置或 [引线基线优先(L)/内容优先(C)/选项(O)] <选项>: | //单击如图 15-51 所示的 A 点 |
| 指定引线基线的位置: | //在箭头的附近确定引线基线的位置，打开文本输入框，输入文本"1.5×45"，并设置字号为"15"，然后在绘图区的空白处单击，效果如图 15-51 所示 |

**Step3** 按照相同的方法，为图形对象其他部分进行引线标注，标注的文本同样是"1.5×45"，标注后的效果如图 15-52 所示。

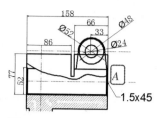

图 15-51　引线标注

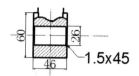

图 15-52　引线标注后的效果

**Step 4** 在命令行中输入"MTEXT"命令，为图形添加文字说明，其命令行操作如下：

| | |
|---|---|
| 命令: MTEXT | //执行 MTEXT 命令 |
| 当前文字样式: "Standard" 文字高度: 2.5 | //系统当前提示 |
| 注释性: 否 | |
| 指定第一角点: | //在视图左下角的剖视图上方，指定第一个角点 |
| 指定对角点或 [高度(H)/对正(J)/行距(L)/旋转(R)/样式(S)/宽度(W)/栏(C)]: h | //选择"高度"选项，并按【空格】键 |
| 指定高度 <2.5>: 5 | //输入文字的高度"5"，并按【空格】键 |
| 指定对角点或 [高度(H)/对正(J)/行距(L)/旋转(R)/样式(S)/宽度(W)/栏(C)]: | //指定对角点，打开文本输入框，输入文本"A向"，并设置字号为"15"，然后在绘图区的空白处单击，效果如图 15-53 所示 |

**Step 5** 选择【常用】/【注释】组，单击"表格"按钮 ▦，打开"插入表格"对话框，在"列和行设置"栏的"列数"数值框中输入"8"，在"数据行数"数值框中输入"2"，在"设置单元样式"栏的"第一行单元样式"下拉列表框中选择"数据"选项，在"第二行单元样式"下拉列表框中选择"数据"选项，然后单击 确定 按钮，如图 15-54 所示。

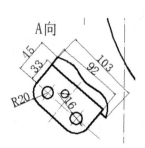

图 15-53　添加文字说明

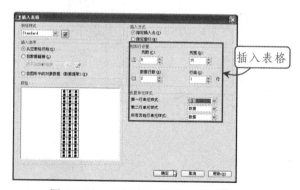

图 15-54　"插入表格"对话框

**Step 6** 返回绘图区，在其右下角单击插入表格，选择如图 15-55 所示的表格并右击，在弹出的快捷菜单中选择【合并】/【全部】命令，合并选择的单元格，然后按照相同的方法，编辑其他单元格，效果如图 15-56 所示。

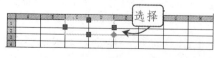

图 15-55　选择单元格

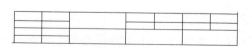

图 15-56　编辑单元格后的效果

**Step 7** 双击单元格，在其中输入需要的文本，完成后的效果如图 15-57 所示，然后在"比例"后的单元格中输入多行文字"2:1"，最终效果如图 15-26 所示。

| 制图 | | 叉架类零件 | 材料 | C111 | 数量 | |
|---|---|---|---|---|---|---|
| 设计 | | | 重量 | | 比例 | 2:1 |
| 描图 | | 精艺机械 | 图号 | | | |
| 审核 | | | | | | |

图 15-57　输入文本

## 15.3.4　案例小结

叉架类零件的结构较为特殊，绘制的方法也较为复杂，但其基本的方法是固定的。只是在绘制时，一定要注意图形细节的绘制。

## 15.4　绘制盘盖类零件

掌握盘盖类零件图的绘制方法

盘盖类零件主要包括阀盖、齿轮、法兰和端盖等零件。其视图一般包括全剖视图和一般视图，视图应采用全剖视图进行绘制，以表达盘盖类零件各孔的内形，而左视图则用基本的视图来表达零件的外形。

## 15.4.1　案例目标

端盖是机械零件中最常见的一种盘盖类零件，本例将绘制如图 15-58 所示的盘盖类零件图【源文件\第 15 章\盘盖类零件.dwg】。

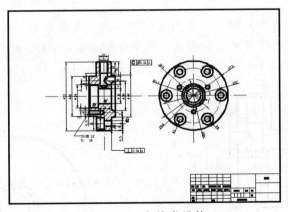

图 15-58　盘盖类零件

## 15.4.2　制作思路

盘盖类图形视图左侧为全剖视图，右侧为一般视图，绘制时需要先确定其中心，然后

在此基础上对其余的线条进行绘制。在绘制这些零件时，可先将中心线水平放置，然后再绘制主视图和左视图即可。

### 15.4.3 制作过程

其具体操作步骤如下：

**Step 1** 启动 AutoCAD 2009，按照前面讲解的方法设置绘图环境。在命令行中输入"LAYER"命令，打开"图层特性管理器"面板，单击"新建图层"按钮，新建图层，并按照图 15-59 所示设置其特性。

**Step 2** 在命令行中输入"L"命令，绘制两条长为 200 的相交直线作为绘图辅助线，然后在命令行中输入"O"命令，偏移辅助绘图线，将"轮廓线"图层置为当前图层。再在命令行中输入"L"命令，连接偏移的线段，绘制图形外形轮廓，效果如图 15-60 所示。

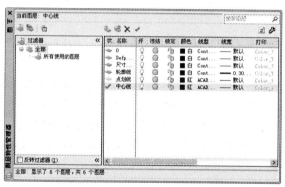

图 15-59　创建图层并设置其特性

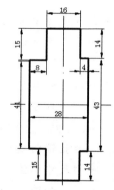

图 15-60　绘制外轮廓线

**Step 3** 按照相同的方法，在绘制的图形轮廓线内绘制具体的图形细节，绘制后的效果如图 15-61 所示。

**Step 4** 在绘制的图形右侧，绘制两条相交的中心线（要求水平中心线与左图平齐），将"轮廓线"图层设置为当前图层，在命令行中输入"C"命令，以两条中心线的交点为圆心，绘制 4 个同心圆，半径分别是 7.5、10、12、36，如图 15-62 所示。

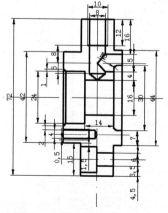

图 15-61　绘制后的效果

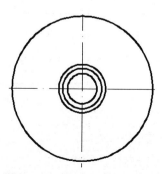

图 15-62　绘制圆后的效果

**Step 5** 将"中心线"图层设置为当前图层，在命令行中输入"C"命令，以上步绘制的 4 个同心圆的圆心为圆心，绘制两个半径分别为 28.5、17 的中心线圆，如图 15-63 所示。

**Step 6** 将"轮廓线"图层设置为当前图层，以水平辅助线与半径为 28.5 的圆右边的交点为圆心，绘制两个半径分别为 3、6 的同心圆，如图 15-64 所示。

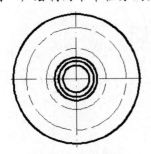

图 15-63 绘制圆

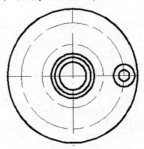

图 15-64 绘制同心圆

**Step 7** 在命令行中输入"AR"命令，打开"阵列"对话框，选中 ⊙环形阵列(P) 单选按钮，单击"选择对象"按钮🔲，返回绘图区选择上步绘制的两个同心圆，按【空格】键，返回"阵列"对话框。

**Step 8** 单击"中心点"文本框后的🔲按钮，返回绘图区，单击水平和垂直辅助线的交点，在"项目总数"文本框中输入"6"，在"填充角度"文本框中输入"360"，单击 确定 按钮，如图 15-65 所示，返回绘图区后，阵列的效果如图 15-66 所示。

**Step 9** 以垂直辅助线与半径为 17 的圆下方的交点为圆心，绘制两个半径为 2 的圆，然后将"尺寸标注"设置为当前图层，以刚绘制的圆的圆心为圆心，绘制半径为 2.5 的圆，如图 15-67 所示。

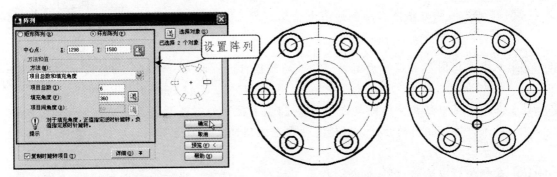

图 15-65 "阵列"对话框　　　图 15-66 阵列后的效果　　　图 15-67 绘制同心圆

**Step 10** 在命令行中输入"BR"命令，打断刚绘制的半径为 2.5 的圆，其命令行操作如下：

| | |
|---|---|
| 命令:BR | //执行 BREAK 命令 |
| 选择对象: | //选择半径为 2.5 的圆 |
| 指定第二个打断点 或 [第一点(F)]: f | //输入"+"以选择"第一点"选项，并按【空格】键 |
| 指定第一个打断点 | //在对象上要打断的第一个位置单击 |
| 指定第二个打断点: | //在对象上要打断的第二个位置单击，打断后的效果如图 15-68 所示 |

**Step 11** 按照相同的阵列方法，将打断的圆和半径为 2 的圆以环形阵列的方式，以半径为 17 的圆的圆心为中心点阵列 3 个，阵列后的效果如图 15-69 所示。

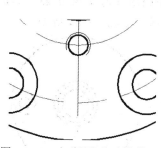

图 15-68　打断图形后的效果

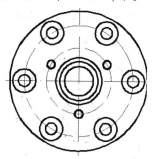

图 15-69　阵列后的效果

**Step 12** 将"尺寸标注"图层设置为当前图层，对图形对象进行尺寸标注，标注后的效果如图 15-70 所示。为图形填充图案，填充图案为"ANSI31"，填充比例设置为 1，使其效果如图 15-71 所示。

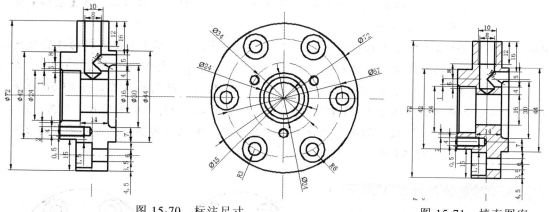

图 15-70　标注尺寸

图 15-71　填充图案

**Step 13** 双击左侧图形左端的长度为"72"的线性标注，打开"特性"面板，在"文字"栏中的"文字替代"文本框中输入"%%c72"，按【Enter】键确认。

**Step 14** 在绘图区中任意空白处单击，并按【Esc】键，即可查看到更改尺寸标注内容后的效果，按照相同的方法，编辑其他需要编辑的尺寸标注，编辑后的效果如图 15-72 所示。

**Step 15** 在命令行中输入"I"命令，打开"插入"对话框，单击 浏览(B)... 按钮。打开"选择图形文件"对话框，选择图片路径，插入"粗糙度.dwg"图块【素材\第 15 章\粗糙度.dwg】，单击 打开(O) ▼ 按钮。

**Step 16** 返回"插入"对话框，单击 确定 按钮，在绘图区任意位置处单击，将其放置在需要标注粗糙值的位置，如图 15-73 所示。

**Step 17** 在命令行中输入"QLEADER"命令，绘制一条引线，其命令行操作如下：

命令: QLEADER　　　　　　　　　　　　　　　//执行 QLEADER 命令
指定第一个引线点或 [设置(S)] <设置>:　　　　//指定第一个引线点

| 指定下一点: | //指定下一个引线点 |
|---|---|
| 指定下一点: | //指定最后一个引线点 |
| 指定文字宽度 <2>: | //指定位置宽度 |
| 输入注释文字的第一行 <多行文字(M)>: 3×M5 12 | //输入 "3×M5 12"，按【Enter】键 |
| 输入注释文字的下一行:孔　15 | //输入 "孔　15"，按【Enter】键 |
| 输入注释文字的下一行: | //按【空格】键，效果如图 15-74 所示 |

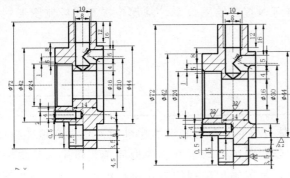

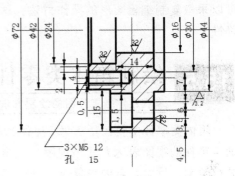

图 15-72　编辑尺寸后的效果　　图 15-73　标注粗糙度　　　　图 15-74　标注引线

**Step18** 按照相同的方法，为如图 15-75 所示的位置添加引线，选择【注释】/【标注】组，
单击 "公差" 按钮 ⊞，打开 "形位公差" 对话框，单击 "符号" 栏下的 ■图块，
打开 "特征符号" 对话框，单击如图 15-76 所示的图块。

**Step19** 返回 "形位公差" 对话框，在 "公差 1" 文本框中输入 "0.04"，在 "公差 2" 文
本框中输入 "A"，然后单击 确定 按钮，如图 15-77 所示。

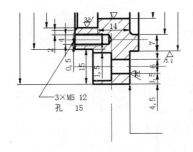

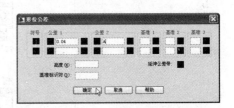

图 15-75　添加引线标注　　图 15-76　"特殊符号" 对话框　　图 15-77　"形位公差" 对话框

**Step20** 返回绘图区单击引线端点，标注后的效果如图 15-78 所示。按照相同的方法再标
注其他形位公差，标注后的效果如图 15-79 所示。

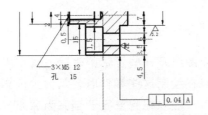

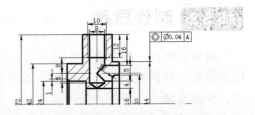

图 15-78　标注形位公差　　　　图 15-79　全部形位公差标注后的效果

**Step21** 在命令行中输入"I"命令，插入"图形边框.dwg"图块【素材\第 15 章\图形边框.dwg】，完成本例的绘制，最终效果如图 15-58 所示。

## 15.4.4　案例小结

盘盖图形是不完全对称性图形，主视图较为复杂，俯视图中重复图形较多，在绘制时可以采取复制编辑图形的操作方法，这样可以提高绘图效率，从而也提高了绘制图形的准确性。

## 15.5　绘制箱体类零件

掌握箱体类零件图的绘制方法

箱体类零件主要包括阀体、座体和缸体等零件。在绘制该类零件时可根据零件的特点，确定零件的视图表达方式与视图的数量。若对象的外形复杂、内形简单，可采用基本视图进行绘制，反之，若内形复杂，外形简单，就需采用剖视的方法进行绘制；若内外形都需表达时，可根据对象具体的情况采用局部剖视图的方法进行绘制。

## 15.5.1　案例目标

本例通过使用一些绘图及编辑命令绘制箱体类零件，其效果如图 15-80 所示【源文件\第 15 章\箱体类零件.dwg】。

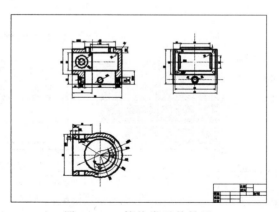

图 15-80　箱体类零件效果

## 15.5.2　制作思路

箱体类零件一般需要 3 个或 3 个以上的基本视图以及一些灵活的表达方法来表达，如局部视图、局部剖视图、局部放大图和向视图等。在绘制这些零件时，箱体的内部形状复杂，外形简单，一般采用剖视的方法。选取剖视时一般以把完整孔形剖开为原则，当轴孔不在同一平面时，要善于使用局部剖视图、阶梯剖视图和复合剖视图来表达。

## 15.5.3　制作过程

其具体操作步骤如下：

**Step 1**　启动 AutoCAD 2009，按照前面讲解的方法设置绘图环境。在命令行中输入 "LAYER" 命令，打开"图层特性管理器"面板，单击"新建图层"按钮，新建图层，按图 15-81 所示设置其特性。

**Step 2**　在命令行中输入 "L" 命令，绘制两条长为 70 的相交直线作为绘图辅助线，然后在命令行中输入 "O" 命令，偏移辅助绘图线，将"轮廓线"图层置为当前图层。再在命令行中输入 "L" 命令，连接偏移的线段绘制图形外形轮廓，如图 15-82 所示。

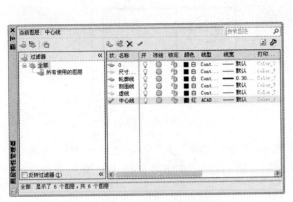

图 15-81　设置图层特性

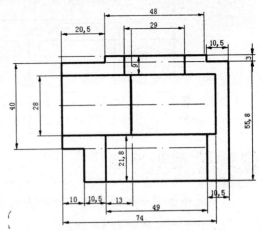

图 15-82　绘制外轮廓线

**Step 3**　在命令行中输入 "CHAMFER" 命令，对绘制的轮廓线进行圆角，圆角的半径和圆角后的效果如图 15-83 所示。

**Step 4**　将垂直中心线向左偏移 18，在命令行中输入 "C" 命令，以偏移的线段和水平中心线的交点为圆心，绘制两个同心圆，半径分别为 5、10，绘制后的效果如图 15-84 所示。

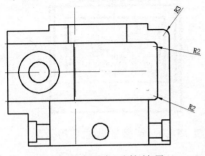

图 15-83　圆角后的效果

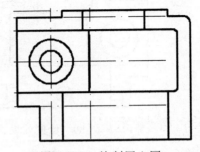

图 15-84　绘制同心圆

**Step 5**　在命令行中输入 "O" 命令，将最下边的轮廓线向上分别偏移 2、3.5、10.5、12，然后将图 15-85 所示的 A、B 线分别向内偏移 4，然后在命令行中输入 "TR" 命令，对其进行修剪，修剪后的效果如图 15-86 所示。

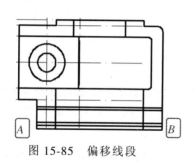

图 15-85　偏移线段

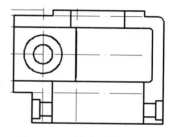

图 15-86　修剪后的效果

**Step 6** 在命令行中输入 "O" 命令，将如图 15-87 所示的 A、B 线分别向外偏移 2、2.6、7.4、8，然后将偏移的线段都置于 "虚线" 图层中，效果如图 15-88 所示。

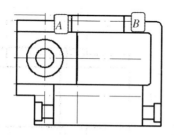

图 15-87　要偏移的线段

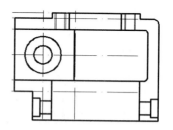

图 15-88　设置后的效果

**Step 7** 在命令行中输入 "O" 命令，将垂直中心线向右偏移 12，然后将水平中心线向下偏移 29，然后以偏移的两条直线的交点为圆心绘制半径为 4 的圆，删除多余的中心线，效果如图 15-89 所示。

**Step 8** 将 "中心线" 图层设置为当前图层，在绘制的图形右侧绘制两条相交的长为 90 的中心线，在命令行中输入 "O" 命令，将水平中心线向上偏移 10、14、20、23，向下偏移 10、14、20、28、35。将垂直中心线分别向左向右偏移 24、27、33、35。

**Step 9** 将 "轮廓线" 图层设置为当前图层，在命令行中输入 "L" 命令，连接刚偏移获得的线段，并删除多余的中心线，效果如图 15-90 所示。

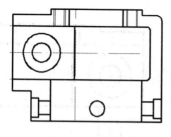

图 15-89　绘制效果

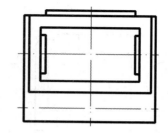

图 15-90　连接辅助线后的效果

**Step 10** 在命令行中输入 "CHAMFER" 命令，对绘制的轮廓线以 2 为半径进行圆角，圆角后的效果如图 15-91 所示。

**Step 11** 在命令行中输入 "C" 命令，以下方水平中心线和垂直中心线的交点为圆心，绘制半径为 5、4 的同心圆，效果如图 15-92 所示。

**Step 12** 在命令行中输入"O"命令，将水平中心线分别向上和向下偏移16，将垂直中心线向左和向右分别偏移29.5。将"虚线"图层设置为当前图层，以刚偏移的4条线段的交点为圆心，绘制半径为1.5和2的圆，效果如图15-93所示。

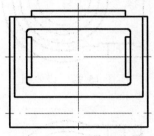
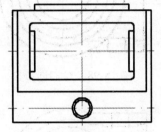
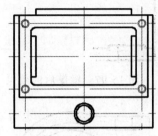

图 15-91　圆角后的效果　　图 15-92　绘制两个同心圆　　图 15-93　绘制同心圆

**Step 13** 在命令行中输入"TR"命令，修剪刚绘制的半径为2的圆，修剪后的效果如图15-94所示，然后按照相同的方法，为其他3个半径为2的圆进行相同的编辑操作，效果如图15-95所示。

**Step 14** 将"中心线"图层设置为当前图层，在命令行中输入"L"命令，在第一个图形的下方绘制两条长为100的相交直线作为绘图辅助线。将水平中心线向上偏移32.5、26.5、25，将垂直中心线向左偏移12、13、20、25、35、40、45。

**Step 15** 将"轮廓线"图层设置为当前图层，在命令行中输入"L"命令，连接刚偏移的线段，然后删除多余的中心线，效果如图15-96所示。

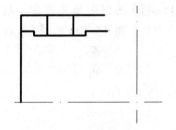

图 15-94　修剪效果　　　图 15-95　修剪后的效果　　　　图 15-96　连接辅助线

**Step 16** 在命令行中输入"MI"命令，将刚绘制的线段进行镜像，镜像后的效果如图15-97所示。在命令行中输入"C"命令，以垂直中心线与水平中心线的交点为圆心，绘制半径分别为35、29、25、20、15的同心圆，效果如图15-98所示。

**Step 17** 在命令行中输入"TR"命令，修剪刚绘制的圆，修剪后的效果如图15-99所示。将半径为"20"的圆置于虚线图层上，然后将"剖面线"图层设置为当前图层。

**Step 18** 在命令行中输入"SPLINE"命令，绘制如图15-100所示的样条曲线。然后在命令行中输入"TR"命令，将图形进行修剪，修剪后的效果如图15-101所示。

**Step 19** 在命令行中输入"C"命令，以垂直中心线和水平中心线的交点为圆心，绘制半径为29的圆。然后在命令行中输入"TR"命令，将图形进行修剪，修剪后的效果如图15-102所示。

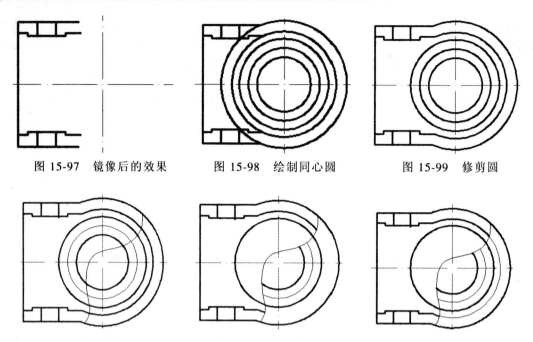

图 15-97　镜像后的效果　　　图 15-98　绘制同心圆　　　图 15-99　修剪圆

图 15-100　绘制样条曲线　　　图 15-101　修剪后的效果　　　图 15-102　绘制圆并修剪

**(Step20)** 在命令行中输入 "C" 命令，以半径为 20 的圆与垂直中心线和水平中心线的交点
为圆心绘制半径为 2 和 3 的同心圆，然后在命令行中输入 "TR" 命令，对图形进
行修剪，效果如图 15-103 所示。

**(Step21)** 为图形填充图案，填充图案为 "ANSI31" 选项，填充比例设置为 1，使其效果如
图 15-104 所示。然后对图形对象进行尺寸标注并进行编辑，效果如图 15-105 所示。

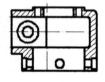　　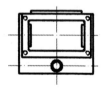

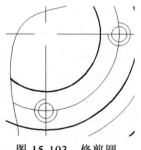

图 15-103　修剪圆

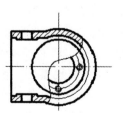

图 15-104　填充图案

**(Step22)** 在命令行中输入 "I" 命令，插入 "图形外框.dwg"【素材\第 15 章\图形外框.dwg】，
完成本例的绘制，其最终效果如图 15-80 所示。

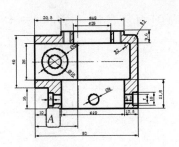
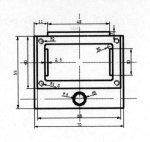

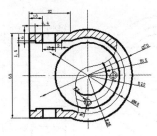

图 15-105　尺寸标注后的效果

### 15.5.4　案例小结

　　箱体类零件是组成机器及部件的主要零件，通常用于包容和支承其他零件，因此形状一般都比较复杂。为表达完整和减少视图数量，可适当使用虚线，但不可多用。

## 15.6　大显身手

本章应重点掌握在 AutoCAD 2009 中绘制零件图的方法，下面进行练习

　　（1）启动 AutoCAD 2009，绘制如图 15-106 所示的箱体类图形对象【源文件\第 15 章\箱体.dwg】。

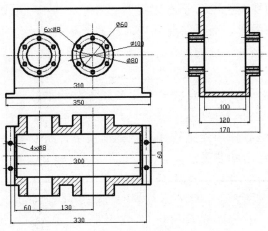

图 15-106　箱体

（2）启动 AutoCAD 2009，绘制如图 15-107 所示的阀杆图形对象【源文件\第 15 章\阀杆.dwg】。

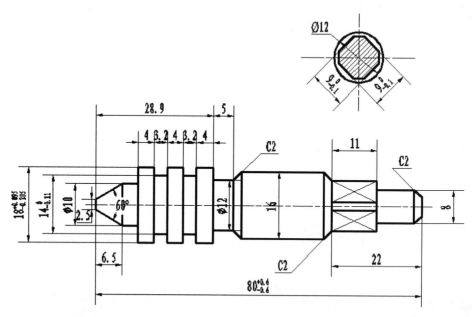

图 15-107　阀杆

# 电脑急救箱

运用本章知识时若遇到剖面图、剖视图等问题，别急，打开急救箱看看吧

**Q** 剖面图与剖视图的区别是什么？

**A** 剖视图与剖面图是两个不同的概念，其区别是：剖面图主要用于表达物体的断面形状，而剖视图主要用于表达物体的内部形状；剖面图只绘制物体与剖切面相接触部分的图形，而不绘制剖切面后面结构的投影；而剖视图不仅要绘制物体与剖切面相接触部分的图形，还要绘制剖切面后面所有部分的投影。

**Q** 绘制某类图形对象时，一定要绘制出包括本章所讲解的所有视图吗？

**A** 在能够表达清楚零件内外结构和形状的前提下，绘制零件图应该尽量减少视图的数量，以便绘图和看图。

# 第 16 章
# 绘制机械装配图

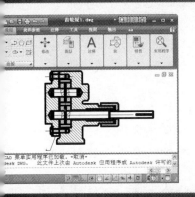
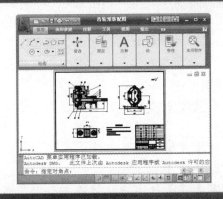
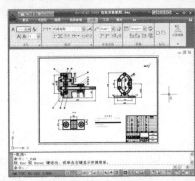

## 本章要点

- ✎ 装配图的概念
- ✎ 绘制装配图的方法
- ✎ 根据装配图拆画零件图
- ✎ 绘制截止阀装配图

　　在前面章节中讲解了绘制机械零件图的方法，本章先介绍了装配图的概念，然后介绍了绘制装配图的方法，下面将进行详细讲解。

## 16.1 装配图的内容

了解装配图的概念和装配图包括的内容

表示产品组成、相关部件的连接和装配关系的图样，称为装配图。它除了可以表示部件或机器零件之间的装配关系和相互位置以及工作原理外，还可表示检验、装配和安装时所需要的尺寸数据和技术要求，为机器检验、装配、安装及维修提供依据。装配图必须表达出一台机器或部件的工作原理和各零件之间的装配、连接关系、零件的主要结构以及技术要求。装配图包括的内容如下：

- 一组视图：用各种表达方法准确、完整、清晰和简便地表达出机器或部件的工作原理、部件的结构、零件之间的装配关系和零件的主要形状结构。
- 必要的尺寸：装配图上应标注出机器或部件有关性能、规格、安装、外形、配合和连接关系等方面的尺寸。
- 技术要求：应用文字或符号标注出机器或部件的装配、检验、调试和使用等方面的要求。
- 零件编号、明细表和标题栏：说明零件名称、数量、材料、标准规格和标准代号以及部件名称、主要责任人员名单等，供组织管理生产、备料和存档查阅之用。

## 16.2 绘制装配图的方法

掌握各种装配图的绘制方法

绘制装配图可以由零件图组合装配图、由标准件块组合装配图等方法绘制，下面分别对其进行讲解。

### 16.2.1 由零件图组合装配图

在 AutoCAD 的机械领域中，一个完整的产品都是由各个零部件组成的。在一般情况下，在绘制出产品所有的零件图后，可利用已画出的零件图拼画装配图。

绘制装配图的主视图时，可将多个零件的主视图根据图形形状按一定的顺序装配在一起，使其形成一个有机的整体，就可绘制相应的主视图了，然后再根据装配图的主视图和相应的零件图绘制装配图的俯视图及左视图。

### 16.2.2 由标准件块组合装配图

将装配图分成若干个标准件，可以将标准件定义成图块，在绘图时进行插入可以快速地绘制图形。将标准件定义为图块的优点如下：

- 减少重复性操作：若将经常会使用到的标准件定义成标准库，绘图时即可在标准库中找到需要的图块插入图形中，而不必在绘制每张图纸时，反复定义并绘制相同的图块。

- **方便编辑**：由于图块是作为单一对象来处理的，因此不仅可以对其使用常用的编辑命令，如 MOVE、COPY 和 ARRAY 等命令，还可进行嵌套，即在一个图块中嵌入一些其他的图块。另外，若对图形中某一图块进行了重新定义，则其他的图块也会自动更新。

- **节省存储空间**：图形中每增加一个图块，AutoCAD 会记录下该图块的信息，从而增大了图形的存储空间。而反复使用定义的图块，AutoCAD 只会对其作一次定义，当用户插入图块时，AutoCAD 只会对定义的图块进行引用，这样就可以节省大量的存储空间。

## 16.2.3　全新绘制装配图

既然装配图是表现零部件的装配关系及整体结构的图样，那么在对产品进行设计时，也可先画出装配图，然后再根据装配图所画的结构形式和尺寸绘制产品所必需的零件图。在全新绘制装配图时，可根据产品的需要以及相应尺寸要求进行设计并绘制，但对于一般的绘图人员而言，要先绘制出装配图再绘制零件图会比较困难。

# 16.3　完成装配图

讲解完成装配图后对零件进行序号标注和明细表标注的方法

装配图绘制完成后就需要对其进行尺寸标注和零件序号标注，然后再绘制零件明细表（明细表类似于机械零件图中的标题栏，但更详细），由于对图形标注尺寸的方法前面已经讲解过，这里不再赘述，下面分别讲解标注零件序号和编写零件明细表的方法。

## 16.3.1　标注零件序号

使用"LEADER"命令可以快速地创建带下画线的零件序号。下面打开"齿轮泵.dwg"图形文件【素材\第 16 章\齿轮泵.dwg】，其命令行操作如下：

| | |
|---|---|
| 命令: LEADER | //执行 LEADER 命令 |
| 指定引线起点: | //指定引线的起点，这里单击图 16-1 所示的点 |
| 指定下一点: | //在空白的绘图区中任意指定一点，以绘制引线 |
| 指定下一点或 [注释(A)/格式(F)/放弃(U)] < 注释>:　<正交 开> | //指定引线的下一点 |
| 指定下一点或 [注释(A)/格式(F)/放弃(U)] < 注释>: | //指定下一点，完成引线的绘制 |
| 输入注释文字的第一行或 <选项>: 1 | //输入该引线的注释文字，这里输入"1"，并按【空格】键 |
| 输入注释文字的下一行: | //按【空格】键确认文字的输入，如图 16-2 所示【源文件\第 16 章\齿轮泵.dwg】 |

AutoCAD 2009 中文版高手成长手册

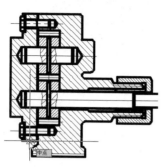

图 16-1　指定引线起点

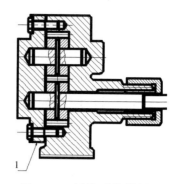

图 16-2　标注后的效果

## 16.3.2　编写零件明细表

明细表是机器或零部件中全部零件、零部件的详细目录，国家标准中没有统一规定它的内容和形式，但它通常位于标题栏的上方，它主要用于表示零件的序号、代号、名称、数量、材料、重量和备注等，如图 16-3 所示。

绘制零件明细表的方法如下：

● 事先创建空白表格对象并对其进行保存，当需要编写明细表时，打开保存的文件，然后进行填写。

● 将明细表的一行定义为图块，在需要创建明细表时，使用插入块的方法插入明细表，然后进行填写。

| 11 | | 螺栓 | 6 | Q235A | GB/T5782-2000 |
| 10 | | 销 | 2 | Q235A | GB/T119.1-2000 |
| 9 | 08?09 | 齿轮 | 2 | 45 | |
| 8 | 08?08 | 从动轴 | 1 | 45 | |
| 7 | | 密封填料 | 1 | ？？ | |
| 6 | 08?06 | 主动轴 | 1 | 45 | |
| 5 | 08?05 | 填料压盖 | 1 | Q235A | |
| 4 | 08?04 | 压盖螺母 | 1 | HT150 | |
| 3 | 08?03 | 泵体 | 1 | HT200 | |
| 2 | 08?02 | 垫片 | 1 | ??? | |
| 1 | 08?01 | 泵盖 | 1 | HT200 | |

图 16-3　明细表

### 指点迷津

在填写明细表时，零、部件序号应自下而上填写并与图形中的标注相对应。若填写格子不够用，可将明细表分段画在标题栏的左方。特殊情况下，装配图中也可不必画出明细表，而是将明细表单独编写在一张图纸上，即明细表。

## 16.4　根据装配图拆画零件图

掌握根据装配图拆画零件图的方法

装配图绘制完成后，可以根据装配图拆画零件图。在拆画零件图时，必须要使零件图

中零件的尺寸与装配图中的一致，否则将无法进行产品的正确安装。

　　在 AutoCAD 中，拆画零件图的方法非常简单，只需将装配图中某个零件进行选择复制，然后切换到零件图中进行粘贴，然后再对其进行相应的修改即可。

# 16.5　绘制截止阀装配图

了解截止阀装配图的绘制方法

　　截止阀是指关闭件（阀瓣）沿阀座中心线移动的阀门。根据阀瓣的这种移动形式，阀座通口的变化与阀瓣行程成正比例关系。由于该类阀门的阀杆开启或关闭行程相对较短，而且具有非常可靠的切断功能，又由于阀座通口的变化与阀瓣的行程成正比例关系，非常适合调节流量。因此，这种类型的阀门非常适合作为切断或调节流量，以及节流使用。本节将具体讲解装配图中的一种截止阀装配图图形的绘制方法。

## 16.5.1　案例目标

　　本节将根据前面章节所讲解的绘制与编辑图形的知识，绘制如图 16-4 所示的截止阀装配图【源文件\第 16 章\截止阀装配图.dwg】。

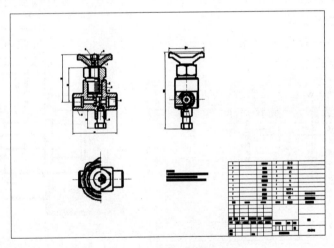

图 16-4　截止阀装配图

## 16.5.2　制作思路

　　绘制装配图时，可先绘制截止阀的阀杆、填料盒、手轮等零件图，然后在阀体的基础上组装截止阀的装配图，再对图形进行消隐、标注和填写明细表等操作。

## 16.5.3　制作过程

　　按照上面制作思路的分析，下面就一起来绘制截止阀装配图。

### 1. 绘制图形对象

其具体操作步骤如下：

**Step 1** 启动 AutoCAD 2009，在命令行中输入 "LIMITS" 命令，设置其绘图界限，其命令行操作如下：

| 命令: LIMITS | //执行 LIMITS 命令 |
|---|---|
| 重新设置模型空间界限: | //系统自动提示 |
| 指定左下角点或 [开(ON)/关(OFF)] <0.0000,0.0000>: | //按【空格】键 |
| 指定右上角点 <420.0000,297.0000>: 840,594 | //输入 "840,594"，并按【空格】键 |

**Step 2** 单击 "菜单浏览器" 按钮 ▉，在弹出的菜单中选择【格式】/【单位】命令，打开 "图形单位" 对话框，在 "长度" 栏的 "精度" 下拉列表框中选择 "0" 选项，然后单击 确定 按钮。

**Step 3** 在命令行中输入 "LAYER" 命令，打开 "图层特性管理器" 面板，单击 "新建图层" 按钮 ▉，新建图层，并按照图 16-5 所示进行设置。

**Step 4** 单击状态栏中的 "正交模式" 按钮 ▉ 和 "显示/隐藏线宽" 按钮 ▉，将 "轮廓线" 图层设置为当前图层，在命令行中输入 "L" 命令，绘制如图 16-6 所示的图形对象。

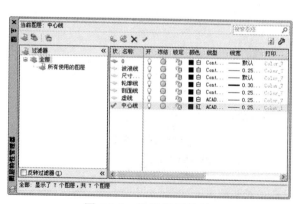

图 16-5　设置图层特性

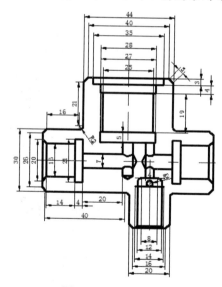

图 16-6　绘制图形

**Step 5** 在命令行中输入 "I" 命令，打开 "插入图块" 对话框，单击 浏览(B)... 按钮，打开 "选择图形文件" 对话框，在 "查找范围" 下拉列表框中框选择文件的所在位置，在中间的列表框中选择需要的文件，如这里插入 "螺钉" 标准件【素材\第 16 章\截止阀\螺钉.dwg】，然后单击 打开(O) ▼ 按钮，如图 16-7 所示。

**Step 6** 返回 "插入图块" 对话框，单击 确定 按钮，返回绘图区单击如图 16-8 所示的点，即可插入标准件。按照相同的方法插入【素材\第 16 章\截止阀\】中的其他标准件，效果如图 16-9 所示。

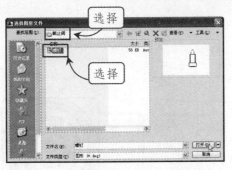

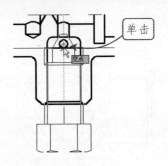

图 16-7 "选择图形文件"对话框　　　　图 16-8 指定插入点

**Step 7** 由于插入的标准件过多，不助于后面绘图，所以在命令行中输入"EXPLODE"命令分解标准件，然后在命令行中输入"TR"命令，对其进行修剪，修剪后的效果如图 16-10 所示。

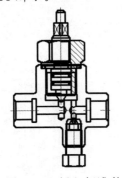

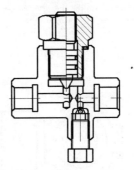

图 16-9 插入标准件　　　　　图 16-10 修剪后的效果

**Step 8** 再在命令行中输入"I"命令，插入"手轮.dwg"标准件【素材\第 16 章\截止阀\手轮.dwg】，然后将其分解，效果如图 16-11 所示。

**Step 9** 将"剖面线"图层设置为当前图层，对刚绘制的图形对象进行图案填充，填充后的效果如图 16-12 所示。

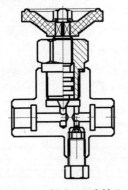

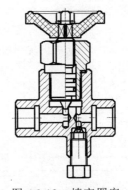

图 16-11 插入"手轮"标准件　　　　图 16-12 填充图案

**Step 10** 再在命令行中输入"L"命令和"C"命令，绘制如图 16-13 所示的俯视图。在命令行中输入"I"命令，插入"填料盒 1"标准件【素材\第 16 章\截止阀\填料盒 1.dwg】，效果如图 16-14 所示。

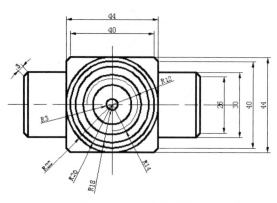

图 16-13　绘制俯视图

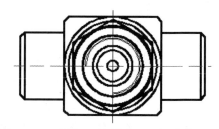

图 16-14　插入"填料盒 1"标准件

**(Step11)** 分解刚插入的"填料盒 1"标准件，在命令行中输入"TR"命令，对其进行修剪，修剪后的效果如图 16-15 所示。

**(Step12)** 插入"手轮 1"标准件，同样以俯视图中间圆心为插入点，然后分解插入的标准件，再在命令行中输入"TR"命令对其进行修剪，修剪后的效果如图 16-16 所示。

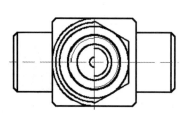

图 16-15　修剪图块

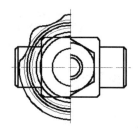

图 16-16　插入并修剪"手轮 1"图块

**(Step13)** 在命令行中输入"C"命令，以刚插入图块的插入点为圆心，绘制半径为 3.6 和 4.2 的圆，再在命令行中输入"POL"命令，绘制六边形，部分其命令行操作如下：

| | |
|---|---|
| 命令:POL | //执行 POLYGON 命令 |
| POLYGON 输入边的数目 <6>: 6 | //输入需要的边数，按【空格】键确定 |
| 指定正多边形的中心点或 [边(E)]: | //在绘图区中任意单击一点作为中心点 |
| 输入选项 [内接于圆(I)/外切于圆(C)] <I>: | //按【空格】键确定 |
| 指定圆的半径:4.2 | //输入圆半径"4.2"，并按【空格】键确定，绘制完成后效果如图 16-17 所示 |

**(Step14)** 在命令行中输入"RO"命令旋转绘制的六边形，其命令行操作如下：

| | |
|---|---|
| 命令: RO | //执行 ROTATE 命令 |
| UCS 当前的正角方向：ANGDIR=逆时针 ANGBASE=0 | //系统自动显示 |
| 选择对象: 指定对角点: 找到 1 个 | //选择刚绘制的正六边形 |
| 选择对象: | //按【空格】键结束选择对象 |
| 指定基点: | //单击圆心 |
| 指定旋转角度，或 [复制(C)/参照(R)] <0>:30 | //输入"30"，按【空格】键，绘制后的效果如图 16-18 所示 |

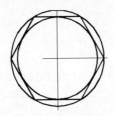
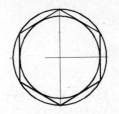

图 16-17  绘制圆和多边形　　　图 16-18  旋转多边形后的效果

**Step15** 在命令行中输入"TR"命令对刚绘制的图形进行修剪，修剪后的效果如图 16-19 所示。将"剖面线"图层设置为当前图层，然后使用填充命令对俯视图进行图案填充，填充后的效果如图 16-20 所示。

**Step16** 使用绘制图形的命令绘制如图 16-21 所示的左视图，然后插入"截止阀"文件夹中的"手轮 2"、"螺母"、"螺钉"3 个标准件【素材\第 16 章\截止阀\手轮 2、螺母、螺钉】，效果如图 16-22 所示。

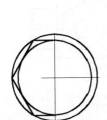
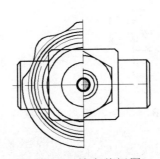
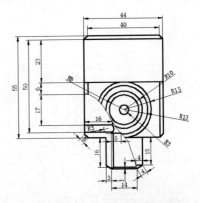

图 16-19  修剪后的效果　　图 16-20  填充俯视图　　　　图 16-21  绘制左视图

**Step17** 分解插入的"螺钉"标准件，然后对其进行修剪，修剪后的效果如图 16-23 所示。将"剖面线"图层设置为当前图层，然后使用填充命令对左视图进行图案填充，填充后的效果如图 16-24 所示。

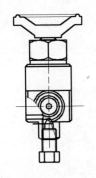
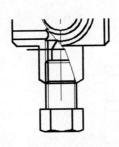
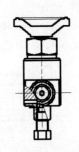

图 16-22  插入标准件　　　　图 16-23  修剪图形对象　　　图 16-24  填充左视图

**2.** 为图形标注尺寸

其具体操作步骤如下：

**Step 1** 将"尺寸标注"设置为当前图层，在命令行中输入"DIMLINEAR"命令，为图形标注尺寸，然后对其进行编辑，编辑后的效果如图 16-25 所示。

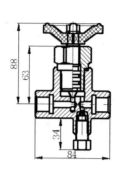
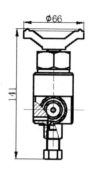
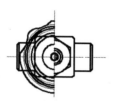

图 16-25　标注尺寸

**Step 2** 在命令行中输入"LEADER"命令，其命令行操作如下：

| | |
|---|---|
| 命令: LEADER | //执行 LEADER 命令 |
| 指定引线起点: | //指定引线的起点，这里单击如图 16-26 所示的点 |
| 指定下一点: | //在空白的绘图区中任意指定一点，以绘制引线 |
| 指定下一点或 [注释(A)/格式(F)/放弃(U)] | //指定引线的下一点 |
| <注释>: | |
| 指定下一点或 [注释(A)/格式(F)/放弃(U)] | //指定下一点，以完成引线的绘制 |
| <注释>: | |
| 输入注释文字的第一行或 <选项>: 1 | //输入该引线的注释文字，这里输入"1"，并按【空格】键 |
| 输入注释文字的下一行: | //按【空格】键确认文字的输入，效果如图 16-27 所示 |

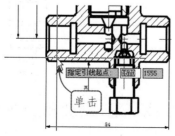
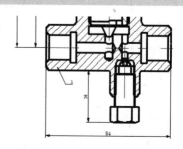

图 16-26　指定引线起点　　　　　图 16-27　标注后的效果

**Step 3** 按照相同的方法，为其他需要标注引线的位置进行引线标注，标注完后的效果如图 16-28 所示。

**Step 4** 选择【常用】/【注释】组，单击"多行文字"按钮 **A**，在第三个图形右侧绘制输入框，输入如图 16-29 所示的文本。

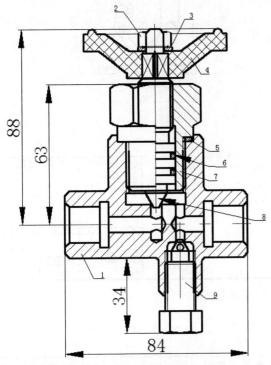

**技术要求：**
1. 阀体与泄压螺钉顶尖表面淬硬42至48HRC，保证阀门密闭。
2. 阀体与填料盒之间的O型垫根应保证密封。
3. 该截止阀阀盖用于气井，密封垫片材料为聚四氟乙烯。

图 16-28　引线标注后的效果　　　　　图 16-29　输入多行文字

**Step 5** 在命令行中输入 "REC" 命令绘制矩形（用户可以自行确定矩形大小），然后在命令行中输入 "L" 命令，绘制明细表和标题栏，并输入文本，效果如图 16-4 所示。

## 16.5.4　案例小结

　　本案例主要采用插入标准件的方法绘制装配图，在插入标准件时一定要开启对象捕捉模式，方便确定插入点。从本例不难看出，装配图的尺寸标注很少，只要标注大概的零件尺寸就行了，不用标得过于复杂，以免影响图形的整体效果。

## 16.6　大显身手

本章应重点掌握绘制装配图的方法，下面进行练习

　　启动 AutoCAD 2009，绘制如图 16-30 所示的齿轮泵装配图【源文件\第 16 章\齿轮泵装配图.dwg 】。

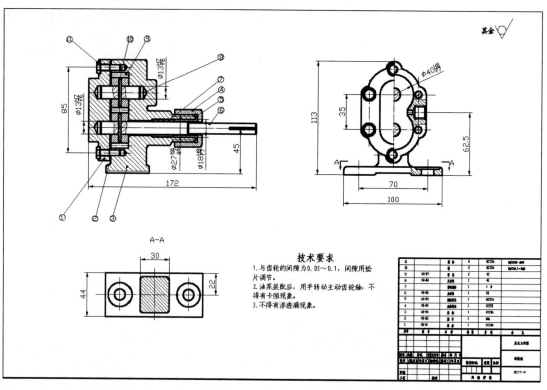

图 16-30　齿轮泵装配图

# 电脑急救箱

运用本章知识时若遇到修剪对象和文本输入框等问题，别急，打开急救箱看看吧

**Q** 为什么使用修剪命令修剪插入的标准件时，修剪一条线段要多次单击该线段才能修剪？

**A** 这是因为在插入图块时，通常情况下两个或两个以上的零件边线会相互重叠，所以会多次单击该选段才能修剪，为了提高图像的生成速度，可将某个零件的线段删除。

**Q** 若绘制的文本输入框长度不够怎么办？

**A** 若在绘制文本输入框时，绘制的文本输入框的长、宽度不够，还可拖动左下角和右上角的滑块进行加宽和加长。

# 第 17 章
# 绘制建筑部件图

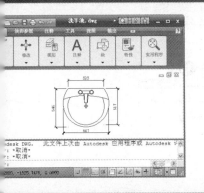
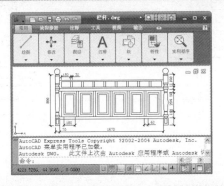
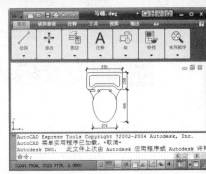

## 本章要点

⤷ 绘制建筑部件图的过程　　　　⤷ 绘制门窗

⤷ 绘制栏杆和洗手池　　　　　　⤷ 绘制马桶和双人床

　　为了更快地绘制建筑图形，首先我们必须熟悉绘图的流程，掌握了流程后才能准确无误地绘制出图形。本章将以绘制门窗、栏杆、洗手池和马桶等图形为例，详细讲解绘制建筑图的方法。

# 17.1 绘制门窗

使用直线、圆弧和镜像等命令绘制门和窗

门和窗是建筑图中常用并且使用频率比较高的设施，它们是房屋建筑中的围护构件，在不同的情况下，它们有不同的功能，如分隔、通风、采光、保温、隔音和防盗等。下面我们讲解部分门和窗的绘制方法。

## 17.1.1 案例目标

本案例将绘制门和窗的平面图，绘制完成后的效果如图 17-1 所示【源文件\第 17 章\门和窗.dwg】。

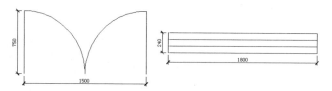

图 17-1 绘制门和窗的效果

## 17.1.2 制作思路

绘制门和窗时，其制作思路是开启正交模式，首先绘制一扇 750 的单开门，然后再使用镜像命令绘制双开门，接着绘制一个长为 1800、宽为 240 的窗，最后进行尺寸标注。

## 17.1.3 制作过程

**1.** 绘制门

根据制作思路下面我们开始绘制 1500 的双开门，其具体操作步骤如下：

**Step 1** 启动 AutoCAD 2009，在系统自动新建的图形文件中单击状态栏中的 按钮，开启正交模式，输入"L"命令，绘制一条长为 750 的垂直线，然后在命令行中输入"ARC"命令，绘制圆弧表示门的开启轨迹，其命令行操作如下：

| | |
|---|---|
| 命令: ARC | //执行 ARC 命令 |
| 指定圆弧的起点或 [圆心(C)]: FROM | //输入并执行 FROM 命令 |
| 基点: | //单击直线下方端点 |
| <偏移>: @750,0 | //输入"@750,0"，按【空格】键 |
| 指定圆弧的第二个点或 [圆心(C)/端点(E)]: C | //选择"圆心"选项，按【空格】键 |
| 指定圆弧的圆心: | //单击直线下方端点 |
| 指定圆弧的端点或 [角度(A)/弦长(L)]: | //单击直线上方端点，并结束该命令，效果如图 17-2 所示 |

**Step 2** 在命令行中输入 "MI" 命令，镜像刚绘制的单开门，其命令行操作如下：

| | |
|---|---|
| 命令：MI | //执行 MIRROR 命令 |
| 选择对象：指定对角点：找到 2 个 | //选择刚绘制的单开门 |
| 选择对象： | //按【空格】键确认选择 |
| 指定镜像线的第一点： | //单击如图 17-3 所示的 A 点 |
| 指定镜像线的第二点： | //单击 A 点垂直上方或下方任意位置处 |
| 要删除源对象吗？[是(Y)/否(N)] <N>： | //按【空格】键默认选择，并结束镜像命令，效果如图 17-4 所示 |

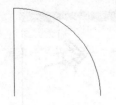
图 17-2　单开门

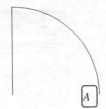
图 17-3　指定镜像点

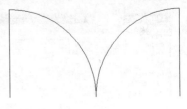
图 17-4　平面门

### 2. 绘制窗

下面我们根据制作思路开始绘制一个长为 1800、宽为 240 的窗，其具体操作步骤如下：

**Step 1** 在命令行中输入 "L" 命令，绘制一条高度为 240 的垂直直线，然后再在命令行中输入 "O" 命令，以刚绘制的直线为源对象，向右偏移 1800，效果如图 17-5 所示。

**Step 2** 在命令行中输入 "L" 命令，连接两条垂直线上方的点绘制水平直线，然后再在命令行中输入 "O" 命令，以水平直线为源对象，分别向下偏移 80、160、240，偏移后的效果如图 17-6 所示。

图 17-5　绘制直线并偏移

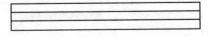
图 17-6　窗

### 3. 标注尺寸

绘制完门和窗后，需对其进行尺寸标注，其具体操作步骤如下：

**Step 1** 在命令行中输入 "DIMSTYLE" 命令，打开 "标注样式管理器" 对话框，单击 `新建(N)...` 按钮，如图 17-7 所示。打开 "创建新标注样式" 对话框，在 "新样式名" 文本框中输入文本 "门和窗"，其余保持默认设置不变，单击 `继续` 按钮，如图 17-8 所示。

**Step 2** 打开 "新建标注样式：门和窗" 对话框，单击 "线" 选项卡，在 "超出尺寸线" 数值框中输入 "25"，在 "起点偏移量" 数值框中输入 "30"，如图 17-9 所示。

**Step 3** 单击 "符号和箭头" 选项卡，在 "箭头" 栏的 "第一个" 下拉列表框中选择 "建筑标记" 选项，在 "箭头大小" 数值框中输入 "35"，如图 17-10 所示。

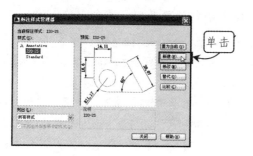

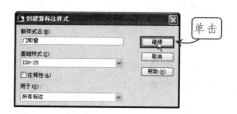

图 17-7　"标注样式管理器"对话框　　　　图 17-8　"创建新标注样式"对话框

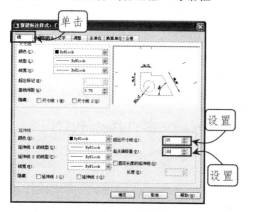

图 17-9　"线"选项卡　　　　　　　　　图 17-10　"符号和箭头"选项卡

**Step 4** 单击"文字"选项卡，在"文字高度"数值框中输入"45"，在"文字位置"栏的"从尺寸线偏移"数值框中输入"15"，如图 17-11 所示。

**Step 5** 单击"主单位"选项卡，在"线性标注"栏的"精度"下拉列表框中选择"0"选项，单击 确定 按钮，如图 17-12 所示。

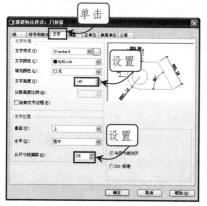

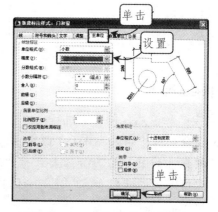

图 17-11　"文字"选项卡　　　　　　　图 17-12　"主单位"选项卡

**Step 6** 返回"标注样式管理器"对话框，单击 置为当前(U) 按钮，再单击 关闭 按钮，关闭该对话框，如图 17-13 所示，完成标注样式的设置。在命令行中输入"DIMLIN"命令，其命令行操作如下：

| 命令:DIMLIN | //执行 DIMLIN 命令 |
|---|---|
| 指定第一条延伸线原点或 <选择对象>: | //单击如图 17-14 所示的 A 点 |
| 指定第二条延伸线原点: | //单击如图 17-14 所示的 B 点 |
| 指定尺寸线位置或[多行文字(M)/文字(T)/角度(A)/水平(H)/垂直(V)/旋转(R)]: | //向下移动鼠标到适合位置并单击 |
| 标注文字 =1800 | //系统提示标注尺寸 |

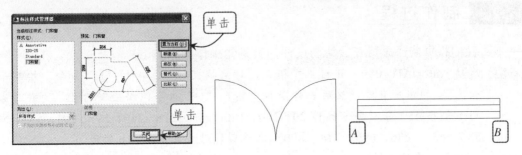

图 17-13　"标注样式管理器"对话框　　　　图 17-14　选择对象

**Step 7**　按照相同的方法，对门和窗进行标注，标注后的效果如图 17-1 所示。

## 17.1.4　案例小结

本案例主要运用了二维绘图和编辑命令进行绘制。对门和窗的绘制首先应开启正交模式，再绘制直线，接着绘制门的开启轨迹，再绘制窗，最后进行尺寸标注。

## 17.2　绘制栏杆

掌握使用圆、直线、椭圆和修剪等命令绘制栏杆

栏杆在现代建筑中起着重要的作用，通常位于走廊、楼梯、阳台等位置处。栏杆一般用于建筑立面图中，其样式有很多种，下面我们讲解部分栏杆的绘制方法。

## 17.2.1　案例目标

本案例将绘制栏杆的立面图，绘制完成后的效果如图 17-15 所示【源文件\第 17 章\栏杆.dwg】。

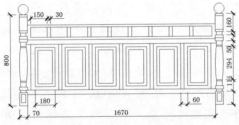

图 17-15　栏杆立面图

### 17.2.2 制作思路

在绘制栏杆时，其制作思路是首先使用直线、圆、椭圆、修剪、偏移等命令绘制栏杆的立柱，然后再使用直线、偏移等命令绘制扶手、底座，再使用直线、偏移、修剪等命令对栏杆进行装饰，最后进行尺寸标注。

### 17.2.3 制作过程

下面我们根据制作思路开始绘制栏杆，其具体操作步骤如下：

**Step 1** 启动 AutoCAD 2009，开启正交模式、对象捕捉功能，输入"L"命令，绘制一条长为 70 的水平直线，然后在命令行中输入"O"命令，以绘制的直线为源对象，向上偏移 45，分别向下偏移 20、140、160、190、215、240、281、291、585、594、636、666、686、699、774、800，偏移后的效果如图 17-16 所示。

**Step 2** 在命令行中输入"L"命令，连接所有水平直线左边的端点绘制成一条垂直线，再在命令中输入"O"命令，以刚绘制的垂直线为源对象，分别向右偏移 10、15、35、55、60、70，偏移后的效果如图 17-17 所示。

**Step 3** 在命令行中输入"TR"命令，修剪偏移获得的直线，修剪后的效果如图 17-18 所示。

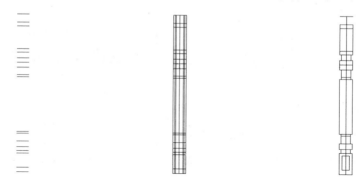

图 17-16 偏移后的效果　　图 17-17 偏移后的效果　　图 17-18 修剪后的效果

**Step 4** 在命令行中输入"L"命令，连接如图 17-19 所示的 A 点和 B 点绘制直线，再在命令行中输入"ELLIPSE"命令，以刚绘制直线的中心为椭圆的中心点、输入"@35,0"为轴的端点、输入另一条半轴长度值 223，绘制椭圆，绘制后的效果如图 17-20 所示。

**Step 5** 在命令行中输入"TR"命令，修剪椭圆，修剪后的效果如图 17-21 所示。

**Step 6** 在命令行中输入"C"命令，以垂直线与最上边水平线的交点为圆心，绘制半径为 45 的圆，并删除最上边的水平直线和垂直线，效果如图 17-22 所示。

**Step 7** 栏杆的立柱绘制完成后，接下来绘制底座和扶手。在命令行中输入"L"命令，以立柱右上角的端点为第一点，绘制长为 1670 的水平直线，并在命令行中输入"O"命令，以刚绘制的直线为源对象，分别向下偏移 50、90、110、200、220、260、290、315、608、633、663、703，偏移后的效果如图 17-23 所示。

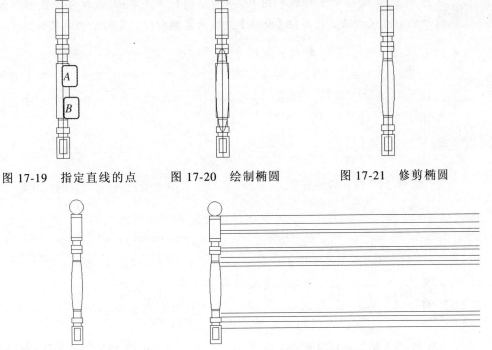

图 17-19　指定直线的点　　图 17-20　绘制椭圆　　图 17-21　修剪椭圆

图 17-22　删除直线后的效果　　　图 17-23　偏移后的效果

**Step 8** 在命令行中输入 "L" 命令，以立柱右上角的端点为第一点，绘制长为 663 的垂直线，并在命令行中输入 "O" 命令，以刚绘制的直线为源对象，分别向右偏移 30、70、95、225、250、280、310，偏移后的效果如图 17-24 所示。

**Step 9** 在命令行中输入 "TR" 命令，修剪偏移获得的直线，并删除多余的线段，使其效果如图 17-25 所示。

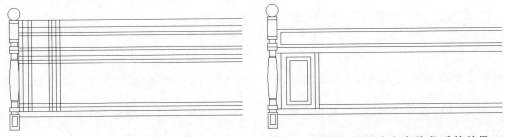

图 17-24　偏移后的效果　　　图 17-25　修剪并删除多余线段后的效果

**Step 10** 在命令行中输入 "O" 命令，以最右边的垂直线为源对象，分别向右偏移 30、270、300、540、570、810、840、1080、1110，偏移后的效果如图 17-26 所示。

**Step 11** 在命令行中输入 "CO" 命令，选择如图 17-27 所示的图形，单击如图 17-28 所示的 A 点，按住鼠标左键不放，移动鼠标光标到如图 17-28 所示的 B 点并单击，继续移动鼠标到如图 17-28 所示的 C 点并单击，继续移动鼠标到如图 17-28 所示的 D

点并单击,继续移动鼠标到如图 17-28 所示的 E 点并单击,继续移动鼠标到如图 17-28 所示的 F 点并单击,最后按【空格】键结束复制命令,复制后的效果如图 17-29 所示。

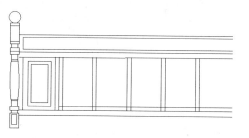

图 17-26　偏移后的效果

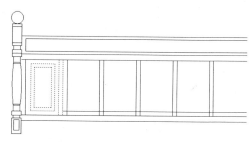

图 17-27　选择要复制的对象

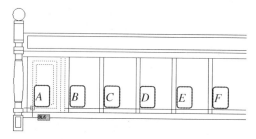

图 17-28　指定要复制到的位置

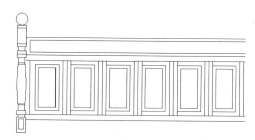

图 17-29　复制后的效果

Step⑫ 删除最右边的垂直线,在命令行中输入"MI"命令,选择如图 17-30 所示的立柱和直线,以最上边的水平直线的中心为第一点,以其正上方的位置处单击一点为第二点,镜像刚选择的立柱和直线,并在命令行中输入"TR"命令,修剪镜像获得的图形,修剪后的效果如图 17-31 所示。

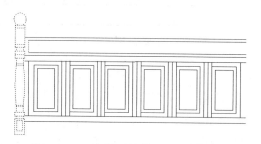

图 17-30　选择要镜像的立柱和直线

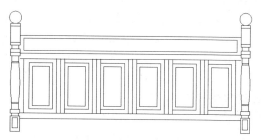

图 17-31　修剪后的效果

Step⑬ 在命令行中输入"O"命令,以如图 17-32 所示的 AB 线段为源对象,分别向右偏移 150、180、330、360、510、540、690、720、870、900、1050、1080、1230、1260、1410、1440,偏移后的效果如图 17-33 所示。

Step⑭ 从上往下数,拉伸第五条水平直线,使其与立柱相交,并删除图形中多余的线段,使其效果如图 17-34 所示。

Step⑮ 按照相同的方法标注尺寸,标注后的效果如图 17-15 所示(在上一小节我们已讲解标注尺寸的方法,这里不再赘述)。

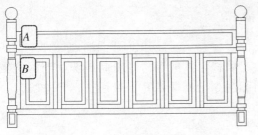

图 17-32　选择偏移的源对象

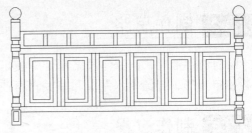

图 17-33　偏移后的效果

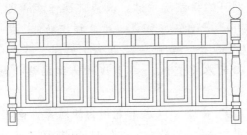

图 17-34　删除多余线段后的效果

## 17.2.4　案例小结

本案例主要运用了二维绘图和编辑命令进行绘制。对栏杆立面图进行绘制时，首先绘制出立柱，然后绘制扶手，再对栏杆进行装饰，最后进行尺寸标注。

## 17.3　绘制洗手池

学习并了解绘制洗手池的方法

洗手池是一种厨卫设备，通常安放在卫生间、浴室、厨房等。洗手池是由开关、水龙头、水槽等组成的，下面我们讲解部分洗手池的绘制方法。

## 17.3.1　案例目标

本案例将绘制洗手池的平面图，绘制完成后的效果如图 17-35 所示【源文件\第 17 章\洗手池.dwg】。

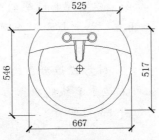

图 17-35　洗手池最终效果

### 17.3.2 制作思路

绘制洗手池时，其制作思路是首先使用圆、偏移、修剪等命令绘制出洗手池的水槽，接着使用矩形、圆绘制水龙头和开关，再使用圆命令绘制漏水孔，最后进行尺寸标注。

### 17.3.3 制作过程

根据制作思路下面我们开始绘制洗手池，其具体操作步骤如下：

**Step 1** 启动 AutoCAD 2009，开启正交模式、对象捕捉功能。首先绘制洗手池的水槽，在命令行中输入 "C" 命令，绘制半径为 267 的圆，再在命令行中输入 "L" 命令，绘制两条通过圆心的水平直线和垂直线作为辅助线，绘制后的效果如图 17-36 所示。

**Step 2** 在命令行中输入 "O" 命令，以水平直线为源对象，向上偏移 40、250，向下偏移 900，再在命令行中输入 "C" 命令，以偏移 40 获得的直线和垂直线的交点为圆心，绘制半径为 336 的圆，以偏移 900 获得的直线和垂直线的交点为圆心，绘制半径为 1050 的圆，绘制后的效果如图 17-37 所示。

**Step 3** 在命令行中输入 "TR" 命令，修剪圆，并删除图形中偏移获得的直线，使其效果如图 17-38 所示。

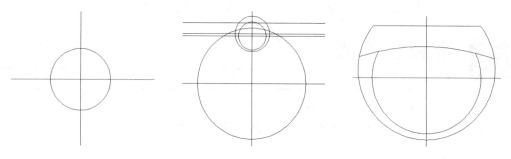

图 17-36　绘制圆和辅助线　　图 17-37　绘制圆　　图 17-38 修剪并删除直线

**Step 4** 水槽绘制完成后，接下来绘制水龙头、开关。在命令行中输入 "O" 命令，以水平直线为源对象，向上偏移 220，以垂直线为源对象，向左偏移 82，偏移后的效果如图 17-39 所示。

**Step 5** 在命令行中输入 "REC" 命令，以刚偏移获得的两条直线的交点为第一个角点，以 "@164, -42" 为另一个角点，绘制矩形，并删除偏移获得的两条直线，效果如图 17-40 所示。

**Step 6** 在命令行中输入 "C" 命令，以矩形左边垂直线的中点为圆心，分别绘制半径为 23、30 的两个圆，在以矩形右边垂直线的中点为圆心，分别绘制半径为 23、30 的两个圆，绘制后的效果如图 17-41 所示。

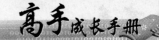

**Step 7** 在命令行中输入 "TR" 命令，修剪圆，修剪后的效果如图 17-42 所示。再在命令行中输入 "O" 命令，以垂直线为源对象，分别向左向右各偏移 20、25、30、35，以水平直线为源对象，向上偏移 65，偏移后的效果如图 17-43 所示。

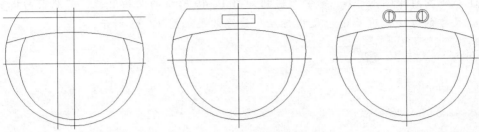

图 17-39  偏移直线　　图 17-40  绘制矩形并删除直线　　图 17-41  绘制圆

**Step 8** 在命令行中输入 "L" 命令，连接左边偏移 20 获得的直线与偏移 65 获得的直线的交点和连接左边偏移 30 获得的直线与矩形下方水平直线的交点，连接左边偏移 25 获得的直线与偏移 65 获得的直线的交点和连接左边偏移 35 获得的直线与矩形下方水平直线的交点，绘制两条直线。

**Step 9** 按照相同的方法，连接右边的两条直线，并删除偏移获得的直线，效果如图 17-44 所示。

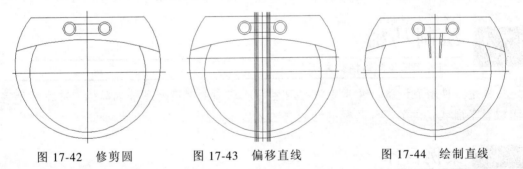

图 17-42  修剪圆　　　　图 17-43  偏移直线　　　　图 17-44  绘制直线

**Step 10** 在命令行中输入 "L" 命令，绘制如图 17-45 所示的直线。在命令行中输入 "C" 命令，以刚绘制直线的中心为圆心，分别绘制半径为 20、25 的两个圆，绘制后的效果如图 17-46 所示。

**Step 11** 在命令行中输入 "TR" 命令，修剪圆，并删除上一步绘制的直线，效果如图 17-47 所示。

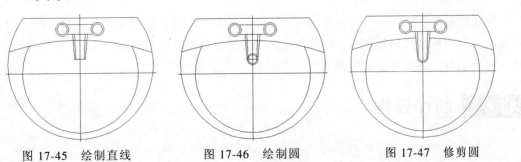

图 17-45  绘制直线　　　　图 17-46  绘制圆　　　　图 17-47  修剪圆

**Step 12** 水龙头和开关绘制完成后，接下来绘制漏水孔。在命令行中输入"C"命令，以垂直线与水平直线的交点为圆心，绘制半径为 20 的圆，并删除垂直线和水平直线，效果如图 17-48 所示。

**Step 13** 在命令行中输入"L"命令，绘制如图 17-49 所示的两条直线。按照前面讲解标注尺寸的方法，对其进行尺寸标注，最终效果如图 17-35 所示。

图 17-48　绘制圆

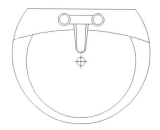

图 17-49　绘制直线

### 17.3.4　案例小结

　　本案例主要运用了二维绘图和编辑命令进行绘制。对洗手池平面图进行绘制时，首先应绘制洗手槽，然后绘制水龙头、开关，再绘制漏水孔，最后进行尺寸标注。

## 17.4　绘制马桶

学习并了解绘制马桶的方法

　　马桶是一种厨卫设备，通常安放在卫生间。马桶由水箱、马桶的前端、冲水手柄等部分组成，下面我们讲解部分马桶的绘制方法。

### 17.4.1　案例目标

　　本案例将绘制马桶的平面图，绘制完成后的效果如图 17-50 所示【源文件\第 17 章\马桶.dwg】。

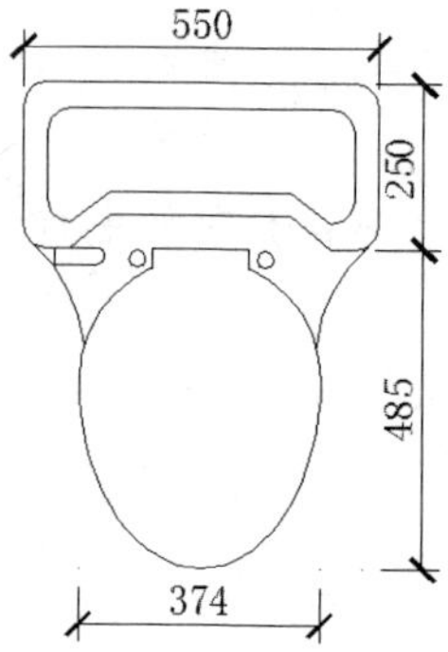

### 17.4.2　制作思路

　　绘制马桶时，其制作思路是首先使用矩形、圆角、直线、偏移等命令绘制出马桶的抽水箱部分，接着使用圆、椭圆等命令绘制马桶的前端部分、再使用矩形、圆绘制冲水手柄部分，最后进行尺寸标注。

图 17-50　绘制马桶

### 17.4.3　制作过程

　　下面我们根据制作思路开始绘制马桶，其具体操作步骤如下：

**Step 1** 启动 AutoCAD 2009，开启正交模式、对象捕捉功能。在命令行中输入 "REC" 命令，在绘图区单击一点作为第一个角点，以 "@550，-250" 为另一个角点，绘制矩形，绘制后的效果如图 17-51 所示。

**Step 2** 在命令行中输入 "F" 命令，对矩形进行圆角操作，其命令行操作如下：

| | |
|---|---|
| 命令：F | //执行 FILLET 命令 |
| 当前设置：模式 = 修剪，半径 = 0.0000 | //系统自动提示 |
| 选择第一个对象或 [放弃(U)/多段线(P)/半径(R)/修剪(T)/多个(M)]：M | //选择 "多个" 选项 |
| 选择第一个对象或 [放弃(U)/多段线(P)/半径(R)/修剪(T)/多个(M)]：R | //选择 "半径" 选项 |
| 指定圆角半径 <0.0000>：35 | //输入圆角半径值 "35"，并按【空格】键确定输入圆角半径 |
| 选择第一个对象或 [放弃(U)/多段线(P)/半径(R)/修剪(T)/多个(M)]： | //选择矩形左边的线段 |
| 选择第二个对象，或按住 Shift 键选择要应用角点的对象： | //选择矩形下方的线段 |
| 选择第一个对象或 [放弃(U)/多段线(P)/半径(R)/修剪(T)/多个(M)]： | //选择矩形下方的线段 |
| 选择第二个对象，或按住 Shift 键选择要应用角点的对象： | //选择矩形右边的线段 |
| 选择第一个对象或 [放弃(U)/多段线(P)/半径(R)/修剪(T)/多个(M)]： | //选择矩形右边的线段 |
| 选择第二个对象，或按住 Shift 键选择要应用角点的对象： | //选择矩形上方的线段 |
| 选择第一个对象或 [放弃(U)/多段线(P)/半径(R)/修剪(T)/多个(M)]： | //选择矩形上方的线段 |
| 选择第二个对象，或按住 Shift 键选择要应用角点的对象： | //选择矩形左边的线段 |
| 选择第一个对象或 [放弃(U)/多段线(P)/半径(R)/修剪(T)/多个(M)]： | //按【空格】键结束该命令，圆角后的效果如图 17-52 所示 |

**Step 3** 在命令行中输入 "O" 命令，以圆角的矩形为源对象，向内偏移 38，按照相同的方法，并在命令行中输入 "F" 命令，对刚偏移获得的矩形进行圆角操作，其圆角半径为 35，圆角后的效果如图 17-53 所示。

图 17-51　绘制矩形　　　　图 17-52　圆角后的效果　　　图 17-53　偏移矩形并进行圆角

**Step 4** 在命令行中输入 "L" 命令，通过矩形左边中心和右边中心绘制一条水平直线，作为第一条辅助线，通过矩形上方中心和下方中心绘制一条垂直线，作为第二条辅助线，效果如图 17-54 所示。

**Step5** 在命令行中输入"O"命令，以第一条辅助线为源对象，分别向下偏移 40、76，以第二条辅助线为源对象，分别向左向右各偏移 140、190，偏移后的效果如图 17-55 所示。

**Step6** 在命令行中输入"TR"命令，修剪上一步偏移获得的直线，并删除多余的线段，效果如图 17-56 所示。

图 17-54　绘制辅助线

图 17-55　偏移直线

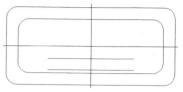
图 17-56　修剪中部线段

**Step7** 在命令行中输入"L"命令，绘制如图 17-57 所示的 6 条直线，再在命令行中输入"TR"命令，修剪直线，并删除多余的线段，效果如图 17-58 所示。

**Step8** 抽水箱绘制完成后，接下来绘制马桶前端的部分。在命令行中输入"O"命令，以第一条辅助线为源对象，分别向下偏移 155、325，以第二条辅助线为源对象，分别向左向右各偏移 75、187，偏移后的效果如图 17-59 所示。

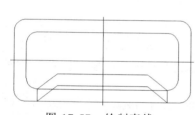
图 17-57　绘制直线

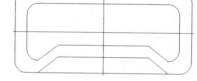
图 17-58　修剪两侧线段

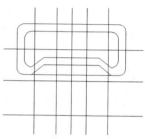
图 17-59　偏移直线

**Step9** 在命令行中输入"C"命令，以向下偏移 325 获得的直线与第二条辅助线的交点为圆心，绘制半径为 187 的圆，绘制后的效果如图 17-60 所示。

**Step10** 在命令行中输入"ELLIPSE"命令，以上一步绘制圆的圆心作为椭圆的中心点，输入"@187，0"作为轴的端点，输入另一条半轴长度值"285"，绘制椭圆，绘制后的效果如图 17-61 所示。

**Step11** 在命令行中输入"TR"命令，修剪圆和椭圆，并删除偏移获得的线段和多余的线段，效果如图 17-62 所示。

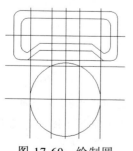
图 17-60　绘制圆

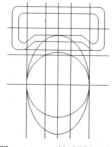
图 17-61　绘制椭圆

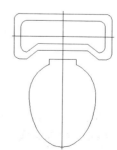
图 17-62　修剪圆和椭圆

**(Step 12)** 在命令行中输入"O"命令，以第一条辅助线为源对象，向下偏移294，以第二条辅助线为源对象，向左偏移410，再在命令行中输入"C"命令，以刚偏移获得的线段的交点为圆心，绘制半径为231的圆，绘制后的效果如图17-63所示。

**(Step 13)** 在命令行中输入"TR"命令，修剪圆，并删除上一步偏移获得的线段，效果如图17-64所示。

**(Step 14)** 在命令行中输入"MI"命令，以辅助线的交点为镜像线的第一点，在第一点正上方的位置处单击一点作为镜像线的第二点，镜像上一步修剪获得的圆弧，镜像后的效果如图17-65所示。

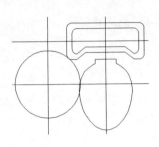 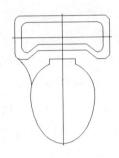 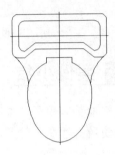

图 17-63 绘制圆　　　　　图 17-64 修剪圆-1　　　　　图 17-65 镜像圆弧

**(Step 15)** 接下来绘制冲水手柄，在命令行中输入"O"命令，以第一条辅助线为源对象，向下偏移150，以第二条辅助线为源对象，分别向左偏移162、225，再在命令行中输入"REC"命令，以如图17-66所示的A点B点绘制矩形，并删除上一步偏移获得的线段，效果如图17-67所示。

**(Step 16)** 在命令行中输入"C"命令，以上一步绘制的矩形右边线段的中心为圆心，绘制半径为12.5的圆，并在命令行中输入"TR"命令，修剪圆，修剪后的效果如图17-68所示。

**(Step 17)** 在命令行中输入"O"命令，以第一条辅助线为源对象，向下偏移141，以第二条辅助线为源对象，分别向左向右各偏移100，再在命令行中输入"C"命令，分别以刚偏移获得的直线的交点绘制半径为13的两个圆，绘制后的效果如图17-69所示。绘制完成后，删除辅助线和刚偏移获得的线段效果如图17-70所示。

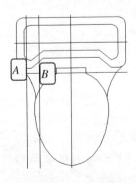 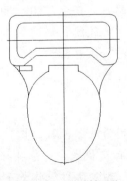 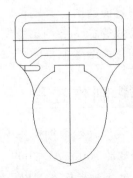

图 17-66 修剪圆　　　　　图 17-67 绘制矩形　　　　　图 17-68 修剪圆-2

**Step 18** 按照前面讲解标注尺寸的方法，对马桶进行尺寸标注，标注后的效果如图 17-50 所示。

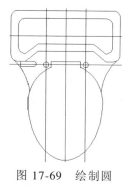

图 17-69　绘制圆　　　　图 17-70　删除辅助线

## 17.4.4　案例小结

本案例主要运用了二维绘图和编辑命令进行绘制。对马桶平面图的绘制首先应绘制出抽水箱，再使用直线命令绘制出辅助线，然后绘制马桶前端和抽水开关，最后进行尺寸标注。

# 17.5　绘制蹲便器

了解并学习绘制蹲便器的方法

蹲便器是一种厨卫设备，通常安放在公共建筑中。蹲便器从外形上看非常简单，下面我们讲解部分蹲便器的绘制方法。

## 17.5.1　案例目标

本案例将绘制蹲便器的平面图，绘制完成后的效果如图 17-71 所示【源文件\第 17 章\蹲便器.dwg】。

## 17.5.2　制作思路

绘制蹲便器时，其制作思路是首先使用多段线、圆、圆弧、倒角、直线等命令绘制出蹲便器的大体轮廓，再对其进行修剪，接着使用圆命令绘制排水口，最后进行尺寸标注。

## 17.5.3　制作过程

图 17-71　绘制蹲便器

下面我们开始根据制作思路绘制蹲便器，其具体操作步骤如下：

**Step 1** 启动 AutoCAD 2009，开启正交模式、对象捕捉功能。首先绘制蹲便器的轮廓，在命令行中输入 "PL" 命令，其命令行操作如下：

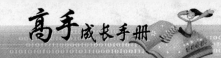

| | |
|---|---|
| 命令: PL | //执行 PLINE 命令 |
| 指定起点: FROM | //输入 "FROM" 并按【空格】键 |
| 基点: | //在绘图区的空白处单击一点作为基点 |
| <偏移>: @250,355 | //输入 "@250, 355" 作为偏移距离, 并按【空格】键 |
| 当前线宽为 0.0000 | //系统自动提示 |
| 指定下一个点或 [圆弧(A)/半宽(H)/长度(L)/放弃(U)/宽度(W)]: A | //选择 "圆弧" 选项, 并按【空格】键 |
| 指定圆弧的端点或[角度(A)/圆心(CE)/方向(D)/半宽(H)/直线(L)/半径(R)/第二个点(S)/放弃(U)/宽度(W)]: A | //选择 "角度" 选项, 并按【空格】键 |
| 指定包含角: -180 | //输入圆弧的包含角度 "-180", 并按【空格】键 |
| 指定圆弧的端点或 [圆心(CE)/半径(R)]: @250,0 | //输入 "@250,0" 作为圆弧的端点, 并按【空格】键 |
| 指定圆弧的端点或[角度(A)/圆心(CE)/闭合(CL)/方向(D)/半宽(H)/直线(L)/半径(R)/第二个点(S)/放弃(U)/宽度(W)]: L | //选择 "L" 选项, 并按【空格】键 |
| 指定下一点或 [圆弧(A)/闭合(C)/半宽(H)/长度(L)/放弃(U)/宽度(W)]: @0,-500 | //输入 "@0, -500" 指定下一点, 并按【空格】键 |
| 指定下一点或 [圆弧(A)/闭合(C)/半宽(H)/长度(L)/放弃(U)/宽度(W)]: @-250,0 | //输入 "@-250, 0" 指定下一点, 并按【空格】键 |
| 指定下一点或 [圆弧(A)/闭合(C)/半宽(H)/长度(L)/放弃(U)/宽度(W)]: C | //选择 "闭合" 选项, 按【空格】键, 封闭多段线, 并结束该命令, 效果如图 17-72 所示 |

Step2 在命令行中输入 "F" 命令, 对上一步绘制的多段线进行圆角操作, 其圆角半径为 52, 圆角后的效果如图 17-73 所示。

Step3 在命令行中输入 "L" 命令, 绘制一条通过圆弧圆心的垂直线, 作为第一条辅助线, 绘制一条通过圆弧圆心的水平直线, 作为第二条辅助线, 效果如图 17-74 所示。

图 17-72 绘制多段线　　图 17-73 圆角的效果　　图 17-74 绘制辅助线

Step4 在命令行中输入 "O" 命令, 以第一条辅助线为源对象, 向左偏移 106, 偏移后的效果如图 17-75 所示。再在命令行中输入 "REC" 命令, 以刚偏移获得的线段与第二条辅助线的交点为第一个角点, 以 "@212, -500" 为另一个角点, 绘制矩形, 绘制后的效果如图 17-76 所示。

**Step 5** 在命令行中输入 "F" 命令，对上一步绘制的矩形进行圆角操作，其圆角半径为52。并删除图形中偏移获得的线段，效果如图 17-77 所示。

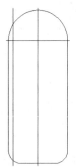
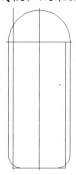
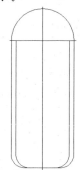

图 17-75　偏移后的效果　　　图 17-76　绘制矩形　　　图 17-77　圆角的效果

**Step 6** 在命令行中输入 "O" 命令，以第二条辅助线为源对象，向下偏移 61，偏移后的效果如图 17-78 所示。再在命令行中输入 "ARC" 命令，以如图 17-79 所示的 A点为圆弧的圆心，以如图 17-79 所示的 B点为起点，以如图 17-79 所示的 C点为端点，绘制圆弧，并删除偏移获得的线段，效果如图 17-80 所示。

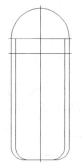
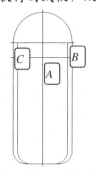
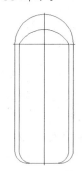

图 17-78　偏移后的效果　　　图 17-79　指定圆弧的点　　　图 17-80　绘制圆弧

**Step 7** 参考如图 17-71 所示尺寸绘制偏移直线，效果如图 17-81 所示。在命令行中输入"C"命令，以辅助线的交点为圆心，绘制半径为 180 的圆，效果如图 17-82 所示。

**Step 8** 在命令行中输入 "F" 命令，对图 17-83 所示 A 角和 B 角进行圆角处理，设置圆角半径为 30，对如图 17-83 所示 C 角、D 角、E 角和 F 角进行圆角处理，圆角后的效果如图 17-84 所示。

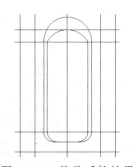
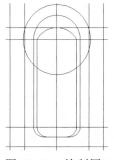
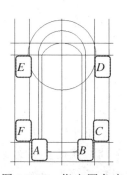

图 17-81　偏移后的效果　　　图 17-82　绘制圆　　　图 17-83　指定圆角点

**Step⑨** 在命令行中输入"L"命令，绘制如图 17-85 所示的 4 条直线。在命令行中输入"TR"命令，修剪直线和圆，修剪后的效果如图 17-86 所示。

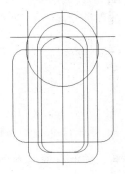

图 17-84 圆角后的效果

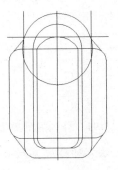

图 17-85 绘制直线

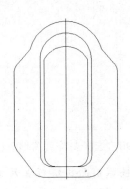

图 17-86 修剪后的效果

**Step⑩** 在命令行中输入"L"命令，把第二条辅助线补画出来，再在命令行中输入"O"命令，以第二条辅助线为源对象，向下偏移 50；以第一条辅助线为源对象，向左偏移 221，偏移后的效果如图 17-87 所示。

**Step⑪** 在命令行中输入"REC"命令，以上一步偏移获得的直线的交点为第一个角点，以"@68，-18"为另一个角点，绘制矩形，在命令行中输入"C"命令，分别以矩形左右两边的中点为圆心，分别绘制半径为 9 的两个圆，在命令行中执行"TR"命令，修剪圆和矩形，并删除偏移获得的线段，效果如图 17-88 所示。

**Step⑫** 在命令行中输入"AR"命令，打开"阵列"对话框，按照图 17-89 所示进行设置，单击"选择对象"按钮，返回到操作界面中，选择图 17-90 所示的图形，按【空格】键返回到"阵列"对话框，单击 确定 按钮完成设置并关闭该对话框，阵列后的效果如图 17-91 所示。

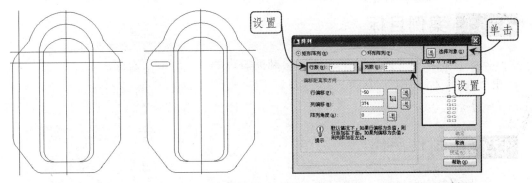

图 17-87 偏移后的效果     图 17-88 绘制图形     图 17-89 "阵列"对话框

**Step⑬** 在命令行中输入"O"命令，以第二条辅助线为源对象，向下偏移 400，再在命令行中输入"C"命令，以刚偏移获得的直线与第一条辅助线的交点为圆心，绘制半径为 50 的圆，并删除偏移获得的直线和辅助线，效果如图 17-92 所示。

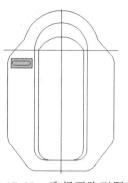

图 17-90  选择要阵列图形

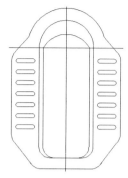

图 17-91  阵列后的效果

图 17-92  绘制圆

**Step14** 按照前面讲解标注尺寸的方法，对蹲便器进行尺寸标注，标注后的效果如图 17-71 所示。

### 17.5.4  案例小结

本案例主要运用了二维绘图和编辑命令进行绘制。对蹲便器平面图的绘制首先使用多段线命令绘制出蹲便器的轮廓，再使用直线命令绘制出辅助线，再进行细节处理，最后进行尺寸标注。

## 17.6  绘制双人床

了解并学习绘制双人床的方法

床有很多种，有单人床、双人床、儿童床等，通常都放置在卧室里，下面我们讲解双人床的绘制方法。

### 17.6.1  案例目标

本案例将绘制双人床的平面图，绘制完成后的效果如图 17-93 所示【源文件\第 17 章\双人床.dwg】。

### 17.6.2  制作思路

在进行床的绘制时，首先绘制床的大体轮廓，再绘制枕头、被单，接着对床进行装饰，最后对床进行尺寸标注。

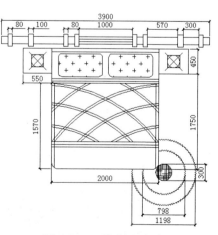

图 17-93  绘制双人床

### 17.6.3 制作过程

下面我们根据制作思路开始绘制双人床，其具体操作步骤如下：

**Step 1** 启动 AutoCAD 2009，开启正交模式、对象捕捉功能。首先绘制双人床的轮廓，在命令行中输入"REC"命令，在绘图区单击一点为第一个角点，以"@2000，2200"为另一个角点，绘制矩形，绘制后的效果如图 17-94 所示。

**Step 2** 在命令行中输入"L"命令，绘制一条通过矩形上方端点的水平直线，作为第一条辅助线，绘制一条通过矩形上方中点的垂直线，作为第二条辅助线，效果如图 17-95 所示。

图 17-94　绘制矩形

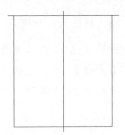

图 17-95　绘制辅助线

**Step 3** 床的大体轮廓绘制完成后，接着绘制枕头。在命令行中输入"O"命令，以第一条辅助线为源对象，分别向下偏移 55、95、510、550，以第二条辅助线为源对象，分别向左向右各偏移 60、880，偏移后的效果如图 17-96 所示。在命令行中输入"TR"命令，修剪偏移获得的线段，并删除多余的线段，修剪后的效果如图 17-97 所示。

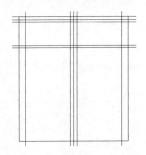

图 17-96　偏移后的效果

图 17-97　修剪后的效果

**Step 4** 在命令行中输入"F"命令，对修剪获得的枕头进行圆角操作，其圆角半径为 60，圆角后的效果如图 17-98 所示。在命令行中输入"HATCH"命令，打开"图案填充和渐变色"对话框的"图案填充"选项卡。

**Step 5** 在"类型和图案"栏的"图案"下拉列表框中选择"CROSS"选项。为了更好地查看效果，在"角度和比例"栏的"比例"下拉列表框中输入"20"，单击"边界"栏的"添加：拾取点"按钮，如图 17-99 所示。

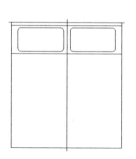

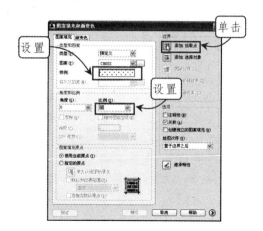

图 17-98　对枕头进行圆角　　图 17-99　"图案填充和渐变色"对话框

**Step 6** 返回到绘图区单击需要填充图案区域中的一点，单击如图 17-100 所示枕头中任意一点。按【空格】键，返回"图案填充和渐变色"对话框，单击 确定 按钮，关闭对话框可查看到绘图区中枕头已填充了图案，效果如图 17-101 所示。

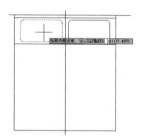
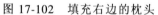

图 17-100　拾取内部点　　　　　　　图 17-101　填充后的效果

**Step 7** 按照相同的方法，填充右边的枕头，使其与左边的一样，填充后的效果如图 17-102 所示。枕头绘制完成后，接下来绘制被单。在命令行中输入"F"命令，对图形中最大的矩形进行圆角操作，其圆角半径为 120，圆角后的效果如图 17-103 所示。

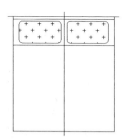

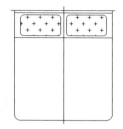

图 17-102　填充右边的枕头　　　　　图 17-103　对矩形进行圆角操作

**Step 8** 在命令行中输入"O"命令，以第一条辅助线为源对象，分别向下偏移 590、630、1700、1750、1800、5000，以第二条辅助线为源对象，分别向左向右各偏移 950、3500，偏移后的效果如图 17-104 所示。

**Step 9**　在命令行中输入"ARC"命令，以左边偏移 3500 与偏移 5000 获得的线段的交点为圆弧圆心，以如图 17-105 所示的 A 点为起点，以 B 点为端点，绘制圆弧，以右边偏移 3500 与偏移 5000 获得的线段的交点为圆心，以 C 点为起点，以 D 点为端点，绘制圆弧，绘制后的效果如图 17-106 所示。

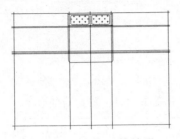

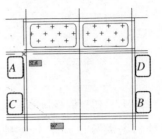

图 17-104　偏移后的效果　　　　　图 17-105　选择圆弧的点

**Step 10**　在命令行中输入"TR"命令，修剪圆弧和偏移获得的直线，并删除多余的线段，效果如图 17-107 所示。

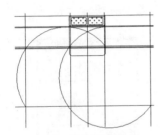

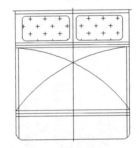

图 17-106　绘制圆弧　　　　　图 17-107　修剪圆弧和直线

**Step 11**　在命令行中输入"O"命令，以如图 17-108 所示的 A 圆弧为源对象，向下偏移 400、800，向上偏移 400，以 B 圆弧为源对象，向下偏移 400、800，向上偏移 400，偏移后的效果如图 17-109 所示。

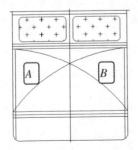

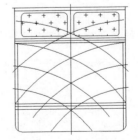

图 17-108　选择要偏移对象　　　　　图 17-109　偏移后的效果

**Step 12**　在命令行中输入"O"命令，以图 17-108 所示的 A 圆弧为源对象，向下偏移 40、360、760，向上偏移 360，以 B 圆弧为源对象，向下偏移 40、360、760，向上偏

移 360，偏移后的效果如图 17-110 所示。在命令行中输入 "TR" 命令，修剪圆弧，并删除多余线段，效果如图 17-111 所示。

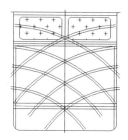

图 17-110　偏移后的效果

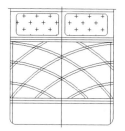

图 17-111　修剪后的效果

**Step 13** 被单绘制完成后，接下来绘制床头柜。在命令行中输入 "REC" 命令，以床右上角的端点为第一个角点，以 "@550，-450" 为另一个角点，绘制矩形，绘制后的效果如图 17-112 所示。

**Step 14** 右边的床头柜绘制完成后，接下来绘制床头柜上台灯。在命令行中输入 "DDPTYPE" 命令，打开 "点样式" 对话框，选择 ⊠ 点样式，在 "点大小" 文本框中输入 "10"，单击 确定 按钮，如图 17-113 所示，保存设置并关闭该对话框。

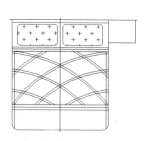

图 17-112　绘制矩形

图 17-113　设置点样式

**Step 15** 在命令行中输入 "POINT" 命令，捕捉床头柜的中心绘制一点，绘制后的效果如图 17-114 所示。在命令行中输入 "MI" 命令，以第二条辅助线的中心为镜像线的第一点，在第一点的正上方单击一点作为镜像线的第二点，镜像床头柜和台灯，镜像后的效果如图 17-115 所示。

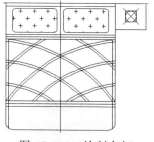

图 17-114　绘制台灯

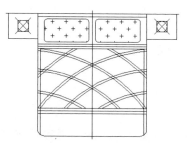

图 17-115　镜像后的效果

**Step16** 接下来绘制靠背，在命令行中输入 "O" 命令，以第一条辅助线为源对象，向上偏移 40、80、130、170、220、260，以第二条辅助线为源对象，分别向左向右各偏移 500、580、700、780、1350、1450、1750、1830、1950，偏移后的效果如图 17-116 所示。在命令行中输入 "TR" 命令，修剪上一步偏移获得的线段，修剪后的效果如图 17-117 所示。

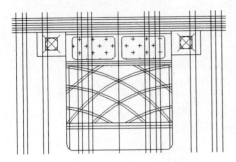

图 17-116　偏移后的效果

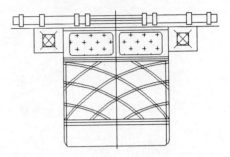

图 17-117　修剪后的效果

**Step17** 接下来绘制地毯，在命令行中输入 "O" 命令，以第一条辅助线为源对象，向下偏移 2250，以第二条辅助线为源对象，向右偏移 1100，偏移后的效果如图 17-118 所示。在命令行中输入 "C" 命令，以刚偏移获得的线段的交点为圆心，分别绘制半径为 150、400、600 的圆，绘制后的效果如图 17-119 所示。

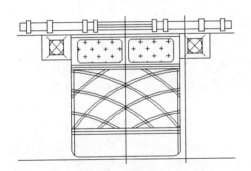

图 17-118　偏移后的效果

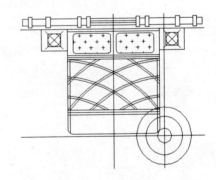

图 17-119　绘制圆

**Step18** 删除上一步偏移获得的线段，并在命令行中输入 "TR" 命令，修剪上一步绘制的圆，修剪后的效果如图 17-120 所示。在命令行中输入 "HATCH" 命令，打开 "图案填充和渐变色" 对话框的 "图案填充" 选项卡。

**Step19** 在 "类型和图案" 栏的 "图案" 下拉列表框中选择 "HOUND" 选项。为了更好地查看效果，在 "角度和比例" 栏的 "比例" 下拉列表框中输入 "18"，单击 "边界" 栏的 "添加：拾取点" 按钮，如图 17-121 所示。

**Step20** 返回到绘图区单击需要填充图案区域中的一点，单击如图 17-122 所示地毯中任意一点。按【空格】键，返回 "图案填充和渐变色" 对话框，单击 确定 按钮，关闭对话框可查看到绘图区中地毯已填充了图案，效果如图 17-123 所示。

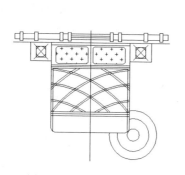

图 17-120　修剪后的效果

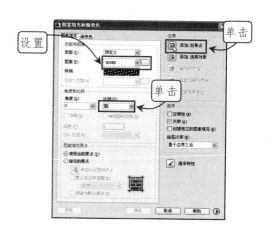

图 17-121　"图案填充和渐变色"对话框

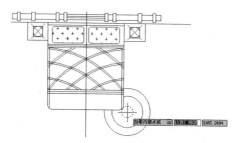

图 17-122　拾取内部点

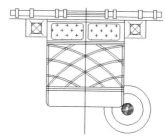

图 17-123　填充后的效果

**(Step21)** 框选如图 17-124 所示的圆弧，按【Ctrl+1】组合键，打开"特性"面板，在"线型"下拉列表框中选择"ZIGZAG"选项，在"线型比例"文本框输入"50"，在"线宽"下拉列表框中选择"0.30毫米"选项，设置完成后，单击 ✕ 按钮，保存设置并关闭该对话框，如图 17-125 所示。返回绘图区，按【Esc】键退出选择，效果如图 17-126 所示。

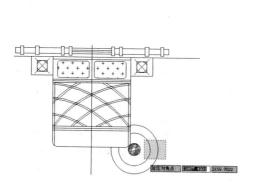

图 17-124　框选圆弧

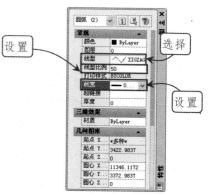

图 17-125　"特性"面板

**(Step22)** 图形绘制完成后，将辅助线删除，删除后的效果如图 17-127 所示。按照前面讲解标注尺寸的方法，对床进行尺寸标注，标注后的效果如图 17-93 所示。

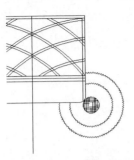
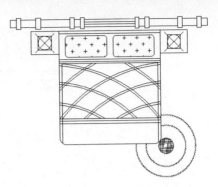

图 17-126  设置圆弧后的效果          图 17-127  删除辅助线后的效果

## 17.6.4  案例小结

　　本案例主要运用了二维绘图和编辑命令进行绘制。对双人床绘制首先应绘制床的轮廓，然后绘制出辅助线，再对被单、床头柜、台灯、靠背等进行绘制，最后进行尺寸标注。

## 17.7  大显身手

本章应重点掌握在命令行中输入命令绘制图形，下面进行练习

　　（1）运用本章介绍的相关知识，绘制出如图 17-128 所示的沙发【源文件\第 17 章\沙发.dwg】。

　　**提示**：本练习主要使用直线、偏移、矩形、拉伸、圆、圆角等命令进行绘制，使用图案填充对图形进行装饰。

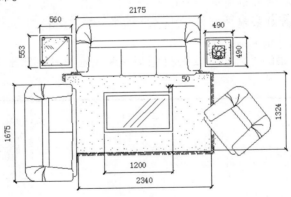

图 17-128  沙发

　　（2）使用二维绘图和编辑命令绘制出如图 17-129 所示的洗手池立面图【源文件\第 17 章\洗手池立面图.dwg】。

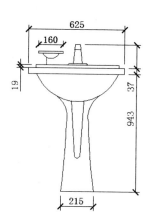

图 17-129 洗手池立面图

## 电脑急救箱

运用本章知识时若遇到标注尺寸、图案无法编辑等问题，别急，打开急救箱看看吧

**Q** 在设置新的标注样式时，若不在"文字"和"箭头符号"选项卡设置文字和箭头大小的效果，请问还有没有其他办法进行设置？

**A** 当然有，可以在"调整"选项卡里进行相应的设置，同样能达到设置标注时文字及箭头大小的效果。

**Q** 设定填充图案不可见后，在打印图形时能打印出填充图案吗？

**A** 设置填充图案的不可见后，在打印图形时无法将其打印出来。

# 第 18 章
# 绘制建筑图形

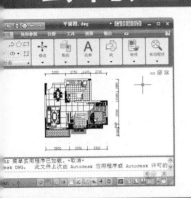
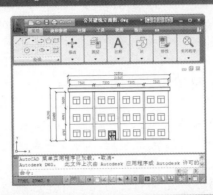
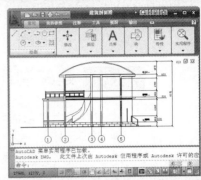

## 本章要点

- 绘制建筑图形
- 绘制公共建筑制图
- 绘制户型图
- 绘制建筑剖面图

  在前面章节中讲解了机械零件和机械装配图的绘制方法，本章将综合前面章节的知识，绘制建筑平面图、建筑立面图、公共建筑平面图、公共建筑立面图以及建筑剖面图等。在绘制图形前首先需要学习的是建筑制图的内容以及绘制流程等相关知识，下面进行详细讲解。

## 18.1 建筑制图基础

了解建筑制图的内容以及绘制流程

由于建筑图形所涉及的内容和细小分支过多，绘制起来会比机械图形更加复杂，而使用 AutoCAD 进行绘制，不仅可使建筑制图更加专业，还能保证制图质量，提高制图效率，做到图面清晰、简明，符合设计、施工和存档等要求，适应工程建设的需要。

### 18.1.1 建筑制图的内容

建筑制图主要包括平面图和立面图，其中绘制的内容基本相同，都包括以下几部分：

- 建筑图形：无论是平面图还是立面图，均需要表达建筑体的长或宽等尺寸。
- 多线样式：多线样式主要用于绘制墙线。
- 尺寸标注和文字说明：对建筑制图的尺寸标注包括墙线尺寸以及门、窗和楼梯等设施尺寸。文字说明主要针对一些特殊情况的说明和标注。
- 图块：建筑制图中常以插入图块的方式进行绘制建，主要包括门、窗等常用的公共设施。

### 18.1.2 建筑制图的绘制流程

在 AutoCAD 中绘制建筑图的流程是：首先了解所绘制的建筑图是平面图还是立面图，脑海里要有个整体效果，然后根据上述分析，确定所绘制的大致的长、宽尺寸及需要哪些公共设施，并设置图形的单位、界限和多线样式，接着使用绘图和修剪命令绘制出图形，对其进行尺寸的标注、添加文字说明等，完成绘制后，对绘制的图形进行检查，需要打印时将其打印输出。

## 18.2 绘制户型图

掌握建筑平面图以及立面图的绘制方法

建筑户型图包括平面图与立面图，只是从不同角度观看户型图的结果，平面图即是俯视户型绘制出的效果；立面图则是人与绘制墙面相对即平视而绘制出的效果。

### 18.2.1 建筑平面图

建筑平面图反映了建筑内部的使用功能、建筑内外空间关系、交通联系、建筑设备、室内装饰布置、空间流线组织及建筑结构形式等，建筑平面图是立、剖面及透视图的基础。

**1. 案例目标**

本节将根据前面章节所讲解的绘制与编辑图形的知识，绘制如图 18-1 所示的住宅楼建筑平面图【源文件\第 18 章\平面图.dwg】。

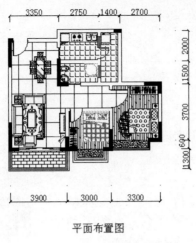

平面布置图

图 18-1 平面布置图

## 2. 制作思路

本实例为住宅楼建筑平面图，其建筑结构为砖混结构，所以结构以墙体为主，图中的组成部分主要有建筑墙体、标注、文字注释、窗等。绘制时先设置图层，然后绘制轴线以确定建筑结构，接着通过轴线标注出主体墙体之间的尺寸，最后绘制墙体和其他组件，对于尺寸标注可以使用线性标注或快速标注来完成。

## 3. 制作过程

根据上面的制作思路分析，下面我们就一起来绘制建筑平面图。

【1】绘制户型图

其具体操作步骤如下：

**Step 1** 启动 AutoCAD 2009，单击"菜单浏览器"按钮■，在弹出的菜单中选择【格式】/【单位】命令，打开"图形单位"对话框，在"长度"栏的"精度"下拉列表框中选择"0"选项，然后单击 确定 按钮，如图 18-2 所示。

**Step 2** 在命令行中输入"LA"命令，打开"图层特性管理器"面板，新建图层并设置其特性，设置后的效果如图 18-3 所示。

图 18-2 "图形单位"对话框

图 18-3 设置图层特性

**Step3** 选择【常用】/【注释】组，单击右下角的按钮，在弹出的下拉菜单中单击"标注样式"按钮，打开"标注样式管理器"对话框，单击 新建(N)... 按钮，如图18-4所示。

**Step4** 在"新样式名"文本框中输入标注样式的名称，这里输入"建筑"，默认基础样式为"ISO-25"，在"用于"下拉列表框中选择"所有标注"选项，单击 继续 按钮，如图18-5所示。

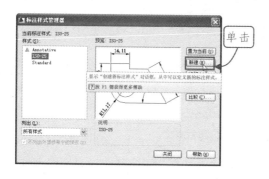

图18-4　"标注样式管理器"对话框　　　图18-5　"创建新标注样式"对话框

**Step5** 打开"新建标注样式：建筑"对话框，单击"线"选项卡，在"延伸线"栏的"超出尺寸线"数值框中输入"2.5"，在"起点偏移量"数值框中输入"500"，如图18-6所示。

**Step6** 单击"符号和箭头"选项卡，在"箭头"栏的"第一个"下拉列表框中选择"建筑标记"选项，在"箭头大小"数值框中输入"150"，如图18-7所示。

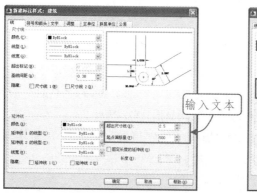

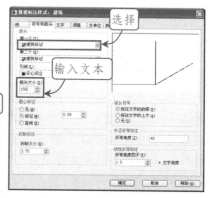

图18-6　"线"选项卡　　　　　　　图18-7　"符号和箭头"选项卡

**Step7** 单击"文字"选项卡，在"文字外观"栏的"文字高度"数值框中输入"400"，在"文字位置"栏的"从尺寸线偏移"数值框中输入"50"，在"文字对齐"栏选中⊙ISO标准单选按钮，如图18-8所示。

**Step8** 单击"主单位"选项卡，在"线性标注"栏的"精度"下拉列表框中选择"0"选项，在"小数分隔符"下拉列表框中选择"'.'句点"选项，然后单击 确定 按钮，如图18-9所示。

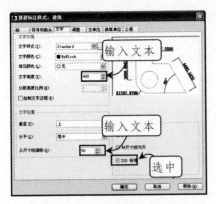

图 18-8　"文字"选项卡

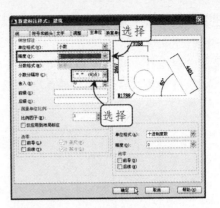

图 18-9　"主单位"选项卡

**Step 9** 返回"标注样式管理器"对话框，单击 置为当前(U) 按钮，应用设置的标注样式，再单击 关闭 按钮，关闭该对话框，如图 18-10 所示。

**Step 10** 在命令行中输入"L"命令和"O"命令绘制轴线，并在命令行中输入"DIMLINEAR"命令，对其进行标注，标注后的效果如图 18-11 所示。

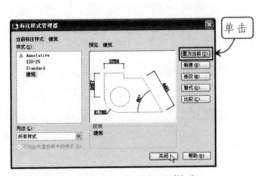

图 18-10　设置当前标注样式

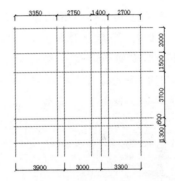

图 18-11　绘制轴线并标注

**Step 11** 在命令行中输入"O"命令，将轴线分别向其两侧偏移，偏移距离为120，并将偏移获得的线段设置于"墙体"图层中，效果如图 18-12 所示。

**Step 12** 在命令行中输入"O"命令，将水平第一条轴线向下偏移600，然后再将其向上和向下偏移120，并将偏移获得的线段设置于"墙体"图层中，效果如图 18-13 所示。

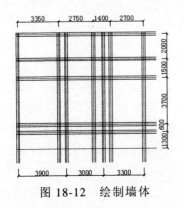

图 18-12　绘制墙体

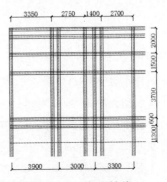

图 18-13　偏移轴线

**Step 13** 在命令行中输入"TR"命令，对偏移获得的线段进行修剪，修剪后的效果如图 18-14 所示。

**Step 14** 在命令行中输入"O"命令，将水平第二条轴线向下偏移 500 和 1200，并将偏移获得的线段设置于"墙体"图层中，将其拉伸并修剪，效果如图 18-15 所示。

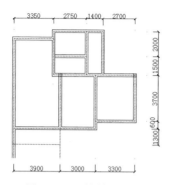

图 18-14　修剪墙体

图 18-15　偏移并修剪墙体-1

**Step 15** 在命令行中输入"O"命令，将水平第四条轴线向下偏移 380，并将偏移获得的线段设置于"墙体"图层中，在命令行中输入"O"命令，将水平第四条轴线向下偏移 1300，将其分别向上和向下偏移 120，并将偏移获得的线段置于"墙体"图层，然后对其进行修剪，修剪后的效果如图 18-16 所示。

**Step 16** 从下面往上数第三根轴线，将其向下偏移 600，在以偏移获得的线段为偏移对象，分别向上和向下偏移 40、80，然后将右边垂直的轴线向左偏移 680、720、760、800，然后拉伸至刚才偏移的线段，对其进行修剪，并将其设置于"门窗"图层中，效果如图 18-17 所示。

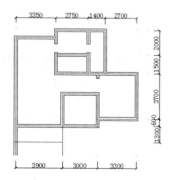

图 18-16　偏移并修剪墙体-2

图 18-17　偏移并修剪墙体-3

**Step 17** 在命令行中输入"O"命令，将左边第一根轴线向右偏移 600、3400，将其设置为"墙体"图层中，然后对其进行修剪，修剪后的效果如图 18-18 所示。

**Step 18** 在命令行中输入"O"命令，将最下边的水平轴线向上和向下偏移 40、120，将其设置为"门窗"图层中，将左边第一根垂直轴线向右和向左偏移 40，对其进行修剪，修剪后的效果如图 18-19 所示。

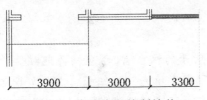

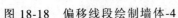

图 18-18　偏移线段绘制墙体-4

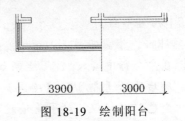

图 18-19　绘制阳台

**(Step19)** 在命令行中输入"O"命令，将阳台右边的轴线向右或向左偏移 40、120，将刚偏移获得的线段设置于"门窗"图层中，并对其进行修剪，修剪后的效果如图 18-20 所示。

**(Step20)** 在命令行中输入"O"命令，将阳台右边的轴线向右偏移 710、2460，将刚偏移获得的线段设置于"墙体"图层中。将刚偏移获得左边线段向左偏移 120、200、320，按照相同的方法将上面偏移获得的右边线段向右偏移 120、200、320，将偏移获得线段设置于"门窗"图层。

**(Step21)** 在命令行中输入"O"命令，将从下往上数的第二根水平轴线向下偏移 540、660、700、740、860，然后对其进行修剪，修剪后的效果如图 18-21 所示。

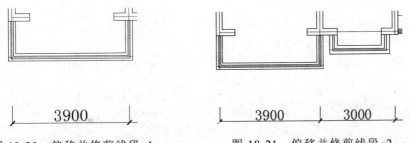

图 18-20　偏移并修剪线段-1　　　　图 18-21　偏移并修剪线段-2

**(Step22)** 在命令行中输入"O"命令，将左边第二根垂直轴线向右偏移 650、750、1450、1550，将其拉伸并设置于"墙体"图层上，然后对其进行修剪，修剪后的效果如图 18-22 所示。

**(Step23)** 在命令行中输入"O"命令，将左边第一根垂直轴线，向右偏移 220、1220，将其拉伸并设置于"墙体"图层上，然后对其进行修剪，修剪后的效果如图 18-23 所示。

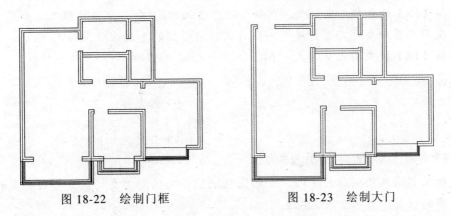

图 18-22　绘制门框　　　　图 18-23　绘制大门

【2】布置平面图

其具体操作步骤如下：

**Step1** 在命令行中输入"L"，绘制如图 18-24 所示的承重墙（承重墙不能对其进行整改），然后选择【常用】/【绘图】组，单击"图案填充"按钮，打开"图案填充和渐变色"对话框，对承重墙进行图案填充，填充的图案为"SOLID"，填充后的效果如图 18-25 所示。

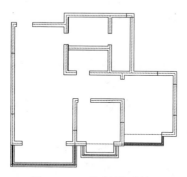

图 18-24　绘制承重墙

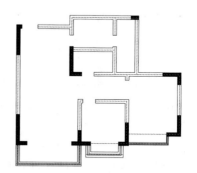

图 18-25　填充承重墙

**Step2** 关闭"轴线"图层，将"门窗"图层设置为当前图层，在命令行中输入"L"命令，绘制窗户，绘制后的效果如图 18-26 所示。

**Step3** 在命令行中输入"REC"命令，在绘图区的空白处绘制大门，其命令行操作如下：

| | |
|---|---|
| 命令: REC | //执行 REC 命令 |
| 指定第一个角点或 [倒角(C)/标高(E)/圆角(F)/厚度(T)/宽度(W)]: | //在绘图区的空白处单击 |
| 指定矩形的圆角半径 <0.0000>:40,1000 | //输入"40,1000"，并按【空格】键 |

**Step4** 在命令行中输入"C"命令，其命令行操作如下：

| | |
|---|---|
| 命令: C | //执行 C 命令 |
| 指定圆的圆心或 [三点(3P)/两点(2P)/切点、切点、半径(T)]: | //单击矩形上方左边端点 |
| 指定圆的半径或 [直径(D)] <1001>: | //单击矩形下方右边端点 |

**Step5** 按【F8】键开启正交模式，在命令行中输入"L"命令，将矩形上方和圆连接，再使用修剪命令对其进行修剪，然后删除刚绘制的直线，效果如图 18-27 所示。

**Step6** 按【F8】键关闭正交模式，在命令行中输入"M"命令，其命令行操作如下：

| | |
|---|---|
| 命令:MOVE | //执行 MOVE 命令 |
| 选择对象: 指定对角点: 找到 5 个 | //框选刚绘制的门 |
| 选择对象: | //按【空格】键结束选择对象 |
| 指定基点或[位移(D)] <位移>: | //单击矩形上方左边端点 |
| 指定第二个点或 <使用第一个点作为位移>: | //按住鼠标不放，单击如图 18-28 所示的点 |

**Step7** 按照相同的绘制门的方法，在绘图区的空白处绘制需要的门，然后将其移动到需要的位置，效果如图 18-29 所示。

**Step 8** 在命令行中输入"I"命令，插入【素材\第 18 章\建筑平面图】文件夹中需要的图块，插入后的效果如图 18-30 所示。在命令行中输入"L"命令，以冰箱的右侧为起点，绘制如图 18-31 所示的灶台。

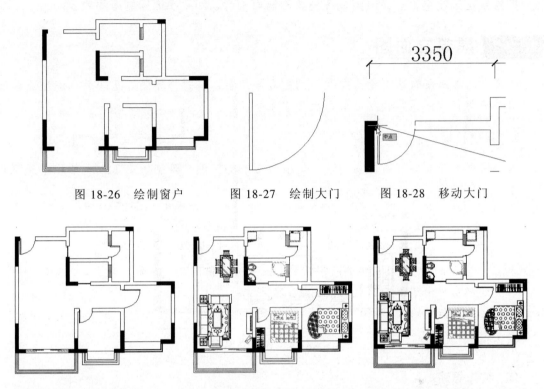

图 18-26　绘制窗户　　　图 18-27　绘制大门　　　图 18-28　移动大门

图 18-29　绘制所有门　　图 18-30　插入图块布置图形　　图 18-31　绘制灶台

**Step 9** 在命令行中输入"I"命令，插入需要的图块【素材\第 18 章\建筑平面图\灶具.dwg】，插入后的效果如图 18-32 所示。

**Step 10** 选择【常用】/【绘图】组，单击"图案填充"按钮 ，打开"图案填充和渐变色"对话框，对户型图的地面进行图案填充，填充后的效果如图 18-33 所示。

**Step 11** 选择【常用】/【注释】组，单击"多行文字"按钮 A，在平面图的下方绘制输入框并输入文本"平面布置图"，完成本例的绘制，最终效果如图 18-1 所示。

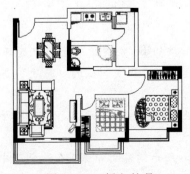

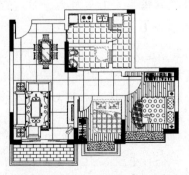

图 18-32　插入灶具　　　　　图 18-33　地面填充后的效果

### 4. 案例小结

建筑户型图包括平面图与立面图，只是从不同角度观看户型图的结果，平面图即是俯视户型绘制出的效果，立面图则是人与绘制墙面相对，即平视而绘制出的效果。

## 18.2.2 建筑立面图

建筑立面图是反映建筑设计方案、门窗立面位置、样式与朝向、室外装饰造型及建筑结构样式等最直观的手段，下面进行具体讲解。

### 1. 案例目标

本节将根据前面章节所讲解的绘制与编辑图形的知识，绘制如图 18-34 所示的建筑立面图【源文件\第 18 章\立面图.dwg】。

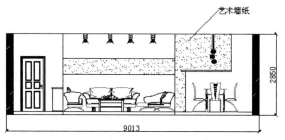

图 18-34  建筑立面图

### 2. 制作思路

本实例为沙发墙、玄关以及餐厅等的立面图，其设计风格以简约为主。对于建筑立面图，绘制时同样应先设置图层，将不同的图形组合元素分类绘制在不同的图层上，然后绘制建筑框架，主要包括确定地面、顶面和纵向区域分割等元素，再使用绘图工具绘制各区域建筑局部造型，通过图块插入命令将建筑组件插入到图形中。最后进行文字标注，分为尺寸标注和文本注释标注。在建筑立面图中尺寸的标注需要比平面图中更加详细，因为立面图通常是施工的最主要参照。尺寸标注可以使用线性标注或者快速标注来完成。

### 3. 制作过程

其具体操作步骤如下：

**Step 1** 启动 AutoCAD 2009，单击"菜单浏览器"按钮，在弹出的菜单中选择【格式】/【单位】命令，打开"图形单位"对话框，在"长度"栏的"精度"下拉列表框中选择"0"选项，然后单击 确定 按钮。

**Step 2** 在命令行中输入"LA"命令，打开"图层特性管理器"面板，新建图层并设置其特性，设置后的效果如图 18-35 所示。

**Step 3** 在命令行中输入"L"命令，绘制如图 18-36 所示的外形框架。在命令行中输入"O"命令，将左边第二根垂直墙线向右偏移 1800。

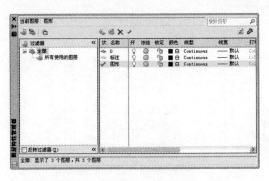

图 18-35 创建图层并设置特性

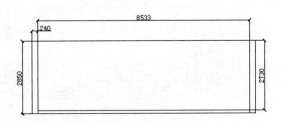

图 18-36 绘制框架

**Step 4** 在命令行中输入 "I" 命令，插入 "大门.dwg" 图块【素材\第 18 章\建筑立面图\大门.dwg】，插入后的效果如图 18-37 所示。

**Step 5** 在命令行中输入 "L" 命令，绘制如图 18-38 所示鞋柜立面图，其细节尺寸如图 18-39 所示。将第三根垂直外框线向右偏移 4000，然后在命令行中输入 "I" 命令，插入 "沙发.dwg" 图块【素材\第 18 章\建筑立面图\沙发.dwg】，插入后的效果如图 18-40 所示。

图 18-37 插入 "大门" 图块

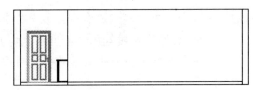

图 18-38 绘制鞋柜

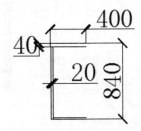

图 18-39 鞋柜细节尺寸

图 18-40 插入 "沙发" 图块

**Step 6** 在命令行中输入 "I" 命令，插入 "餐桌.dwg" 图块【素材\第 18 章\建筑立面图\餐桌.dwg】，插入后的效果如图 18-41 所示。在命令行中输入 "L" 命令，绘制餐厅墙面，绘制后的效果如图 18-42 所示。

**Step 7** 选择【常用】/【绘图】组，单击 "图案填充" 按钮，打开 "图案填充和渐变色" 对话框，对餐厅墙面进行图案填充，填充后的效果如图 18-43 所示。

**Step 8** 插入 "射灯.dwg" 图块【素材\第 18 章\建筑立面图\射灯.dwg】，然后在命令行输入 "C" 命令，复制插入的射灯图块到相应的位置，效果如图 18-44 所示。

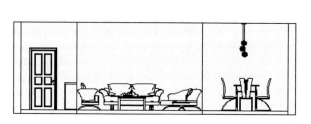

图 18-41　插入"餐桌"图块

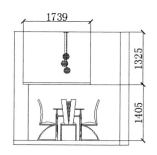

图 18-42　绘制墙面效果

图 18-43　填充餐厅墙面效果

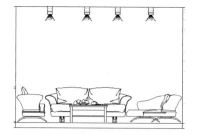

图 18-44　插入并复制"射灯"图块

**Step 9** 在命令行中输入"L"命令，在沙发墙后的中点上绘制直线，然后在命令行中输入"O"命令，将刚绘制的线段向上偏移 500，然后对其进行图案填充，填充后的效果如图 18-45 所示。对外形框架两边的墙壁进行图案填充，填充后的效果如图 18-46 所示。

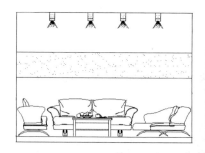

图 18-45　绘制沙发墙后的效果

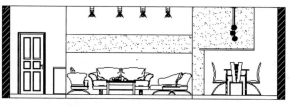

图 18-46　填充两边墙壁后的效果

**Step 10** 在命令行中输入"MLEADER"命令，其命令行操作如下：

| 命令: MLEADER | //执行 MLEADER 命令 |
|---|---|
| 指定引线箭头的位置或 [引线基线优先(L)/内容优先(C)/选项(O)] <引线基线优先>: | //指定引线的端点，这里单击餐厅填充了图案的墙壁 |
| 指定引线基线的位置: | //指定引线的终点，在文字框中输入文本"艺术墙纸"，并设置字号为"200"，然后单击绘图区空白处确定，效果如图 18-47 所示 |

**Step 11** 设置标注样式，然后使用线性标注标注图形，完成本例的绘制，最终效果如图 18-34 所示。

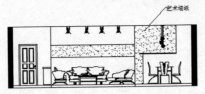

图 18-47　添加多重引线

### 4. 案例小结

建筑立面图是建筑施工的重要依据，它的尺寸与实际建筑立面图的尺寸是完全吻合的，在绘制时一定要考虑观察角度，也就是透视关系，当然美观是首要考虑的因素。

## 18.3　绘制公共建筑图

学习公共建筑平面图、立面图以及剖面图的绘制方法

在上一节我们绘制了住宅平面图和立面图，本节将绘制公共建筑平面图和立面图，其绘制方法有所相似，下面分别对其进行讲解。

### 18.3.1　绘制公共建筑平面图

公共建筑平面图一般是由多层建筑组成的，每个楼层都有一个单独的平面图，但一般建筑常常是中间几层平面布置完全相同，这时就可以省掉几个平面图，只用一个平面图表示，这种平面图就成为了标准层平面图。下面讲解公共建筑平面图的绘制方法。

### 1. 案例目标

本节将根据前面章节所讲解的绘制与编辑图形的知识，绘制如图 18-48 所示的公共建筑平面图【源文件\第 18 章\公共建筑平面图.dwg】。

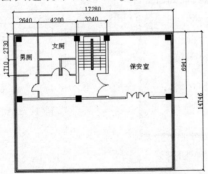

图 18-48　公共建筑平面图效果

### 2. 制作思路

本实例为某办公楼的第一层平面图，其设计风格以玻璃墙面为主。对于玻璃墙面我们可以采用偏移线段的方法绘制，里面的内墙可以使用多线或偏移线段的方法绘制。

### 3. 制作过程

其具体操作步骤如下：

**Step 1** 启动 AutoCAD 2009，单击"菜单浏览器"按钮█，在弹出的菜单中选择【格式】/【单位】命令，打开"图形单位"对话框，在"长度"栏的"精度"下拉列表框中选择"0"选项，然后单击 确定 按钮。

**Step 2** 在命令行中输入"LA"命令，打开"图层特性管理器"面板，新建图层并设置其特性，设置后的效果如图 18-49 所示。

**Step 3** 在命令行中输入"L"命令，绘制长为 17280，宽为 14745 的矩形，绘制后的效果如图 18-50 所示。

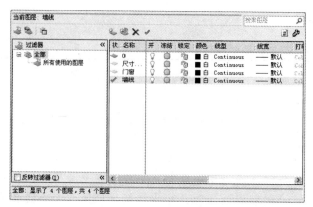

图 18-49　设置图层特性

图 18-50　绘制外形框架

**Step 4** 在命令行中输入"O"命令，向内偏移 80，然后以刚偏移的线段为基准再向内偏移 80，以此类推偏移 3 次，绘制出宽为 240 的外墙，如图 18-51 所示。在命令行中输入"TR"命令，对外墙的四角进行修剪，修剪成如图 18-52 所示的效果。

图 18-51　绘制外墙线

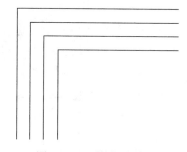

图 18-52　修剪墙线

**Step 5** 在命令行中输入"O"命令，将水平第一根墙线向下偏移 7000，然后以刚偏移的线段为基准线向上偏移 120，绘制 120 墙，效果如图 18-53 所示。在命令行中输入"O"命令，偏移线段，使其效果如图 18-54 所示。

**Step 6** 在命令行中输入"TR"命令，对刚偏移的线段进行修剪，修剪后的效果如图 18-55 所示。在命令行中输入"O"命令偏移线段，偏移后的效果如图 18-56 所示。

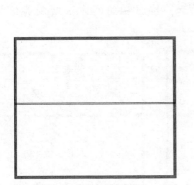

图 18-53　绘制内墙

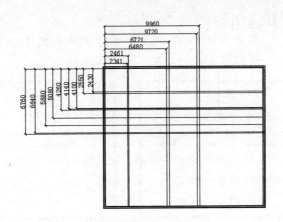

图 18-54　偏移线段绘制墙线

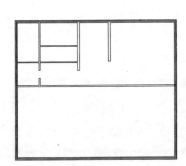

图 18-55　修剪后的效果

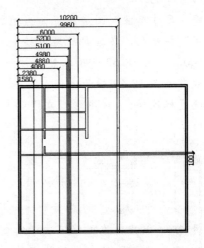

图 18-56　偏移线段

**Step 7** 在命令行中输入 "TR" 命令，对刚偏移的线段进行修剪，修剪后的效果如图 18-57 所示。按照相同的方法在偏移线段绘制保安室大门，效果如图 18-58 所示。

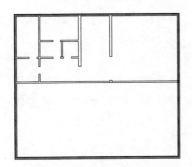

图 18-57　修剪后的效果

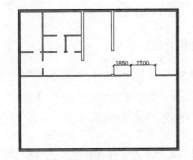

图 18-58　绘制保安室大门

**Step 8** 将 "门窗" 图层设置为当前图层，在命令行中输入 "I" 命令，插入【素材\第 18 章\公共建筑平面图】文件夹中的图块，插入后的效果如图 18-59 所示。

**Step 9** 在命令行中输入 "REC" 命令，在左上角绘制长宽都为 600 的正方形，并将其填充为 "SOLID" 图案样式，效果如图 18-60 所示。按照相同的方法绘制其他柱子，绘制完成后的效果如图 18-61 所示。

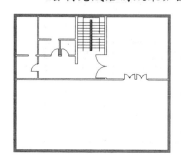
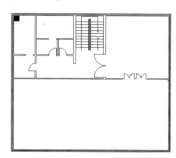
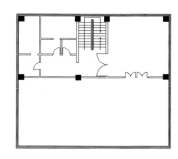

图 18-59　插入图块后的效果　　　图 18-60　绘制柱子　　　图 18-61　绘制完成后的效果

**Step 10** 将"尺寸标注"图层设置为当前图层，选择【常用】/【注释】组，单击"多行文字"按钮 **A**，在需要的地方绘制输入框，完后输入文本"男厕"，并设置字号为 500，效果 18-62 所示，然后按照相同的方法标注其他区域的功能，标注完成后的效果如图 18-63 所示。

**Step 11** 设置标注样式，对图形对象进行尺寸标注，完成本例的绘制，其最终效果如图 18-48 所示。

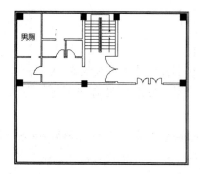

图 18-62　创建多行文字　　　　　　图 18-63　多行文字创建完毕后的效果

**4.** 案例小结

公共建筑平面图相比住宅平面图要简约得多，因此在绘制完成后，需要使用多行文字对其进行功能分区，在创建了一个多行文字后，可以使用 "CO" 命令，对其进行复制，免去了再次创建多行文字的麻烦。

## 18.3.2　绘制公共建筑立面图

公共建筑立面图可以绘制建筑物内的某面墙的立面图，也可以绘制整个大楼的外观立面图，本节将绘制某办公大楼的背立面图，下面进行详细的讲解。

### 1. 案例目标

本节将根据前面章节所讲解的绘制与编辑图形的知识，绘制如图 18-64 所示的公共建筑立面图【源文件\第18章\公共建筑立面图.dwg】。

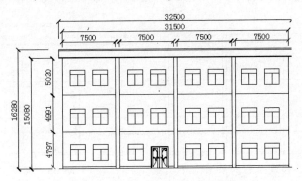

图 18-64　公共建筑立面图效果

### 2. 制作思路

本实例为某办公大楼的背立面图，各分区我们可以使用直线和修建命令轻松绘制，至于窗户，可以先行绘制一个，再用复制或阵列命令得到其他的；门则可采用插入图块的方式进行绘制。

### 3. 制作过程

其具体操作步骤如下：

**Step 1** 启动 AutoCAD 2009，单击"菜单浏览器"按钮，在弹出的菜单中选择【格式】/【单位】命令，打开"图形单位"对话框，在"长度"栏的"精度"下拉列表框中选择"0"选项，然后单击 确定 按钮。

**Step 2** 在命令行中输入"LA"命令，打开"图层特性管理器"面板，新建图层并设置其特性，设置后的效果如图 18-65 所示。

**Step 3** 在命令行中输入"L"命令，绘制长为 32500，高为 16200 的两条线段，绘制后的效果如图 18-66 所示。

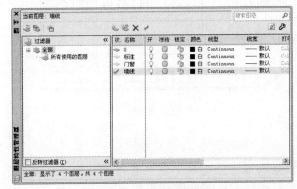

图 18-65　设置图层特性　　　　　　图 18-66　绘制线段

**Step 4** 在命令行中输入"O"命令，将水平墙线向下偏移 200、1080、1200、6220、11211、16008、16280，然后将垂直墙线向右偏移 500、8000、8500、16000、16500、24000、24500、32000、32500，偏移后的效果如图 18-67 所示。

**Step 5** 在命令行中输入"TR"命令，对偏移后的墙线进行修剪，修剪后的效果如图 18-68 所示。

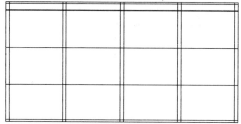
图 18-67　偏移线段后的效果

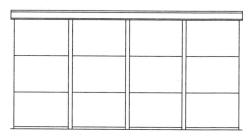
图 18-68　修剪后的效果

**Step 6** 在命令行中输入"L"命令，在绘图区的空白处绘制如图 18-69 所示的窗户，然后在命令行中输入"M"命令，将其移动到如图 18-70 所示的位置处。

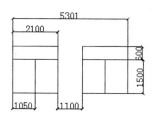
图 18-69　绘制窗户

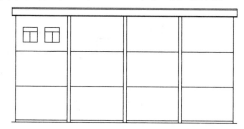
图 18-70　移动窗户后的效果

**Step 7** 在命令行中输入"CO"命令，将刚绘制的窗户复制到如图 18-71 所示的位置处。删除第二列的右边窗户，在命令行中输入"I"命令，插入"门"图块【素材\第18 章\公共建筑立面图\门.dwg】，然后在命令行中输入"TR"命令，对其进行修剪，效果如图 18-72 所示。

**Step 8** 设置标注样式对图形进行线性标注，完成本例的绘制，其效果如图 18-64 所示。

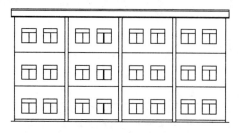
图 18-71　复制窗户

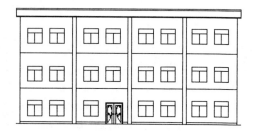
图 18-72　插入门图块

### 4. 案例小结

本例的公共建筑立面图比较简单，最复杂的操作就是复制窗户并设置复制点，复制时可以按【F11】键，开启对象捕捉追踪模式，就可以很方便地复制窗户。

## 18.3.3　绘制建筑剖面图

建筑剖面图主要表达垂直方向标高和高度设计内容，它还表达了建筑物在垂直方向上各部分的形状、组合关系以及建筑物剖面位置的结构形式和构造方法。建筑剖面图和建筑平面图、建筑立面图是相互配套的，都是表达建筑物整体概况的基本图样。为了清楚地反映建筑物的实际情况，建筑剖面图的剖切位置一般选择在建筑物内部构造复杂或者具有代表性的位置。一般来说，剖切平面应该平行于建筑物长度或者宽度方向，最好能通过门或窗。剖视图宜采用平行剖切面进行剖切，从而表达出建筑物不同位置的构造异同。

**1. 案例目标**

本节将根据前面章节所讲解的绘制与编辑图形的知识，绘制如图 18-73 所示的公共建筑剖面图【源文件\第 18 章\建筑剖面图.dwg】。

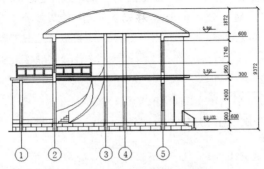

图 18-73　公共建筑剖面图

**2. 制作思路**

本实例为公共建筑剖面图，框架可以反复采用多线、直线、偏移和修剪等命令得到；楼梯和栏杆可以使用样条曲线绘制；最后，进行相关的填充和标注工作。

**3. 制作过程**

根据上面制作思路的分析，下面就一起来绘制剖面图。

【1】绘制框架和大门

其具体操作步骤如下：

Step❶ 启动 AutoCAD 2009，单击"菜单浏览器"按钮■，在弹出的菜单中选择【格式】/【单位】命令，打开"图形单位"对话框，在"长度"栏的"精度"下拉列表框中选择"0"选项，然后单击 确定 按钮。

Step❷ 在命令行中输入"LA"命令，打开"图层特性管理器"面板，新建图层并设置其特性，设置后的效果如图 18-74 所示。

Step❸ 按【F8】键开启正交模式，在命令行中输入"PLINE"命令，绘制地平线，其命令行操作如下：

| 命令:PLINE | //执行 PLINE 命令 |
|---|---|
| 指定起点: | //在绘图区任意位置确定地平面线段的起点 |
| 当前线宽为 0.0000 | //系统提示 |
| 指定下一个点或 [圆弧(A)/半宽(H)/长度(L)/放弃(U)/宽度(W)]: w | //选择"宽度"选项,按【空格】键 |
| 指定起点宽度 <0>:20 | //输入"20",按【空格】键 |
| 指定端点宽度 <20>: | //按【空格】键 |
| 指定下一个点或 [圆弧(A)/半宽(H)/长度(L)/放弃(U)/宽度(W)]: 19540 | //输入"19540",按【空格】键 |
| 指定下一点或 [圆弧(A)/闭合(C)/半宽(H)/长度(L)/放弃(U)/宽度(W)]: | //按【空格】键结束多段线命令 |

**Step 4** 按【F11】键开启对象捕捉追踪模式,在命令行中输入"L"命令,在直线左端离右边直线 3110 的位置处绘制墙线,效果如图 18-75 所示。

| 命令 : LINE | //执行 LINE 命令 |
|---|---|
| LINE 指定第一点: | //在绘图区任意位置确定轴线起点 |
| 指定下一点或 [放弃(U)]: @0,3545 | //指定下一点坐标 |
| 指定下一点或 [放弃(U)]: | //按【空格】键结束直线命令 |
| 命令:OFFSET | //执行 OFFSET 命令 |
| 当前设置: 删除源=否 图层=源 OFFSETGAPTYPE=0 | //系统自动提示 |
| 指定偏移距离或 [通过(T)/删除(E)/图层(L)] <通过>: 3110 | //输入偏移距离 |
| 选择要偏移的对象, 或 [退出(E)/放弃(U)] <退出>: | //选择刚才绘制的垂直线段 |
| 指定要偏移的那一侧上的点, 或 [退出(E)/多个(M)/放弃(U)] <退出>: | //在垂直线段右边单击 |
| 选择要偏移的对象, 或 [退出(E)/放弃(U)] <退出>: | //按【空格】键结束偏移命令 |

图 18-74  设置图层特性

图 18-75  绘制墙线

**Step 5** 按照相同的方法,选择刚才偏移获得的线段依次向右偏移 4000、5500、8500,如图 18-76 所示。

**Step 6** 在命令行中输入"ML"命令,其命令行操作如下:

| | |
|---|---|
| 命令：MLINE | //执行 MLINE 命令 |
| 当前设置：对正 = 无，比例 =1.00，样式=墙线 | //系统提示 |
| 指定起点或 [对正(J)/比例(S)/样式(ST)]：S | //输入比例设置选项 S |
| 输入多线比例 <1.00>：240 | //输入 "240"，按【空格】键 |
| 当前设置：对正=无，比例=240.00，样式=墙线 | //系统提示 |
| 指定起点或 [对正(J)/比例(S)/样式(ST)]：j | //选择 "对正" 选项，按【空格】键 |
| 输入对正类型 [上(T)/无(Z)/下(B)] <无>：z | //选择 "无" 选项，按【空格】键 |
| 当前设置：对正 = 无，比例 =240.00，样式=墙线 | //系统自动提示 |
| 指定起点或 [对正(J)/比例(S)/样式(ST)]： | //单击如图 18-77 所示的 A 点 |
| 指定下一点：@0，3960 | //输入 "@0，3960"，按【空格】键 |
| 指定下一点或 [放弃(U)]： | //按【空格】键 |
| 命令：MLINE | //执行 MLINE 命令 |
| 当前设置：对正 = 无，比例 =1.00，样式=墙线 | //系统提示 |
| 指定起点或 [对正(J)/比例(S)/样式(ST)]： | //单击如图 18-77 所示的 B 点 |
| 指定下一点：@0，7500 | //输入 "@0，7500"，按【空格】键 |
| 指定下一点或 [放弃(U)]： | //按【空格】键 |
| 命令：MLINE | //执行 MLINE 命令 |
| 当前设置：对正 = 无，比例 =1.00，样式=墙线 | //系统自动提示 |
| 指定起点或 [对正(J)/比例(S)/样式(ST)]： | //单击如图 18-77 所示的 C 点 |
| 指定下一点：@0，8900 | //输入 "@0，8900"，按【空格】键 |
| 指定下一点或 [放弃(U)]： | //按【空格】键 |
| 命令：MLINE | //执行 MLINE 命令 |
| 当前设置：对正 = 无，比例 =1.00，样式=墙线 | //系统自动提示 |
| 指定起点或 [对正(J)/比例(S)/样式(ST)]： | //单击如图 18-77 所示的 D 点 |
| 指定下一点：@0，8400 | //输入 "@0，8400"，按【空格】键 |
| 指定下一点或 [放弃(U)]： | //按【空格】键 |
| 命令：MLINE | //执行 MLINE 命令 |
| 当前设置：对正= 无，比例=1.00，样式=墙线 | //系统自动提示 |
| 指定起点或 [对正(J)/比例(S)/样式(ST)]： | //单击如图 18-77 所示的 E 点 |
| 指定下一点：@0，7200 | //输入 "@0，7200"，按【空格】键 |
| 指定下一点或 [放弃(U)]： | //按【空格】键，绘制后的效果如图 18-78 所示 |

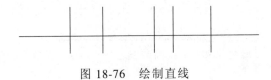

图 18-76　绘制直线

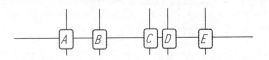

图 18-77　指定多线起点

**Step 7** 在命令行中输入 "O" 命令，偏移地平线复制出各层楼板位置所在的直线，选择地

平线依次偏移的数量分别为：600、900、3800、3900、3960、4050、4200，完成后的效果如图 18-79 所示。

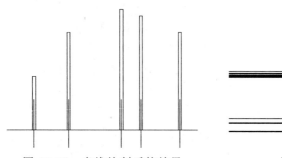

图 18-78　多线绘制后的效果

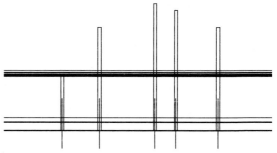

图 18-79　偏移线段后的效果

**Step 8** 在命令行中输入"EXPLODE"命令，将刚才绘制的多线分解。在命令行中输入"O"命令，将第一条多线左边线段向左偏移 580。在命令行中输入"O"命令，将最后一条多线右边线段向右偏移 2000，然后在命令行中输入"TR"命令，对其进行修剪，修剪后的效果如图 18-80 所示。

**Step 9** 在命令行中输入"O"命令，将右边的垂直直线向左偏移 435，然后对其进行修剪，修剪后的效果如图 18-81 所示。

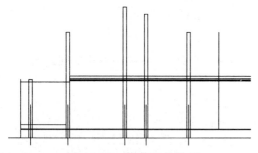

图 18-80　修剪后的效果

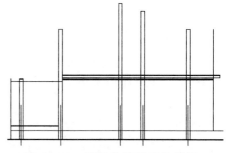

图 18-81　偏移并修剪后的效果

**Step 10** 在命令行中输入"O"命令，将左边的第一条垂直直线向左偏移 135，然后连接墙线，再在命令行中输入"O"命令，将刚连接的线段向上偏移 150，然后将其线段进行连接并修剪，效果如图 18-82 所示。

**Step 11** 在命令行中输入"O"命令，将中间最上方的水平墙线向上偏移 3000、3300，然后对其右端端点进行连接，效果如图 18-83 所示。

图 18-82　修剪并连接线段后的效果

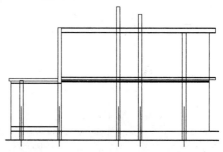

图 18-83　偏移并连接后的效果

**Step 12** 在命令行中输入 "O" 命令，将左边最上方的水平墙线向上偏移 3090、3390，然后将如图 18-84 所示的 A 线向左偏移 715，效果如图 18-84 所示。在命令行中输入 "TR" 命令，对左边部分的图形进行修剪，修剪后的效果如图 18-85 所示。

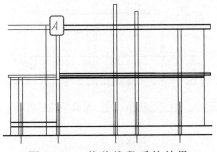

图 18-84　偏移线段后的效果

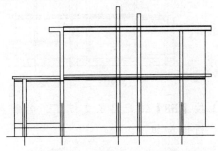

图 18-85　修剪后的效果-1

**Step 13** 在命令行中输入 "TR" 命令，对所有图形对象进行修剪，修剪后的效果如图 18-86 所示。在命令行中输入 "O" 命令，对如图 18-87 所示的 A 线向右偏移 4820，然后将偏移的线段向上拉伸 1872，效果如图 18-88 所示。

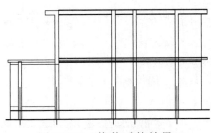

图 18-86　修剪后的效果-2

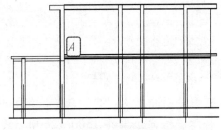

图 18-87　指定偏移线段

**Step 14** 按【F8】键关闭正交模式，在命令行中输入 "ARC" 命令，其命令行操作如下：

| | |
|---|---|
| 命令：ARC | //执行 ARC 命令 |
| 指定圆弧的起点或 [圆心(C)]： | //单击如图 18-89 所示的 A 点 |
| 指定圆弧的第二个点或 [圆心(C)/端点(E)]： | //单击如图 18-89 所示的 B 点 |
| 指定圆弧的端点： | //单击如图 18-89 所示的 C 点，效果如图 18-90 所示 |

**Step 15** 在命令行中输入 "O" 命令，将刚绘制的圆弧向下偏移 100，然后对其进行修剪，并删除中间的偏移的线段，效果如图 18-91 所示。

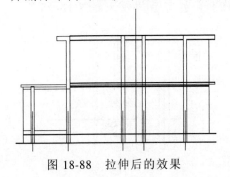

图 18-88　拉伸后的效果

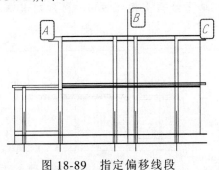

图 18-89　指定偏移线段

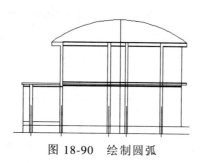

图 18-90　绘制圆弧

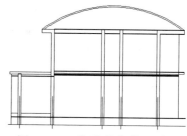

图 18-91　偏移并修剪圆弧

**Step16** 按【F8】键开启正交模式，在命令行中输入"L"命令，绘制大门口梯子，其命令行操作如下：

| 命令：L | //执行 LINE 命令 |
| --- | --- |
| 指定第一点： | //单击右边垂直墙线下方端点 |
| 指定下一点或 [放弃(U)]：150 | //将鼠标向下并输入"150"，并按【空格】键 |
| 指定下一点或 [放弃(U)]：305 | //将鼠标向右并输入"305"，并按【空格】键 |
| 指定下一点或 [闭合(C)/放弃(U)]：150 | //将鼠标向下并输入"150"，并按【空格】键 |
| 指定下一点或 [闭合(C)/放弃(U)]：305 | //将鼠标向右并输入"305"，并按【空格】键 |
| 指定下一点或 [闭合(C)/放弃(U)]：150 | //将鼠标向右并输入"150"，并按【空格】键 |
| 指定下一点或 [闭合(C)/放弃(U)]：305 | //将鼠标向右并输入"305"，并按【空格】键 |
| 指定下一点或 [闭合(C)/放弃(U)]：150 | //将鼠标向右并输入"150"，并按【空格】键 |
| 指定下一点或 [闭合(C)/放弃(U)]： | //按【空格】键，效果如图 18-92 所示 |

**Step17** 在命令行中输入"O"命令，将右边垂直直线向左偏移 115、175、750、790，再将地平线向上偏移 1500、2600，然后对其进行修剪，效果如图 18-93 所示。

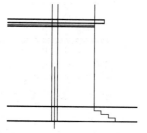

图 18-92　梯子绘制后的效果

图 18-93　绘制门和梯子扶手

**Step18** 在命令行中输入"O"命令，将如图 18-94 所示的 A 线向右偏移 2325、2385。将地平线向上偏移 900，然后对其进行修剪，修剪后的效果如图 18-95 所示。

图 18-94　指定偏移线段

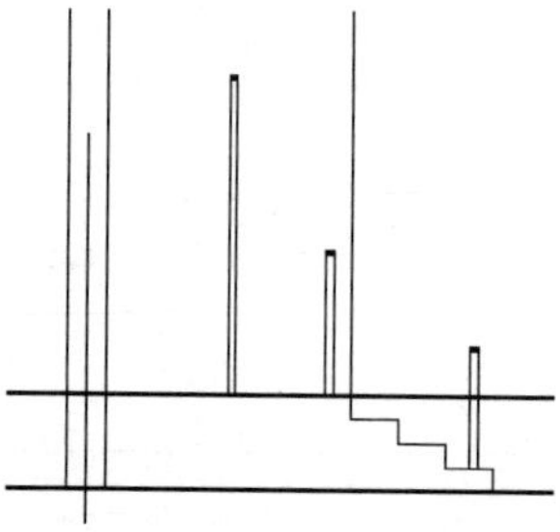

图 18-95　绘制梯子扶手

**Step⑲** 在命令行中输入 "L" 命令，连接楼梯扶手，然后对多余的线段进行修剪，效果如图 18-96 所示。

**Step⑳** 在命令行中输入 "O" 命令，将如图 18-97 所示的 A、B 线段分别向下偏移 600、2400，然后对其进行修剪，修剪后的效果如图 18-98 所示。

**Step㉑** 在命令行中输入 "O" 命令，将如图 18-99 所示的 A、B 线段分别向图形中间偏移 80、160，然后对其进行修剪，修剪后的效果如图 18-100 所示。

**Step㉒** 在命令行中输入 "O" 命令，将如图 18-97 所示的 B 线段向下偏移 3900、6000，然后将 C 线段向右偏移 80，将 D 线段向左偏移 80，效果如图 18-101 所示。

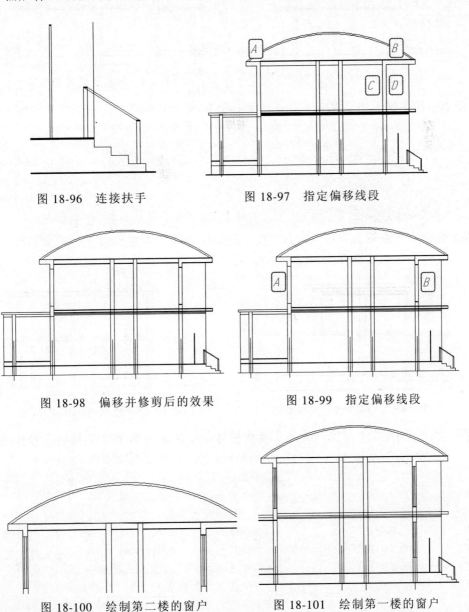

图 18-96　连接扶手　　　　　　图 18-97　指定偏移线段

图 18-98　偏移并修剪后的效果　　　图 18-99　指定偏移线段

图 18-100　绘制第二楼的窗户　　　图 18-101　绘制第一楼的窗户

【2】绘制楼梯和栏杆

其具体操作步骤如下:

**Step 1** 在命令行中输入"L"命令,以如图 18-102 所示的 A 点为起点,向上绘制长为 900 的线,然后将其向右偏移 980,效果如图 18-103 所示。

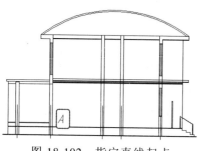

图 18-102　指定直线起点

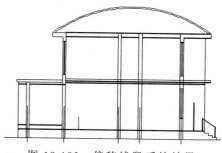

图 18-103　偏移线段后的效果

**Step 2** 按【F8】键关闭正交模式,在命令行中输入"SPLIEN"命令,其命令行操作如下:

| 命令: SPLINE | //执行 SPLINE 命令 |
| --- | --- |
| 指定第一个点或 [对象(O)]: | //单击如图 18-104 所示的 A 点 |
| 指定下一点: | //单击如图 18-104 所示的 B 点 |
| 指定下一点或 [闭合(C)/拟合公差(F)] < 起点切向>: | //单击如图 18-104 所示的 C 点 |
| 指定下一点或 [闭合(C)/拟合公差(F)] < 起点切向>: | //按【空格】键,绘制后的效果如图 18-105 所示 |

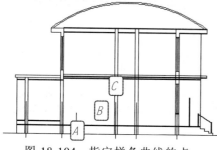

图 18-104　指定样条曲线的点

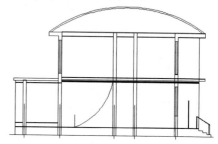

图 18-105　绘制样条曲线后的效果

**Step 3** 按照相同的方法,绘制其他几条楼梯扶手,绘制完成后的效果如图 18-106 所示,在命令行中输入"L"命令,绘制楼梯,其命令行操作如下:

| 命令: L | //执行 LINE 命令 |
| --- | --- |
| 指定第一点: | //单击如图 18-102 所示的 A 点 |
| 指定下一点或 [放弃(U)]: 200 | //将鼠标向右并输入"200",并按【空格】键 |
| 指定下一点或 [放弃(U)]: 150 | //将鼠标向上并输入"150",并按【空格】键 |
| 指定下一点或 [闭合(C)/放弃(U)]: 780 | //将鼠标向右并输入"780",并按【空格】键 |
| 指定下一点或 [闭合(C)/放弃(U)]: | //按【空格】键确认,效果如图 18-107 所示 |
| 命令: | //按【空格】键再次执行 LINE 命令 |
| 指定第一点: | //刚绘制的第一步楼梯左边端点 |
| 指定下一点或 [放弃(U)]: 200 | //将鼠标向右并输入"200",并按【空格】键 |

| 指定下一点或 [放弃(U)]: 150 | //将鼠标向上并输入 "150"，并按【空格】键 |
| 指定下一点或 [闭合(C)/放弃(U)]: 580 | //将鼠标向右并输入 "580"，并按【空格】键 |
| 指定下一点或 [闭合(C)/放弃(U)]: | //按【空格】键确认，绘制后的效果如图 18-108 所示 |
| 命令: | //按【空格】键再次执行 LINE 命令 |
| 指定第一点: | //刚绘制的第二步楼梯左边端点 |
| 指定下一点或 [放弃(U)]: 200 | //将鼠标向右并输入 "200"，并按【空格】键 |
| 指定下一点或 [放弃(U)]: 150 | //将鼠标向上并输入 "150"，并按【空格】键 |
| 指定下一点或 [闭合(C)/放弃(U)]: 380 | //将鼠标向右并输入 "380"，并按【空格】键 |
| 指定下一点或 [闭合(C)/放弃(U)]: | //按【空格】键确认，绘制后的效果如图 18-109 所示 |
| 命令: | //按【空格】键再次执行 LINE 命令 |
| 指定第一点: | //刚绘制的第一步楼梯左边端点 |
| 指定下一点或 [放弃(U)]: 200 | //将鼠标向右并输入 "200"，并按【空格】键 |
| 指定下一点或 [放弃(U)]: 150 | //将鼠标向上并输入 "150"，并按【空格】键 |
| 指定下一点或 [闭合(C)/放弃(U)]:180 | //将鼠标向右并输入 "180"，并按【空格】键 |
| 指定下一点或 [闭合(C)/放弃(U)]: | //按【空格】键确认，绘制后的效果如图 18-110 所示 |

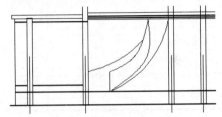

图 18-106　样条曲线绘制完成后的效果

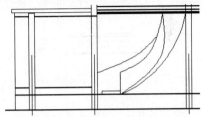

图 18-107　第一步楼梯绘制后的效果

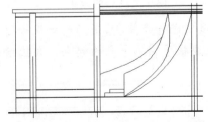

图 18-108　第二步梯子绘制后的效果

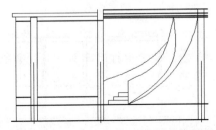

图 18-109　第三步梯子绘制后的效果

**Step 4**　在命令行中输入 "O" 命令，将如图 18-111 所示的 A 线向左偏移 2800、2860，再将如图 18-111 所示的 B 线向上偏移 140、160、250、670、760、920、980，效果如图 18-112 所示。

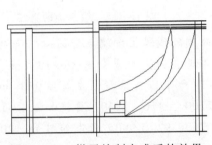

图 18-110　梯子绘制完成后的效果

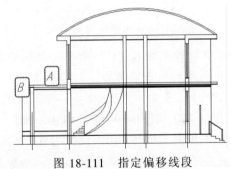

图 18-111　指定偏移线段

**Step 5** 在命令行中输入"TR"命令,将修剪刚偏移的线段,修剪后的效果如图 18-113 所示。

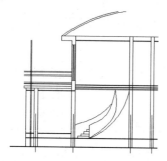

图 18-112　偏移线段后的效果

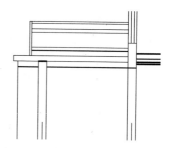

图 18-113　修剪后的效果

**Step 6** 在命令行中输入"O"命令,将如图 18-114 所示的 A 线向右偏移 50、650、700、750、1350、1400、1450、2050、2100、2150、2750,效果如图 18-115 所示。

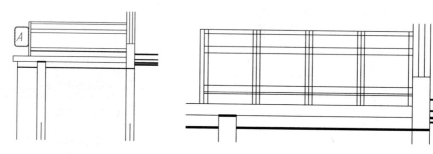

图 18-114　指定偏移线段　　　　　　图 18-115　偏移线段后的效果

**Step 7** 在命令行中输入"TR"命令,对刚偏移的线段进行修剪,修剪后的效果如图 18-116 所示。在命令行中输入"L"命令,以左边扶手上端中点为起点,向上绘制长为 50 的辅助直线,效果如图 18-117 所示。

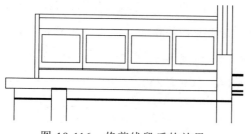

图 18-116　修剪线段后的效果

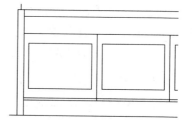

图 18-117　绘制辅助直线

**Step 8** 在命令行中输入"C"命令,以刚绘制的辅助线段上方端点为圆心,绘制半径为 50 的圆为扶手装饰物,然后删除绘制的辅助直线,效果如图 18-118 所示。

**Step 9** 在命令行中输入"O"命令,将如图 18-119 所示的 A 线段向左偏移 980、60、650、700、750、1350、1400、1450、2050、2100、2150、2750。再将如图 18-119 所示的 B 线向上偏移 140、160、250、670、760、920、980,效果如图 18-120 所示。使用修剪命令修剪多余的线段,修剪后的效果如图 18-121 所示。

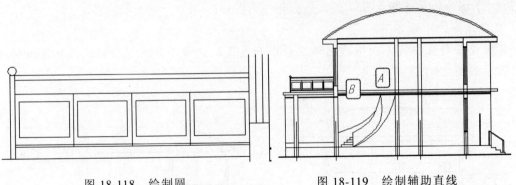

图 18-118　绘制圆　　　　　　　　　图 18-119　绘制辅助直线

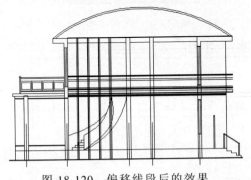

图 18-120　偏移线段后的效果

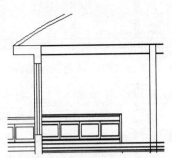

图 18-121　修剪后的效果

(Step10) 在命令行中输入 "L" 命令，以右边扶手上端的中点为直线起点，向上绘制长为 50 的辅助直线，再在命令行中输入 "C" 命令，以刚绘制的复制直线上端为圆心，绘制半径为 50 的圆为扶手装饰物，然后删除刚绘制的辅助直线，效果如图 18-122 所示。

(Step11) 在命令行中输入 "SPLINE" 命令，在刚绘制的栏杆旁绘制如图 18-123 所示的样条曲线（该样条曲线为楼下楼梯最左边扶手的延伸线，所以在绘制时一定要与楼下楼梯最左边扶手的延伸线幅度以及透视关系相同，这样绘制出的样条曲线才正确）。

(Step12) 选择【常用】/【绘图】组，单击 "图案填充" 按钮 ，对图形对象进行图案填充，其中填充图案为 "AR-B816"，填充比例为 "2"，填充后的效果如图 18-124 所示。

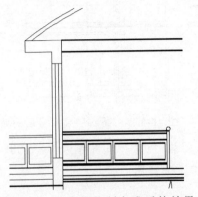

图 18-122　装饰物绘制完成后的效果

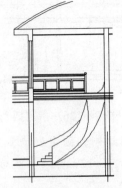

图 18-123　样条曲线绘制完成后的效果

【3】标注图形对象

其具体操作步骤如下：

**Step 1** 设置标注样式，使用线性标注命令和连续标注命令对其进行标注，标注后的效果如图 18-125 所示。

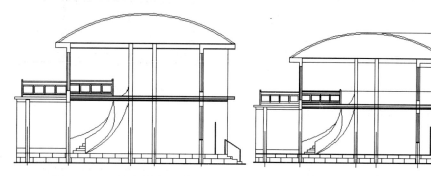

图 18-124　填充图案后的效果　　　　　　图 18-125　标注后的效果

**Step 2** 在命令行中输入"I"命令，插入"层高符号.dwg"图块【素材\第18章\建筑剖面图\层高符号.dwg】，指定如图 18-126 所示的点为插入点。

**Step 3** 按照相同的方法再插入两次层高符号，插入后将其进行分解，然后双击多行文字，修改多行文字分别为如图 18-127 所示的效果。

**Step 4** 在命令行中输入"C"命令，其命令行操作如下：

| | |
|---|---|
| 命令：C | //执行 CIRCLE 命令 |
| 指定圆的圆心或 [三点(3P)/两点(2P)/相切、相切、半径(T)]： | //单击如图 18-128 所示的点 |
| 指定圆的半径或 [直径(D)]：500 | //输入半径值"500"，并按【空格】键确认，绘制后的效果如图 18-128 所示 |

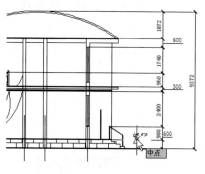

图 18-126　指定插入点

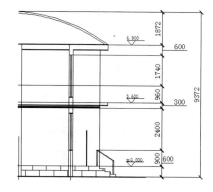

图 18-127　插入层高符号后的效果

**Step 5** 在刚绘制的圆中创建多行文字并输入文本"1"，设置字号为"500"，使其效果如图 18-129 所示，然后按照相同的方法绘制圆并标注轴号，最后效果如图 18-73 所示。

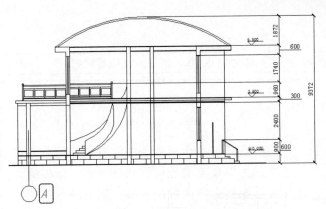

图 18-128　绘制圆后的效果

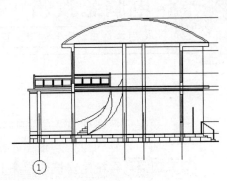

图 18-129　轴号标注后的效果

### 4. 案例小结

　　本例主要介绍了建筑剖面图的绘制方法，在绘制墙体剖面过程中，要理解由剖切符号剖切到的建筑剖面影像，本例中除了能剖切到墙体外，还将剖切到窗、门、楼梯等对象的剖面线都绘制出来。

## 18.4　大显身手

巩固练习公共建筑平面图的绘制方法

　　启动 AutoCAD 2009，绘制如图 18-130 所示的公共卫生间平面图【源文件\第 18 章\公共卫生间平面图.dwg】。

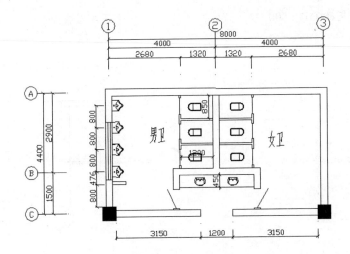

图 18-130　公共卫生间平面图效果

# 电脑急救箱

运用本章知识时若遇到剖面图和立面图等问题，别急，打开急救箱看看吧

**Q** 剖面图中的剖切位置是如何确定的？

**A** 在完成各层建筑平面图的绘制后，还会在建筑平面图的外侧绘制剖切符号，该剖切符号的位置是根据建筑平面图中的主要垂直交通设施来确定的，如楼梯。因此，在绘制建筑剖面图时，常需要剖切到建筑内部的楼梯，以反映出建筑内部的垂直交通关系，即通常是以楼梯的位置来确定其剖切位置的。

**Q** 在根据平面图绘制立面图时，平面图应保留哪些图素最有利于立面图的绘制？

**A** 在建筑设计中，平面决定立面。但建筑立面图并不需要反映建筑内部墙、门窗、家具、设备、楼梯等构件以及平面图中的文本标注等，因此，在准备立面图的平面图素时，应将这些无用的图形删除或关闭。作为立面生成基础的平面图中需要保留的构件只有外墙、台阶、雨棚、阳台、室外楼梯、外墙上的门窗、散水等。

# 附录　AutoCAD 2009 中的常用快捷键

### 表1　常规快捷键

| 按　键 | 作　用 | 按　键 | 作　用 |
|---|---|---|---|
| F3 | 启用或关闭对象捕捉模式 | F6 | 开启或关闭动态 UCS |
| F7 | 开启或关闭栅格模式 | F8 | 开启或关闭正交模式 |
| F9 | 开启或关闭捕捉模式 | F10 | 开启或关闭极轴模式 |
| F11 | 开启或关闭对象捕捉追踪模式 | F12 | 开启或关闭动态输入模式 |

### 表2　面板和对话框快捷键

| 按　键 | 作　用 | 按　键 | 作　用 |
|---|---|---|---|
| Ctrl + 1 | 打开或关闭"特性"面板 | Ctrl + 2 | 打开或关闭"设计中心"面板 |
| Ctrl + 3 | 打开或关闭"工具选项板"面板 | Ctrl + 9 | 打开或关闭"快速计算器"面板 |
| DDPTYPE | 打开"点样式"对话框 | STYLE | 打开"文字样式"对话框 |
| TABLESTYLE | 打开"表格样式"对话框 | TABLE | 打开"插入表格"对话框 |
| DIMSTYLE | 打开"标注样式管理器"对话框 | TOLERANCE | 打开"形位公差"对话框 |
| MLEADERSTYLE | 打开"创建新多重引线样式"对话框 | Ctrl + P | 打开"打印-模型"对话框 |
| LA | 打开"图层特性管理器"对话框 | PURGE | 打开"清理"对话框 |
| ATTDEF | 打开"属性定义"对话框 | DDATTE | 打开"编辑属性"对话框 |
| XATTACH | 打开"选择参照文件"对话框 | XBIND | 打开"外部参照绑定"对话框 |
| BHATCH | 打开"图案填充和渐变色"对话框 | GRADIENT | 打开"图案填充和渐变色"对话框 |
| DDVPOINT | 打开"视点预置"对话框 | RENDER | 打开"渲染"窗口 |

### 表3　功能快捷键

| 按　键 | 作　用 | 按　键 | 作　用 |
|---|---|---|---|
| Ctrl + 0 | 打开或关闭全屏显示 | LIMITS | 设置图形界限 |
| UNITS | 设置绘图单位 | PAN | 平移视图 |
| ZOOM | 缩放视图 | REGEN | 重画与重生成 |
| POINT | 绘制单点或多点 | DIVIDE | 绘制定数等分点 |

| 按　键 | 作　用 | 按　键 | 作　用 |
|---|---|---|---|
| ME | 绘制定距等分点 | L | 绘制直线 |
| RAY | 绘制射线 | XLINE | 绘制构造线 |
| MLSTYLE | 设置多线样式 | MLINE | 绘制多线 |
| CIRCLE | 绘制圆 | PLINE | 绘制多段线 |
| ELLIPSE | 绘制椭圆或椭圆弧 | ARC | 绘制圆弧 |
| SPLINE | 绘制样条曲线 | DONUT | 绘制圆环 |
| REC | 绘制矩形 | REVCLOUD | 绘制修订云线 |
| MOVE | 移动图形对象 | POL | 绘制正多边形 |
| UNDO | 放弃操作 | RO | 旋转图形对象 |
| ERASE | 删除命令 | REDO | 重做命令 |
| COPY | 复制图形对象 | TR | 修剪图形对象 |
| ARRAY | 阵列图形对象 | OFFSET | 偏移图形对象 |
| STRETCH | 拉伸图形对象 | MIRROR | 镜像图形对象 |
| BREAK | 打断图形对象 | LENGTHEN | 拉长图形对象 |
| EXTEND | 延伸图形对象 | CHAMFER | 对图形对象进行倒角操作 |
| FILLET | 对图形对象进行圆角 | JOIN | 合并对象 |
| SCALE | 比例缩放 | MLEDIT | 编辑多线 |
| EXPLODE | 分解对象 | SPLINEDIT | 编辑样条曲线 |
| PEDIT | 编辑多段线 | DI | 查询距离 |
| REGION | 创建面域 | ID | 查询点坐标 |
| AREA | 查询面积及周长 | DTEXT | 输入单行文字 |
| DDEDIT | 编辑单行文字 | MTEXT | 输入多行文字 |
| DDEDIT | 编辑多行文字 | SCALETEXT | 调整文字说明的整体比例 |
| FIND | 查找与替换文字 | SPELL | 对文字进行拼写检查 |
| DIMLINEAR | 线性标注 | DIMBASE | 基线标注 |
| DIMCONT | 连续标注 | DIMANGULAR | 角度标注 |
| DIMDIAMETER | 直径标注 | DIMRADIU | 半径标注 |
| DIMCENTER | 圆心标注 | DIMORDINATE | 坐标标注 |
| QDIM | 快速标注 | DIMJOGLINE | 折弯线标注 |
| DIMSPACE | 调整标注间的距离 | MLEADER | 创建多重引线 |
| MLEADERALIGN | 对齐多重引线 | DIMSTYLE | 更新尺寸标注 |
| COLOR | 设置图层颜色 | BLOCK | 创建内部图块 |
| WBLOCK | 创建外部图块 | INSERT | 插入图块 |

| 按　　键 | 作　　用 | 按　　键 | 作　　用 |
| --- | --- | --- | --- |
| MINSERT | 以阵列方式插入图块 | DIVIDE | 以定数等方式插入图块 |
| MEASURE | 以定距等方式插入图块 | XCLIP | 裁剪外部参照图形 |
| HATCHEDIT | 快速编辑填充图案 | FILL | 设置填充图案的可见性 |
| VPOINT | 设置视点 | HELIX | 绘制三维螺旋线 |
| PLANESURF | 绘制平面曲面 | 3DFACE | 绘制三维面 |
| EDGE | 隐藏边 | 3DMESH | 绘制三维网格 |
| REVSURF | 绘制旋转网格 | TABSURF | 绘制平移网格 |
| RULESURF | 绘制直纹网格 | EDGESURF | 绘制边界网格 |
| BOX | 创建长方体 | WEDGE | 创建楔体 |
| SPHERE | 创建球体 | CYLINDER | 创建圆柱体 |
| CONE | 创建圆锥体 | TORUS | 创建圆环体 |
| UNION | 布尔并集运算 | SUBTRACT | 布尔差集运算 |
| INTERSECT | 布尔交集运算 | 3DMOVE | 三维移动 |
| 3DROTATE | 三维旋转 | 3DARRAY | 三维阵列 |
| 3DMIRROR | 三维镜像 | SLICE | 剖切实体 |
| REVOLVE | 旋转创建三维实体 | EXTRUDE | 拉伸创建三维实体 |
| SWEEP | 扫掠创建三维实体 | LOFT | 放样创建三维实体 |
| HIDE | 图形消隐 | LEADER | 引线标注 |

# AutoCAD
# 应用技能学习丛书

## 丛书特色

➤ "基础知识＋操作实战＋典型实例" 的内容编排
➤ 图解教学的写作形式
➤ 详细、全面的超大容量视频教学光盘

| 书号 | 书 名 | 定价 | 作 者 | 出版日期 |
|---|---|---|---|---|
| 09952 | AutoCAD 2009中文版室内设计基础与典型实例 | 39.80 | 陈鑫 杨洋 雷霆 | 2009.7 |
| 10098 | AutoCAD 2009中文版机械绘图基础与典型实例 | 49.80 | 张友龙 王德忠 | 2009.8 |
| 09979 | AutoCAD 2009中文版建筑图纸绘制基础与典型实例 | 43.00 | 陈鑫 黄钟凌 尉丰 | 2009.8 |
| 10187 | AutoCAD 2009中文版从入门到精通 | 58.00 | 张友龙 肖琴 | 2009.9 |

# 读 者 意 见 反 馈 表

亲爱的读者:

感谢您对中国铁道出版社的支持,您的建议是我们不断改进工作的信息来源,您的需求是我们不断开拓创新的基础。为了更好地服务读者,出版更多的精品图书,希望您能在百忙之中抽出时间填写这份意见反馈表发给我们。随书纸制表格请在填好后剪下寄到北京市宣武区右安门西街8号中国铁道出版社计算机图书中心927室 苏茜 收 (邮编: 100054),或者采用传真 (010-63549458) 方式发送。此外,读者也可以直接通过电子邮件把意见反馈给我们,E-mail地址是: suqian@tqbooks.net。我们将选出意见中肯的热心读者,赠送本社的其他图书作为奖励。同时,我们将充分考虑您的意见和建议,并尽可能地给您满意的答复。谢谢!

--------------------------------------------------------------------------------

所购书名: _____

个人资料:

姓名: _____ 性别: _____ 年龄: _____ 文化程度: _____

职业: _____ 电话: _____ E-mail: _____

通信地址: _____ 邮编: _____

您是如何得知本书的:

□书店宣传 □网络宣传 □展会促销 □出版社图书目录 □论坛 □杂志、报纸等的介绍 □别人推荐
□其他 (请指明)

您从何处得到本书的:

□书店 □邮购 □商场、超市等卖场 □图书销售的网站 □学校 □其他

影响您购买本书的因素 (可多选):

□内容实用 □价格合理 □装帧设计精美 □优惠促销 □书评广告 □出版社知名度 □作者名气
□娱乐需要 □其他

您对本书封面设计的满意程度:

□很满意 □比较满意 □一般 □不满意 □改进建议

您对本书的总体满意程度:

从文字的角度 □很满意 □比较满意 □一般 □不满意
从内容的角度 □很满意 □比较满意 □一般 □不满意

您希望书中图的比例是多少:

□少量的图片辅以大量的文字 □图文比例相当 □大量的图片辅以少量的文字

您希望本书的定价是多少:


本书最令您满意的是:

1.

2.

您在使用本书时遇到哪些困难:

1.

2.

您希望本书在哪些方面进行改进:

1.

2.

您需要购买哪些方面的图书?对我社现有图书有什么好的建议?


您更喜欢阅读哪些类型和层次的计算机书籍 (可多选)?

□入门类 □精通类 □综合类 □问答类 □图解类 □查询手册类 □实例教程类

您在使用攻略类图书的过程中遇到哪些困难?


您的其他要求: